ROMY FÖLCK

DAS LICHT IN DEN BIRKEN

ROMAN

ROWOHLT TASCHENBUCH VERLAG

3. Auflage November 2025

Veröffentlicht im Rowohlt Taschenbuch Verlag,
Kirchenallee 19, 20099 Hamburg, Juli 2025
Copyright © 2024 by Rowohlt Verlag GmbH, Hamburg
Die Nutzung unserer Werke für Text- und Data-Mining
im Sinne von § 44b UrhG behalten wir uns explizit vor.
Covergestaltung FAVORITBUERO, München
Coverabbildung mauritius images/Alexander
Efimenko/Alamy/Alamy Stock Photos; Shutterstock
Satz aus der Crimson Pro
bei Pinkuin Satz und Datentechnik, Berlin
Druck und Bindung CPI books GmbH, Leck
ISBN 978-3-499-01278-5

Kontaktadresse nach EU-Produktsicherheitsverordnung:
produktsicherheit@rowohlt.de

FÜR SABINE

Danke für diese lange,
wunderschöne Freundschaft!

1

THEA

Die Stimme der Sängerin streifte sie wie der Hauch des Abendwindes, der vom Meer kommend über die trockenen Wiesen strich. Langsam ließ die sommerliche Hitze nach. Die leichte Brise brachte etwas Abkühlung auf die menschenleere Ebene im *Alentejo*, auf der sie mit ihren Tieren rastete. Die gesungenen Worte der *fadista* trafen Thea an ihrer schwachen Stelle.

Nur die Stille höre ich, die deinen Platz eingenommen hat, sang die Sängerin wehmütig. *Aber wenigstens hört man den Wind, und wenigstens hört man das Meer.*

Thea sog die Luft ein, weil ihre Kehle eng wurde. Ihr war bewusst, dass Menschen wie sie, die einen tiefen Verlust erfahren hatten, bei diesen Zeilen einen Schmerz in der Brust spürten. Ab und an ließ sie ihn zu. Sie hatte gelernt, dass es leichter war, mit ihm zu leben, als ihn immerfort zu verleugnen.

Thea blinzelte die Traurigkeit weg und zog die Strickjacke aus Schafwolle über ihre Schultern. Eine Böe trug den Duft des wilden Thymians mit sich.

Nur nicht melancholisch werden am Vorabend ihrer Abreise. Sie hatte diese Entscheidung nach vielen schlaflosen Nächten getroffen und würde sie nicht mehr infrage stellen.

Lange sah sie hinüber zu den beiden Ziegenhirten, die vor dem kleineren Camper saßen und von denen der Geruch nach gegrilltem Hammel zu ihr herüberzog. Mateus hob den Kopf, als habe er ihren Blick bemerkt.

«*Queres comer connosco?* Willst du mitessen?», rief er ihr zu. Sie winkte ihm zu. «*Não, obrigada!* Nein danke!»

Diesen letzten Abend wollte sie allein verbringen. Nur sie und der *vinho tinto*. Der köstliche Wein und Amália Rodrigues' Stimme, die aus dem in die Jahre gekommenen CD-Player rieselte, würden heute Nacht ihre einzigen Begleiter sein. Vermischt mit dem Zirpen der Zikaden, die hinter dem Eukalyptus im Gras hockten, und dem dunklen Klagen der Ziegen, das ab und an den Fado übertönte. Man musste die Wunde säubern, bevor sie verheilen konnte. Und heute Nacht würde sie den alten Schmerz zulassen, um morgen ein ganz neues Leben beginnen zu können.

Es war nie leicht gewesen als *imigrante* in Portugal. Blauäugig war sie mit Ende zwanzig gewesen. Jung und tief verletzt. Weg hatte sie gewollt, von einem Tag auf den anderen, weg aus Deutschland, weg aus der Heide. Es war ein spontaner Entschluss gewesen, Portugal kam ihr als Erstes in den Sinn. Doch das Leben an der Algarve hatte sie sich leichter vorgestellt, mit mediterranen Nächten, langen Tagen am Meer und entspannten Menschen. Es war ihr nicht schwergefallen, Kontakte zu knüpfen. Doch die hatten ihr erst einmal das Geld aus der Tasche gezogen. Nach einem halben Jahr war ihr Erspartes aufgebraucht gewesen, das anfängliche Urlaubsgefühl verflogen. Die Realität der harten Arbeitswelt Portugals vertrieb die erste Euphorie. Nein, sie hatte nicht klein beigegeben. Zurück nach Hause zu ziehen, war damals nie eine Option gewesen.

Es hatte Jahre gedauert, ein wenig heimisch zu werden und von den mageren Löhnen ihrer wechselnden Aushilfsjobs in der Gastronomie die teure Miete in Lissabon zahlen zu können. Als sie vor gut fünf Jahren einen Aufruf in der Tageszeitung *Correio da Manhã* las, in dem Wanderhirten für Ziegen gesucht wurden, hatte sie sich spontan gemeldet. Sie kündigte ihre kleine Wohnung, kaufte ein altes Wohnmobil und führte fortan ein Nomadenleben.

Thea liebte Tiere und die Freiheit. Als Kind war sie beinahe jedes Wochenende bei ihrem Onkel auf dem Bauernhof in der Lüneburger Heide gewesen, der eine große Herde von Heidschnucken hielt, eine alte Landschaf-Rasse mit schwarzen Beinen, Schwänzen und Köpfen. Ihre Lieblinge waren jedoch die Ziegen gewesen, die ebenfalls zum Hof gehörten und die anders als die Schafe sogar auf Bäume klettern und Zäune überspringen konnten. Zu gern erinnerte sie sich noch viele Jahre später an die verrückten Streiche der Zicklein, mit deren Milch und Käse Thea aufgewachsen war. Doch als sie sechzehn war, verstarb ihr Onkel, sein Hof mit all seinen Tieren kam in fremde Hände. Ihre Lieblinge sah sie nie wieder.

Der Aufruf, sich als *cabreira*, als Ziegenhirtin, zu melden, war wie ein Fingerzeig gewesen, eine Reise in ihre glückliche Vergangenheit auf dem Heidschnuckenhof. Sie hatte nach dem Aufruf in der Zeitung nicht lange mit sich ringen müssen. Kurz davor war sie fünfzig geworden, den wechselnden Schichten und der schweren Arbeit in der Gastronomie hatte sie sich nicht mehr gewachsen gefühlt. Also hatte Thea, gemeinsam mit dem Barkeeper Mateus, das Schicksal bei den Hörnern gepackt. Sie schafften mit ihren Ersparnissen eine Ziegenherde mit einhundert Tieren an und gingen auf Wanderschaft. Die Arbeit mit den Ziegen war Teil eines neuen Programms, denn die Tiere waren die perfekten Brandverhüter. Der portugiesische Staat unterstützte die Herden, die, von Wanderhirten geführt, die Wälder von Kleinwuchs, Gesträuch und Unterholz reinigten. Einhundertzwanzig Euro pro Ziege wurden über Fördermittel im ersten Jahr für den vierbeinigen Aufräumtrupp gezahlt.

Die verheerenden Waldbrände 2017 hatten in Portugal ein Umdenken eingeläutet. Damals hatte es mehr als sechzig Todesopfer im Juni, weitere fünfundvierzig im Oktober sowie zahlreiche Verletzte gegeben, riesige Flächen Land waren verbrannt, und seitdem herrschte eine ständige Angst, dass wieder Feuer ausbrechen könnten. Um solche Katastrophen zu verhindern, waren vermehrt Maßnahmen ergriffen worden. Eine davon war das präventive Reinigen der Wälder durch Ziegenherden wie die von Thea und Mateus.

Nach knapp fünf Jahren war ihre Herde auf dreihundert Tiere gewachsen. Ab morgen würden sie alle ihrem Geschäftspartner Mateus gehören, bis auf ihre zwei Lieblingsziegen, die Thea mit der Flasche aufgezogen hatte. Sie zurückzulassen hätte sie nicht über sich gebracht. Clara und Aurélia würden mit ihr nach Deutschland reisen und dort ihren Lebensabend verbringen.

Thea nahm ihr Notizbuch in die Hand, fühlte das Leder, das so alt war wie ihr Auswandererleben. Die letzten Einträge hatte sie vor gut einem Jahr gemacht, als sie eine erste Unsicherheit spürte und die Frage aufkam, ob sie nicht doch wieder nach Deutschland zurückgehen sollte.

Und das Heimweh.

Vor allem diese Sehnsucht nach ihrem Zuhause, die seitdem keine Ruhe mehr gegeben hatte. Es erinnerte sie an die ersten Monate in Portugal, wo das Heimweh sie zerfressen hatte – ein Gefühl, das sich anfühlte wie Liebeskummer. Vielleicht schloss sich jetzt der Kreis, vielleicht war es ein Zeichen, ihr Leben noch einmal komplett zu ändern. Und zu ihren Anfängen zurückzukehren.

Zog es einen im Alter zurück an die Stätte seiner Kindheit? Oder war es die Angst, an einem fernen Ort zu sterben? Sie öffnete das Tagebuch.

Die erste Seite, die sie irgendwann an Silvester zur Jahrtausendwende beschrieben hatte, war angegilbt, die Tinte war mit der Zeit verblichen, aber noch gut lesbar. Fünf Wörter standen dort, fünf Wegweiser, die sie in Zukunft leiten sollten. Für ihr junges Ich waren das die fünf Säulen für ein glückliches Leben gewesen.

Mut stand ganz oben, fein säuberlich in einer Handschrift, die sich mit den Jahren verzogen hatte. Heute schrieb sie knapper, wesentlich unleserlicher.

Es passt noch immer zu mir, dachte Thea. Mut hatte sie immer besessen. *Der Mutige wird belohnt*, das Credo ihres Lebens. Auch jetzt fand sie, war es mutig von ihr, wieder zurückzugehen, obwohl es dort nichts mehr gab, was sie empfangen würde. Und niemanden, der auf sie wartete.

Leidenschaft, stand darunter. Thea musste lächeln, dass sie diesen Wesenszug an zweiter Stelle aufgelistet hatte. Auch jetzt brannte diese noch in ihr, wenn auch nicht so übermäßig wie vor zwanzig Jahren. Sie war zunehmend stiller geworden.

Hoffnung war das dritte Wort. Die Hoffnung hatte sich ein wenig abgenutzt mit den Jahren. Sie war eine gute Freundin, die da war, wenn man sie brauchte, aber nicht mehr die Peitsche schwang, um sie vorwärtszutreiben.

Das Wort darunter, *Erfüllung*, war durch einen Wasserfleck auf dem Papier kaum noch zu lesen. Oder war es eine Träne gewesen, die sie über diesem Buch geweint hatte? Thea lehnte sich zurück. Ihr Leben in den letzten Jahren war erfüllt gewesen! Jedoch ganz anders, als sie es damals gedacht hatte.

Nein, sie würde keinen Tag missen, keine Entscheidung anders treffen wollen. Auch wenn ihr Lebensweg anders verlief, als sie es sich bei ihrer Auswanderung vorgestellt hatte. Ja, es war immer der richtige gewesen. Dass er einfach sein würde, hatte niemand gesagt.

Sie strich mit dem Finger über das letzte Wort: *Liebe*. Fünf Buchstaben, die mittlerweile auf sie wirkten wie Hieroglyphen. Für Liebe war nicht viel Platz gewesen in ihrem Leben, jedenfalls nicht für die Zuwendung ihrer eigenen Spezies. Von ihren Tieren hatte sie mehr Liebe bekommen, als sie je wiedergeben konnte.

Mit Schwung warf sie den Lederdeckel zu. Ab morgen würden neue Seiten gefüllt werden müssen. Vielleicht machte sie einen riesigen Fehler. Ließ ihre Ziegenherde in Mateus' Händen zurück, ihr geliebtes Wohnmobil, wo in jeder Ritze eine Erinnerung steckte. Und die besten Jahre ihres Lebens. Doch es war Zeit, ihre Zelte als *cabreira* hier in Portugal abzubrechen. Was von einem Urlaubsland zur Wahlheimat und schließlich zu einem Zuhause geworden war. Aber seit einigen Monaten fühlte sie sich doch immer mehr wie die Fremde, die damals aus dem Flieger in Lissabon gestiegen war. Sie war im zugigen Februar angekommen mit ihrem Schmerz, den paar D-Mark-Scheinen in der Tasche und einem ledernen Notizbuch mit ihren Wünschen im Koffer.

Und sie war geblieben. Fünfundzwanzig Jahre.

Nun war sie Mitte fünfzig, und ihre Seele wollte nach Hause.

Morgen würde sie ihren Camper und alles, was sie sich in den Jahren angeschafft hatte, hier zurücklassen. Sie würde wieder dorthin zurückgehen, wo sie mit Ende zwanzig vor den Scherben ihres Glücks gestanden hatte. Der in die Jahre gekommene Transporter, mit dem sie die gut dreitausend Kilometer durch Spanien, Frankreich und Belgien bis nach Norddeutschland fahren würde, war vollgetankt. Ihre beiden Lieblingsziegen waren bereits in ein transportables Holzgatter, das neben ihrem Wohnmobil stand, umgezogen und klagten, dass sie nicht mit den anderen draußen im Gehege die Nacht verbringen durften.

Thea stand auf, spürte bei der abrupten Bewegung den Schmerz im Unterleib und verharrte einen Moment, bis das Ziehen nachließ. Dann nahm sie die Stufe ins Wohnmobil, um sich zu vergewissern, dass alle Papiere in ihrer Reisemappe lagen. Der Arztbrief, ihr Reisepass, die Fahrzeugpapiere des Transporters, die tierärztlichen Dokumente der Ziegen und ihre Geldkarte. Ein Bündel Euronoten lag obenauf. Die Ablösesumme, die Mateus ihr gezahlt hatte und die für die nächsten Monate ihre Existenz sichern sollte, bis sie Fuß gefasst, einen Job und eine passende Wohnung gefunden hatte. Ihr Koffer, jener, den sie schon in Deutschland besessen hatte, stand gepackt auf der Küchenanrichte, weil der Gang im Camper so schmal war. Mateus würde sie morgen früh noch verabschieden und dann hier einziehen. Keinem anderen hätte sie ihr kleines gemütliches Nest auf Rädern übergeben. Dieser Junge, der sie vor fünfzehn Jahren in einer Lissaboner Hafenbar aufgegabelt und sicher nach Hause gebracht hatte, war seitdem ein treuer Begleiter. Und so wie es aussah, in diesem Land ihr einziger Freund. Er hatte mit ihr das Abenteuer gewagt, auf Wanderschaft zu gehen. Er war vierunddreißig Jahre alt, hätte ihr Sohn sein können. Mateus Pereira, der Ziegenhirte mit dem Herzen und dem Starrsinn eines ausgewachsenen Stieres. Sie atmete tief durch. Ihn bald nicht mehr in ihrem Alltag zu wissen, war die schwerste

Bürde. Natürlich, sie konnten telefonieren und sich am Leben des anderen beteiligen. Wahrscheinlich würde sie anfangs täglich nachfragen, wie die Arbeit lief, wie es der Herde ging und wo sie gerade eingesetzt wurden. Aber würde Mateus noch an sie denken, wenn sie ein paar Monate fort war? In einem Land, das er nie gesehen hatte? Er war jung, bald würde er hoffentlich seine eigene Familie gründen. Seine Freundin Luisa war nicht nur hübsch, sondern auch ein tolles Mädchen, das ihn glücklich machen konnte. Eine Schwiegertochter wie sie hätte sie sich gewünscht.

Sie riss sich aus den Gedanken und schnitt eine Scheibe vom Weißbrot ab, beträufelte es mit Olivenöl, rieb eine Knoblauchzehe darüber und belegte das Brot mit Tomatenscheiben. Ein schlichtes Abendessen, aber sie liebte die einfachen Lebensmittel. Bald würde sie nicht mehr diese in der Sonne Portugals gereiften Tomaten essen können. Wenigstens hatte sie eine Kiste mit Sardinenbüchsen im Transporter, bestes kaltgepresstes Olivenöl und einige Flaschen ihres Lieblingsweins. Mateus konnte ihr Nachschub schicken, sobald die Vorräte aufgebraucht waren. Aber er konnte nicht mit ihr kommen. Diesen Weg musste sie allein antreten.

Sie ging wieder hinaus, setzte sich auf den Klappstuhl, den sie als einziges Möbelstück mitnehmen würde, und sah lange in die dunklen Umrisse der Korkeichen. Die *fadista* klagte mit Inbrunst ihren Schmerz.

Es war Nacht, es war Nacht. Es wurde nie wieder Tag.

Für Thea brach die letzte Nacht im *Alentejo* an, sie konnte sich nicht lösen von den Geräuschen der Nacht, von der Nähe zu ihrer Herde, dem Singsang der Zikaden. Erst spät fiel sie in einen leichten Schlaf.

Mateus weckte sie. Schiefergrau war der Himmel vor

Sonnenaufgang. Thea rappelte sich schlaftrunken in ihrem Klappstuhl vor dem Camper auf.

Der *cabreiro* hielt ihr eine Tasse hin. *«Um café?»*

Sie richtete sich auf und nahm den Espresso, trank ihn in zwei kleinen Schlucken.

«Deverias ir embora agora. Caso contrário, vai ficar muito quente. Du solltest jetzt losfahren. Sonst wird es zu heiß.» Er wandte sich um zum Transporter. Die Kisten mit den Ziegen hatten er und die anderen Ziegenhirten bereits verladen. Sie meckerten unleidig durch die geöffneten Türen.

«Tens razão! Du hast recht!» Thea richtete sich auf und spürte den Schmerz im Rücken. Vielleicht war es gut, dass er den anderen Schmerz überlagerte, der sie die dreitausend Kilometer bis nach Deutschland begleiten würde. Thea stieg in den Camper, holte ihren Koffer und die Mappe. *«Adeus, Mateus!»* Sie küsste ihn auf beide Wangen.

«Tchau, Thea! Até breve!» Bis bald, sagte er, obwohl sie beide wussten, dass sie sich eine lange Zeit nicht mehr sehen würden. Eine süße Lüge, die sie dankend annahm, um nicht noch in Tränen auszubrechen.

2

BENNO

Die Nacht verlor spürbar an Kraft. Der neue Tag schickte ein schwaches Lichtband voraus. Benno trug den Kaffee in der verbeulten Blechtasse in seinen Garten, wo sich die Baumwipfel in einer leichten Brise wiegten. Einsam sang eine Amsel neben ihm im Haselnussstrauch. Blaue Stunde. Er liebte diese Zeit vor der Morgendämmerung. In einer guten halben Stunde würde über der Heide die Sonne aufgehen. Wie jeden Tag hatte ihn seine innere Uhr um vier Uhr dreißig geweckt. Er hatte noch nie verschlafen. Nicht einmal im Winter, als er mit einer schweren Grippe im Bett gelegen hatte.

Mit kleinen Schlucken trank er, spürte das Brennen des Chilipulvers, das er zum Kaffeepulver gab, auf der Zunge. Der ultimative Muntermacher. Er stellte die leere Tasse auf den Terrassenboden, ging die Holzstufen hinab und über den Pfad aus Feldsteinen, die er bald vom Gras befreien musste, damit sie nicht ganz darunter verschwanden. Am Gartenzaun blieb er stehen, blickte hinaus aufs Moor, wo es merklich heller wurde. Eine Weile lauschte er dem Trompeten der Kraniche, die dort draußen nisteten, fernab der Wege und Stege, wo sie sich mit ihren Jungen sicher fühlten.

Einatmen, ausatmen. Die Augen geschlossen halten. Dabei eine Hand auf den Brustkorb legen.

Jeden Morgen bereitete er sich in diesen stillen Minuten auf die Aufgaben des Tages vor. Der laute Ruf des Kuckucks holte ihn zurück.

Benno blinzelte, ließ den Arm sinken. Diese Momente,

wenn er bei Sonnenaufgang hier am Zaun stand, und das Wissen, dass da draußen die Natur noch in Ordnung war, entschädigten ihn für den Druck, dem er ausgesetzt war. Seine Koppeln grenzten ans Reservat, schienen beinahe ein Teil von ihm zu sein. Die Pferde, Kühe, Esel, Schweine, Schafe und Alpakas konnten inmitten der Natur leben. Die Hühner, Laufenten und Gänse bevölkerten eine riesige Wiese mit Teich, in dem die ganze Nacht die Frösche quakten. Kein Wunder, dass viele Wanderer einfach durch das Türchen traten, weil sie dachten, sie könnten den Hof besichtigen wie das Moor, das für die Öffentlichkeit auf ausgewiesenen Wegen zugänglich war.

Plötzlich war die Krähe da. Sie saß vor ihm auf dem Zaunpfahl, forderte mit heiseren Krächzlauten ihre morgendliche Wegzehrung. Er griff in seine Hosentasche, holte etwas trockenes Katzenfutter hervor. Die Saatkrähe sprang auf seine Schulter, um die getrockneten Brocken aus seiner Hand zu fressen. Er konnte ihr tiefschwarzes Gefieder streicheln. Sie bedankte sich krächzend und flog davon. Benno sah ihr nach, bis sie hinter den Bäumen verschwand.

Es war an der Zeit. Die Sonne ging hinter den hohen Birken am Wohnhaus auf, sendete ihm ihren rotorangen Gruß. Benno lief auf dem Steinpfad zurück zum Schuppen, um das Vogelfutter zu holen. Auch bei den Gefiederten musste er in den Sommermonaten zufüttern, um die Elternpaare mit ihren Jungtieren zu unterstützen. Obwohl er neben einem Moorgebiet lebte, gab es seit Jahren zu wenig Insekten. Erst anschließend waren die Vierbeiner dran. Sie bekamen das Futter morgens noch im Stall. Knarzend öffnete sich in diesem Moment die Klappe am Hühnerstall. Er hatte den Riegel mit einer Schaltuhr versehen, die sich nach dem Sonnenaufgang richtete. Ein paar Sekunden war Ruhe, dann turnte das bunte Federvolk palavernd auf der Stiege nach unten in den Hühnergarten. Der Hahn schmetterte seinen Gutenmorgengruß gen Moor. Der Kuckuck grüßte zurück. Der Soundtrack des Hofmorgens.

Benno hielt inne, blickte über seine Schulter zum Nebengebäude, das bisher leer gestanden hatte. Bald würde diese Idylle auf dem Hof vorbei sein. Dort drüben hatte er zwei Wohnungen ausgebaut und zur Vermietung ins Netz gestellt. Ein letzter Versuch, den Hof am Leben zu erhalten. Die Spenden waren durch Pandemie und Energiekrise nahezu versiegt. Benno hatte andere Einkommensquellen suchen müssen. Und bevor er hier einen Streichelzoo eröffnete, vermietete er lieber die leer stehenden Wohnungen. Auch wenn er gern allein hier lebte, nahe an Wald und Moor, schaden würde ihm ein wenig Gesellschaft nebenan sicherlich nicht.

Wenigstens hielt eine Ligusterhecke die Neuankömmlinge von seinem Backsteinhäuschen ab. Die Terrasse ging nach hinten heraus zum Moor. Dort war er nach wie vor ungestört, wenn er Ruhe haben wollte. Aber der Garten war offen. Die Beete, das Gewächshaus und der Kräutergarten sollten ebenfalls von den neuen Mietern mitgenutzt werden können. Ein weiterer Anreiz, hier raus in die Einöde zu kommen.

Den Schlüssel musste er gleich noch in die Schlüsselbox hängen, so konnte die Mieterin, die sich mit zwei Haustieren angekündigt hatte, selbst einchecken. Die Miete für drei Monate war bereits auf seinem Konto eingegangen. Das Geld war zum richtigen Zeitpunkt gekommen, um den Futterlieferanten zu zahlen, der bereits damit gedroht hatte, nichts mehr anzuliefern. Zu viele Rechnungen waren noch offen.

Hoffentlich tat sich die neue Mieterin selbst einen Gefallen und ließ ihn einfach in Ruhe. Sie würden hier gut miteinander auskommen, in friedlicher Koexistenz, wenn er die Dame mit ihren Schoßhündchen möglichst wenig zu Gesicht bekam.

Er nahm einen Schlüssel vom Nagel und öffnete den Schuppen, schaufelte Vogelfutter in einen Eimer. Das Sommerfutter, kleinteilig, mit dem die Federlinge ihre Jungen füttern konnten, ohne dass sie erstickten. Er warf ein paar Schaufeln ins Vogelhaus und füllte die Vogelbäder im Garten mit frischem Wasser auf, danach die Insektentränken. Am Mittag sollte das Thermometer wieder auf dreißig Grad klettern. Hatte es so heiße Junitage früher schon gegeben? In seiner Jugend hatte es viel geregnet im Juni. Diese heißen und trockenen, beinahe mediterranen Phasen traten vermehrt seit den letzten Jahren auf.

Benno füllte die Gießkannen für das abendliche Bewässern der Hochbeete und Kübelpflanzen an der Pumpe und ging hinüber zum Stall. Bevor er sein Frühstück machte, würde er die Vierbeiner füttern. Die zwei Alpakas, die erst seit letzter Woche bei ihm waren, bekamen zuletzt ihr Futter.

Vom Deckel der Regentonne sprang der schwarz-weiße Kater, schmiegte sich an sein Bein. Benno nahm ihn hoch, kraulte seine Ohren, bis das Schnurren einsetzte. Er war einer von fünf Katzen gewesen, die nach dem Tod des greisen Besitzers aus einer zugemüllten Einraumwohnung befreit worden waren. Abgemagert und dehydriert nach einer monatelangen Tortur, die sich niemand ausmalen konnte und wollte. Benno hatte die Tiere nach den Tagen in der Tierklinik auf den Hof genommen und liebevoll aufgepäppelt. So wie alle Tiere auf seinem Lebenshof, den er seit Jahren mit Ach und Krach am

Leben erhielt. Einige kamen zu neuen Besitzern, die meisten blieben jedoch hier.

Er setzte den Kater ab und betrat den Stall. Die Tiere begrüßten ihn hungrig. Das dunkle Muhen der Braunen klang beinahe zärtlich. Er kraulte ihren Kopf, spürte ihre warme Zunge auf seinem Arm. Dann begannen die Esel zu schreien. Benno hob die Arme und dirigierte das Konzert im Stall. Erst als das Futter in den Trögen war, wurde es ruhiger. Er blieb stehen und genoss diese Zeit mit seinen Tieren, bevor er sie hinaus auf die Koppel trieb. Jeden Tag aufs Neue. Es war die Sicherheit immer gleicher Abläufe, die Routine, die er brauchte, um durch den Tag zu kommen.

Zum zweiten Frühstück briet er sich Spiegeleier mit Zwiebelringen und Tomaten. Dazu zwei Scheiben Roggenbrot mit Butter. Er strich sie dünner auf als sonst. Seit die Lebensmittel so teuer geworden waren, musste er sich einschränken. Er sparte lieber bei sich als bei den Tieren. Das Gemüse bezog er aus seinem Garten, das Brot backte er selbst. In der Espressokanne zischte der Wasserdampf durch die winzigen Düsen. Das Kaffeepulver schickte ihm ein Freund aus Südtirol. Im Gegenzug bekam Giovanni zweimal im Jahr Bennos Bio-Heidehonig, wenn er geschleudert hatte.

Er sah auf die Uhr über dem Herd, stellte ihn aus. Das Zischen der Eier würde gleich übertönt werden. Kurz nach zehn begann der tägliche Terror. Einmal tief durchatmen und ausharren, bis der Spuk vorbei war. Die Türklingel wurde lange und stürmisch gedrückt, als er sich mit den Eiern an den Tisch gesetzt hatte. Warum er sie nicht abklemmte, wusste er selbst nicht. Vielleicht hatte er sich schon zu sehr an diesen morgendlichen Klingellärm gewöhnt. Er hob seine Blechtasse in Richtung der Eingangstür. «Moin!», grüßte er und schob sich die Gabel mit dem ersten Bissen in den Mund.

Plötzlich war Ruhe.

Benno vergaß zu kauen, legte die Gabel ab und lauschte. Die Postfrau hatte heute viel schneller aufgegeben als sonst. Sollte er nachsehen, was da los war?

Bevor er aufstehen konnte, erschien ein Gesicht am Küchenfenster. Agnes musste mitten im Rosmarinbusch stehen, um zu ihm hereinsehen zu können.

«Benno, Schluss mit diesen Faxen. Mach die Tür auf!» Hartnäckig klopfte sie an die Scheibe. «Auch wenn der Briefkasten voll ist, bekommst du das Einschreiben!» Sie presste einen Umschlag an die Scheibe. «Einwurfeinschreiben! Ist hiermit zugestellt! Du musst den Erhalt nicht einmal unterschreiben.» Der Umschlag verschwand von der Scheibe. Agnes zog ein Tablet aus der Tasche und schrieb etwas darauf.

Benno seufzte und stand auf. Hatte sie also doch noch ihren Willen bekommen. Das Fenster ließ sich nur schwer öffnen. Agnes' gerötetes Gesicht sah zufrieden aus, als er ihr zunickte. Wie damals in der Schule, wenn sie bessere Noten geschrieben hatte. Sie war danach zur Post gegangen, er zur Bahn. Sie trug noch immer die Briefe aus. Er hatte von einem Tag auf den anderen nicht mehr in seinem Beruf als Lokführer arbeiten können. Nach einem Unfall im Winter vor zwanzig Jahren, dem ein langer Klinikaufenthalt folgte, war er nicht mehr zur Bahn zurückgekehrt. Er war nur auf diesem einsamen Hof zurechtgekommen.

«Hier!» Agnes in ihrem schwarz-gelben Poloshirt lag ein überlegenes Lächeln auf den Lippen. Sie presste ihm den Umschlag an die Brust. «Und leere endlich den Briefkasten! Du machst nur uns beiden das Leben schwer. Den Gerichtsvollzieher interessiert es nicht, ob die Rechnungen und Inkassoschreiben nie von dir gelesen wurden.»

Benno fingerte nach dem Umschlag. «Willst du einen Kaffee?», fragte er höflich.

«Keine Zeit!» Agnes kämpfte sich aus dem Rosmarinstrauch und überquerte mit langen Schritten die Terrasse. «Willst du dir nicht endlich wieder einen Hund zulegen?», rief sie über die Schulter. «Das Trauerjahr ist doch längst vorbei!»

Er winkte ihr zu und schloss das Fenster, drückte das verzogene Holz in den Rahmen. Dann setzte er sich an den Frühstückstisch und schob den Teller zur Seite. Der Appetit war ihm vergangen. Er warf den Umschlag neben sich auf den Tisch, wusste ja eh, was darin stand. Wenn er nicht bald Geld für die offenen Rechnungen auftrieb, würde er seinen Hof verlieren. Das war ihm auch ohne diese Drohkulisse in Papierform bewusst.

Das Handy fand er in einer Jackentasche. Er drückte die Kurzwahltaste eins. «Hannes? Kannst du kommen? Ich brauche dich heute.»

Benno nahm den Teller mit den Spiegeleiern und stellte ihn in der Diele auf den Fliesenboden. Sofort stürmten zwei Katzen heran und machten sich über den Rest seines Frühstücks her. Benno sah ihnen zu. Er musste endlich mehr Geld verdienen und damit den Lebenshof für Tiere retten. Wie, wusste er nicht. Zur Not würde er in der Nacht Zeitungen austragen oder Regale im Supermarkt einräumen. Er nahm sich den Briefkastenschlüssel, um die aufgelaufene Post zu holen. Agnes hatte recht. Sie konnte nichts für seine Schulden. Und ihr tägliches Klingelkonzert war sicherlich kein Geräusch, das ihm fehlen würde.

3

THEA

An der Grenze nach Spanien spürte Thea ein letztes Mal einen schmerzenden Zweifel, ob es richtig war, was sie da tat. Mit Mitte fünfzig noch einmal neu anzufangen, ohne Hilfe und ohne einen richtigen Plan, war mehr als verrückt. Es war leichtsinnig. In Portugal hätte sie noch ein paar Jahre mit Mateus und den Ziegen durchs Land ziehen und dann für das Wohnmobil einen festen Stellplatz am Atlantik suchen können. Auf ihre alten Tage das Surfen lernen, vielleicht ein paar Dates wagen und doch noch jemanden kennenlernen, der mit ihr aufs Meer schauen wollte.

Was zog sie in das kalte Deutschland? Warum dieser Einschnitt in ihrem gewohnten Leben? Sie konnte noch immer nicht sagen, woher dieser innere Drang kam, nach Hause zu gehen.

Die Müdigkeit setzte ein, und sie holte sich in einer Bar drei *café cortado*. Einen trank sie sofort, die anderen füllte sie in ihren Reisebecher. Für die Ziegen kaufte sie an einem Straßenstand ausnahmsweise Maiskolben und etwas Salat. Aber sie meckerten unleidig und mochten nichts fressen. Das Geschaukel war ihnen wahrscheinlich auf den Magen geschlagen.

Als sie dem weißen Band der Straße folgte und beinahe achthundert Kilometer quer durch Spanien fuhr, immer wieder nach Rastplätzen Ausschau hielt, wo sie ihren Ziegen etwas Ruhe und Wasser gab, schüttelte sie die letzte Unsicherheit ab. Sie hatte sich entschieden. Es gab kein Zurück. Ihr neues Leben hatte begonnen, und wie sie leben würde, lag allein in ihrer Hand. Wenn sie scheiterte, konnte sie jederzeit zurückgehen und wieder bei Mateus als *cabreira* anfangen. Er war dagegen gewesen, dass sie ihn und die Herde verließ, hatte kein Verständnis dafür gehabt, dass ihr altes Herz nach Hause wollte. Sie hatte ihm in all den gemeinsamen Wanderjahren nicht von Deutschland erzählt. Woher sollte er auch Heimweh kennen? Er war noch nie fort gewesen, kannte nicht einmal das Nachbarland Spanien. Nein, dachte sie, während sie mit einhundertzwanzig Stundenkilometern über den Asphalt rollte, umkehren würde sie nicht mehr. Mateus führte ab jetzt sein eigenes Geschäft mit den Ziegen, lebte sein Leben. Schon bei ihrer Auswanderung war das Scheitern keine Option für Thea gewesen. Letztendlich war es nur eine Frage der Sichtweise, wann aus einem Plan ein Drama und daraus ein Desaster wurde. Noch war sie jung genug, um aus eigener Kraft einen Neustart zu schaffen.

In der Nähe von Bilbao aß sie etwas Weißbrot und Serranoschinken mit Oliven, gleich auf dem Parkplatz eines Supermarkts. Erschöpft schlief sie kurz nach Mitternacht auf der dünnen Matratze im Transportraum neben den Ziegen ein, die die Hitze besser auszuhalten schienen als sie selbst. Gegen vier Uhr stand sie auf, wusch sich notdürftig in der Toilette der Raststätte und überquerte bald darauf die Grenze nach Frankreich. Immer noch lagen fast anderthalbtausend Kilometer vor ihr. Zwei weitere Tage in diesem Blechungetüm und zu kurze Ruhezeiten auf der unbequemen Matratze. Dennoch fielen mit jeder Stunde die anfänglichen Zweifel von ihr ab, sie konnte die sich verändernde Umgebung, die an ihr vorbeizog, genießen und sang Lieder im Radio mit.

Als sie Paris hinter sich ließ und auf Belgien zuhielt, stellte sich eine eigenartige Ruhe in ihr ein. Auch die Ziegen schliefen im Heu, als hätten sie sich an die Fahrerei gewöhnt. Sie rastete am Abend ein paar Stunden neben einem Truck, der spanische Orangen geladen hatte. Der Fahrer schob ihr eine Kiste der Früchte in den Laderaum. Dafür überließ sie ihm ein paar Sardinenbüchsen. An einem wackeligen Klapptisch zelebrierten sie ein kleines Abendessen, während die Ziegen neben ihnen angepflockt grasten. Der Trucker erzählte ihr bei einem alkoholfreien Bier Geschichten von seinen Jahren auf der Straße. Thea nickte neben ihm ein. Noch vor Morgengrauen fuhr sie weiter, hob die Hand zum Gruß, als sie seinen Lkw hinter sich ließ.

Wie einsam mochte das Leben für ihn auf der Straße sein? Seine Geschichten waren bunt und abenteuerlich, aber war er hier draußen glücklich? Oder wenigstens zufrieden? Tausende von Kilometern zurückzulegen, die Familie nur alle paar Wochen zu sehen, was war das für ein Leben? Ein Seefahrer der Straße.

Die Landschaft wurde grüner, die Rastplätze erschienen ihr sauberer. Der Kaffee hingegen war nur noch fade, schmeckte wie heißes Wischwasser. In Belgien regnete es sogar ein paar Stunden. Die Ziegen genossen das saftige Grün auf einer Wiese, wo sie die beiden herumtollen ließ. Sie selbst lief barfuß durch das nasse Gras, von dem der Regen perlte. Die Luft roch hier anders, nach Kiefernwald und geschnittenem Holz. Als sie zum Transporter ging, bemerkte sie den einzigartigen Duft von Regen auf Asphalt. Sie blieb stehen, bekam eine Gänsehaut. Wie lange hatte sie diesen speziellen Geruch nicht mehr so intensiv wahrgenommen?

Nur noch ein paar Stunden, bis sie ihr Ziel erreichte. Eine

Rast würde sie noch einlegen müssen, um die Tiere nicht zu überfordern. Dann war sie wieder in der Heide. Was würde so sein wie damals, als sie gegangen war? Was würde sich verändert haben? Wie hatten die Jahre in Portugal sie selbst verändert? Sie spürte, dass sie aufgeregt war, ein flatteriges Gefühl machte sich in ihr breit.

Thea ließ die Ziegen in den Laderaum springen und nahm einen tiefen Atemzug. In zwei Stunden würde sie die Grenze nach Deutschland überqueren. Und plötzlich fielen ihr Namen von Freunden ein, die sie längst vergessen zu haben schien. Ein Name drängte sich in ihre Gedanken, den sie hatte vergessen wollen. Aber wenn sie im Norden Deutschlands einen Neuanfang beginnen wollte, musste sie sich mit ihm auseinandersetzen.

Artur. Der Mann, mit dem sie glücklich gewesen war. Und der ihr das Glück von einem Tag auf den anderen wie den Boden unter den Füßen weggerissen hatte. Seinetwegen hatte sie mit Ende zwanzig Deutschland verlassen.

Es war weit nach Mitternacht, als das Navi Thea von der Autobahn herunterleitete. Vor knapp einer Stunde hatte sie Hannover passiert, wo ein Gewitter niedergegangen war. Nun fuhr sie bei offenem Fenster, genoss die regenfeuchte Nachtluft und die Aussicht, bald anzukommen. Dichter Nadelwald flog an ihr vorbei. Die Lüneburger Heide, die eine Größe von über zwanzigtausend Hektar einnahm. Die größte Heidelandschaft in Mitteleuropa, mit Wäldern, Wiesen, Mooren und Feldern. Viel grüner als der *Alentejo*. Waldbrandgefahr bestand im Sommer auch hier, aber sicherlich nicht so immens wie bei den staubtrockenen Flächen in der glühenden Hitze Portugals.

In zwei Kilometern haben Sie ihr Ziel erreicht, meldete die künstliche Stimme des Navis ohne jede Emotion. Sie war beinahe dreitausend Kilometer gefahren, war übermüdet, durchgeschwitzt und durstig. Ihr Rücken schmerzte, und sie wollte endlich in einem richtigen Bett schlafen. Ihre Ziegen hatten es aufgegeben, gegen das Gatter zu poltern. Sie ergaben sich ihrem Schicksal.

Thea ließ ein kleines Dorf hinter sich. Um zwei Uhr morgens war kein Fenster erleuchtet, aber sie erfreute sich an den sanierten Fachwerkbauten unter Reet und erkannte einen Gasthof wieder, in dem sie Familienfeiern erlebt hatte und der auf einer Tafel seine Spargelkarte anbot. Das Ortsschild verschwand hinter ihr in der Dunkelheit, und sie folgte der Landstraße, die von Birken gesäumt war. Das Licht der Scheinwerfer reflektierte die helle Borke der Stämme mit den auffällig dunklen Streifen. Beinahe magisch, wie diese schlanken Stämme auf sie zuflogen, ein stummes Empfangskomitee mit wehenden Zweigen. Ihr wurde plötzlich bewusst, wie lange sie keine Birken mehr gesehen hatte.

Das Navi schickte sie schließlich in einen schmalen Feldweg, neben dem hellgrün die Gerste stand. Von dort ging es in eine Sackgasse zwischen einem Waldstück und wuchernden Brombeerhecken. Am Ende war ein riesiges Tor aus Baumstämmen gezimmert worden, das einladend geöffnet war. Sie ließ den Transporter auf dem Hof des Grundstückes ausrollen, der Motor erstarb, das Licht wurde gedimmt. Hier würde sie in den nächsten Wochen die ersten zaghaften Schritte in ihre Zukunft tun. In der Anzeige hatte gestanden, dass Haustiere ausdrücklich erwünscht waren und ein Garten mitgenutzt werden konnte. Die Miete war bezahlbar, die Wohnung mit einer kleinen Küche ausgestattet. Nach den

Jahren im Wohnmobil hatte Thea keine großen Ansprüche. Hauptsache, ihre Ziegen konnten bei ihr bleiben.

Der Vermieter hatte ihr in der Vermietungs-App mitgeteilt, dass ihre Wohnung im rechten der beiden Wohngebäude lag. Zum Glück hatte er den Schlüssel in einer Schlüsselbox hinterlassen. Sonst hätte sie ihn zu dieser frühen Stunde aus dem Bett klingeln müssen.

Thea stieg aus, sog die kühle Nachtluft ein, hörte den Ruf eines Waldkauzes. Ein Gruß des Waldes, auch wenn er ein wenig gespenstisch wirkte zwischen den dunklen Wipfeln, die den Hof umgaben.

Sobald die Ziegen merkten, dass der Wagen stillstand, setzte ungeduldiges Meckern ein. Thea öffnete die Türen des Transporters und überlegte, ob sie Clara und Aurélia in der Nacht auf dem Fahrzeug lassen sollte. Aber die beiden rammelten an der Box, wollten endlich ins Freie. Aurélia sprang sofort herunter, leckte ihre Hand. Sie schien zu spüren, dass die Reise hier ein Ende nahm. Clara äugte ängstlich zu ihr herunter. Thea musste hochsteigen und sie erst einmal beruhigen, dass ihr nichts Schlimmes bevorstand.

Als beide Ziegen im Garten standen, sah sich Thea um und entschied, sie hier neben dem Haus anzupflocken. Der Garten gehörte ja zum Mietobjekt dazu, das konnte kein Problem darstellen. Morgen würde sie dem Vermieter ihre Haustiere vorstellen. Vielleicht gab es in einem der Nebengebäude einen überdachten Stall für die beiden. Sie lauschte. Hatte sie gerade ein Blöken gehört? Gab es weitere Tiere hier?

Als ihre Ziegen festgemacht und versorgt waren, inspizierte Thea das Haus. An der Eingangstür fand sie den Schlüssel in der Box, die sie mit dem mitgeteilten Code öffnen konnte. Das Schloss knackte, und sie war drin. Im Flur roch es etwas muffig, aber die Wohnräume waren durchgelüftet und machten einen sauberen Eindruck. Die Küche, in der eine einfache Küchenzeile mit Spüle, Herd und einem Kühlschrank standen, roch nach frischer Farbe. Die Dielen waren abgezogen und geölt. Ein Spiegel hing im Flur, ansonsten war die Wohnung unmöbliert. Thea holte ihren Koffer und die Mappe mit den Papieren. Zuletzt hievte sie die Matratze aus dem Wagen und legte sie in das leere Schlafzimmer auf den Boden. Nach einer Katzenwäsche im Bad legte sie sich erschöpft hin, starrte an die Decke. Zu ihrer Verwunderung fiel in diesem Moment alles Schwere von ihr ab. Sie war gut dreitausend Kilometer von Mateus und der Ziegenherde entfernt, zurück in ihrer Heimat. Was auch immer der morgige Tag für sie bereithielt, sie würde es schaffen. Durch das geöffnete Fenster, das die samtige Kühle der Nacht hereinließ, hörte sie erneut den zaghaften Ruf des Waldkauzes. Ein Klang wie aus einer fernen Zeit.

4

BENNO

Der Morgen war windiger als gestern. In der Nacht hatte sich ein Gewitter über der Heide entladen, war nach ein paar Blitzen und einem leichten Grollen weitergezogen, hatte einem leichten Schauer das Feld überlassen. Benno kontrollierte die Regentonne. Nicht mal halb voll. Das Wasser würde kaum ausreichen, um in den nächsten Tagen Garten und Rasen zu wässern. Gut, dass er einen eigenen Brunnen für das Grundstück hatte.

Seine Blechtasse mit dem Chilikaffee in der Hand, ging er weiter auf dem schmalen Pflasterweg durch den Garten. Der Tag würde nicht so heiß werden, etwas Abkühlung tat Menschen und Tieren gut. Er würde gleich das Haus lüften, um die sommerliche Hitze der letzten Tage herauszutreiben. Und er musste auch die Stalltüren öffnen.

Die Tiere waren bereits gefüttert und auf der Koppel. Sein Magen meldete sich. Zeit für sein zweites Frühstück. Er trank einen Schluck, blieb plötzlich stehen. Ein seltsames Geräusch ließ ihn aufhorchen. War es das Meckern einer Ziege, das hinter dem Liguster zu hören war? Die Koppel lag auf der anderen Seite. War Rudolf, der Ziegenbock, wieder ausgebüxt?

Eindeutig ein Meckern! Er setzte die Tasse auf einer Steinmauer ab und ging durch das kleine Holztürchen in der Hecke, die sein Haus von dem Nebengebäude trennte. Dort hatte er den Kräutergarten angelegt, in dem sich gerade zwei fremde Ziegen an seinem Basilikum die Bäuche vollschlugen.

«He! Weg da!» Benno ging näher und hob die Arme. Den beiden Ziegen schien er Respekt einzuflößen, sie liefen rückwärts und meckerten aufgebracht, kauten jedoch genüsslich die zarten Blätter weiter. Hatte in der Nacht wieder jemand ganz heimlich ein paar ausgesonderte Tiere bei ihm hinterlassen? Die Leute wussten, dass er hier einen Lebenshof für Tiere führte. Aber konnten sie nicht wenigstens mit ihm abstimmen, wenn sie ein paar neue Bewohner auf den Hof brachten? Wie sollte er es finanziell stemmen, wenn sie die Alten und Schwachen einfach wortlos hierließen?

Er trat näher. Die Ziegen äugten neugierig, aber sie wichen an ihren Leinen, die direkt in seinem Kräutergarten festgemacht worden waren, langsam zurück.

«*He!*», rief eine aufgebrachte Stimme.

Benno zuckte zusammen und drehte sich um, sah eine Frau durch den Kräutergarten stürmen. Sie hatte dunkle Haare, die in einen wilden Knoten gedreht waren, einen südeuropäischen Teint und ... er musste zweimal hinsehen ... Tomatenscheiben im Gesicht. Benno starrte sie an.

Die Fremde mit dem Gemüse im Gesicht blieb stehen und starrte zurück, stemmte provokativ die Hände in die Hüften.

«Wer sind Sie?», fragte er schließlich.

Sie zog eine Augenbraue hoch, eine der Tomatenscheiben klappte nach vorn und fiel ab. «Thea Lorenz. Und Sie sind ...?»

Benno starrte auf die zweite Tomate im Gesicht seines Gegenübers. Er atmete in den Bauch, blieb jedoch erstaunlich ruhig. Dann sah er im Augenwinkel das fremde Fahrzeug im Hof stehen.

«Sind das Ihre Ziegen? Sie fressen meine Kräuter», sagte er langsam wie zu einem Kind und spürte, dass er gleich laut wurde.

Die Frau überkreuzte die Arme und schien ihn einer Prüfung zu unterziehen. Sie trug eine kurze Jeanshose, die ihre langen braunen Beine zeigte. Ihr Alter war schwer zu schätzen. Wahrscheinlich irgendwas in den Fünfzigern wie er selbst. Auch wenn sie sehr schlank war, wirkte sie drahtig und als könne sie richtig zupacken. Die grauen Strähnen in ihrem Haar passten zum dunklen Teint ihrer Haut.

«Das sind Aurélia und Clara!», sagte sie und fasste sich ins Gesicht, zog die zweite Tomatenscheibe herunter. «Und ich bin die neue Mieterin. Und Sie sind?»

Bei ihm fiel langsam der Groschen. «Benno Findeisen! Ich …»

«Ah, dann sind Sie ja mein Vermieter!», kam sie ihm zuvor. Sie warf das tote Gemüse in den Kräutergarten und wischte ihre Hand an der Hose ab. Dann kam sie auf ihn zu. «Wir haben geschrieben.»

Die neue Mieterin. Auch das noch. Ihr Händedruck war so fest, dass er sie länger festhielt, als er wollte. «Also sind das Ihre Ziegen?» Er sah zu den Tieren, die sich in aller Seelenruhe wieder seinem Basilikum zugewandt hatten.

«Aurélia, Clara! *Vão embora!* Weg da!» Sie lief los und scheuchte die Ziegen aus dem Kräuterbeet. «*Com licença!* Entschuldigung! Die müssen sich in der Nacht losgerissen haben.»

Benno ging ein Licht auf. «Das sind die beiden Haustiere, die Sie angekündigt haben?»

«Ja, so war die Wohnung doch ausgeschrieben! Mit Gartenanteil, Haustiere ausdrücklich erwünscht!», zitierte sie das Inserat im Netz und zerrte die Tiere weg vom Basilikum in Richtung eines Grasstreifens.

«Haustiere sind Hunde oder Katzen!» Benno konnte es

nicht glauben. «Von mir aus auch Kanarienvögel. Aber Ziegen?»

Die neue Mieterin warf ihm einen verärgerten Blick zu. «Dann schreiben Sie es das nächste Mal rein. Hunde und Katzen erlaubt, keine Ziegen!» Ihr Ton war kühl, als sie die Tiere anpflockte.

Benno schüttelte den Kopf. Aber wo sie recht hatte, hatte sie recht. «Passt es mit der Wohnung?»

Sie kam zu ihm zurück, strich sich die letzten Krümel ihrer Maske aus dem Gesicht. «Haben Sie vielleicht noch irgendwo einen Tisch rumstehen?»

«Einen Tisch?»

«Ich bin in der Nacht angekommen, muss mich hier erst einmal einrichten. Einen Stuhl habe ich dabei, aber ein Tisch wäre hilfreich.»

Benno sah zu dem in die Jahre gekommenen Transporter, der neben dem Wohngebäude parkte. Er erkannte jetzt, dass das Kennzeichen aus Portugal stammte. Wie lange war sie wohl mit dieser Klapperkiste und den Ziegen unterwegs gewesen? Mehrere Tage? Er merkte, wie er sich entspannte. Er war hier der Vermieter, sie hatte ihn im Voraus bezahlt. Vielleicht konnte er dann wenigstens etwas freundlicher sein, wenn er sie nicht sofort vergraulen wollte. Hatte er seine Etikette an der Garderobe vergessen? «Haben Sie schon was zu essen im Haus? Wie wäre es mit einem Frühstück?»

Thea Lorenz fixierte ihn. Wahrscheinlich fragte sie sich, ob sie schon bereit war, in der Küche dieses ungehobelten Klotzes zu sitzen.

Er zeigte auf sein Haus. «Danach können wir auf dem Dachboden nachschauen. Da stehen noch ein paar Möbel meiner Großeltern. Ich denke, da war ein Tisch dabei.»

Die neue Mieterin sah ihn an, ein tiefer prüfender Blick. Braune Augen, die eine Antwort abzuwägen schienen. «Warum nicht! Mögen Sie Sardinen?»

Benno stockte. Fisch zum Frühstück? Dennoch nickte er. «Klar, gern!»

Thea ging zu dem Fahrzeug, zog die Seitentür auf und holte ein paar Sardinendosen, Tomaten und Orangen aus einer Kiste, die sie mit den Armen an den Körper drückte. «Ich hoffe, Sie haben einen starken Kaffee im Haus!»

«Keine Sorge!» Benno warf einen Blick zu den Ziegen, die friedlich grasten und fest angeleint waren. «Die beiden können in der Nacht dort in eine Box.» Dann blickte er hinüber zum Stallgebäude, dessen Reet eine grüne Moosschicht trug. Thea folgte seinem Blick, schien sich zu dem in die Jahre gekommenen Backsteinbau ihre eigenen Gedanken zu machen. Sah sie, dass das Dach am Giebel leicht durchhing? Dass ein paar Steine neben dem Fenster locker saßen und dass hier seit Jahren immer nur geflickt statt saniert worden war? Sie nickte wohlwollend, das war wohl ein Zeichen, dass sie nichts davon bemerkt hatte. Er ging voraus und warf Thea einen Blick zu. War das eben ein Lächeln in ihrem Gesicht gewesen?

Benno erklärte ein paar Sachen zum Hof, ließ sie vor ihm durch die blaue Haustür eintreten. Er ärgerte sich, nicht geputzt zu haben. Aber das tat er erst am Wochenende.

«Und Sie leben hier allein?», fragte sie, als sie ihm die Lebensmittel in der Küche auf die Anrichte legte.

«Na ja, die Tiere und ich!»

«Sie haben auch Haustiere?», fragte sie und entdeckte eine der Katzen, die auf dem Küchenstuhl schlief. «Ah!»

Er ließ sich nicht in die Karten schauen. Die anderen Hofbewohner würde sie noch früh genug kennenlernen. Man musste das Ass nicht sofort ausspielen, auch wenn das Blatt gut war. «Das ist Klärchen! Bitte.» Er wies auf die Holzbank am Tisch, stellte das Brett mit dem Brot vor sie hin, gab ihr das Brotmesser. «Nicht so dicke Scheiben!»

«*Claro!*» Ein freches Aufblitzen in ihren Augen.

Er deckte den Tisch für zwei, stellte Aufschnitt, Käse und Butter neben die Sardinendosen, schnitt Tomaten auf, warf ihr einen strengen Blick zu.

Sie zog eine Grimasse. «Keine Angst, die bleiben auf dem Teller. Tomaten sind super Feuchtigkeitsspender, wussten Sie das nicht?»

«Ich dachte, man nimmt Gurkenscheiben.» Er holte ein frisches Glas der Erdbeerkonfitüre aus dem Vorratsraum.

«Was man halt dahat.» Sie schnitt eine weitere Scheibe vom Laib.

Als er sich zu ihr setzte, wurde ihm bewusst, wie lange es her war, dass hier eine Frau mit ihm gesessen hatte. Er kannte diese Fremde gar nicht, hatte lediglich ein paar Sätze mit ihr gewechselt. Warum lud er sie in sein Haus ein? Weil Menschen sich erkannten, die den Tieren mehr zugewandt waren als ihren eigenen Artgenossen? Er stellte ihr einen Espresso hin. Sie nippte daran. «Oh, der ist gut!»

«Aus Partschins!», sagte er und setzte sich. «Ein Freund in Südtirol hat eine Kaffeerösterei. Alles andere ist regional.»

«Fast so gut wie der *café* in Portugal. Und das Brot?» Sie schob sich eine Scheibe ohne Belag in den Mund. «Sauerteig! Habe ich ewig nicht gegessen.»

Er sah sie an, wägte ab. «Ich backe immer sonntags. Wenn Sie Brot wollen, sagen Sie Bescheid.»

Ihr Gesicht hellte sich auf, als sie sich Butter und Käse auftat. «Gerne!» Sie lehnte sich entspannt zurück. «Ich habe Öl und Rotwein mitgebracht. Dann bringe ich Ihnen später etwas davon vorbei.»

«Warum sprechen Sie so gut Deutsch? Haben Sie deutsche Wurzeln?», fragte er geradeheraus.

«Ich bin in Bispingen geboren.» Ein kaum merkliches Seufzen. «War aber über zwanzig Jahre nicht mehr da. Lange Geschichte. Zu lang für ein Frühstück.»

Er nickte und bohrte nicht weiter. Aber sie interessierte ihn, mehr als er zugeben wollte.

«Wenn wir schon so eng zusammenleben, wollen wir nicht dieses leidige ‹Sie› lassen?» Seine Mieterin sah ihn an, reichte ihm über den Tisch die Hand. «Thea!»

Er zögerte nicht, schlug sofort ein. «Benno!»

«Die Ziegen heißen Aurélia und Clara. Ich denke, das geht klar, dass du sie duzen kannst.» Sie lachte. «Das ging mir in Portugal auf die Nerven, dass sich alle dort so lange siezen. Aber das ist wohl das Einzige, was ich nicht vermissen werde.»

Benno rollte den Maschendrahtzaun ein Stück ab und schnitt ihn mit einer Drahtschere in die richtige Länge. An dieser Stelle war der Zaun am Hühnergarten nicht mehr dicht. Einige seiner Hühner und Enten hatten ein paar Ausflüge ins Moor unternommen, was ihm einen bösen Anruf vom Amt eingebracht hatte. Während er das Zaunstück fixierte, wurde er beobachtet. Der immer etwas skeptische Blick der Hühner schien ihn kontrollieren zu wollen, während sie in seiner Nähe unter den Johannisbeerbüschen scharrten. Der Hahn, dem ein Stück seines Kammes fehlte, stolzierte in seiner Wachhabendermanier zwischen ihnen herum. Die Enten waren lieber auf dem Teich geblieben und suchten zwischen den Wasserlinsen nach Mückenlarven.

Benno zog das Zaunstück hoch, hielt es vor den alten Zaun und dachte an den Morgen und das Frühstück mit Thea. Er musste zugeben, dass ihre Gesellschaft kurzweilig gewesen war, gefüllt mit ihren Geschichten aus diesem Land, das ihr fünfundzwanzig Jahre ein Gefühl von Heimat gegeben hatte und welches er selbst nur von Dokumentationen im Fernsehen kannte. Aber er hatte auch gemerkt, dass sie das hitzige Temperament der Portugiesen angenommen hatte, was sich schwer mit seiner kühlen nordischen Art kombinieren ließ. Er hatte sie gefragt, was sie jetzt vorhabe, und sie hatte offen gesagt, dass sie es noch nicht wüsste. Nie wäre er in ein anderes Land gezogen, ohne einen konkreten Plan zu haben, wie und wovon er leben würde. Sie hatte wohl etwas Geld gespart, finanziell schien sie keine Not zu haben, aber er konnte sich partout nicht vorstellen, einfach einem Gefühl zu folgen, dann in den Tag hineinzuleben und zu warten, was er bringen würde.

Gut, sie wollte ihre neue Wohnung einrichten. Nach dem Frühstück waren sie gemeinsam auf den Dachboden gestiegen und hatten einen alten Esstisch heruntergeschafft, der zwar kippelte, aber noch gut erhalten war. Zwei verstaubte Korbstühle hatte sie noch mitgenommen, eine Stehlampe, von der niemand wusste, ob sie funktionierte, und ein Bett mit Lattenrost, das quietschte, wenn man sich draufsetzte. Außerdem war da oben noch allerlei Krempel und Gedöns wie alte Koffer, kleine Kommoden und uralte Küchenutensilien, die sie sich nach und nach abholen wollte. Nun gut, dann wurde der Dachboden mal entmüllt. Hauptsache, sie nahm den Kram dann auch mit, wenn sie irgendwann weiterzog.

Er befestigte den Draht mit dem Akku-Tacker, zog ihn zur anderen Seite straff und merkte, dass einer der Pfähle nicht mehr fest im Boden verankert war. Auch das noch! Benno wischte sich den Schweiß von der Stirn und trank ein paar durstige Schlucke aus der Trinkflasche. Hannes hatte ihm helfen sollen, war aber wieder nicht erschienen. Seine Aushilfe war seit dem ersten Tag unzuverlässig, aber Benno konnte auf seine Arbeitskraft nicht verzichten. Auch heute schien dem Jungen etwas dazwischengekommen zu sein. Die Arbeit auf dem Hof war schon für zwei zu viel, jedoch eine Vollzeitkraft konnte Benno nicht einstellen. Also setzte er Prioritäten, machte kein Wochenende, keinen Urlaub, hielt jeden Tag hier auf dem Hof alles am Laufen. Aber wie lange noch? Wenn der Gerichtsvollzieher hier anfing, den Kuckuck zu kleben, war es zu spät.

Benno sah Thea durch den Garten laufen, ihre Ziegen folgten bockig an der Leine. Er hatte ihr vorgeschlagen, die beiden tagsüber mit zu den anderen Tieren auf die Koppel zu stellen.

Irgendwie verrückt, diese Frau. Hielt Ziegen als Haustiere und lief mit Tomatenscheiben im Gesicht im Garten herum, als scherte sie nicht, was die Welt von ihr dachte. Aber auf der anderen Seite zollte er ihrer Ist-mir-scheißegal-Einstellung Respekt.

Als er zur Werkstatt ging, um den Vorschlaghammer und Holzkeile zu holen, hörte er sie am Handy telefonieren. In dieser Sprache mit den vielen Zischlauten, die ganz weich klang und nicht so hart wie das Spanische, bei dem er aber wenigstens ein paar Wörter verstand. Den Namen Mateus hörte er heraus und dass sie von Clara und Aurélia sprach. Plötzlich wetterte sie los wie ein Rohrspatz, begann aufgeregt zu gestikulieren, um kurz danach aufzulachen. Sie war wechselhaft wie das Wetter der letzten Tage, einfach in keine Kategorie Frau zu pressen, die er bisher kennengelernt hatte.

Er kramte in der Werkstatt, bis er den Hammer fand, hob ihn auf die Schulter. Thea lehnte am Apfelbaum und redete immer noch. Er ahnte, dass es eine Herausforderung für sie beide werden würde. Das Zusammenleben, das Rücksichtnehmen, die Kompromisse, die nötig waren. Es fing damit an, dass er keine Tomatenscheiben in seinem Garten rumliegen haben wollte, keine Ziegen, die seinen Kräutergarten runterfraßen, keine Mieterin, die ihm womöglich jeden Tag Gespräche aufdrängte. Sie hatte beim Frühstück über ihn gelacht, als er einige Regeln für das Zusammenleben aufstellte. Er solle sich nicht so haben, hatte sie gesagt, immerhin hätte sie ihm nicht das Haus in Brand gesteckt. Er hoffte, dass bei ihr trotzdem angekommen war, dass er hier auf dem Hof gewisse Regeln hatte, damit das Chaos nicht über ihn hereinbrach. Warum hatte er die ganze Zeit das Gefühl, dass diese Frau seine Wünsche nicht interessierten?

5

Juli hob den Blick und schaute durch die Baumriesen. Die Sonne stand weit oben, es musste Mittag sein. Sie setzte einen Schritt vor den anderen, als wäre ihr Körper ein Uhrwerk, das fein geölt funktionierte. Minuten und Stunden zerrannen, hier wo sie ging, unter dem grünen Gewölbe der Blätter. Nur die Mücken störten. Und der Rucksackriemen, der auf einmal an ihrem Rücken scheuerte. Eine Sonnenschneise nutzte sie zum Rasten, stellte die Gehstöcke an eine Fichte und nahm den Störenfried ab. Nun sah sie, was das Problem war. Eine Schnalle war verdreht. Juli öffnete sie und suchte sich eine Stelle, wo sie sich ins Gras setzen konnte. Die Halme waren warm von der Sonne, die an diese Stelle fiel. Sie holte die Trinkflasche aus dem Halter am Rucksack, trank einige Schlucke. Hier im Forst war es schattig, aber die Temperatur zog von Stunde zu Stunde an. Sie hatte der Mücken wegen die Laufjacke anbehalten. Lieber schwitzte sie, als komplett zerstochen zu werden. Nachmittags würde die Hitze noch größer werden, auch wenn sie im Wald durch den kühlen Atem der Bäume abgemildert wurde, wie in den letzten Tagen auch. Noch ein Schluck, es war an der Zeit weiterzugehen.

Ein paar Kilometer musste sie noch schaffen, um sich am späten Nachmittag auf die Suche nach dem nächsten Schlafplatz zu machen, wo sie auch etwas zu essen bekam.

Juli hob den Kopf und sog die erdige Note von Moos, Nadelgehölz und Moder ein, lauschte den Geräuschen des Waldes. Diesem undurchdringlichen Rauschen der Wipfel, das hier im Norden, wo sich der Wind nie ausruhte, immer zu hören war. Als stünden die Bäume in einer Art Zwiegespräch miteinander. Sie hatte gelesen, dass sie unterirdisch kommunizierten, mit ihren Wurzeln. Das hatte sie nicht verwundert. Ihr war schon als Kind bewusst gewesen, dass alle Lebewesen miteinander verbunden waren. Nur der Mensch schien sich da auszunehmen, weil er narzisstisch auf sich selbst fixiert war. Aus diesem Rad versuchte sie seit jeher auszubrechen, zum Gespött ihrer Mutter und Klassenkameraden, die sie *Waldmädchen* gerufen hatten, weil sie im nahe gelegenen Forst alles Mögliche sammelte und nach Hause in ihr Zimmer brachte. Dabei fühlte sie sich bei ihren Federn, Hölzern, Eicheln oder Zapfen aufgehoben, als wären es magische Kraftdinge, die niemand anders als solche erkannte. Sie hatte als Kind von Feen und Elfen geträumt, schien sie im Zwielicht kurz vor der Dämmerung zu sehen. Ihre Mutter schmiss ihre Schätze in den Müll, wenn sie ihr sie zeigte, und verbot ihr den Mund, wenn sie ihr von ihren Entdeckungen erzählte. Als Juli älter wurde, gab sie nichts mehr von ihren Gedanken preis.

Ein Vogel rief oben in den Wipfeln. Sie wusste nicht, wie er aussah, aber sein feines Stimmchen setzte etwas in ihr in Schwingung. Das Hämmern eines Spechts echote entfernt durch die Bäume. Der andere Vogel verstummte.

Juli schloss die Flasche und befestigte sie am Rucksack, zog einen Müsliriegel aus dem Seitenfach und stand auf. Als sie ihr Gepäck wieder auf dem Rücken hatte, atmete sie tief durch. Weiter! Sie musste aus dem Wald raus und die nächste Ortschaft erreichen. Bestenfalls bevor es dämmerte. Die Lüneburger Heide war wunderschön, aber riesig, wenn man sie zu Fuß durchquerte. Dass hier einige Wolfsrudel lebten, hatte sie gehört. Tagsüber fühlte sie sich auf den Wanderwegen sicher, aber in der Nacht wollte sie nicht allein zwischen den dunklen Schatten laufen, wo jedes Knacken alte Ängste schürte.

Obwohl sie gern einen frei lebenden Wolf gesehen hätte. Wunderschöne Tiere, die seit Tausenden von Jahren die Erde bevölkerten und sich nun ihr Gebiet, aus dem sie vom Menschen verdrängt worden waren, zurückeroberten. Sie hatte als Jugendliche oft im Güstrower Wildpark gemeinsam mit ihrem Großvater bei ihnen gestanden, hatte die Welpen beim Herumtollen beobachtet und die Mutter, deren kalter Blick tief in sie hineinzusehen schien. Wie eine alte Seele, die eine andere erkannte.

Juli ging weiter, die eingespielte Bewegung der Stöcke blieb synchron mit ihren Schritten. Sie nahm einen aus dem Takt, biss in den Müsliriegel, stakste mit einem Stock weiter. Plötzlich wurde es mit einem Schlag dunkler zwischen den Stämmen, als fielen Schatten im Wald ein. Sie blickte nach oben, als zwischen den Nadelholzkronen der Himmel zu sehen war. Über ihr zogen dichte Wolken auf, aber sie schienen sich nicht entleeren zu wollen. Das Gewitter gestern Nacht war kurz, aber heftig gewesen. In der kleinen Waldhütte, in der sie sich zum Schlafen eingenistet hatte, war sie vor dem Unwetter sicher gewesen. Aber das Blitzen und Grollen war wie ein Aufbegehren gewesen, wie die wütenden Schreie ihrer Mutter, die sie vor ihrer Wanderung für komplett durchgeknallt erklärt hatte. Erst der ruhige Regen, der danach einsetzte und wie tanzende Finger auf Pianotasten über ihr musizierte, konnte sie beruhigen.

Plötzlich öffnete sich der Wald, eine kleine Lichtung

wurde sichtbar. Am Rand lag ein Stapel mit frisch geschälten Stämmen, die in der Sonne wie flüssiger Honig glänzten. Fliegen summten darauf. Juli nahm einen harzigen Geruch wahr, der sie spüren ließ, dass sie hungrig war. Zum Frühstück ein Müsliriegel, zum Mittag der zweite. Sie brauchte nicht viel, aber gegen eine deftige Stulle hätte sie nichts einzuwenden gehabt. Und gegen einen sicheren Ort, an dem sie ihre Füße ausruhen konnte. Sie überquerte die Lichtung, sah ein Eichhörnchen an einem Stamm hochjagen. Ein zweites folgte ihm, bald waren sie im Wipfel des Baumes verschwunden.

Juli tauchte erneut in die Kühle des Waldes ein, folgte dem teppichweichen Boden von Nadeln, Gras und Moos.

Sie blieb stehen, holte ihr Smartphone aus der Seitentasche. Noch immer kein Netz, das Navi konnte sie nicht fragen. Wenn sie ihren Weg bisher richtig einschätzte, musste sie in gut zwei Stunden die Autobahn hören, die vom Süden in den Norden führte, und sich dann nördlich halten, um den nächsten Ort zu erreichen. Noch weitere zehn Tage bis zur holländischen Grenze. Aber, wie ihr Großvater immer zu sagen pflegte: *Der Weg macht uns zu dem, was wir sind.* Er war es gewesen, der mit ihr im Wald und am Meer gewandert war. Seit einem Jahr war er fort, und sie schien ihrer Wurzeln beraubt. Juli blickte nach oben, hörte das sanfte Rauschen und wusste, dass er über sie wachte. Und bei ihr war, überall, wohin sie ging.

Das Dröhnen der Autobahn begleitete sie seit einer guten Stunde. Ihre Kräfte ließen langsam nach, sie spürte ihre Waden und Oberschenkel. Zwanzig Kilometer hatte sie ungefähr schon geschafft, die Wasserflasche war fast aufgebraucht. Aber es war nicht mehr weit. Laut dem Navi, das Juli endlich benutzen konnte, als ihr Handy kurzzeitig Empfang hatte, war sie nur noch drei Kilometer von der nächsten Ortschaft entfernt. Sie hatte Hunger und freute sich auf einen trockenen Platz, an dem sie ihren Schlafsack ausrollen konnte. Und hoffentlich etwas Besseres als trockene Müsliriegel zu essen bekam.

Irgendwo im Wald knackte laut ein Ast, sie blieb stehen, blickte hinein in das stille Antlitz der Bäume. Aber nichts bewegte sich dort, nichts war zu hören, lediglich das leidige Rauschen der Autos. Und das Summen der Mücken, die in einem Lichtfeld zwischen den Bäumen tanzten. Juli trat zu ihnen, beobachtete den Liebesreigen der Männchen, um die Weibchen anzulocken, ein Surren, das der Fortpflanzung diente. Am Boden wuchsen Büschel von grünem Heidekraut, das sich zwischen den Bäumen ausgebreitet hatte und erst endete, wo die tiefen Schatten standen. Noch waren die niedrig wuchernden Büsche am Boden recht unscheinbar. In ein paar Wochen, ab August, wenn die Besenheide ihre rosavioletten Blüten entfaltete, würden sie endlich ihre verborgene Schönheit zeigen und große Flächen der Lüneburger Heide durch ihren lilafarbenen Teppich erstrahlen lassen.

Juli legte die Daumen unter die Tragebänder des Rucksackes, um ihre Schultern für einen Moment zu entlasten. Dann zog sie ihre Flasche aus dem Halter, trank den letzten Schluck Wasser und steckte sie zurück. Vielleicht noch eine Stunde, dann würde sie sie hoffentlich auffüllen können. Beim Weiterlaufen träumte sie von Bratkartoffeln und Spiegelei, einer riesigen Backkartoffel mit *Sour Cream* oder einer Schale Pommes mit Mayo. Juli lief schneller, es konnte nicht mehr weit sein. Auf dem Wanderweg wechselten schattige Abschnitte mit Sonnenflecken, wo das Licht durch die Bäume fiel. Juli blinzelte in die Sonne, genoss ihre warmen Strahlen im Gesicht und übersah eine Vertiefung am Boden. Ihr Fuß knickte weg, sie fiel zur Seite.

Die Bäume schienen zusammenzurücken, kein Laut war zu hören. Juli blieb liegen und schloss die Augen, bis der Schmerz nachließ. Nur eine unachtsame Sekunde konnte das ganze Leben verändern. Sie wollte es nicht wahrhaben, aber ihr Unterbewusstsein wusste bereits, dass ihre Reise hier enden würde. Mit einer langsamen Bewegung setzte sie sich auf. Behutsam zog sie den Schuh aus, biss die Zähne zusammen, tastete den Knöchel ab, der sich bereits heiß anfühlte.

Scheiße! Sie schloss die Augen. *Nur eine kleine Pause,* dachte sie, *bis der Schmerz nachlässt, dann wird das schon wieder.* Aber auch zehn Minuten später war ihr Knöchel ein einziger Schmerzherd, der es ihr unmöglich machte aufzustehen. Hoffentlich hatte ihr Handy hier Empfang. Aber das Gerät hatte nicht einen Balken.

Allein, verletzt, gefangen in einem Funkloch im Wald. Genau das, was ihre Mutter vorhergesagt hatte. Juli hasste mehr als diesen Sturz, dass sie recht behielt. Ihr Brustkorb krampfte zusammen, Tränen stiegen ihr in die Augen, aus Wut und der aufkeimenden Verzweiflung.

Als sie aufblickte, war er da. Der Wolf musste aus dem Unterholz aufgetaucht sein. Wie lange er sie schon beobachtete, konnte sie nicht sagen. Er verharrte und sah sie an. Sein dunkler Kopf mit den hellen Seitenpartien rührte sich nicht. Die hellbraunen Augen schienen direkt in sie hineinzusehen.

Julis Herz machte einen Satz, pumpte Adrenalin durch ihren Körper, das ihr helfen sollte zu fliehen. Der Wolf stand da, als prüfe er die Situation. Kurz zuckte eins seiner Ohren, aber er blieb bewegungslos stehen.

Juli drehte den Kopf, sah sich um. Aber hier gab es nichts, wohinter sie sich hätte in Sicherheit bringen können. Ihr Herz klopfte laut, ihre Sinne waren angespannt. *Denken, du musst nachdenken!* Weglaufen war unmöglich, auf einen Baum klettern ebenfalls. Sie atmete langsam ein und aus, damit das Blutrauschen in ihrem Kopf nachließ. Schließlich nahm sie langsam ihren Rucksack vom Rücken, richtete ihn wie einen kleinen Schutzwall vor sich auf. Eine Waffe hatte sie nicht dabei. Lediglich ein winziges Taschenmesser, mit dem sie bestenfalls Wurst und Käse schneiden konnte.

Das Tier verharrte zwischen den Bäumen wie ein Geist des Waldes.

Die Zeit stand scheinbar still, als wären er und sie in einem Stillleben gefangen. Juli sah ihm in die Augen und wurde ganz ruhig.

6

THEA

«*Sai da minha casa!* Geh hinaus aus meinem Haus!»
Mit leisem Singsang drehte Thea ihre Runden. In der
Mitte des Wohnzimmers brannten in einer Aludose getrocknete und zerstoßene Lavendelblüten sowie Salbeizweige ab.
Sie hatte sie aus dem *Alentejo* mitgebracht, zum Ausräuchern
angezündet und die Flammen vorsichtig ausgepustet, bis nur
noch Glut übrig blieb. Das Glimmen der trockenen Blätter
hinterließ einen kräftigen Kräutergeruch, der die Geister aus
ihrem neuen Zuhause vertreiben sollte. Auf die gleiche Weise
hatte sie damals das Wohnmobil von den bösen Geistern der
Vorbesitzer befreit. Auch wenn hier, wie Benno erzählt hatte,
viele Jahre lang niemand gewohnt hatte, sie fühlte sich nach
diesem Ritual wohler. Es machte diese kleine Wohnung zu
ihrem Ort. Ob sie nun daran glaubte oder nicht, der Gedanke,
dass danach nur noch ihr Geist hier zu Hause sein würde, beruhigte sie. Und der war schon verrückt genug.

«*Sai da minha casa!*» Thea drehte sich um ihre eigene
Achse, das Salbeibündel langsam durch die Luft schwen-
kend. Sie war barfuß, trug lediglich ihre kurze Jeanshose und
einen BH. In der Scheibe des geöffneten Fensters spiegelte
sich ihr Tanz. Noch immer war sie attraktiv, obwohl sie auf
die sechzig zuging. Die langen Fußmärsche mit den Ziegen
und die schwere körperliche Arbeit auf den Weiden hatten sie
fit gehalten. Das pure Glück der letzten Jahre auf dieser langen Reise lag noch immer in ihren Gesichtszügen.

Ihr Tattoo auf der Schulter war in der Scheibe spiegelverkehrt zu sehen. Der Schriftzug *Liberdade!* Freiheit!, tauchte auf und verschwand mit der Drehung. Sie hatte es kurz nach ihrer Landung in Lissabon stechen lassen. Aber war es wirklich Freiheit gewesen, nach der sie gestrebt hatte in den ersten Jahren ihres Auswandererdaseins? War es nicht vielmehr eine Flucht gewesen?

Thea ging rüber ins Schlafzimmer, in das das Licht warm hineinfiel. Ihr Vermieter würde sich garantiert nicht für ihr Räucherwerk begeistern, wenn er sie jetzt sehen würde. Aber wer weiß, was er da drüben heimlich trieb. Man wusste nie, welches Päckchen andere mit sich trugen, welche Geheimnisse sie hatten. Und sie hatte gespürt, dass auch Benno seine Geheimnisse hatte, sie hatte eine Traurigkeit wahrgenommen, die in seinen Augen lag. Wen oder was hatte er wohl verloren, welche Erfahrungen hatten ihn in seinem Leben zu dem gemacht, der er nun war?

Thea räucherte alle Zimmer aus, warf sich ein lockeres Hemd über und schüttete die Asche der Kräuter als Dünger ins Kräuterbeet. Dann setzte sie sich auf die kleine Bank vor das Haus. Ein Kater gesellte sich dort zu ihr, sprang zutraulich auf ihren Schoß, ließ sich kraulen. Sein tiefes Schnurren war beinahe meditativ. Sie schloss die Augen und genoss diesen Moment und die Nähe zu diesem kleinen warmen Körper. Sie war einsam gewesen, hatte die Nähe zu einem Mann vermisst. Natürlich hatte es ein paar leidenschaftliche, aber stets flüchtige Begegnungen gegeben. Tiefe Gefühle, eine vertraute Partnerschaft hatte Thea, seit sie mit Ende zwanzig verlassen worden war, nicht mehr erlebt. Vielleicht bin ich einfach nicht liebenswert, dachte sie. Oder zu verrückt für die Männer mit all ihren Macken und Ticks. «Was denkst du, Grauer?» Der Kater blinzelte, als verstände er sie. Plötzlich sprang er davon, und sie sah, dass er eine andere Katze entdeckt hatte. Thea lachte und stand auf. «Ihr seid doch alle gleich!»

Nach dem Ritual ließ Thea alle Fenster und Türen weit offen stehen und ging zur Koppel, wo sie ihren Lieblingen Aurélia und Clara beim Fressen zusah. Sie standen etwas abgesondert zu den anderen Hofbewohnern. Fröhlich meckernd kamen sie zu ihr, als sie sie sahen. Rudolf, der Ziegenbock, traute sich nicht zu ihr, aber er beobachtete genau, was bei den beiden Ziegendamen passierte. Thea ließ sie weiterfressen, durchquerte den liebevoll angelegten Gemüsegarten, warf einen Blick ins Gewächshaus, wo Tomaten, Gurken und Paprika wuchsen, und in die Hochbeete mit allerlei Gemüse, Salat und sogar ein paar Blumen. Ein kleines Paradies, in dem sich Bennos Seele widerspiegelte. Er war nicht so ein kantiger Kauz, wie er ihr weismachen wollte. Vielleicht hatte er nur vergessen, dass es Menschen wie ihn selbst gab, und sie sollte ihn daran erinnern. Thea ging zurück zu ihrer Arbeit.

Stunden später hatte die Einrichtung ihrer neuen Wohnung Gestalt angenommen. Das Bett vom Dachboden war aufgebaut, und als ihre Matratze darauflag, war es ein ganz gemütliches Nest. Ein uralter Nachttischschrank von Bennos Dachboden stand daneben, wurmstichig und mit ein paar tiefen Narben im Holz. Die angeschlagenen Möbelstücke würde sie in den nächsten Wochen restaurieren. Im Wohnzimmer stand nun der kippelnde Tisch, unter den sie einen von Bennos Holzkeilen geschoben hatte. Er hatte ihr angeboten, dass sie bei Bedarf seine Werkstatt benutzen durfte. Dieser Vorschlag war ihm nicht leichtgefallen, das hatte sie ihm angesehen. Wahrscheinlich dachte er, dass sie auch dort ihre Tomatenscheiben verteilen und gründlich Chaos anrichten würde. Aber sie hatte nicht vor, sein Werkzeug durcheinanderzubringen. Deutsche Ordnung und Sauberkeit hatte sie immer beibehalten, auch während ihrer Zeit als Ziegenhirtin auf Wanderschaft.

Neben dem mitgebrachten Klappstuhl standen die zwei Korbsessel. Diese hatte sie erst mal gründlich von den Spinnweben befreit und den Stühlen mit dem Wasserschlauch eine Wäsche verpasst. In einer Ecke von Bennos Dachboden hatte sie ein in die Jahre gekommenes und völlig verstaubtes Küchenbuffet aus den Sechziger- oder Siebzigerjahren entdeckt, das gut hier in den Raum passen würde. Sie hatte sich nicht getraut, ihn darum zu bitten, weil es ein paar starke Arme brauchen würde, um es herunterzuholen. Dass Benno diese Schätze bisher nicht beachtet hatte, war ihr großes Glück.

Gleich würde sie zu einem Einrichtungshaus aufbrechen, dessen riesige Werbung sie neben der Autobahn gesehen hatte, kurz bevor sie auf die Landstraße abgefahren war. Sie wollte ihre Küche ausstatten. Geschirr, Gläser, Töpfe und Besteck fehlten. Eine solide Matratze musste her, und in ihrem Transporter würde sie auch eine kleine Couch transportieren können. Außerdem brauchte sie eine Stehlampe, denn das Exemplar vom Speicher war so tot wie die überfahrene Ratte, die sie heute Morgen am Hoftor gefunden und vergraben hatte.

Thea blickte sich um, war ganz zufrieden. Sie nahm ihren Kaffeebecher und ging vor die Tür. Am Zaun hüpfte eine winzige schwarz-weiße Bachstelze über den Rasen, ihr Schwänzchen wippte. Sie beobachtete sie einen Moment bei der Futtersuche, setzte sich dann auf die Bank, die ihr Vermieter an der Hauswand aufgestellt hatte. Kübel mit blühendem

Lavendel würden hier auch gut aussehen, dachte Thea und nahm sie gedanklich auf ihre Liste.

Aufziehende Wolken jagten einen Sonnenstreifen durch den Garten. Dann wurde es plötzlich kühler. Der Wind ließ die Blätter der Birke rauschen. Heute Abend würde sie sich ein paar ihrer biegsamen Zweige abschneiden und in eine Vase stellen. Der Holunder vor der Backsteinmauer des Schuppens war leider schon verblüht, würde bald grüne Dolden bilden. Sie konnte diese später ernten, um den schwarzen Saft auszupressen und weiterzuverarbeiten. Als Kind hatte sie Holundersuppe mit Grießklößchen geliebt. Ob Benno wusste, wie man sie kochte? Er schien eine Menge Ahnung in der Küche zu haben. Vielleicht konnte sie bei ihm ein paar Handgriffe abschauen. Sie selbst kochte mehr schlecht als recht. Aber ihre selbst gebackenen *pastéis de nata* waren so gut, dass selbst die Portugiesen beeindruckt gewesen waren.

Tief atmete Thea ein. Wie schön es an diesem Ort war, wurde ihr in diesem Moment erst richtig bewusst. Sie hatte endlich wieder ein Dach über dem Kopf, eine eigene Küche, eine Dusche im Badezimmer. Ihre Ziegen standen auf der riesigen Koppel, die ans Moor angrenzte, und schienen zufrieden mit ihrer neuen Heimat zu sein. Rudolf hatten sie natürlich aus der Ferne beäugt. Den Ziegenbock hatte Benno, wie er erzählt hatte, aus einem Garten gerettet, wo er allein Tag und Nacht angepflockt gewesen war. Ein alter gehörnter Herr, der hier auf dem Hof sein Gnadenbrot bekam und nun etwas ungelenk mit Clara und Aurélia anbandelte. Obwohl die kleinen portugiesischen Zicken ihn erst einmal auf Abstand hielten. Da musste er sich schon mehr ins Zeug legen.

Vom Zaun am Hühnergehege hörte sie dumpfe Schläge und das lange Schimpfen eines Huhnes. Benno arbeitete dort, ein angegrauter Naturbursche mit seinem Holzfäller-hemd, den Althippie-Locken und dem Vollbart. Ein kräftiger Mann, der immer etwas krumm lief und sich hier eine kleine Arche Noah geschaffen hatte, als müsse er sich vor der Welt da draußen schützen. Sie hatte sich zurückgehalten und ihn nicht nach einer Frau oder Kindern gefragt. Dafür kannten sie sich zu wenig, dafür war er zu verschlossen. Aber sein Haus hatte wie das eines Junggesellen gewirkt. Dass auf dem riesigen Anwesen eine helfende Hand gebraucht wurde, war nicht zu übersehen. Aber auch, dass ihm das Geld fehlte und er deshalb rund um die Uhr allein hier schuftete.

Thea war hungrig, stand von der Bank auf und ging in ihre Küche. Der Kühlschrank summte leise. Bis auf den Teller mit Butter, den Benno ihr mitgegeben hatte, war er noch leer. Auf einem Brett hatte sie die Tomaten und den Knoblauch abgelegt. Sie schnitt beides auf. Die Orangen von ihrer Begegnung auf dem Rastplatz standen in der Kiste an der Wand und verströmten einen Geruch nach warmen Tagen im Süden.

Thea nahm eine Scheibe von Bennos Sauerteigbrot, strich Butter darauf, öffnete eine Dose Sardinen und garnierte das Ganze mit Zwiebelringen und Knoblauch. Eine Tomate dazu, fertig. Das kleine Mittagessen nahm sie wieder mit zu der Bank vor der Tür, aß genüsslich, begleitet vom Summen der Insekten im Kräutergarten. Sie würde das Basilikum ersetzen müssen, dessen Blätter ihre Ziegen bis auf die Stängel abgefressen hatten. Und vielleicht würde Benno zulassen, dass sie noch mehr mediterrane Kräuter pflanzte. Thymian, Rosmarin, Oregano, Salbei und natürlich Lorbeer. Die würde sie später ebenfalls im Gartenmarkt holen.

Herzhaft biss sie in die deutsch-portugiesische Stulle. Sardinen auf Sauerteigbrot, das hatte etwas. Aber sie würde morgen ihre *broa de milho*, Maisbrot, backen. Maismehl und Hefe würde sie noch einkaufen gehen. Das gute Olivenöl hatte sie zum Glück in großen Fünfliterkanistern mitgebracht. Und ihren Lieblingswein, den sie am Abend hier draußen genießen wollte. Einen kleinen Tisch für die Bank, den würde sie auch noch mitbringen. Sie schmunzelte, ihre Liste wurde sekündlich länger.

Am Abend hatte sich wieder die Hitze über den Norden gelegt. Thea lenkte den Transporter in die Zufahrt zum Wohnhaus, schleppte alle Kisten, Pflanzen und Taschen in die Wohnung. Die Couch, die sie vom Möbelcenter mitgebracht hatte, musste sie später mit Benno abladen. Diese schweren Pakete schaffte sie nicht allein zu tragen. Sie packte die gekauften Möbel und Küchenutensilien aus und stapelte die leeren Kartons vor der Haustür. Neben dem Tor hatte sie am Morgen die Mülltonnen entdeckt, dort würde sie die Pappe später entsorgen.

Sie trällerte *Feel it still* von *Portugal. The Man* vor sich her, einen Song, der soeben im Radio gelaufen war. Die Band kam aus Amerika, und wie sie gehört hatte, war nicht eines der Bandmitglieder je in Portugal gewesen. Keiner von ihnen wusste genau, warum sie diesen Namen ausgesucht hatten. Genau diese Absurditäten mochte Thea, denn sie waren wie das Salz in der Suppe des Lebens. Sie selbst hatte absurde Entscheidungen in den Augen ihrer Familie oder Freunde getroffen, war oft mit ihren spontanen Ideen angeeckt. Aber sie bereute keine einzige von ihnen. Sie begann die Räume mit Kerzen, Vasen, Kissen und Pflanzen zu dekorieren. Knallbunte Vorleger waren im Angebot gewesen, sie legte sie überall aus. Die Küchenutensilien waren schnell in den Schränken der kleinen Einbauküche verstaut. Wisch- und Handtücher, Eimer, Klobürste sowie Putzmittel verteilte sie in Bad und Küche. Auch eine Wäschespinne hatte sie mitgebracht, die sie erst einmal an die Hauswand lehnte.

Sie hatte knallbunte Bettwäsche mit riesigen Blüten gekauft, die sie waschen wollte, bevor sie diese aufzog. Eine Wolldecke und die Kissen legte sie aufs Bett. Die waren für die Couch gedacht. Sie hatte sich für eine Klappcouch entschieden, die auch zu einem kleinen Bett umfunktioniert werden konnte. Falls Mateus es sich doch noch überlegte und sie hier in Deutschland besuchen kam. Sie wusste selbst, wie absurd dieser Gedanke war. Mateus würde nie nach Deutschland kommen, aber sie wollte sich dieser Hoffnung gern hingeben, ihm irgendwann ihr neues Zuhause und das ihrer Ziegen zeigen zu können.

Benno hatte sie nach dem Frühstück in ein Nebengelass geführt, wo eine Waschmaschine stand, die von ihr genutzt werden konnte. Hier drin war es feucht, und es roch stockig. Sie steckte Handtücher und Bettwäsche in die Trommel, füllte etwas Waschmittel ein und stellte die Maschine an. Die Stoffe wurden zu einer bunten Masse gequirlt. So wie ihr Leben sich anfühlte, das sie von jetzt auf gleich komplett umgekrempelt hatte. Wie schon einmal, vor zwanzig Jahren. Aber da war sie jung gewesen, voller Energie und Leidenschaft. Nun war sie reifer und etwas weiser. Auch wenn ihre körperliche Kraft langsam nachließ, die mentale schien mit jedem Jahr zuzulegen. Sie war froh um ihre Erfahrung und ihr Wissen von heute, aber vermisste ihren dreißigjährigen Körper.

Thea ging zurück, blickte auf die andere Wohnungstür, die noch abgeschlossen war. Wer neben ihr einziehen würde, war noch nicht klar, sagte Benno.

Thea machte eine Pause auf der Bank und aß ein paar Bergpfirsiche, die sie im Supermarkt gekauft hatte. Sie waren noch hart, hatten kaum Geschmack. Die Früchte waren in einem Container gekühlt in Deutschland angekommen und schmeckten nicht sonnengereift wie das Obst in Portugal, das sie regelmäßig bei den Händlern am Straßenrand gekauft hatte. Wehmut stieg in ihr auf und ein leiser Zweifel, ob ihr Umzug richtig gewesen war. Resolut warf sie die Kerne weg. Ein platter Pfirsich würde sie sicherlich nicht ins Wanken bringen!

Die letzte Aufgabe, bevor sie eine Flasche des Rotweins entkorkte, war der viele Müll. Die Plastikverpackungen warf sie in die gelbe Tonne. Die blaue Tonne, hatte sie beim Öffnen gesehen, war die richtige für Papier und Pappe. Gerade wollte sie die ersten Verpackungen hineinstopfen, da sah sie, dass dort am Boden der Tonne ungeöffnete Briefe lagen.

Thea ließ die Pappe fallen, beugte sich vornüber und angelte die Umschläge heraus. Gut zwanzig Schreiben, teils mit Stempeln von Behörden, die alle an Benno Findeisen adressiert, jedoch tatsächlich allesamt nicht geöffnet worden waren.

Warum hatte er seine Post weggeworfen? Das war gar nicht gut! Sie blickte auf, sah sich um. Benno war nicht zu sehen.

Sollte sie …?

Natürlich wusste Thea, dass sie das Briefgeheimnis verletzte, trotzdem riss sie einen Umschlag nach dem anderen auf und überflog die Briefe. Mahnungen, Inkassoschreiben, Anwaltsschriftsätze. Thea fühlte sich von ihnen angegriffen, obwohl der Adressat Benno war. Aber es ging um seine Existenz, um die Existenz dieses Hofes. Ihres neuen Zuhauses! Benno hatte sich sehenden Auges in ein riesiges Problem manövriert, was sich wahrscheinlich nicht lösen ließ, indem er die Mahnschreiben einfach wegwarf. Wie ein trotziges Kind, das dachte, wenn es sich die Augen zuhielt, würde es niemand finden.

Die Pappe ließ sie neben der Tonne liegen, sammelte alle Schreiben ein, legte sie übereinander und ging zurück zu ihrer Wohnung. Dort ordnete sie die Post nach Datum auf ihrem Tisch. Es liefen bereits mehrere Mahnverfahren, die laut der Adressaten bald den Weg zum Zwangsvollstrecker nehmen würden.

Ihr Kampfgeist erwachte.

Diese Schreiben bezifferten eine Schuldensumme von knapp dreißigtausend Euro. Und wenn Benno nicht bald darauf reagierte oder einen Schuldenberater konsultierte, würde er diesen Hof bald nicht mehr haben.

Ein Geräusch an der Tür, Thea hob den Kopf. Im Türrahmen stand Benno. Er schien zu wissen, was sie da studierte.

Verdammt!, dachte sie und stand langsam auf.

Sein Blick war eisig, als er zum Tisch kam, die Schreiben zusammenraffte und wortlos hinausging.

7

BENNO

Die Papiere, die er von Theas Tisch mitgenommen hatte, trug Benno wütend zu seinem Haus. Was bildete diese Fremde sich ein? Dieses dreiste Miststück! War kaum einen Tag hier auf seinem Hof, schon mischte sie sich in seine Angelegenheiten ein!

Ungehalten warf er die Briefe auf einen Stehtisch in der Diele und knallte die Haustür hinter sich zu. Sein Herz pumpte, wütend und aufgeregt. Nur Menschen konnten ihn so auf die Palme bringen. Seine Tiere schafften das nicht, auch wenn sie mal ausbüxten oder nicht gehorchten, sie mischten sich nicht so unverfroren in sein Leben ein.

«Benno!», hörte er Theas Stimme. «Mach auf! Ich kann das erklären!» Sie klopfte an der Tür. Laut und energisch.

Er antwortete nicht. Es war ein Fehler gewesen, sie hier auf den Hof zu lassen. Er kam mit anderen einfach nicht klar, vor allem, wenn sie sich in seine Angelegenheiten drängten.

Plötzlich wurde die Tür geöffnet, und Thea kam unaufgefordert herein. Verdammt, warum hatte er nicht hinter sich abgeschlossen?

«Du hast die Briefe einfach weggeworfen!»

Er ging einen Schritt auf sie zu. «Das gibt dir noch lange nicht das Recht, sie zu öffnen!»

«Sie sahen wichtig aus.»

«Das sind sie nicht.»

«Nicht?» Sie hob die Arme. «Scheiße! Was erzählst du da? Du hast schlappe *dreißigtausend* Euro Schulden! Wenn du nicht endlich auf die Mahnungen reagierst, bist du nicht nur pleite, sondern die pfänden alles, was hier zu Geld gemacht werden kann.» Ihre Augenbrauen waren wütend zusammengezogen. «Mit dieser Trotzhaltung erreichst du doch gar nichts!»

Sie starrten sich an, und in diesem Moment verließ ihn seine Courage. Er musste sich am Türrahmen abstützen. «Ich weiß einfach nicht weiter!»

Theas Gesichtsausdruck wurde weicher, die Augenbrauen entspannten sich. «Ich helfe dir!»

«Ha!» Er lachte laut auf. «Wie denn?» Langsam ging er in die Küche. Thea folgte ihm, blieb aber auf Abstand. «Hast du etwa dreißigtausend Euro in deinem schäbigen Transporter mitgebracht?»

Sie lehnte an der Tür. «Du musst nicht beleidigend werden.»

Er fuhr sich durch die Haare und setzte sich auf die Küchenbank. Das Brett mit einem Brotkanten stand noch auf dem Tisch. Er schob es weg. «Die drohen mir doch alle nur noch. Wie soll ich vernünftig mit denen reden?»

Thea kam näher, setzte sich ihm gegenüber. «Vielleicht kann man mit ihnen über Ratenzahlungen reden. Wenn die zweite Wohnung vermietet ist, kommt doch wieder Geld rein.»

Er starrte sie an. Ihr Engagement war beneidenswert. Und dabei ging es nicht mal um sie, diese Frau nahm sich seiner Probleme an. Er kam sich schäbig vor. «Das geht sofort für das Tierfutter drauf. Damit komme ich selbst kaum über die Runden. Schon gar nicht kann ich damit die offenen Rechnungen abstottern.»

«Es gibt doch Schuldnerberater», sagte sie.

«Du glaubst doch nicht, dass ich einen Wildfremden in meinen Finanzen herumstochern lasse?», sagte er lauter, als er wollte.

«Dann lässt du lieber den Hof zwangsversteigern?» Ganz ruhig hatte sie es gesagt, und gerade das traf ihn tief. Er wusste, dass er auf diese Situation zusteuerte. Und endlich hatte jemand die Chuzpe, es ihm ins Gesicht zu sagen. Dass er die letzten Jahre schlecht gewirtschaftet hatte und pleite war. Dass er seinen Tieren bald kein Heim mehr geben konnte. Dass er ein Versager war.

Benno stand auf und nahm eine Flasche Obstler aus einem Schrank. Er drehte sich zu Thea um. «Du auch?»

Sie nickte. «Ich hoffe, der kann was!»

Gemeinsam kippten sie einen Schnaps.

«Was schlägst du denn vor?», fragte er, als das scharfe Zeug in seiner Kehle feuerte, schob die Flasche weg.

«Erst einmal wirst du alle Schreiben lesen und deine Schulden genau aufschreiben. Dann rufst du jeden einzelnen Gläubiger an und versuchst, mit ihm eine Ratenzahlung zu vereinbaren ...»

«Ich kann doch nicht ...»

«Die Anwälte übernehme ich, versuche noch etwas Zeit rauszuholen.»

Er schüttelte den Kopf, lehnte sich zurück. Sie musste verrückt sein!

«Und dann überlegen wir, wie wir schnell zu Geld kommen.»

«Als ob ich das nicht schon getan hätte!»

Sie schwiegen sich an, und ihm wurde es in diesem Raum mit Thea zu eng. Er wusste, was sie hier und jetzt von ihm erwartete, dass er endlich Verantwortung übernahm und die chaotischen Zustände seiner Finanzen in Ordnung brachte. Aber er wollte erst einmal darüber nachdenken, bevor er eine Entscheidung traf, die ohne Frage getroffen werden musste.

Benno atmete durch und stand auf. «Ich muss raus, mal durchlüften!»

«Okay. Ich mache hier was zu essen. Hast du Eier?»

«Im Hühnerstall!»

«Den finde ich. Kartoffeln?»

«Im Keller! Ich bringe dir welche.»

«*Excelente!* Super! Ich mache uns heute Abend eine *Tortilha*!»

«Ich habe keinen Hunger!»

«Dann machen wir ein Lagerfeuer, du kannst das Holz besorgen.»

«Wofür?»

«Ein Lagerfeuer. Wir feiern meinen Einzug, und du besorgst das Holz. Danach hast du Hunger, glaub mir!»

«Bei diesen Temperaturen? Du hast sie nicht alle!»

«Ich weiß genau, was ich tue. Also, gehst du jetzt Holz holen? Oder muss ich erst ein paar portugiesische Flüche loslassen?»

Das Lastenfahrrad holperte über den unebenen Waldweg. Benno wich einer Baumwurzel aus, die sich ungeachtet des menschlichen Pfades aus dem Erdboden erhob. Er fluchte, weil er aus dem Takt gekommen war, trat erneut seinen Ärger in die Pedale. Er war nicht mehr wütend auf Thea, die ihm die Schreiben unter die Nase gehalten hatte wie stinkende Sardinen. Er war wütend auf sich selbst, dass er so lange die Augen vor diesen Schulden verschlossen hatte. Er ganz allein hatte sich in diese missliche Lage gebracht. Natürlich konnte er es auf die durch die Krise gestiegenen Kosten und die wegbleibenden Spenden schieben. Und darauf, dass selbst die Futtermittelpreise durch die Decke gingen. Aber letztendlich hatte er selbst viel zu spät darauf reagiert und all diese Rechnungen auflaufen lassen. Die natürlich auch zustande gekommen waren, weil er die beiden Wohnungen für die neuen Mieter saniert hatte, um Mieteinnahmen zu erhalten. Es war die immer gleiche Geschichte. Wenn er ein Loch stopfen wollte, entstand ein anderes. Doch dieses Loch war ein riesiger Krater, in den alles stürzen konnte, was er sich in den letzten Jahren aufgebaut hatte. Und dann erschien diese exzentrische Frau und legte einen Kampfgeist an den Tag, die Kuh doch noch vom Eis zu holen. Oder wohl eher die Ziege. Er lachte kurz auf und wich einem Ast aus, der auf dem Weg lag.

Schön kühl war es hier im Forst. Irgendwo hoch in den Wipfeln hörte er das zarte Fiepen einer Tannenmeise. Das Licht fiel gedämpft auf den Weg, ein Sonnenstrahl streifte sein Gesicht. Der Wald mit all seinen Gewächsen und unsichtbaren Bewohnern war ein Mysterium, obwohl er ihn seit beinahe sechzig Jahren durchstreifte. Hier konnte er immer abschalten, wenn er Sorgen hatte.

Benno hielt das Lastenrad an. Rechter Hand lagen genug abgebrochene Äste, die er aufladen konnte. Er hob das Rad auf den Ständer und begann, neben dem Weg das Bruchholz zu sammeln. Plötzlich blieb er stehen, sog die Luft ein. Ein leichter Geruch von Maggikraut kam ihm in die Nase. Dann waren Wildschweine in der Nähe gewesen, die diesen maggiähnlichen Duftstoff versprühten. Er begann laut zu reden, damit die Tiere, falls sie noch in der Nähe waren, die Flucht ergreifen konnten. «Ein Lagerfeuer! Was will diese Frau bei fast dreißig Grad mit einem Lagerfeuer?», fluchte er. «Will sie ihre Sardinen darüber braten?» Er brach einen langen Ast durch, das Knacken hallte wider. «Das ist doch das reinste Ablenkungsmanöver! Dieses Weib wollte mich aus meiner Küche vertreiben!»

Ein seltsames Geräusch ließ ihn erstarren. Er hob den Kopf und lauschte. Da, er hörte es wieder. Es klang wie ein Schmerzenslaut. Lag ein verletztes Tier hier? Er hielt einen dicken Knüppel in der Hand, ging weiter.

Da war es wieder, er hatte es deutlich gehört. Ein blauer Tupfen tauchte zwischen dem Grünwuchs am Wegesrand auf. Was war das? Als er näher trat, erkannte er einen großen Rucksack und eine junge Frau, die danebensaß. Zwei Wanderstöcke lagen im langen Gras. Sie sah ihn mit schmerzerfülltem Gesicht an. Die Backpackerin war zwanzig, vielleicht jünger.

«Brauchen Sie Hilfe?», fragte er, obwohl das offensichtlich war. Ihr Bein schien verletzt zu sein. Sie hatte einen Schuh ausgezogen und hielt sich den Knöchel, der ziemlich angeschwollen war.

«Hallo!» In ihrer Stimme klang Erleichterung mit. «Ich bin umgeknickt. Da, das Loch im Boden habe ich übersehen.» Ihre Stimme war belegt vom Schmerz. «Ich dachte, es geht wieder, wenn ich den Fuß ein wenig ausruhe. Aber ich kann gar nicht mehr auftreten.»

Er hockte sich hin, sah sich ihren Knöchel an. Das sah wirklich nicht gut aus. Sie konnte von Glück reden, dass er hier zufällig vorbeigekommen war. Zum nächsten Ort waren es gut sechs Kilometer, zu seinem Hof vielleicht zwei. Das hätte sie mit dieser Verletzung niemals geschafft. «Okay! Ich bin Benno.»

«Juli!» Ihre Stimme zitterte leicht.

«Kannst du aufstehen, wenn ich dich stütze?»

«Klar! Ich versuche es.»

Er half ihr hoch. Auf dem gesunden Bein konnte sie stehen. Aber laufen war keine gute Idee. «Pass auf, Juli. Dahinten steht mein Lastenfahrrad. Da kannst du dich reinsetzen. Ich hole es, okay?»

Benno erreichte das Rad, warf das gesammelte Holz aus dem Lastenkorb auf den Waldboden. Das Brennholz konnte er vergessen. Aber so war auch die aberwitzige Idee eines Lagerfeuers Geschichte. Vielleicht war dieses Mädchen ein Wink des Himmels. Er stieg auf und fuhr zu ihr. «Halte dich an mir fest, wir schaffen das!» Benno fasste sie unter den Achseln an und hob sie mit etwas Mühe hoch, bis er aufrecht stehen konnte. Obwohl sie nicht schwer war, merkte er doch, dass er mit seinen beinahe sechzig Jahren Mühe hatte, das Gewicht zu halten. Langsam setzte er sie in die Transportbox des Fahrrads und reichte ihr den Rucksack. Die beiden Gehstöcke nahm Benno zuletzt und legte sie über die Holzbox und den Lenker, wo er sie festhielt. «Wollen wir?», fragte er.

«Ich bin bereit!» Sie lachte, und dieses Lachen war von Erleichterung getragen. «Ich war nicht allein, als du kamst.»

Er kam langsam in den Tritt. «Ach, nicht?»

«Da war ein Wolf!»

«WAS?» Benno bremste. Er dachte, sich verhört zu haben.

«Ein Wolf. Er stand dahinten zwischen den Bäumen und hat sich nicht bewegt. Sah mich nur an.» Sie zeigte auf eine Baumgruppe aus hohen Fichten auf der anderen Seite des Weges.

Halluzinierte sie? Vielleicht war sie dehydriert? Aber so unwahrscheinlich war hier eine Wolfssichtung nicht.

«Als würde er mir Mut machen wollen, dass bald Hilfe kommt.»

«Vielleicht hat er einfach auf sein Rudel gewartet. Du hättest ein schönes Abendessen abgegeben», scherzte er.

«Nein, so war das nicht. Es schien keine Gefahr von ihm auszugehen. Er hat mir tief in die Augen gesehen. Und erst als du kamst, ist er verschwunden.»

Benno schwieg, wich Wurzeln und Zweigen aus. Wenn da wirklich ein Wolf gewesen war, war es ihr großes Glück gewesen, dass er sie gefunden hatte. Er war bisher einmal einem Wolf begegnet. In der Nacht, als er von einem langen Spaziergang zurückgekommen war. Ein riesiger Rüde, der mit einigem Abstand, aber konsequent neben ihm herlief. Benno war nicht ängstlich, aber diese Situation hatte ihm das Blut in den Adern gefrieren lassen. Er war froh gewesen, als er am Hoftor angekommen war. Er wusste, warum er so hohe Zäune hatte und warum er seine Tiere jede Nacht in den Stall brachte. Aber dass Juli ein solches Tier am helllichten Tag gesichtet hatte, machte es in ihrer hilflosen Situation auch nicht besser. Sie wäre eine leichte Beute gewesen, wenn der Wolf es darauf angelegt hätte.

Als sie endlich auf den Hof kamen, sah er Thea mit einem Korb vom Hühnerstall kommen. Sie blieb stehen und schaute verwundert auf seine sonderbare Fracht.

Er fuhr mit dem Rad zu ihr und bremste. «Kannst du uns helfen?» Er wischte sich den Schweiß aus dem Gesicht.

«*Meu deus!* Mein Gott! Was ist passiert?» Sie stellte hektisch den Eierkorb ab. Er kippte um, Eier rollten heraus.

«Das ist Juli. Ich habe sie am Waldweg gefunden. Ihr Knöchel ist verstaucht.»

«Na du machst Sachen, Mädchen! Ich bin Thea!»

«Hallo, Thea!» Das Mädchen war blass, und die Schmerzen waren Juli anzusehen.

«Wir heben dich am besten gemeinsam aus dem Vehikel», Thea sah sich um. «Zu dir oder zu mir?»

«Lass nur, ich kann sie tragen.» Benno fasste Juli wieder unter und hob sie hoch. «Zu mir. Ich habe Eis in der Kühltruhe. Bringst du bitte ihren Rucksack mit?»

«Klar!» Seine neue Mieterin nahm den Rucksack auf den Rücken und raffte die Eier zusammen. «Du kümmerst dich um ihre Verletzung, und ich mache uns jetzt erst mal eine schöne *Tortilha*. Du hast doch bestimmt Hunger, oder?» Thea lief neben ihnen her.

Juli lächelte. «Das klingt toll!»

Benno setzte sie vorsichtig auf seiner Küchenbank ab und holte Eiswürfel sowie ein Küchentuch, in das er das Eis eindrehte. Er legte es vorsichtig auf den Knöchel. «Vielleicht sollten wir noch zum Arzt und das Bein röntgen lassen.»

«Das ist nicht nötig! Wirklich nicht!» Juli band die Enden des Tuches um ihr Bein, sodass es nicht verrutschte. «Das tut wirklich gut.»

«Und wenn was gebrochen ist? Oder ein Band gerissen?», fragte Thea.

«Zum Arzt können wir morgen immer noch fahren.» Das Mädchen sah Thea an. «Ich habe richtig Hunger. Was kochst du?»

«Die weltbeste *Tortilha! Um momento!*»

Benno holte eine Wasserflasche und Gläser, dann setzte er sich an den Tisch und schenkte ihnen ein. «Juli hatte da draußen Besuch», sagte er.

«Ja, ein Wolf war bei mir. Er hat gewartet, bis Benno mich gefunden hat. Ich glaube, er hat mich bewacht.»

Thea schüttelte den Kopf und machte sich ans Schälen der Kartoffeln. «Ein Wolf! *Deus meus!*» Sie warf Benno einen vielsagenden Blick zu, der wohl sagen sollte, wie brenzlig die Lage gewesen war da draußen im Wald. «Da können wir ja froh sein, dass ich die Idee mit dem Lagerfeuer hatte.» Sie hob die Hände und lachte. «Nächstes Mal hörst du gleich auf mich, du Sturkopf. Ich sag dir, ich habe den siebten Sinn!»

8

JULI

Etwas kitzelte in ihrem Gesicht. Sie hob die Hand, wischte es weg, aber schon war es wieder da. Juli blinzelte in den neuen Tag und fühlte sich von der roten Katze, die direkt neben ihr saß, beobachtet. Neugier lag in ihren Augen. Vielleicht auch Argwohn, weil dieses fremde Mädchen in ihrem Revier lag und schlief.

«Wer bist du denn?» Sie hob ihre Hand und berührte ihren Rücken. Die Katze streckte sich. Ein klägliches Maunzen war die Antwort.

Juli sah sich um, erkannte die Küche wieder, wo sie bis spätabends mit ihren neuen Bekannten gesessen hatte. Hinter der Fensterscheibe hing ein schiefergraues Lichtband, das der Tag vorausschickte. Juli wollte aufstehen, aber ein Schmerzstrahl fuhr in ihr Bein, der sie in der Bewegung erstarren ließ. Erst jetzt erinnerte sie sich an ihren Unfall und warum sie hier auf der Küchenbank übernachtet hatte. Die Katze, die – wie sie nun sah – ein Kater war, sprang auf den Fußboden und ging zu einem Napf, der leer war. Juli sollte ihm wohl Futter geben, aber sie musste erst einmal schauen, wozu ihr Fuß in der Lage war. Mit sachten Bewegungen tastete sie von der Wade nach unten, bis sie die heiße Schwellung des verletzten Fußes spürte und noch etwas weiter den Schmerz. Sie sah, dass sich der Knöchel bis zur Fußsohle blau, fast schwarz verfärbt hatte. Verdammt! Das sah gar nicht gut aus. Nach dieser Verletzung würde es Tage, vielleicht sogar Wochen dauern, bis sie weiterwandern konnte.

Juli sah sich in der Küche um. Der gemütliche Landhausstil gefiel ihr, Backsteinwände und Holzmöbel. In den offenen Regalen standen Einweckgläser mit fermentiertem Gemüse und eingelegten Gurken. Benno schien Freude am Haltbarmachen zu haben. Gestern Abend hatte er ihnen zum Nachtisch selbst gemachtes Quittenbrot angeboten, was sie noch nie vorher gegessen hatte.

Zaghaft wurde die Tür zur Diele aufgezogen. Benno steckte den Kopf herein. «Morgen! Du bist schon wach?»

«Deine Katze hat Hunger!»

«Das ist Gustav. Er hat immer Hunger.» Benno holte eine Dose vom Regal und schüttete Trockenfutter für den Kater in den Napf, der sich darüber hermachte.

«Wie geht's deinem Fuß?», fragte Benno, der sich an einer Espressokanne zu schaffen machte. Er drehte sich zu ihr um. «Du auch?»

Juli nickte. «Tut höllisch weh!»

«Kannst du auftreten?» Ihr Gastgeber füllte Kaffeepulver ins Sieb und presste es mit einem Stempel fest.

Sie setzte sich auf und versuchte, auf beide Beine zu kommen. Aber der Schmerz schoss bis hinauf zum Knie. «Mist!» Sie stöhnte.

Benno warf ihr über die Lesebrille, die er zum Kaffeemachen trug, einen besorgten Blick zu. «Ich fahre dich später zum Arzt. Thea hat recht, das muss geröntgt werden!»

«Ist sie deine Freundin?» Juli deponierte den verletzten Fuß so, dass er nur noch leicht pochte.

Benno setzte die Espressokanne auf den Herd und entzündete das Gas. «Meine Mieterin, erst seit Kurzem. Sie wohnt drüben im alten Kesselhaus.» Er zuckte die Schultern, als hätte er sein Los akzeptiert. «Mit ihren beiden Ziegen.»

«Ziegen? Echt?» Juli musste lachen. «Sie ist schon etwas ... anders.»

Benno kommentierte es nicht. «Hast du Hunger? Ich gehe mit dem Kaffee immer erst mal raus, bis die Sonne aufgegangen ist. Danach füttere ich die Tiere. Erst dann gibt's Frühstück.»

«Das reicht mir. Kann ich mit raus? Der Sonnenaufgang ist der schönste Moment des Tages.»

Kurz darauf saßen sie gemeinsam mit dem Chilikaffee auf der Terrasse. Schweigend hielten sie die Tassen in den Händen und blickten in die farbigen Wolken, die wie eine Kolonie zerzauster Flamingos aussahen. Verbündete im Geiste, die atemlos die Welt bestaunten.

Juli vergaß ihren Schmerz und warum sie an diesem Ort war. Es war das pure Glück, hier zu sitzen. Heimlich warf sie Benno einen Blick zu. Er bewegte sich nicht, hatte seine Augen geschlossen. In einer Hand die Blechtasse, die andere lag auf seinem Brustkorb. Meditierte er etwa? War er spirituell?

Sie blickte über den raschelnden Baumwipfel der Birke, in dem eine Amsel sang, in den Himmel. Noch strich ein kühler Wind über die Heide, aber auch heute würde die Hitze zurückkommen. Kein schlechter Platz zum Bleiben. Sie würde erst einmal hier ausharren müssen, bis ihr Fuß wieder fit war. Ein, zwei Wochen mindestens, selbst wenn es sich nur um eine Verstauchung handelte. Die Alternative wäre, ihre Mutter anzurufen und sich abholen zu lassen. Das hieße, dass sie ihren Plan, Amsterdam per Fuß zu erreichen, aufgeben musste. Und ihre Mutter recht behielt. Dass es eine Schnapsidee gewesen war und Juli eine Versagerin. Wieder einmal.

Ach Opili, dachte sie und sah ihn von einer der rosa Wolken zu ihr hinunterlächeln. *Ich wollte doch mit dir die Grach-*

ten sehen. Juli schloss die Augen und sog tief die Luft ein, so klar und unverfälscht am Morgen. Juli trank einen Schluck Espresso, und die Schärfe des Chilipulvers brannte auf ihrer Zunge wie ein Feuerband, machte sie endgültig wach.

Seit sie zu Hause losgelaufen war, hatte der Streit mit ihrer Mutter sie beschäftigt. Juli hatte fortgewollt, endlich reisen, die Welt sehen. Ihre Mutter hatte stur verlangt, dass sie bei ihr blieb. Opa war nun fort, und jetzt wollte sie sie auch noch verlassen. Es war wie immer gewesen – kein Verständnis für Juli, keine Möglichkeit, einmal ein vernünftiges Gespräch miteinander zu führen. Als Mutter und Tochter waren sie wie zwei Magneten, die sich anziehen sollten, jedoch wegstießen. Sie passten einfach nicht in dieses Konstrukt Familie. Sie waren wie Fremde unter einem Dach, die nur durch ihre Gene verbunden waren. Natürlich war es ein Risiko, mit dem Rucksack quer durch Norddeutschland bis nach Amsterdam zu laufen. Nie zu wissen, wo man übernachten konnte und was für Begegnungen und Herausforderungen der neue Tag brachte. Aber Juli musste diesen Weg gehen. Noch nie hatte sie eine so starke innere Triebkraft gespürt und den Willen, ihr Vorhaben durchzusetzen. Sie war volljährig, ihre Mutter konnte ihr nichts mehr vorschreiben. Nach den harten Worten war das Flehen gekommen, sie nicht allein zu lassen. Aber Juli war standhaft geblieben und hatte an ihrem Plan festgehalten. Sie war losgelaufen, ohne zurückzuschauen. Sie hatte alle Anrufe ignoriert und das schlechte Gewissen, dass sich immer wieder meldete. Jeder Schritt hatte sie weiter von der Frau weggeführt, die ihr seit ihrer Kindheit eingeredet hatte, nichts wert zu sein. Der sie die meiste Zeit eine Last gewesen war.

«Morgens denke ich immer, dass dieser Tag einer von den

guten wird», sagte Benno plötzlich. «Jeder Morgen ist wie eine leere Leinwand, die wir bis zum Abend füllen können.»

Juli konnte ihm gut folgen. Jeder Tag hatte seine Chance verdient, auch wenn der letzte sie enttäuscht hatte. «Egal, wo ich morgens aufwache, bin ich kurz glücklich. Wenn ich noch nicht weiß, wo ich bin und wo ich herkomme», sagte sie nachdenklich.

Er sah sie lange an, als blickte er tief in sie hinein, nickte dann nur und sah hinüber zum Moor. «Das mit dem Wolf hätte schiefgehen können. Du warst verletzt, ein leichtes Opfer. Du hattest großes Glück!» Schwang da Sorge mit in seiner Stimme?

«Ich hatte keine Angst! Nicht eine Sekunde. Es war einfach ... ganz besonders!»

Benno hob die Augenbrauen und trank den Kaffee aus. Die Tasse setzte er hart auf den Tisch. «Versprich mir, Wölfe in Zukunft zu meiden!»

«Er ist zu mir gekommen ...»

«Leg es nicht drauf an. Ich erkenne eine Süchtige, wenn ich sie sehe. Und du willst es noch einmal erleben. Du siehst etwas in dem Wolf, was er nicht ist. Er ist ein Raubtier, das Hunger hat. Mehr nicht.»

Juli schwieg, konnte nicht in Worte fassen, was sie gespürt hatte. Sie war anderer Meinung, aber sie wollte nicht streiten und diesen Moment verderben.

Schweigend blickten sie in die grüne Wand der Bäume. Plötzlich flog ein dunkler Schatten zu ihnen. Eine schwarze Krähe ließ sich neben ihnen auf dem Geländer nieder und drehte ihren Kopf. Sie begann, laut zu krächzen. «Was will sie?», fragte Juli.

Benno stand auf. Holte etwas aus der Hosentasche und

hielt die Hand auf. Die Krähe sprang auf seine Schulter. «Sie lebt seit vielen Jahren hier. Es hat etwas gedauert, aber wir haben uns angefreundet.» Fast schien es, als würde er von sich selbst sprechen. Als müsse man auch mit ihm erst etwas Zeit verbringen, bis er sich Fremden öffnen konnte.

Die Krähe pickte das Futter aus seiner Hand, Benno strich sanft über ihr Gefieder.

Juli folgte dem Ritual der beiden beinahe ungläubig und staunte, dass Benno hier sogar eine zahme Krähe hatte. Der nachtfarbene Vogel krächzte ein letztes Mal, dann flog er davon.

Benno wischte seine Hände an der Hose ab. «Nach dem Frühstück fahre ich dich zum Arzt. Dann sehen wir weiter.» Er entfernte sich. Irgendwo quietschte ein Tor oder eine Tür, als er zum Stall ging, um die Tiere zu füttern. Sie hörte den Tumult, ein Gewirr von Tierstimmen, die ihn begrüßten. Muhen, Meckern, Blöken, ein Esel schrie. Was war das hier für ein Hof? Sie sah sich um. Ein Bauernhof? Aber sie sah keinen Traktor, keine Gerätschaften. Allein würde Benno den Hof auch nicht bewirtschaften können. War deshalb Thea hier, um ihm bei der Arbeit zu helfen?

Sie trank den Kaffee aus, verzog den Mund. Der Kaffeesatz war besonders scharf gewesen. Sie hustete und wartete, bis das Brennen nachließ. Die Sonne ging hinter den Bäumen auf. Das Licht in den Birken am Haus tünchte die grünen Blätter golden, gab der Amsel in den Zweigen eine gleißende Bühne. Juli blinzelte müde, spürte ihre Erschöpfung. Vielleicht war es ganz gut, sich von den Tagen der langen Fußmärsche zu erholen, die nächsten Routen in Richtung Grenze etwas zu planen, bevor sie weiterzog. Irgendwo begann ein Hahn zu krähen. Ein zweiter antwortete ihm. Weitere Statisten im morgendlichen Theaterstück am Moor, die es mit Leben füllten.

Juli betastete sachte ihren Fuß. Er war beinahe doppelt so dick wie gestern, heiß pochte er unter ihrer Hand. Sie musste sich zusammenreißen, um nicht zu weinen. Ihre Pläne, am ersten Todestag ihres Großvaters in Amsterdam zu sein, waren dahin. Doch ohne diesen Unfall wäre sie im Wald dem Wolf nicht begegnet. Dieser Moment war magisch, war wie ein Zeichen gewesen. Benno verstand nicht, dass diese Begegnung nicht rein zufällig gewesen war. Sie glaubte nicht an Zufälle. Hier sollte ihre Reise vorerst enden. Auf diesem abgelegenen Hof in der Heide würde sie bleiben, bis sie weiterlaufen konnte. Vielleicht konnte sie Benno im Haushalt zur Hand gehen. Zur Not würde sie ihm ihr Erspartes anbieten, damit er ihr eine Zuflucht gab. Ihre Mutter anzurufen, war keine Option. Juli drückte sich vom Stuhl hoch, auf den ihr Gastgeber sie gesetzt hatte, und versuchte, auf einem Bein zu stehen. Vielleicht konnte er ihr ein paar Krücken besorgen, damit sie sich bewegen konnte. Sie sah hinüber in den Gemüsegarten und bemerkte, dass Thea durch ein Türchen getreten war. Was trug sie für seltsame rote Scheiben im Gesicht? Bennos Mieterin hatte eine Schale in den Händen. Es waren Tomatenscheiben auf ihrer Haut, erkannte Juli in diesem Moment. Ihre Mutter hätte sofort empört die Lippen geschürzt. Alles, was nicht in ihre Weltsicht passte, wurde gnadenlos bekämpft. Thea schien sich ihre Welt selbst zu gestalten, auf Regeln und Konventionen zu pfeifen und darauf, was man über sie und ihre Art zu leben dachte. Juli mochte diese Frau, die ihr einfach so ein Lächeln schenkte, das in ihren braunen Augen begann und in den Lachfalten auslief. Wenn ihre Mutter nur einmal so gelächelt hätte ...

Thea kam zu ihr. «Guten Morgen! Gut geschlafen?» Eine flüchtige Berührung ihrer Schulter.

Juli genoss diese intime Geste, obwohl sie sich kaum kannten. «Ja, ganz gut!»

Thea drückte ihr ein warmes Gebäckstück in die Hand. «*Natas*, frisch aus dem Ofen, koste mal!»

«Aus Portugal?»

«*Sim!* Das Rezept jedenfalls.» Die Nachbarin strahlte.

Juli biss in das Blätterteigteilchen mit der goldgelben Füllung. Die zimtige Süße übertünchte die Schärfe des Chilikaffees auf ihrer Zunge, so wie Thea nun Benno ablöste. Sie war hier so warmherzig aufgenommen worden, obwohl zwischen Benno und Thea noch ein Gewitter in der Luft lag. Das hatten beide am gestrigen Abend nicht verbergen können.

Thea setzte sich neben sie an den Tisch, streckte die Beine aus und blickte hinüber zur Weide. Ihr Gesicht wurde weich, gleich sah sie um Jahre jünger aus.

Warum war sie allein?

Warum hatte sie nie eine Familie gegründet?

Fragen, die Juli gern gestellt hätte, aber es war zu früh dafür. Sie wollte nicht mit der Tür ins Haus fallen. Und sie wollte niemanden mit ihrer Neugier verletzen.

Juli schob sich das letzte Stück des Puddingteilchens in den Mund. Nein, der Unfall war kein Aus für ihre Wanderung, lediglich eine Verzögerung. Zurück in ihr altes Leben würde sie nie mehr gehen. Eher ließ sie sich von Benno wieder im Wald aussetzen. Eine erneute Begegnung mit einem Wolf war ihr momentan lieber als ein Wiedersehen mit ihrer Mutter.

Nach dem Frühstück brachte Benno Juli zum Arzt, wo er sie im Wartezimmer absetzte, um ein paar Einkäufe zu erledigen. Es dauerte zwei Stunden, bis Juli nach dem Röntgen wieder im Arztzimmer saß.

«Gebrochen ist nichts», sagte der Allgemeinmediziner mit einem Blick aufs Röntgenbild. «Die dunkle Verfärbung ist ein Zeichen, dass ein Band gerissen oder angerissen ist. Sie müssen den Fuß unbedingt einige Zeit ruhigstellen.»

«Muss das nicht operiert werden?», fragte sie erschrocken.

«Früher hat man das, heute nicht mehr. Das Band verheilt wieder, wenn der Fuß Ruhe hat.» Es wirkte wie eine Aufforderung, als er sie betrachtete. «Was machen Sie gerade? Ausbildung, Studium? Müssen Sie viel laufen oder stehen?»

«Ich mache gerade eine Auszeit.»

Der Arzt deutete ein Nicken an. «Mein Sohn will nach dem Abi auch erst mal nach Australien. Neue Erfahrungen sammeln.»

Juli lächelte stumm. Sie wollte endlich raus hier.

«Gut!» Er beugte sich über seine Tastatur. «Ich verschreibe Ihnen eine Bandage und Unterarmstützen. Haben Sie jemanden, der Sie versorgen kann in den nächsten zwei, drei Wochen?»

Juli nickte. «Ja, Benno Findeisen.»

Er brauchte einen Moment. «Der Tierflüsterer? Der draußen auf dem Moorhof lebt?»

Nun war sie überrascht. Was für ein seltsamer Name für Benno! «Ist das ein Problem?»

Der Arzt machte eine abwehrende Geste. «Nein, Benno ist in Ordnung. Ich wundere mich nur, weil er sonst nie Gäste hat.»

Juli verstand. Der Eigenbrötler war hier bekannt. Ein Menschenfreund war er offensichtlich nicht. Konnte sie davon ausgehen, dass sie bei ihm auf dem Hof bleiben konnte?

«Kommen Sie nächste Woche noch einmal zur Kontrolle vorbei. Ich verschreibe Ihnen ein Schmerzmittel, damit Sie schlafen können.»

Juli ließ sich von der Schwester im Rollstuhl ins Wartezimmer fahren, wo sie sich auf eine der Bänke hievte. Zwei alte Damen mit frisch gelegter Lockwelle sahen sie neugierig an. Wahrscheinlich kannten sie hier in der Regel jeden der Patienten. Sie schenkte ihnen ein Lächeln. Das reichte hoffentlich, damit sie sich nicht über sie den Mund zerrissen, wenn sie hier raus war. Da sie Bennos Handynummer nicht hatte, blieb ihr nichts anderes übrig, als auf ihn zu warten.

Sie ignorierte das Getuschel des Wartezimmerpublikums und sah aus dem Fenster, vor dem sich das Kleinstadtleben abspielte. Eine Frau in Jogginghose führte einen Hund aus, blieb stehen und hielt ein Schwätzchen mit einer Frau, die vom Fahrrad gestiegen war. Ein junger Typ kam auf einem Roller angefahren, einen Rucksack lässig auf der Schulter. Die Sonne stand mittlerweile hoch, warme Luft fächelte durch das angekippte Fenster. Juli schloss die Augen. Nun hing sie also in diesem Kaff fest. Für die nächsten Tage oder Wochen.

Die Seniorinnen unterhielten sich über das Wetter und die Angebote im Supermarkt. Julis Handy vibrierte in der Tasche. Sie zog es heraus. Ihre Mutter war heute früh dran, sonst meldete sie sich meistens nachmittags. Sie war kurz davor, ranzugehen und ihr von ihrem Unfall zu berichten. Aber sie wusste genau, wie das Gespräch verlaufen und dass es in Vorwürfen enden würde. Sie ließ es klingeln, steckte das Handy zurück. Den erwartungsvollen Blick der Seniorin gegenüber ignorierte sie. Ganz sicher würde sie hier nichts von sich offenbaren. Ihr Gesicht würden die Damen sicherlich bald wieder vergessen haben. Aber Worte blieben in der Erinnerung, vor allem wenn sie Verletzungen enthielten.

Endlich kam Benno herein. «Alles klar?», fragte er.

«Bin fertig.» Juli drückte sich hoch, ohne den kranken Fuß zu belasten. «Wir müssen ins Sanitätshaus.»

«Komm!» Er ignorierte die fragenden Blicke und das Getuschel im Wartezimmer und fasste sie unter. Juli hüpfte auf dem gesunden Fuß bis zum Pick-up, den er ins Parkverbot direkt vor der Tür gestellt hatte. *Tierlebenshof am Moor* stand in hellen Lettern auf den Türen. Auf der Ladefläche waren große Säcke mit Tierfutter und zwei Strohballen geladen. Das Einsteigen ging schon besser als am Morgen.

«Können wir noch zur Bank? Ich brauche Bargeld, um die Übernachtung zu bezahlen.» Sie hob die Arme und wedelte mit den Händen. «Ich kann auch arbeiten.»

Benno lehnte sich nachdenklich an den Kotflügel. «Ich will dein Geld nicht. Bei mir kannst du eh nicht bleiben. Die Küchenbank ist nicht für Gäste gedacht.»

Juli schluckte. Diese Absage hatte sie nicht erwartet.

Er öffnete die Fahrertür. «Thea hat gerade eine Klappcouch gekauft. Ich rede mit ihr. Ein bisschen Gesellschaft im neuen Heim wird ihr guttun.» Er ließ Juli einsteigen, startete den Motor und fädelte sich in den Verkehr ein.

Juli warf ihm einen schnellen Blick zu. Die Gesellschaft würde dir ebenfalls guttun, dachte sie, auch du bist einsam. Aber sie sprach es nicht aus, wollte ihn nicht verärgern.

Während er den Wagen durch den Verkehr lenkte, dachte sie an den gestrigen Abend. Thea hatte das Gespräch am Laufen gehalten, weil Benno meistens still in sein Getränk gestarrt hatte. Ab und zu war ein Schmunzeln über sein Gesicht geflogen, als Thea ihre Auswanderergeschichten zum Besten gab. Sie erzählte mit viel Witz, kleinen Pointen und großen Gesten ihrer Hände. Doch Juli hatte zwischen den Zeilen lesen können. Thea hatte eine beschwerliche Zeit hinter sich, harte Jahre unterwegs mit einer Ziegenherde, ohne festen Wohnsitz, in einem Wohnmobil, das jeglichen Luxus unmöglich machte. Aber als sie von ihren Ziegen erzählte, blühte sie auf. Ihr Gesicht wurde weich, die Falten lachten, als sie von Mateus schwärmte, dem portugiesischen Jungen, den sie in einer Kneipe in Lissabon getroffen hatte und nun beinahe wie einen Sohn vermisste. Vielleicht war er mehr Sohn für Thea als sie selbst Tochter für ihre Mutter.

Nein, dachte Juli, Blut war nicht dicker als Wasser. Es war nur zeitlebens eine Bürde, die man nicht abwerfen konnte.

Benno ließ sie im Wagen sitzen und holte ihr die benötigten Sachen aus dem Sanitätshaus. Das Schaufenster sah aus wie eine Ansammlung von medizinischen Gebrauchsartikeln der Neunziger. In der gesamten Einkaufsstraße war seitdem offensichtlich nicht viel passiert.

Benno riss sie aus ihren Gedanken. «Du sollst mal reinkommen. Sie passen die Gehhilfen gleich an.» Er half ihr aus dem Pick-up, stützte sie bis zur Tür.

«He, Benno!», rief eine Männerstimme hinter ihnen. «Dass du dich mal hertraust!»

Der Mann, der mit zügigen Schritten auf Benno zulief, sah nicht freundlich aus. Juli blieb stehen und lehnte sich an den Türrahmen, weil ihr Begleiter sie plötzlich losließ und sich in Position brachte. Benno wirkte nicht erfreut über diese Begegnung. Der aufgebrachte Mann baute sich vor ihm auf. Ein Wohlfühlbauch hing über seinen Gürtel. Der angegraute Vollbart sollte offenbar sein Doppelkinn kaschieren, das beim Sprechen unschön wackelte. «Hast du die Mahnungen nicht bekommen?»

«Keine Ahnung ...»

«Entweder du zahlst endlich, oder ...»

Benno ging einen Schritt auf den anderen zu. «Oder was, Ludwig? Was machst du dann?»

Sein Gegenüber wich zurück. «Dann übernimmt mein Anwalt. Inkasso, sage ich nur. Mir scheißegal, was die für Gebühren verlangen. Ich will endlich mein Geld!»

Benno sah ihn an. «Jetzt mach mal halblang! Bisher habe ich immer bezahlt.»

«Abgestottert hast du die Rechnungen! Und dieses Mal warte ich nun schon seit fünf Monaten. Von mir aus können deine Tiere den Kitt aus den Fugen fressen. Bei mir kriegst du kein Heu mehr!»

Bennos Miene verfinsterte sich. «Mach hier nicht so einen Aufriss, Ludwig! Ich sagte, du bekommst dein Geld!»

Bennos Gegenspieler packte ihn unsanft am Hemd und stieß ihn weg. «Aufriss? Dir sollte mal einer die Fresse polieren, damit du kapierst, was man mit säumigen Schuldnern macht!»

«Wenn du mich noch mal anfasst, wirst du's bereuen!» Bennos Stimme zitterte vor Wut. Er drückte den Rücken durch und ging wieder einen Schritt nach vorn. Der Angreifer wich überrascht zurück. Dann winkte er ab. «Eine Woche, Benno! Dann macht mein Anwalt Ernst!» Er ging davon.

Benno drehte sich zu Juli um. «Komm, gehen wir rein.» Seine Stimme war heiser und ließ keinen Widerspruch zu.

Juli ließ sich in den Laden helfen, registrierte jedoch die Sorgenfalten auf Bennos Stirn. Auf der Fahrt zurück zum Hof war die Stimmung auf dem Tiefpunkt. «Wer war das?»,

fragte sie, weil sie dieses strafende Schweigen nicht aushielt.

«Wer?»

«Das weißt du genau. Hast du Geldprobleme?»

Ein schneller Blick flog vom Fahrersitz zu ihr, er sog die
Luft ein. Würde er losbrüllen?

«Das geht dich nichts an! Du hast genug eigene Probleme,
kümmere dich darum!» Benno konzentrierte sich auf den
Verkehr. Juli erwiderte nichts, weil er recht hatte. Sie würde es
nicht wollen, wenn sich ein Fremder in ihr Leben einmischte.

Die Bebauung wurde lockerer, die Gärten größer. Gebäude
und Straßen flogen bis zur Stadtgrenze vorbei wie beim Dau-
menkino. Auf der Landstraße, wo Birken den Straßenrand
säumten und stolz ihre langen Zweige im Wind wehen ließen, gab Benno Gas. Er sprach auf der Fahrt kein Wort mehr.
Juli fragte sich, ob es nicht ein Fehler war, auf dem Hof dieses
mies gelaunten Fremden zu bleiben.

9

THEA

Zufrieden stellte die neue Hofbewohnerin den Reisigbesen zur Seite, mit dem sie den kleinen Platz vor ihrer Haustür gefegt hatte. Sie stützte die Arme darauf und sah über den Kräutergarten zu Bennos Haus. Obwohl sie die Stille hier mochte, fühlte sie sich auf dem Hof plötzlich einsam. Als Juli und Benno am Morgen weggefahren waren, hatte sie dem Pick-up hinterhergesehen, bis er im Wald verschwand. Gern wäre sie mitgefahren, aber Benno hatte abgewunken. Juli würde niemanden brauchen, der ihr die Hand hielt. Dabei hatte Thea ein eigenes Thema, das sie zu einem Arzt in die Stadt trieb. Der Arztbrief aus Lissabon, den sie seit Wochen bei sich trug, lag bei ihren anderen Reisedokumenten. Zuerst war die Angst nur eine Ahnung gewesen, mittlerweile raubte sie ihr den Atem, wenn sie die Gedanken daran zuließ. Endlich war sie in Deutschland. Hier würde man ihr zuhören. Doch die Hoffnung, dass ihre Befürchtungen unbegründet waren, verflüchtigte sich mit jedem Tag. Die heftigen Unterleibsschmerzen, die sie seit einem Jahr in immer kürzeren Abständen abends heimsuchten, waren schlimmer geworden. Beinahe unerträglich, wenn sie nicht schnell genug ein Schmerzmittel schluckte. Ihr portugiesischer Arzt hatte es auf ihre Wechseljahre geschoben. «Die Hormone verabschieden sich, die Menopause bringt eine Menge Symptome mit sich. Als Frau im mittleren Alter müssen Sie da durch, *Senhora* Lorenz! Davon sind Millionen andere Frauen betroffen.» Vielleicht sei eine Hormontherapie angemessen, schlug er einlenkend vor, Thea spürte jedoch, dass es damit nicht getan war. Der Arzt kannte ihren Körper nicht. Viele Symptome der Wechseljahre waren auch unangenehm – diese Hitzeschübe, hormonelle Schwankungen, Migräne. Aber diese Schmerzen waren mittlerweile so furchtbar, dass sie kurz vor ihrer Abreise nach Deutschland im Gehege umgekippt war. Warme Ziegenzungen und das besorgte Gemecker der Herde hatten sie zurückgeholt. Glücklicherweise hatte Mateus nichts mitbekommen. Er hätte erst Ruhe gegeben, bis sie in die nächste Stadt zur Notaufnahme gefahren wäre. Aber Thea traute den portugiesischen Ärzten nicht mehr, zu oft hatten sie sie vertröstet und alles unter Frauenproblemen verbucht. Während der Wechseljahre müsse man nicht gleich bei jedem Ziepen zum Arzt gehen. Es war ein älterer Arzt gewesen, der sich so ausgedrückt hatte. Dabei hatte er als Mann gar keine Erfahrung, wie sich Unterleibsschmerzen einer Frau anfühlten. Trotz ihrer immer wieder auftretenden Probleme war sie sich in seinem Sprechzimmer vorgekommen wie eine Simulantin.

Nein, es war besser, die Frau Doktor aufzusuchen. Dr. Edda Kynast war früher ihre Frauenärztin gewesen. Sie kannte sie weit über dreißig Jahre. Sie war schon die Gynäkologin ihrer Mutter gewesen, praktizierte noch immer. Thea würde in den kommenden Tagen ihrer Praxis und ihrem alten Leben einen Besuch abstatten. Wenn sie sich in die Stadt traute, wo man sie womöglich erkannte. Aber vielleicht war ihre Sorge unbegründet, weil die letzten Jahre sie äußerlich verändert hatten. Ihre Haut war schlaffer geworden, sie hatte Falten bekommen. Das Haar war dünner als früher, barg silbrige Strähnen. Wer würde in ihr noch die junge Frau erkennen können, die sie vor ihrer Auswanderung gewesen war?

War sie mit Mitte fünfzig wirklich schon alt?

Mittelalt vielleicht, dachte sie, ein Best Ager, wie ein süßer reifer Pfirsich, kurz bevor er ins Stadium der Fäulnis wechselt. Thea nahm den Besen und fegte weiter. Gleichmäßige Striche auf den Platten, bis kein Krümel zurückblieb. Es war beinahe meditativ, den alten Dreck zusammenzufegen. Ihr neues Heim sollte nach dem Ausräuchern der Räume auch vor der Tür sauber sein. Für Juli. Das Mädchen würde eine Bleibe brauchen. Sie hatte vor, ihr die neue Gästecouch anzubieten. Bei diesem Zausel konnte sie nicht länger auf der Küchenbank nächtigen. Man sah ihm auf zehn Meter Entfernung an, dass er Menschen nicht mochte. Ab jetzt würde er sich zusammenreißen müssen. Nun hatte er es mit zwei Frauen auf seinem Hof zu tun, da musste er etwas Benimm und Etikette lernen!

Von der Koppel hörte Thea das Meckern von Clara und Aurélia. Sie stellte den Besen zur Seite und wischte ihre Hände sauber. Der Einrichtung ihrer neuen Wohnung wollte sie sich später widmen. Ein Spaziergang mit ihren Ziegen würde ihr und den Tieren guttun. Und so konnte sie auch die nähere Umgebung besser kennenlernen. Sie holte die beiden Gehörnten von der Koppel und legte ihnen die Halsbänder an. Die gelben Ziegenaugen mit den schmalen rechteckigen Pupillen sahen sie aufgeregt an. Die zwei Schleppleinen band Thea an ihren Gürtel, an dem schon ein Leinenbeutel baumelte, in den sie gern kleine Fundstücke wie Beeren oder Waldkräuter legte.

Benno und Juli würden frühestens in zwei Stunden zurück sein. Genug Zeit, eine große Runde zu drehen. Thea lief los, mit ihren Flaschenkindern im Schlepptau. Neugierig meckernd folgten sie ihr durch das Gatter hinaus ins Moor, die Stummelschwänzchen keck erhoben.

Die Sonne stand bereits weit oben, als sie durch eine kleine Schlippe zwischen den hohen Bäumen wanderte. Sie pfiff eine Melodie aus dem Radio und fühlte die erfrischende Kühle, die sich unter den Bäumen hielt. Blätterrauschen und Taubengurren. Sommerklänge ihrer Kindheit. Ganz beseelt verharrte sie einen Moment, als wäre sie wieder jung und ihr Leben ein Buch mit offenem Ende. Sie genoss die leichte Brise auf ihrer Haut.

Unversehens war die Angst zurück, legte sich mit kalter Hand auf ihre Brust. Was, wenn sich ihre Befürchtungen bewahrheiteten? Ihre Mutter war an Gebärmutterhalskrebs gestorben. Sie war keine fünfzig geworden, hatte Thea verlassen, als sie gerade dreißig war. Sie versuchte, die Angst vor dieser Diagnose zur Seite zu schieben. Noch gab es nur diese Schmerzen, und sie hatte oft genug gehört, dass Krebs nicht wehtat. Erst im Endstadium, wenn eh alles zu spät war.

Hatte sie ihr Leben schon gelebt?

War sie bereit zu gehen?

Sie erreichte die Wiese hinter den Bäumen, musste blinzeln, weil die Sonne sie blendete. Hinter ihr blieb eine der Ziegen stehen und zog an ihrem Seil. Thea wollte schimpfen, die Ziegen weiterziehen, dann sah sie die lilafarbenen Blüten der Glockenblumen auf der Wiese. Kleine hängende Sterne, die sie früher geliebt hatte. Sie erstarrte und fiel zurück in das Jahr, als ein Strauß dieser Blumen auf ihrem Tisch gestanden hatte. Der Liebesbeweis eines Mannes, der sie kurz darauf betrogen hatte.

Thea wurde heiß, ihr Herz klopfte aufgeregt, aber sie starrte auf die Blüten am Wegesrand, die die Köpfe gesenkt hatten wie trauernde Witwen. Tiefe Melancholie packte sie, aber sie wollte davor nicht weglaufen, musste endlich rein in den Schmerz, nur so würde er irgendwann nachlassen. Die letzten zwanzig Jahre hatte sie ihn verdrängt. Eingeschlossen und verkapselt mit all den schönen Erinnerungen an ein anderes Leben. Sie musste die Türen zu ihrer Vergangenheit aufbrechen, musste diese Momente zurückholen und ihren Gram befrieden, um vielleicht doch noch eine neue Liebe zu finden.

Thea zog die Ziegen von dem Busch weg, dessen zartes Grün sie verdrückten, und folgte dem Pfad ins Moor. «Bleib auf den Wegen und Holzplanken, wenn es sumpfig wird», hatte Benno gesagt. «Es gibt hier auch ein paar Kreuzottern, die sich gern auf dem Holz sonnen. Pass auf, wo du hintrittst. Und sprüh dich ein, sonst fressen dich die Mücken auf.» Ein Brennen auf dem Arm erinnerte sie daran, was sie vergessen hatte. Herzhaft schlug Thea zu. Die Blutsauger hatten sie längst gefunden.

Nach einer Stunde hatte sie genug vom Seilziehen mit den Ziegen, die immer wieder stehen blieben und sich in den Halsbändern drehten, um die Köstlichkeiten am Wegesrand zu verzehren. Natürlich waren sie keine Hunde, die man an der Leine durch die Natur führen konnte. Sie waren bockig wie kleine Kinder. Während Thea die Umgebung erkunden mochte, wollten sie stehen bleiben und fressen. Ein Dilemma, das Theas Nerven zunehmend strapazierte. Irgendwann gab sie auf und drehte um.

Auf dem Rückweg, der auf der einen Seite an einer sumpfigen Wiese, auf der anderen an einem Birkenhain vorbeiführte, traf sie eine ältere Dame mit einem Handkarren, in dem Holzstücke, Steine, Moos und Zweige lagen. Sie selbst hatte kaum etwas für ihren Beutel gesammelt, weil das ewige

Tauziehen mit den Ziegen sie ablenkte. Die Weißhaarige, die ein buntes Haarband trug und eine gemusterte Tunika, grüßte nett. Sie hatte freundliche Falten im reifen Gesicht, nicht diese tiefen Mundfalten, die den Gram im Inneren von Menschen offenbarten.

«Guten Morgen», kam es Thea über die Lippen. «Was für ein herrlicher Tag!»

Die Frau blieb stehen, sah belustigt den Ziegen zu, die an einem Büschel Löwenzahn rissen. «Guten Morgen!» Sie zögerte einen Moment. «Entschuldigung, kennen wir uns?»

Thea konnte sich gut vorstellen, was sie mit ihren Ziegen für ein seltsames Bild abgab. «Nein, ich bin gerade auf dem Hof da drüben eingezogen.»

«Bei Benno? Ist nicht wahr!»

«Doch, er vermietet zwei Wohnungen im alten Kesselhaus. Ich bin die neue Mieterin.»

Ungläubiges Staunen im Gesicht der anderen. «Vielleicht tut ihm die Gesellschaft gut. Er hat die letzten Jahre sehr zurückgezogen gelebt. Wurde immer bärbeißiger.»

«Dann kennen Sie ihn?»

«Jeder hier kennt den Tierflüsterer.» Sie stützte sich auf den Handkarren. «Dem Hof soll es nicht so gut gehen, hört man.»

Thea wollte nicht indiskret sein und zuckte die Schultern. «Dazu kann ich nichts sagen. Den Tieren geht es gut, soweit ich das beurteilen kann.»

«Er hatte eine Menge Pech in seinem Leben. Erst dieser Unfall, dann läuft ihm die Frau weg und dann die Sache mit dem Hund.» Ihre Stimme ließ echtes Bedauern erkennen.

«Was für ein Unfall?»

«Da fragen Sie ihn lieber selbst. Ich muss weiter, aber

wenn Sie mal Lust auf einen Plausch haben, klopfen Sie gern bei mir. Das Haus am Ortseingang ...» Sie wies in die Richtung hinter ihr. «... mit dem Rundbogen aus Backstein am Tor.» Sie zog den Karren an.

«Sehr gern! Ich bin Thea!»

Die Fremde war schon weitergegangen, winkte kurz zurück, verriet ihren Namen nicht. Aber Thea brauchte keine Namen, sie speicherte die Gefühle ab, die sie bei Begegnungen mit Menschen hatte. Und diese Begegnung war bunt und warm gewesen wie ein Spätsommertag.

Thea pflückte einen Strauß aus weißen Schafgarbenblüten, Korbblütlern mit unzähligen kleinen Sternen, und machte sich auf den Rückweg. Sie wollte da sein, wenn Juli zurückkam. Dieses Wald-Mädchen mit der Tiefe in den Augen wie die einer alten Seele, die sogar einen Wolf beeindruckt hatte. Sie wollte, dass Juli blieb. Sie brach nicht nur Bennos Verkrustungen auf, sie öffnete auch ein Tor in ihr selbst, setzte Erinnerungen frei und alte Sehnsüchte. Ob ihr Annika ähnlich war? Sie war heute ein paar Jahre älter als Juli, aber Thea erinnerte sich an ihren weichen Flaum im Nacken, als sie gerade fünf geworden war. Sosehr sie es versuchte, sie konnte sich nicht mehr an Annikas zartes Gesicht erinnern. Es hatte so wehgetan, sie vergessen zu müssen, sie loszulassen. Sie hatte die Bilder an das Mädchen, das ihr so nah gewesen war, tief in ihrem Inneren weggeschlossen. Aber seit Juli aufgetaucht war, begann etwas in ihr zu schwingen. Eine Sehnsucht nach ihrer Tochter, die sie nicht geboren und doch geliebt hatte. Die nun eine erwachsene Frau war, vielleicht längst selbst eine Familie gegründet hatte.

Thea zerrte die Ziegen weiter, vorbei an den trauernden Glockenblumen. Ihre Schritte wurden immer schneller, als liefe sie vor ihrem alten Leben davon. Dabei waren die alten Wunden längst aufgebrochen. Und sie hatte Angst vor dem, was zutage kommen würde, wenn sie die Erinnerungen zuließ.

10

BENNO

In seinem Inneren war Land unter! Bennos Wut über den Zusammenstoß mit Ludwig war auch auf der Fahrt nicht verraucht. Dieser Schlagabtausch wäre einfacher zu verdauen gewesen, wenn das Mädchen nicht dabei gewesen wäre. Blamage vor Publikum, schlimmer hätte es nicht kommen können. Aber so hatte Juli seine Notlage verfolgt und Bennos Demütigung besiegelt. Bisher hatte er all die Mahnschreiben gut im Papiermüll entsorgen und seine prekäre Situation verdrängen können. Erst fand seine neue Nachbarin die Briefe, und nun wurde das Mädchen auch noch Zeuge einer beinahe tätlichen Auseinandersetzung. Mit versteinertem Gesicht überstand er die gemeinsame Fahrt zum Hof, in ihm tobte ein Sturm.

Benno Findeisen, der Versager, der bald seine Tiere nicht mehr versorgen konnte. Am liebsten hätte er den Lebenshof links liegen lassen und wäre mit seiner alten Karre bis zum letzten Tropfen Benzin irgendwohin gerast. Dorthin, wo ihn keiner kannte. Wo niemand um seine Geldsorgen wusste.

Doch konnte er seine Tiere im Stich lassen? Er sog die Luft ein, das kam überhaupt nicht infrage!

Benno bog ab, nahm die Zufahrtsstraße und ließ den Pickup im Hof ausrollen. Dann half er Juli, die neben ihm kein Wort mehr gesagt hatte, aus dem Wagen. Er reichte ihr die Gehhilfen von der Ladefläche, nickte ihr zu und ließ sie stehen. Er wollte nicht, dass sie mit ihm zum Haus ging. Ertrug nicht länger ihren Blick, eine Mischung aus Mitleid und Vorwurf. Und ihre Verletzlichkeit, die etwas in ihm anrührte. Die ihn an glückliche Tage von früher erinnerte und etwas, was er vehement verdrängt hatte.

Als er durch das kleine Tor zum Haus ging, verlangsamte er seinen Schritt. Die Eingangstür stand offen. Wäre Fiene, seine getreue Hündin, noch am Leben, hätte er sich über die offene Tür nicht gewundert. Sie hatte gewusst, wie Türklinken funktionierten.

Benno legte einen Zahn zu. Dann hörte er die Musik und sah eine Bewegung hinter seinem Küchenfenster, erkannte Thea, die ihm winkte. Seine Verärgerung wuchs. Dieses verdammte Weibsbild! Was erdreistete sie sich, ohne sein Wissen sein Haus zu betreten?

Benno stürmte in die Küche. «Was soll das?»

Thea stand am Herd, auf dem ein Topf köchelte. Sie breitete die Arme aus, eine ihrer überschwänglichen portugiesischen Gesten. Wie er diese Herumfuchtelei verabscheute! «Ich dachte, ihr habt Hunger, wenn ihr zurückkommt.»

«Du gehst jetzt besser!», sagte er schroff.

Sie erstarrte. «Was?»

«Du hast mich schon verstanden!» Er blieb in der Tür stehen. «Und nimm den Topf mit!»

«Was ist los mit dir?», fragte sie mit Stimmbändern aus Reibeisen. «Hast du deine Manieren vergessen?» Ihr verletzter Blick machte die Sache nicht besser.

Er kam erst richtig in Fahrt. «Das ist mein Haus! Du hast hier nichts zu suchen, wenn ich nicht da bin!»

Ihre Augen funkelten mit der Härte einer gestählten Klinge. Sie nahm ein Küchentuch vom Haken, zog den heißen Topf vom Herd und ging nach draußen. Ohne ihn noch eines Blickes zu würdigen, mit erhobenem Kopf und einer Beherrschung, die ihn beeindruckte. Mit dem Fuß stieß sie die Tür hinter sich zu. Sie knallte ins Schloss.

Benno ging zum Herd und stellte die Flamme aus.

Endlich Ruhe!

War das nötig gewesen, sie so anzufahren? Der Ton war zu hart gewesen, aber in seiner Verfassung mochte er keine Gesellschaft haben. War es nicht sein Recht, dass er hier im Haus seine Privatsphäre behielt? Thea respektierte ihre Abmachungen nicht, sie überschritt die ihr gesetzten Grenzen, schien den ganzen Hof einnehmen zu wollen. Auf diese Weise würde das Zusammenleben nicht funktionieren. Sie mochte in Portugal anders gelebt haben, aber jetzt war sie hier, in Norddeutschland, auf seinem Grund und Boden. Entweder sie passte sich an, oder sie flog hochkant raus! Was hatte er sich dabei gedacht, sich Mieter auf den Hof zu holen? War doch klar, dass er sich würde einschränken müssen.

Sobald das Mädchen den verletzten Fuß auskuriert hatte, würde er eine Entscheidung treffen. Bis dahin hatte Thea die Möglichkeit, sich auf dem Hof einzuleben und seinem Lebensstil anzupassen. Tat sie das nicht, konnte sie ihre Ziegen einladen und gehen.

Benno sah sich um. Er verspürte Hunger und bereute, dass er Thea mit dem Topf vor die Tür gesetzt hatte. Es hatte gut gerochen, nach gebratenem Gemüse und deftigen Gewürzen. Aus der Not heraus schnitt er Brote auf, holte Butter und Harzer Käse aus dem Kühlschrank und nahm ein paar Zwiebeln vom Haken. Sein Zorn begann zu verrauchen. Als der Tisch gerichtet war, öffnete er ein alkoholfreies Bier. Gern hätte er zum Essen ein paar Radieschen aus dem Garten geholt, aber er scheute sich, hinauszugehen und einer der Frauen in die

Arme zu laufen. Er wusste ja selbst, dass er über das Ziel hinausgeschossen war. Weder Thea noch Juli konnten etwas für seine Schulden und den Ärger, den er sich dadurch auflud. Er war ein alter Esel, seine Bockigkeit führte nur zu mehr Schwierigkeiten. Und sein Geschrei gegenüber Thea war unnötig gewesen.

Benno setzte sich an den Holztisch, der ihm plötzlich viel zu groß erschien. Verkrustete Einsamkeit zwischen vier Ecken.

Gestern Abend, mit den beiden Frauen am Tisch, war es zum ersten Mal in seiner Küche wirklich gesellig zugegangen. Er hatte komplett die Zeit vergessen, war viel zu spät im Bett gewesen. Nicht einmal sein Chilikaffee hatte ihn am Morgen richtig wach bekommen. Benno begann zu essen, kaute appetitlos am Brot, das wie ein Stück Pappe schmeckte, und starrte aus dem Fenster. Der Harzer Käse schmeckte fad, die Zwiebeln lasch. Plötzlich fühlte er sich müde und ausgelaugt.

Er reckte den Hals, als sich im Garten etwas bewegte. Zwei Hühner schlenderten durch seine Beete, pickten etwas auf, scharrten in der Erde. Sie waren wohl wieder durch das Loch im Zaun aus dem Hühnergarten ausgebüxt. Benno wollte aufspringen und sie zurückjagen, dann resignierte er. Heute schien hier auf dem Hof jeder zu machen, was er wollte! Er legte die angebissene Stulle aufs Brett und lehnte sich erschöpft zurück.

Wie sollte es weitergehen? Mit welchen Mitteln sollte er seine Schulden zahlen? Seine Geldreserven waren aufgebraucht. Auch die Vermietung der Wohnungen würde ihn nicht mehr retten. Selbst wenn er sofort einen zweiten Mieter für die andere Wohnung fand, wäre das nur ein Tropfen auf den heißen Stein. Seine Schulden türmten sich hier quasi schon bis unter die Decke.

Ludwig war nicht der Einzige, dem langsam der Geduldsfaden riss, weil Benno in den letzten Monaten einfach abgetaucht war. Das war nicht seine Art, für Bestellungen nicht zu bezahlen. Und schon gar nicht, langjährige Geschäftspartner hinzuhängen. Aber was tun, wenn einem plötzlich selbst der Geldhahn zugedreht wurde, weil eine weltweite Pandemie keine Rücksicht auf Einzelschicksale nahm? Doch jammern nützte hier keinem etwas.

Er stand auf und sah aus dem Fenster. Sein Garten beschenkte ihn wieder mit wucherndem Reichtum und einer riesigen Ausbeute an Obst und Gemüse. Da draußen war sie, seine heile Welt, für die er sich einst entschieden hatte. Nur war sie in Gefahr. Er musste darum kämpfen und sich nicht selbst zum Jammerlappen degradieren. In diesem Moment wurde ihm bewusst, dass ihm Thea und Juli einen Spiegel vorhielten. Er hatte sich zu lange hinter den hohen Zäunen seines Hofes im Wald verschanzt. Das Leben stand nicht still, nur weil er es tat!

Benno ging in die Diele und suchte die Schreiben zusammen, die er verärgert von Thea zurückgeholt hatte. Auch wenn er es nicht hatte offen zugeben können, hatte sie das einzig Richtige getan, diese Dokumente vor der Müllabfuhr zu retten. Und er Stießel warf sie aus dem Haus!

Die nächsten Stunden brachte er damit zu, die Schreiben zu ordnen, die Gläubiger und alle offenen Beträge inklusive der Inkasso- und Anwaltsgebühren auf einen Bogen Papier zu notieren und diese eine Zahl auszurechnen, die ihm das Leben zur Hölle machen würde, wenn er sich ihr nicht stellte. 35 456,30!

Er legte den Stift auf den Tisch und atmete tief ein und aus, ließ diesen Betrag sacken.

Fünfunddreißigtausend Euro! Verdammte Axt! Wie sollte er diese Summe aufbringen? Es gab nur zwei Wege: Resignation oder Kampfgeist.

Benno stand auf und verließ das Haus. Drüben, wo Thea wohnte, war es ruhig. Keine der beiden Frauen war zu sehen. Er ging durch ein Türchen im Zaun, trat hinaus zum Moor und lief zur Koppel. Er öffnete das Tor und bemerkte, dass Theas Ziegen die Hälse reckten und sofort losliefen. Als sie zu erkennen schienen, dass er nicht ihre Ziehmutter war, bremsten sie ab und meckerten unleidig.

Dafür setzte sich die Braungescheckte in Bewegung, kam zu ihm und rieb ihren Kopf an seinem Rücken. Er setzte sich auf den Rasen, ein Ritual, das sie kannte. Sie ging auf die Knie, legte sich neben ihn und gab ihm ihren Kopf zum Kraulen. Lange lag sie neben ihm im Gras, ließ sich von seinen Händen massieren. Eine Liebe, die er sich hart hatte erkämpfen müssen. Er erinnerte sich an das zitternde Etwas, das auf dem Tieranhänger des Bauern in einer Ecke hockte. Mit aufgerissenen Augen und einer unsagbaren Todesangst, als er sie herunterführte. Es hatte Wochen gebraucht, ihr Vertrauen zu gewinnen. Aber erst als das Zittern und nervöse Kopfschlagen aufhörte, wenn er in den Stall kam, war er sicher gewesen, dass sie eine Chance auf ein Leben nach der Milchviehanlage hatte. Und nun, ein Jahr später, lag ihr Kopf in seinem Schoß. Ihre Augen waren geschlossen, der Atem ganz leise: Nähe, Liebe, blindes Vertrauen. Seine Schützlinge zählten auf ihn. Und in diesem Moment wurde ihm bewusst, dass nicht er es war, der ihnen eine Zukunft gab, seine Tiere hatten ihm eine Perspektive gegeben. Als er keinen Anfang und kein Ende mehr sah, keinen Sinn im Leben. Nach diesem vermaledeiten Unfall. Doch nun war es Zeit, sich für die Menschen zu öffnen. Wenn es dafür nicht schon zu spät war.

11

THEA

Atmen, einfach durchatmen! Thea wollte laut schreien, aber sie wusste, dass Benno sie hören würde. Diese Blöße würde sie sich nicht geben. Auch der heiße Gemüseeintopf landete nicht im Gebüsch, obwohl sie ihn liebend gern in hohem Schwung in seinen sorgsam gepflegten Vorgarten geworfen hätte. Sie schritt mit erhobenem Haupt zu ihrer neuen Bleibe und stellte die Suppe auf den Herd, der aussah, als sei er noch nie benutzt worden. Da hatte sie die Geister in den Räumen ausgeräuchert, aber die schlechte Stimmung dieses Griesgrams würde sie nicht mal mit allen Beschwörungsformeln dieser Welt vom Hof vertreiben können.

Sie warf das Geschirrhandtuch auf die Arbeitsplatte und wischte sich die Tränen aus den Augen. Lange hatte sie sich nicht so gedemütigt gefühlt. Sicher, auch in Portugal war der Ton rau gewesen, die Südländer hielten mit ihrer Meinung nicht hinter dem Berg. Da flogen schnell mal ein paar unverblümte Worte und Flüche hin und her. Aber hier, in ihrer alten Heimat, wo ein Menschenschlag lebte, der für seine Wortkargheit bekannt war, hatte Benno sie an ihrer verletzlichen Stelle getroffen. Sie war nicht vorbereitet gewesen, so angefahren zu werden. Ein solcher Rausschmiss nach dem gestrigen Abend, der gemütlich und vertraut gewesen war, fühlte sich wie eine Kriegserklärung an. Gut, sie war heute ohne sein Wissen einfach in sein Haus gegangen. Aber die Tür war nicht abgeschlossen gewesen. Wenn er nicht wollte, dass Fremde hereinkamen, musste er eben sein Haus verriegeln und verrammeln! Ihr Wohnmobil in Portugal war nie abgeschlossen gewesen. Wer sollte etwas klauen, wo es nichts zu holen gab? Seitdem ging sie davon aus, dass sie willkommen war, wenn sich eine Tür öffnen ließ. Immerhin hatte sie einen guten Grund gehabt, seine Räume zu betreten. Ein Mittagessen für drei! Auch wenn sie eine eher mäßig talentierte Köchin war, der Gedanke zählte. Da war es doch naheliegend, dass sie seine geräumige, gut ausgerüstete Küche benutzte, oder? In Portugal hatten sie immer gemeinsam gekocht. Reihum, jeden Tag war ein anderer der Ziegenhirten dran gewesen, das Abendessen zuzubereiten.

Was war eigentlich Bennos Problem?

Sie betrachtete die kleine Küche, die in den zwei Tagen richtig gemütlich geworden war. So wie der Rest der Wohnung, in der sie ein neues Leben beginnen wollte.

Würde sie es hier bei diesem Miesepeter aushalten? Konnte sie seine Zurückweisung ertragen? Seine starren Regeln befolgen? Seine Launenhaftigkeit?

Thea war bisher nur einmal in ihrem Leben von einem Mann vor die Tür gesetzt worden. Es war ihre große Liebe gewesen, eine langjährige Beziehung. Sie war außer sich gewesen, als sie ihn in flagranti mit einer anderen Frau erwischt hatte. Fast noch verletzender war seine Reaktion gewesen: Er hatte sie, ohne lange nachzudenken, rausgeschmissen. Aus seinem Haus, seinem Leben und dem seiner Tochter. Dann hatte er diese andere Frau geheiratet.

Als sie von ihrer Hochzeit hörte, war sie schon ein Jahr in Portugal gewesen. Aber die Nachricht hatte sie dennoch erreicht und eiskalt erwischt. Danach hatte sie die Verbindungen nach Deutschland komplett abgebrochen. Ein neues Leben hatte sie gewollt. Aber man konnte nichts erneuern, was zerschunden und verbeult war, wie ihre Seele. Sie hätte bis ans Ende der Welt auswandern können, es hätte nichts geändert. Die Narben dieser schweren Trennung waren nie ganz verheilt. Nach diesem Rausschmiss hatte sie sich geschworen, sich nie wieder so schäbig von einem Mann behandeln zu lassen. Und nun setzte dieser vergrämte Hofbesitzer sie vor die Tür und brachte sie zum Weinen.

Thea wischte sich das Wasser aus den Augen und spürte, dass ihre Hände zitterten.

Was, wenn sie sofort ihre Sachen in den Transporter packte, ihre beiden Ziegen holte und einfach ging? Sollte er doch allein auf seinem Pleitehof leben und in seiner eigenen Ungenügsamkeit köcheln, verhärtet und einsam! Sie hatte hier noch keine Wurzeln geschlagen, würde auch anderswo eine Unterkunft für sich, Aurélia und Clara finden.

Thea ging zu einer Schublade, zog sie auf und nahm etwas Gras heraus, drehte sich einen Joint. Erst mal etwas beruhigen nach diesem Streit, keine voreiligen Entscheidungen treffen. Vielleicht sollte sie eine Pro-und-Kontra-Liste erstellen. Aber ihr war schon jetzt klar, dass die Vorteile des Hoflebens überwogen. Die schöne Wohnung, der Stall für die Ziegen, die herrliche Natur hier am Moor, ihre Freiheit. Auf der Kontra-Seite stand dann wohl lediglich dieser Vollidiot.

Der erste Zug, sie schloss die Augen, der süßliche Geruch hüllte sie ein. Ihr Puls schien sich zu beruhigen. Bei ihren Freunden in Lissabon hatte das Gras oft eine aufputschende Wirkung gehabt. Sie selbst machte das Rauchen ruhiger, sie fuhr herunter, wurde schläfrig. Sie hatte ein paar Gramm mitgenommen, weil sie oft von Schlaflosigkeit heimgesucht wurde, eine der Bürden ihrer Wechseljahre.

Noch ein tiefer Zug am Joint, ihre Aufregung verflog. Sie

ging zur Tür und sah hinaus, wo sie auf dem Hof das verletzte Mädchen entdeckte. Juli saß auf einer Bank und blickte verträumt in die Wolken. Wo waren ihre Gedanken gerade? Bei ihrer Reise, die so jäh ein Ende gefunden hatte? Wie tapfer die Kleine war! Konnte sie sie allein hier mit Benno zurücklassen?

Thea inhalierte noch einmal, drückte die Tüte aus und warf den Stummel ins Blumenbeet, bedeckte ihn mit Erde. Dann zog sie Sportschuhe an, setzte ihr altes zerfleddertes Basecap auf und verließ das Haus. Draußen in der Natur hatte sie immer die richtigen Gedanken und Eingebungen. Sie würde nach einem Spaziergang wissen, was zu tun war.

Das Moor lag verlassen vor ihr. Die Luft war in der Mittagshitze so dick, dass man sie hätte panieren können. Lichtfäden flimmerten zwischen den Blättern der Bäume, die so schläfrig wirkten, wie Thea sich fühlte. Irgendwo würde sie ein kleines Fleckchen im Schatten finden, wo sie sich hinsetzen konnte, um nachzudenken.

Neben ihr säumten die weißen Stämme der Birken den Weg. Sie hatte sich nicht mehr daran erinnern können, dass so viele dieser nordischen Bäume hier in der Heide standen. Als Kind hatte sie mit ihrer Mutter aus den leicht biegsamen Zweigen Kränze geflochten und mit Blüten von wilden Wiesenblumen geschmückt. Als junge Frau hatte sie oft Birkengrün von ihren Spaziergängen mitgebracht und in die Vase gestellt. Und nun säumten diese schönen Bäume hier den Weg, raschelten zaghaft, als flüsterten sie miteinander über Thea, die Auswanderin, die nun zurückkam und sich fremd fühlte in ihrer Heimat.

Sie ging weiter, erreichte einen Holzsteg, der über die sumpfigen Flächen gebaut worden war, um die Menschen vor dem Einsinken zu schützen und das Moor vor den Menschen. Neben ihr flog eine schillernde Libelle, deren Körper himmelblau schimmerte. In Portugal hatte sie oft orangefarbene Libellen mit blauen Augen beobachtet, Federlibellen, die es hier nicht gab. Ein heißes Bohren in ihrer Brust. Diese Erinnerung stieß eine Sehnsucht an, die sie, seit sie hier war, zu unterdrücken suchte. Die Traurigkeit überwältigte sie, trieb ihr die Tränen in die Augen. Sie hatte Fernweh nach den Weiten des *Alentejo*, nach Mateus, seinem Lachen und Fluchen. Was er wohl gerade tat? Ob er auch an sie dachte? Thea sehnte sich nach dem Chor der meckernden Ziegen, dem Geruch der Holzfeuer und der algigen Meeresbrise, wenn der Wind vom Wasser ins Land wehte.

Schon wieder fragte sie sich, was sie – außer dem Arztbesuch, vor dem sie sich drückte – zurückgetrieben hatte in dieses Land, das ihr so fremd geworden war und sich nicht mehr an sie erinnerte. Das schön war, wie eine bunte Postkarte aus einem Urlaubsort, jedoch ebenso austauschbar blieb. Bald würde sie sich offiziell auf dem Bürgeramt in Deutschland anmelden müssen, ihren Neuanfang schwarz auf weiß besiegeln. Es fühlte sich nicht richtig an, aber vielleicht war dies einfach ihr Schicksal: ein stetiges Schwanken zwischen Heimweh und Fernweh. Vielleicht sollte ihre Zeit hier doch lediglich ein kurzer Heimaturlaub sein, bevor sie am Atlantik ihren Lebensabend verbrachte?

Half ihr ein Gedankenspiel? Was, wenn sie morgen ihre Ziegen, ihr Hab und Gut verlud, volltankte und die dreitausend Kilometer zurückfuhr? Mateus wäre überglücklich, würde ihr sofort ihren Job und den Camper zurückgeben. Alles wäre beim Alten. Sie sah die große Ziegenherde vor ihrem geistigen Auge, schien das Bimmeln der Glöckchen zu hören und die Rufe der Ziegenhirten. Aber es packte sie nicht. Etwas tief in ihr wehrte sich dagegen, aufzugeben und zurückzugehen.

Thea lehnte sich an das Geländer des Stegs und blicke hinaus aufs Moor, wo sich der frühere Torfstich über die Jahre mit Wasser gefüllt hatte. Unter den Holzplanken bewegte sich etwas. Dort flitzten Wasserläufer wie winzige Luftkissenboote auf der Oberfläche des Tümpels herum. Darunter reckten sich scheinbar schwebende Wasserpflanzen ans Licht, gefangen in ihrer eigenen, stummen Unterwasserwelt. Auf dem Steg atmete Thea ein und aus, bis sie ganz ruhig wurde. Ihr Bauchgefühl war immer sehr stark gewesen. Und dieses fühlte sich nicht nach Aufbruch an, nicht nach Resignation.

Der Buddhismus lehrte, im Hier und Jetzt zu leben. Nicht im Gestern, nicht im Morgen. Aber der Dalai-Lama war auch nie Benno Findeisen begegnet.

Thea spürte die Wärme des Holzgeländers an ihren Armen. Es war pures Glück, ein winziger Teil dieser Natur zu sein. Erneut flog eine Libelle über die Wasserkante, sendete blitzende Signale. Was wollte sie ihr sagen?

Gehen oder bleiben?

Zuallererst würde sie am Abend ihren liebsten Rotwein öffnen, ein paar Sardinen grillen und Fado hören. Tief hineingehen in den Schmerz, ins Vermissen ihrer portugiesischen Heimat. Thea fasste einen Entschluss: Wenn sie morgen trotzdem blieb, dann für immer.

12

hr Laufstil, was wohl eher ein Sprungstil war, verbesserte sich. Fast schon routiniert setzte sie die Unterarmstützen auf die Erde, stieß sich mit dem gesunden Fuß ab, schwang nach vorn und kam wieder auf dem Fuß auf. Der verletzte baumelte unter ihrem angewinkelten Knie über der Erde, durfte sich erholen.

Nichts geschah ohne Grund, davon war sie überzeugt. Dass gerade ihre Beine eine Pause machen mussten, war ein Zeichen. Seit sie auf eigenen Füßen stehen konnte, war sie weggelaufen. Als Zweijährige aus dem Laufstall, bei dem die Tür nicht richtig geschlossen war, als Sechsjährige aus der Wohnung ihrer Mutter, als diese sich mit einem der vielen Kurzzeitpartner stritt. Mit zwölf hatte sie eines Abends ihren Rucksack gepackt und war gegangen, weil sie schon damals spürte, dass ihre Mutter ohne sie glücklicher wäre. Die Polizei hatte sie auf einem Hochstand im Wald gefunden und zurückgebracht. Und nun, da sie volljährig war, ging sie erneut. Für immer. Dieses Mal konnte sie niemand aufhalten oder zurückbringen. Sie durfte selbst entscheiden, wohin ihre Beine sie tragen würden. Dass es Amsterdam sein musste, war sofort klar gewesen. Die Lieblingsstadt ihres Großvaters, von der er ihr oft erzählt hatte. Jeden einzelnen Kilometer bis zur holländischen Grachtenstadt auf den Tausenden Holzpfählen wollte sie auf eigenen Füßen absolvieren. Es sollte eine Abnabelung sein, damit sie sicher sein konnte, dass ihr altes Leben endlich hinter ihr lag.

Juli war im Streit gegangen. Und nun war sie in einen hineingeraten. Sie mochte Konflikte nicht, ging ihnen am liebsten aus dem Weg. Aber im Leben bekam man nie, was man wollte. Sondern das, was man brauchte. Vielleicht brauchte sie diese streitenden Menschen. Oder die zwei brauchten sie. Vielleicht war sie der Fugenkitt, wenn die Meinungen sich zu weit voneinander entfernten.

Thea hatte sie am Morgen in ihre Wohnung gebeten, bevor sie zum Arzt gefahren waren. Sie hatte Juli ihre neuen Räume gezeigt und ihre Gästecouch angeboten. «Bleib, so lange du willst. Du wirst erst mal Ruhe brauchen, bis du wieder fit bist. Und gut für mich: Allein mit diesem schlecht gelaunten Ochsen da drüben, das würde ich nicht aushalten!»

Dankend hatte sie Theas Angebot angenommen. Auch wenn diese Frau ihr fremd war, sie sich nicht länger als einen Tag kannten, fühlte sie sich ihr vom ersten Moment an nah. Woher kam dieses Gefühl einer Bindung, das sie zeitlebens bei ihrer Mutter vermisst hatte? Theas Aura war so bunt und leicht wie die eines Schmetterlings. Juli hatte das Gefühl, sie schon ewig zu kennen. Wie die Frau, die sie heimlich in ihren Träumen in den Arm genommen hatte. Zugewandt, eigensinnig und warm.

Auch ihre Andersartigkeit war ein guter Grund, auf ihrer Couch zu bleiben. Sie wollte mehr hören von dem Land am Meer mit den kilometerlangen Stränden und abgelegenen Klippen, den alten Korkeichen, deren Rinde mehrfach geschält wurde, den bunten Wochenmärkten und tieftraurigem Fadogesang. Thea hatte Heimweh nach diesem Land, das ihr ein Zuhause gegeben hatte, das hatte gestern Abend in jeder ihrer Erzählungen mitgeschwungen. Juli schien Mateus, Theas besten Freund, vor sich zu sehen, einen stolzen

Mann mit dunklem Haar, der mit der Ziegenherde durch eine weite Ebene zog. Und sie schien die Feuer zu riechen, über denen sie abends ihr Essen zubereiteten.

Vielleicht war Amsterdam nur ein Wegweiser gewesen? Wer wusste schon, wo das Ziel lag auf der Reise zu sich selbst. Wer wusste, ob sich morgen der Lebensweg für immer änderte?

Sie hüpfte weiter, erreichte die Koppel, blickte zu den Kühen, Eseln und Ziegen, die hier einträchtig grasten. In einiger Entfernung waren auch zwei Pferde zu erkennen. Die Alpakas hatten sich genau ans andere Ende der Weide verzogen, beäugten sie neugierig. Und dann sah sie die braun gescheckte Milchkuh, die inmitten der Wiese stand. Sie wirkte aufgeregt, senkte immer wieder den Kopf. Erst jetzt sah Juli, dass neben ihr ein Mensch lag. Sie erkannte Bennos kariertes Hemd. Warum lag er dort?

«Benno?», rief sie. Panik machte sich in ihr breit, weil er nicht antwortete, sich nicht rührte.

Wenn er die Kuh hatte melken wollen, dann sicherlich im Stall. Dann würde er neben ihr sitzen oder hocken, aber nicht liegen. War er gestürzt, hatte er sich verletzt?

Die Kuh muhte herzzerreißend, schlug unruhig mit dem Kopf. Da stimmte etwas nicht. Juli musste sofort zu ihm! Sie folgte mit dem Blick dem Zaun, entdeckte ein Tor zur Koppel. Dort musste Benno durchgegangen sein. So schnell sie mit den Krücken vorwärtskam, hüpfte sie am Zaun entlang. In diesem Moment bemerkte sie eine Bewegung am anderen Ende der Koppel. Sie sah eine Frau mit Basecap, die mit schnellen Schritten den Pfad vom Moor entlangging.

Juli hob die Arme mit den Krücken, um auf sich aufmerksam zu machen. «HE, HALLO! HIER!»

Die Frau bemerkte sie, sah in ihre Richtung, lief schneller. Erst jetzt erkannte Juli, dass es Thea war, die offenbar spazieren gewesen war und zurück zum Hof ging. Ihre anfängliche Panik machte der Erleichterung Platz.

«Was ist denn los?», fragte Thea außer Atem, als sie bei ihr war.

«Da drüben! Siehst du? Auf der Wiese, neben der Kuh liegt Benno. Er bewegt sich nicht, hört nicht auf meine Rufe. Da muss was passiert sein.»

Thea entriegelte das Tor, trat auf die Koppel und sprintete hinüber. Als Juli bei ihr und Benno ankam, hockte Thea neben ihm, redete ruhig auf ihn ein. «Atmen, ganz ruhig!» Sie stand auf und zog ihr Smartphone aus der Tasche. «Bleib bei ihm, ja? Ich rufe den Notarzt.»

Juli wandte sich Benno zu, und sein Zustand ging ihr nah. Dieser muskulöse Naturbursche lag vor ihr am Boden, sah sie mit aufgerissenen Augen an, japste nach Luft. Kalter Schweiß perlte auf seiner Stirn. Eine Hand hatte er auf seine Brust gedrückt. Die andere lag verkrampft am Boden.

Umständlich und mithilfe der Krücken schaffte sie es, sich neben ihn auf den Boden zu setzen. Sie nahm seine linke Hand in ihre, die eiskalt und schweißnass war. Ein leichtes Zittern war zu spüren.

Juli hatte plötzlich Angst, dass sie zu spät gekommen waren. «Atmen, Benno. Kannst du atmen?»

Er reagierte nicht, starrte in den Himmel.

Juli blickte zu Thea, die am Telefon gestikulierte, sah wieder den Hofbesitzer an. «Thea holt Hilfe! Der Notarzt ist gleich hier», sagte sie, an Benno gewandt. «Mach jetzt keinen Mist, ja?»

Plötzlich spürte sie, dass er ganz leicht ihre Hand drückte.

Sie lächelte, obwohl ihr nicht danach war, wollte ihn in Sicherheit wiegen. Dann kam Thea zurück und kniete sich neben sie.

Benno japste nach Luft, sein Gesicht war rot gefärbt vor Anstrengung, die Augen in Panik auf sie gerichtet.

«Hat er einen Herzinfarkt?», flüsterte Juli.

«Keine Ahnung», sagte Thea. An ihrem Hals hatten sich unruhige rote Flecken gebildet. «Solange er atmet und bei Bewusstsein ist, können wir nichts tun!», antwortete Thea.

«Echt nicht? Und wenn er bewusstlos wird?»

«Herzdruckmassage! Bis der Notarzt hier ist.»

Juli drückte Bennos Hand. «Bleib bei uns, bitte bleib hier, ja?»

Sie hockte an seiner Seite auf der Koppel. Auch die Tiere waren näher gekommen, beäugten sie neugierig. Die Minuten wurden lang. Juli massierte Bennos Hände und redete auf ihn ein. Thea saß neben ihnen wie zur Salzsäule erstarrt. Immer wieder sah sie auf ihr Handy.

Die braune Milchkuh wich nicht von ihrer Seite, stupste Benno zärtlich an der Schulter an, als wolle sie ihm aufhelfen. Auch Theas Ziegen hatten sich zu ihnen gesellt, meckerten und umgarnten Thea, um endlich die Aufmerksamkeit ihrer Ziehmutter zu erhalten.

Als das Martinshorn zu hören war und der RTW nach gefühlten Stunden an der Koppel hielt, war Julis T-Shirt nass geschwitzt. Sie konnte kaum aufstehen. Der Schmerz in ihrem verletzten Bein war unerträglich. Thea half ihr hoch, und sie überließen Benno den Rettungskräften.

Juli fasste Theas Hand. Sie war kreidebleich, als die Sanitäter Benno auf einer Trage fixierten und in den Notarztwagen schoben.

«Was hat er denn?», fragte Thea den jungen Notarzt.

«Sind Sie eine Angehörige?», fragte er.

«Nein, wir sind ... Freunde», antwortete Thea.

«Dann kann ich Ihnen leider keine Auskunft zu seinem Zustand geben. Können Sie seine Familie erreichen?»

Thea und Juli sahen sich an. Hatte Benno überhaupt eine Familie?

«Wir kümmern uns darum», sagte Thea freiheraus. Sie blickte hinüber zu Bennos Haus, dessen rot gedecktes Dach hinter dichtem Buschwerk in der Sonne schimmerte. Der Notarzt stieg in den Rettungswagen, die Tür wurde zugezogen, und der Motor startete. Mit Blaulicht, aber ohne Martinshorn fuhr er davon.

Juli folgte der neuen Mieterin zum Hof, hüpfte an den Gehhilfen neben ihr her. Thea wartete, bis Juli durch das Tor gehinkt war, verschloss und verriegelte es. Ihre Ziegen meckerten unleidlich hinter dem Zaun. Aber Thea beachtete sie nicht, schien gerade in Gedanken an einem anderen Ort zu sein. Die Sorge um Benno stand ihr deutlich ins Gesicht geschrieben.

Später saßen sie in Theas Küche, die am Herd stand und den Eintopf aufwärmte. «Vielleicht hat er sein Handy im Haus gelassen», sagte sie nachdenklich. Juli konnte die Anspannung in ihrer Stimme hören. Bennos Zusammenbruch setzte ihnen beiden zu. Vor allem sicherlich Thea, die mit ihm im Streit auseinandergegangen war. «Dort müsste doch jemand aus seiner Familie in der Telefonliste sein.»

«Selbst wenn, ist sein Handy sicherlich durch eine PIN geschützt», sagte Juli. «Wäre wohl auch besser, nicht schon wieder ohne sein Wissen in Bennos Haus zu gehen.»

Thea drehte sich um. «Es ist ein Notfall!»

Juli zuckte die Schultern. «Dann mach es! Er wird dich rausschmeißen, denke ich.» Sie massierte ihren schmerzenden Knöchel. «Gibt's hier wirklich keine Nachbarn, die etwas wissen könnten?»

Ihre Gastgeberin drehte sich um, hielt den Kochlöffel in die Luft, von dem Suppe auf den Boden tropfte. «Doch! Da ist jemand. Ich habe beim Spaziergang im Moor eine Frau getroffen, die ihn schon lange zu kennen schien.»

«Wie heißt sie?»

«Keine Ahnung!»

Sehr hilfreich, dachte Juli. «Wo wohnt sie?»

«Irgendwo am Ortseingang.» Thea drehte den Herd ab. «Nach dem Essen fahren wir sie suchen.»

Stumm löffelten sie die Suppe, die ziemlich scharf war für Julis Geschmacksknospen, dafür salzarm. Sie hustete, atmete tief ein. «Rezept aus Portugal?»

«*Sim!*» Thea lachte. «Beim Kochen bin ich nicht so bewandert. Ich backe lieber.»

«Schmeckt doch, für mich nur ein bisschen zu scharf.»

«Du müsstest mal bei Mateus essen! Da brennt dir danach der Allerwerteste!»

Sie lachten gemeinsam, und dieses Lachen löste die Anspannung.

Doch plötzlich wurde Thea ganz ernst, lehnte sich mit einem traurigen Zug um den Mund zurück.

«Du vermisst ihn sehr, oder?»

Ein kaum hörbares Seufzen. «Wie man einen guten Freund in der Ferne vermisst.»

«Warum bist du zurückgekommen, wenn du dort so glücklich warst?»

Thea atmete schwerfällig ein. Sie antwortete nicht sofort, verfiel ins Grübeln. Es schien, als wüsste sie selbst keine Antwort darauf.

Juli löffelte die Suppe, an deren Schärfe sie sich gewöhnt hatte. Die besser schmeckte als die klebrigen Müsliriegel aus ihrem Rucksack.

«Es wurde einfach Zeit, nach Hause zu gehen», sagte Thea plötzlich. «Es war nur so ein Gefühl, weißt du? Es hat mich nicht mehr losgelassen. Und außerdem ...»

«Ja?»

«Ich möchte jemanden aus meiner Vergangenheit wiedersehen.»

«Und wen?»

Ihre Gastgeberin nahm ihren Teller und stand auf. «Ach, das klappt wahrscheinlich gar nicht. Und ist nicht so wichtig.» Sie stellte das Geschirr in die Spüle. «Erzähl doch ein bisschen mehr von deinem Plan, bis nach Amsterdam zu wandern! Wieso denn eigentlich zu Fuß?»

Lenkte sie gerade von sich ab? Irgendetwas verbarg diese Frau, die ihr so selbstlos ein Bett in ihrem Zuhause angeboten hatte. «Ich laufe einfach gern, liebe die Natur, die Freiheit, jeden Tag woanders aufzuwachen.»

«Und da musst du allein quer durch ein riesiges Waldgebiet wandern? Bist du lebensmüde?»

Juli ließ das letzte Wort auf der Zunge zergehen. Über die Gefahren auf ihrer Reise hatte sie sich nie Gedanken gemacht. Sie war ja in Deutschland unterwegs, nicht irgendwo im Dschungel. «Stürzen kannst du auch auf einem Spaziergang hier im Moor ...» Eine müde Ausrede, das war ihr selbst klar. Es war Glück gewesen, dass Benno sie gestern Abend gefunden hatte. Der Wolf tauchte vor ihrem geistigen Auge auf, und plötzlich war sie sich gar nicht mehr so sicher, ob sie ihn dort gesehen hatte. War er tatsächlich da gewesen? Oder hatte sie sich den Wolf nur eingebildet?

Ihr Gegenüber sah sie streng an, zuckte dann die Schultern. «Du bist echt mutig!» Mit einem Lächeln in den Mundwinkeln räumte sie ein: «Manchmal muss man auf sein Herz hören, auch wenn andere es als völlig verrückt erachten. Als ich ausgewandert bin, haben meine Eltern die Welt nicht mehr verstanden. Wir hatten Streit, und sie haben ein paar Monate nicht mit mir gesprochen.»

Juli wusste genau, wovon sie sprach. Das Gezeter ihrer Mutter lag ihr noch in den Ohren. «Wo sind deine Eltern?»

Thea schwieg einen Moment zu lang. «Sie leben nicht mehr. Schon seit ein paar Jahren.»

Juli fragte sich plötzlich, ob ihre Mutter sich ehrlich um sie sorgte oder ob ihre ständigen Anrufe lediglich ihrem Kontrollverlust geschuldet waren. Sie wusste nicht, ob diese Frage zu intim war, aber sie musste sie stellen. «Habt ihr noch einmal miteinander gesprochen?»

«Ja, das haben wir.» Thea lehnte an der Spüle und verschränkte ihre Arme, als fühlte sie sich unwohl, darüber zu sprechen. «Aber sie haben bis zu ihrem Tod nicht verstehen können, dass ich weggegangen bin. Das Getuschel der Leute war ihnen wichtiger gewesen als das Glück ihres Kindes. Wir haben uns nicht mehr versöhnt, wenn du das meinst.»

Juli schob den leeren Teller zur Tischmitte. Damit ihre Arme Platz hatten, während sie darüber nachdachte, was wohl die Nachbarn zu Hause über ihre Backpacking-Tour tuschelten. Und welche Lügenmärchen ihre Mutter ihnen auftischte, um weiterhin als die beste Mutter der Welt zu gelten. Zu Hause bei ihrer Tochter, ohne die Argusaugen der Nachbarschaft, hatte sie fast täglich ihre Enttäuschung abgeladen, dass diese Schwangerschaft damals ihre Zukunft als Sängerin einer Coverband versaut hatte. Gezeugt in einem One-Night-Stand mit einem der Roadies, geboren in einem Kaff, wo sie schließlich hängen geblieben waren, ein Vater, den Juli nie kennengelernt hatte. Ohne Unterhalt, ohne Liebe, ohne Perspektive. Mit den ewig gleichen Vorhaltungen einer frustrierten Frau, dass Juli ein nicht auszumerzender Fehler war, der da neben ihr heranwuchs und der sie jeden Tag daran erinnerte, dass aus ihrer großen Karriere nichts geworden war.

«Komm …», holte Thea sie aus ihren Gedanken. «Suchen wir die Frau aus dem Moor und hoffen, dass sie uns etwas zu Bennos Familie sagen kann.»

13

BENNO

Dieser verdammte Druck auf der Brust hatte endlich nachgelassen! Benno fühlte sich lächerlich unter der Maske, an deren Ende ein seltsamer Beutel hing, der sich füllte und zusammenfiel, wenn er ein- und ausatmete. Ganz ruhig lag er auf der Trage zwischen all den um ihn bemühten Rettungskräften und konnte nicht fassen, dass er noch am Leben war. Endlich bekam er wieder Luft!

Plötzlich war diese erdrückende Angst da gewesen und diese Schraubzwinge um seine Brust. Als die Kuh aufgestanden war, hatte er auch auf die Füße kommen wollen. Viel zu lange hatte er mit ihr im Gras gelegen und die Zeit vertrödelt. Dann dieser Anfall, der ihn mitten in der Bewegung überwältigt und gefällt hatte wie einen morschen Baum im Sturm. Kalter Schweiß war ihm ausgebrochen, als er immer schneller atmete, aber keine Luft mehr bekam. Mitten auf der Wiese hatte er gelegen und gejapst wie ein Fisch auf dem Trockenen. Je mehr er Luft geholt hatte, desto schlimmer war seine Atemnot geworden und die Angst zu ersticken. Er hatte über sich die Wolken ziehen sehen und gedacht, dieses sommerliche Himmelsbild wäre das Letzte, was er hier auf Erden wahrnehmen würde.

Dann war, wie durch ein Wunder, Thea über ihm aufgetaucht, hatte wie durch dickes Glas auf ihn eingeredet, echte Sorge in den Augen. Schließlich war sie verschwunden, aber das Mädchen war da gewesen, hatte seine Hand gedrückt. Er hatte Juli angesehen, aber alles schien so weit weg zu sein, als wäre er nur ein Zuschauer im Kino, als verfolge er einen Film. Als würden die besorgten Gesichter nicht ihm gelten.

Und nun lag er in diesem Blechkasten auf Rädern mit all den Apparaturen, die der junge Notarzt genau im Blick hatte. Sie fuhren schnell, das spürte er an den Fliehkräften im Wagen. Gut, sie hatten ihn festgeschnallt und vor dem Losfahren seltsame Elektroden auf seine Brust geklebt. Irgendeine Flüssigkeit lief von einem Tropf durch einen Schlauch in seinen Arm. Wo auch immer sie ihn hinbrachten, er fühlte sich hier sicher. Benno war müde, schloss die Augen. Nur etwas ausruhen!

Das Schaukeln der Fahrt nahm zu. Der medizinische Geruch um ihn herum stieß Erinnerungen an, die er mit aller Macht weggeschlossen hatte. Längst Vergangenes kam zurück, Bilder drängten sich in seine Gedanken, schickten ihn zurück an diesen kalten Februartag. Er schien wieder in diesem Autowrack zu liegen, verletzt, eingeklemmt, ganz allein. Die Dunkelheit kam schnell, und mit eisigen Fingern griff die Kälte nach ihm. Er konnte wieder die Todesangst von damals spüren, nahm die vorbeihuschenden Scheinwerfer der Autos wahr. Ein jedes dieser Lichter war Hoffnung auf Rettung gewesen, die abrupt versiegte. Stundenlang gefangen in diesem Wrack, hilflos, ausgeliefert, betend, dass eines der Lichter anhalten würde. Gefangen in Dunkelheit, Kälte und Schmerz ... Benno stöhnte auf.

«Herr Findeisen?»

Benno schlug die Augen auf, das Licht um ihn herum vertrieb die alte Angst, die er mit jedem Atemzug bekämpft hatte, die jedoch noch immer in seinen Knochen hockte. Er war nicht eingeklemmt, nicht allein, nicht dem Tod ausgeliefert. Die Stimme kam aus dem Mund einer Sanitäterin, die sich über ihn beugte. Er versuchte, sich auf ihre Worte zu konzentrieren.

«Wir sind gleich da. Sie sind in guten Händen, machen Sie sich keine Sorgen!»

Er atmete tief ein und aus. Seine Brust war nicht mehr in diesem Schraubstock eingeklemmt. Nie hätte er gedacht, wie glücklich er sein würde, einfach nur atmen zu können. Etwas ganz Selbstverständliches, was man tat, ohne darüber nachzudenken, war heute zu seinem persönlichen Drama geworden. Alles gut gegangen. Thea und Juli hatten ihn zum Glück gefunden. Nun lag er sicher im RTW und atmete ganz ruhig in die Maske. Der Arzt zog die Elektroden auf seiner Brust ab, nahm den Tropf in die Hand. Eine Rettungssanitäterin in neongelber Jacke wischte seine Brust ab und deckte sein Hemd darüber.

Dann wurden die Türen aufgestoßen, die Trage aus dem Wagen gezogen und durch weitere Schwingtüren gerollt, die sich automatisch öffneten. Neue Gesichter und fremde Stimmen, die Informationen über seinen Zustand austauschten. Werte wurden heruntergerattert, der Patient übergeben. Ein Sanitäter rollte ihn in ein Zimmer, wo der Tropf wieder in ein Gestell eingehängt wurde. Jemand legte ihm eine Decke über, weil er plötzlich fror.

Und dann war er allein.

Benno versuchte, sich auf den Ellbogen zu stützen und aufzurichten. Seine Arme fühlten sich wie Pudding an, er sackte zurück. Was war das nur, warum machte sein Körper nicht, was er sollte? Er hatte sich nicht überanstrengt, war doch in einem ganz entspannten Moment gewesen, als ihm von einer Sekunde auf die andere der Atem wegblieb. Was war passiert?

Die Tür glitt auf. Ein blonder Mann im weißen Arztkittel kam herein. «Herr Findeisen, bleiben Sie bitte noch liegen. Mein Name ist Doktor Merten. Ich bin Assistenzarzt hier in der Notaufnahme.» Er hielt ein Klemmbrett in der Hand und warf einen Blick darauf, als müsse er sich noch einmal vergewissern, dass er beim richtigen Patienten stand. «Ich habe Ihre Werte aus dem RTW hier. Das EKG ist unauffällig. Kein Myokardinfarkt, das ist die gute Nachricht.» Er nickte langsam. «Aber Ihre Sauerstoffsättigung macht uns noch Sorgen. Sie bleiben besser heute Nacht erst einmal bei uns. Gerade wird ein Zimmer für Sie vorbereitet.»

Benno hörte ihm zu und versuchte, seinen Ausführungen zu folgen. «Hier?», fragte er unter der Maske und hörte sich an, als würde er in eine Dose reden.

«Sie kommen auf Station. Ruhen Sie sich noch etwas aus. Morgen wissen wir sicherlich mehr. Bisher deutet alles auf eine Panikattacke hin.»

Benno starrte ihn an. Panikattacke?

«Wie gesagt, morgen in der Visite besprechen Sie alles mit dem Kollegen auf Station. Ruhen Sie sich aus und versuchen Sie, etwas zu schlafen.» Er nahm das Klemmbrett unter den Arm. «Sollen wir jemanden benachrichtigen?»

«Ja, meine ...» Sollte er Nachbarin sagen oder Mieterin? Hatte er überhaupt eine Telefonnummer von Thea? Die stand in einer ihrer Mails auf seinem Handy. Wo war dieses Ding? Das lag sicherlich wie immer in seiner Diele zu Hause. Herrgott noch mal! Wer hätte ahnen können, dass es ihn mitten auf der Kuhweide erwischte!

«Ja?» Der Arzt sah ihn fragend an.

Er schüttelte den Kopf. Das musste Zeit haben bis morgen. Immerhin würde er diese Nacht überleben, wenn er dem jungen Arzt glauben konnte. Panikattacke! Schwachsinn! Was sollte ihn denn in Panik versetzt haben? Sollte er dem Arzt sagen, dass er gerade mit einer Milchkuh gekuschelt hatte, als dieser Anfall begann? Der würde ihn wohl an einen anderen Kollegen verweisen, der sich um die geistige Gesundheit seiner Patienten kümmerte.

Zwei Stunden später lag er in einem Krankenhaushemd in einem Zweibettzimmer. Neben ihm schnarchte sein Bettnachbar und schien einen ganzen Wald roden zu wollen. Benno hatte noch ein kleines Abendessen bekommen, viel zu früh für seine Essgewohnheiten, es stand neben ihm auf dem Nachttisch.

Was, wenn dieser Zusammenbruch ein Zeichen gewesen war? Sein Hof stand vor dem Aus. Seinen Mitmenschen trat er in seiner Not regelmäßig vors Schienbein, und sein Körper schien ebenfalls ein Hühnchen mit ihm rupfen zu wollen. Er schluckte trocken. Sein Leben raste mit Vollgas auf eine Katastrophe zu. Wie war diese zu stoppen?

Alles schien sinnlos, dunkel, ohne Zukunft.

Der Druck auf der Brust war wieder da. Benno spürte kalte Angst in seinen Gliedern. Er bekam keine Luft, begann zu japsen. Wollte atmen, aber seine Kehle schien wie zugeschnürt, nahm nichts auf. Etwas begann neben ihm zu piepen, übertönte das Schnarchen. Das Geräusch schrillte in seinen Ohren.

Dann waren die Schwestern da, redeten auf ihn ein. Eine von ihnen drückte ihm wieder eine Hyperventilationsmaske auf sein Gesicht. Endlich beruhigte sich sein Atem, das Piepen verstummte. Benno entspannte sich, schloss die Augen. Fühlte sich so eine Panikattacke an? Und wenn ja: War das die Angst vor dem Leben oder vor dem Sterben?

14

THEA

Sie fanden das Haus am Ortseingang, ohne lange zu suchen. *Das muss es sein*, dachte Thea und parkte den Transporter am Straßenrand, half Juli mit den Gehhilfen. Das Fachwerkhaus mit moosüberwuchertem Reet ruhte wie eine alte krumme Frau hinter dem Holzzaun, der von einem Torbogen aus Backstein gehalten wurde. An den Säulen wuchs eine schneeweiße Heckenrose nach oben. Der Briefkasten war am Holz angeschlagen, ein getöpfertes Schild gab den Namen der Bewohner preis: *Ebeke*. Das Haus lag inmitten eines bunten, beinahe verwunschenen Gartens, der perfekt zu der Frau mit der bunten Tunika passte, die Thea im Moor getroffen hatte. Eine Schubkarre mit Gartenutensilien war am Weg abgestellt, dem Thea und Juli zwischen ausladenden Sommerstauden folgten. Darin summten Bienen, Hummeln und ein Pulk von Mücken. Thea ging langsam, sodass Juli ihr über den mit Backsteinen ausgelegten Weg folgen konnte. Am Weg wucherten üppige Büsche von Lavendel, deren Blüten noch ganz schmal und grün waren, aber bald violett und duftend die Insekten anlocken würden. Vor dem Haus rankten pinkfarbene Heckenrosen an der Wand nach oben, wurden von einem Metallgitter gehalten. Thea verliebte sich sofort in dieses Haus und den Garten. Die lebendige Energie, die hier selbst aus den kleinsten Pflanzenporen drang, war eine pure Inspirationsquelle. Diese würde sie gern irgendwann in ihrem neuen *apartamento* spüren.

Eine Glocke am Eingang gab einen hohen Ton von sich,

dann setzte das emsige Summen hinter ihnen wieder ein. Der Sommerabend war lang, das Leben in den Beeten noch in vollem Gange.

«Ach, Sie sind das!», begrüßte sie die Frau aus dem Moor, die plötzlich in der Tür stand. Sie trug ein blaues Leinenkleid mit einem orangefarbenen Gürtel, auf den das Band im Haar abgestimmt war. «Thea, nicht wahr?»

«Genau. Das ist Juli», stellte sie das Mädchen vor, das nun auf den Gehhilfen neben ihr stand. «Ich hoffe, wir stören nicht.»

«Ich bin Corinne! Kommt herein! Ich freue mich über euren Besuch.»

Sie folgten der Gastgeberin ins Innere des Hauses, das mit Liebe zum Detail saniert worden war, wie Thea feststellte. Auch die Einrichtung war gemütlich, in norddeutschem Design und genau auf das Haus abgestimmt. Zwei Katzen schliefen auf einem Sofa mit bunten Kissen. Corinne führte sie von der Diele in die Küche, die zwischen dunklen Holzbalken eingebaut worden war. Unzählige Kräutersträuße hingen von Haken an der Decke und verströmten einen herbalen Duft. Ihre Bekanntschaft aus dem Moor führte sie hinaus auf eine Terrasse hinter dem Haus. «Was möchtet ihr trinken?»

«Leider haben wir gar nicht so viel Zeit. Wir kommen mit einem Anliegen. Es geht um Benno Findeisen.»

«Nun setzt euch wenigstens!» Die Gastgeberin ließ sich auf einem Korbsessel nieder.

Thea und Juli setzten sich auf eine Bank an einem Holztisch, wo eine Schüssel mit frischen Erdbeeren stand, die Corinne wohl gerade hatte putzen wollen.

«Was ist mit Benno?», fragte Corinne, die die Schüssel zur Seite schob. «Geht's ihm gut?»

«Ein Rettungswagen hat ihn mit ins Krankenhaus genommen.»

«Was?» Corinne schien sichtlich mitgenommen bei dieser Nachricht. Sie knetete ihre Hände. «Was ist passiert?»

«Er lag am Boden, fasste sich an die Brust, konnte kaum atmen. Wir wissen nicht, wie ernst es ist. Hat er in der Nähe Angehörige, die ins Krankenhaus fahren können?»

«Nein, soweit ich weiß, hat Benno hier niemanden mehr», sagte Corinne nachdenklich. «Er lebt seit vielen Jahren sehr zurückgezogen auf dem Hof, lässt sich lediglich von einem Jungen aus dem Ort zur Hand gehen.»

«Keine Eltern, Geschwister?», fragte Thea. «War er nie verheiratet?»

«Doch, aber er ist seit vielen Jahren geschieden. Benno hat einen Sohn», sagte sie dann. «Der lebt nicht hier. Seine Mutter ist mit ihm nach der Trennung weggezogen.»

«Wohin denn?», fragte Juli.

«Ich weiß es nicht. Benno spricht nie von dem Jungen. Er spricht sowieso nie viel, wenn ich ihn mal im Moor treffe. Der Junge müsste auch schon längst volljährig sein. Nach dem Unfall ist die Ehe in die Brüche gegangen, da war er sieben oder acht Jahre alt, wenn ich das noch richtig zusammenbekomme.»

Thea sah eine Katze aus der Tür nach draußen schlendern, die ihre Glieder dehnte und im Garten verschwand. «Was für ein Unfall?», fragte sie.

Bennos Nachbarin wirkte unschlüssig. «Eine schlimme Sache. Aber ich will nicht tratschen. Das erzählt er euch am besten selbst.»

Wenn er das noch kann, dachte Thea und fing Julis Blick auf, der das Gleiche zu sagen schien.

Corinne bemerkte es nicht. «Was hat denn der Notarzt gesagt?»

Thea schüttelte den Kopf. «Gar nichts! Er meinte, er dürfe uns nichts sagen, nur den Angehörigen.» Sie atmete entrüstet aus. «Für uns sah das aus wie ein Herzinfarkt. Aber am Ende wissen wir es nicht. Im Krankenhaus wird man uns nichts sagen, wenn wir nachfragen.»

«Wer versorgt nun seine Tiere?», fragte Corinne. «Soll ich Hannes anrufen, der auf dem Hof arbeitet?»

Thea schüttelte den Kopf. «Das übernehmen wir! Ich habe viele Jahre mit einer Herde Ziegen gearbeitet. Ich denke, wir bekommen sie auch ohne Benno von der Weide. Wo das Futter steht, hat er mir schon gezeigt.»

«Gut, aber ich schreibe dir gleich die Nummer von Hannes auf. Der kennt sich aus auf dem Hof.»

Thea nickte und sah sich um. «So ein schönes Haus! Wohnst du allein hier?»

«Mein Mann ist vor ein paar Jahren verstorben. Kinder habe ich nicht, also teile ich mir das Häuschen mit meinen Katzen.»

«Bist du nicht manchmal einsam?»

«Einsam? Warum denn? Ich mag es, allein zu sein. Und wenn mir die Decke auf den Kopf fällt, gehe ich spazieren. Im Moor trifft man immer jemanden. Nein, einsam ist nur, wer die Zeit mit sich selbst nicht zu nutzen weiß. Solange ich gut auf den Beinen bin und keine Hilfe brauche, halten Haus und Garten mich auf Trab.» An Juli gewandt, fuhr sie fort. «Die Gesundheit ist das Wichtigste, was wir haben. Selbst wenn man so jung ist wie du. Bist du gestürzt?»

«Ich bin im Wald mit dem Fuß umgeknickt, ein Band ist angerissen.»

«Das wird verheilen. In deinem Alter geht das alles noch schneller.» Sie fuhr sich mit der Hand über die Augen. «Ich habe Benno so oft gesagt, er soll sich Hilfe ins Haus holen. All die Arbeit mit dem Hof und den Tieren, dann diese Geldsorgen ...»

«Du weißt davon?», fragte Thea.

«Alle wissen, dass es dem Lebenshof schon lange nicht mehr gut geht. Es hat Schulden gemacht, und in der Stadt spricht man davon, dass der Hof bald zwangsversteigert wird, wenn er nicht zahlt. Kein Wunder, dass er zusammengebrochen ist.»

«Noch gehört der Hof Benno», sagte Thea, ohne groß darüber nachzudenken. «Erst einmal muss er diese Nacht überstehen. Dann sehen wir weiter.»

Corinne lächelte, beugte sich nach vorn und ergriff Theas Hand. «Mädchen, du gefällst mir. Wartet kurz, ich hole das Telefon. Wir rufen im Krankenhaus an. Man wird uns ja wenigstens die Auskunft geben können, ob Benno in Lebensgefahr schwebt oder nicht. Ich sage einfach, ich bin seine Mutter. Ein bisschen Flunkern hat noch niemandem geschadet.»

Auch wenn sie nur kurz reinschauen wollten, nun saßen sie auf Corinnes Terrasse und redeten über all das, was hinter ihnen lag, über ihr neues Leben und über Kommendes. Über Ängste und Träume, über Benno und seinen Hof. Ihre Gastgeberin hatte am Telefon erfahren können, dass Benno nicht in Lebensgefahr war und die Nacht zur Sicherheit dabehalten wurde. Sie hatte auf Theas Wunsch deren Handynummer hinterlassen, falls Benno sie erreichen wollte. Er würde sich eher Gedanken um seine Tiere machen, wenn schon nicht um seine Mieter, die nun allein auf seinem Hof schalten und walten konnten, wie es ihnen passte.

Kurz vor Sonnenuntergang verabschiedeten sie sich, umarmten Corinne, deren Gastfreundschaft für Thea eine Wohltat war nach Bennos Rausschmiss und seinem seltsamen Abwehrverhalten. Aber zwischen den Zeilen hatte sie durch Corinnes Erzählung erfahren, dass auch Benno einiges durchgemacht hatte. Man durfte niemanden verurteilen, ohne die Hintergründe seines Handelns zu kennen. Thea nahm sich vor, noch einmal mit ihm über die Situation in der Küche zu sprechen. Und sich zu entschuldigen, dass sie in seine Privatsphäre eingedrungen war. Das würde ein guter Anfang sein, falls er sie noch als Mieterin akzeptierte.

Sie fuhren einen Umweg über die Landstraße, die das Moor umrundete. Seltsame Wolkengebilde, die wie auslaufende Wellenkämme aussahen, überzogen den Abendhimmel. Thea gab Gas, bald würde es dunkel werden. Die Hühner würden allein in den Stall gehen, das lag in ihrer Natur. Aber alle anderen Hofbewohner mussten von der Weide geholt und mit Futter versorgt werden. Auch wenn Juli angekündigt hatte, ihr zu helfen, so gut sie es mit den Krücken schaffte, würde es knapp werden bis Sonnenuntergang.

«Ist der Hof wirklich pleite?», fragte das Mädchen plötzlich.

Thea kannte die Schulden, die es zurückzuzahlen galt, auf Heller und Pfennig. Aber sie hatte ihre Lektion gelernt und hielt den Mund. «Ich glaube, er hat wirklich große Geldsorgen», wich sie aus.

«Es kann doch nicht sein, dass der Hof zwangsversteigert wird? Was wird dann aus seinen Tieren?»

Thea wollte gar nicht darüber nachdenken, was mit diesen

alten, ausrangierten Zwei- und Vierbeinern passierte, wenn Bennos Hof aufgelöst werden musste. Das durfte nicht geschehen!

Je mehr sie darüber nachdachte, desto klarer wurde ihr, dass sie ihre Wohnung und dieses herrliche Fleckchen Erde nicht verlieren wollte, auf dem auch ihre beiden Ziegen glücklich waren. Es gab eine Möglichkeit, wie sie Benno Zeit verschaffen konnte, seine finanziellen Dinge zu regeln. War es verrückt, mit diesem Sturkopf gemeinsame Sache zu machen?

«Warum will er seinen Sohn nicht sehen? Der könnte ihm sicherlich helfen!»

Thea warf Juli einen schnellen Blick zu. Das Mädchen schien sich ernsthafte Gedanken zu machen über den Mann, der sie verletzt im Wald gefunden hatte. «Vielleicht durfte er ihn nicht mehr sehen! Es ist nicht so einfach, wenn man sich trennt und nicht verheiratet ist.»

«Auch wenn es das eigene Kind ist?» Eine Anklage hatte in ihrer Stimme mitgeschwungen.

«Mittlerweile haben Väter stärkere Rechte. Aber Bennos Trennung scheint lange her zu sein. Damals hatten die Frauen die besseren Möglichkeiten, die Kinder zu behalten und den Vätern zu entziehen.» Und auch die leiblichen Väter hatten bessere Karten, wenn die Beziehung mit einer neuen Partnerin in die Brüche ging, dachte sie und spürte den alten Hass auf Artur aufsteigen. Aber auch den Ärger auf sich selbst, dass sie nicht um den Kontakt zu ihrer Ziehtochter gekämpft hatte, sondern abgehauen war. Die Zelte hinter sich abgebrochen hatte, obwohl sie sechs Jahre lang Annikas Mama gewesen war. Würde sie heute wieder genauso handeln? Wahrscheinlich würde sie mit der heutigen Erfahrung nicht mehr so schnell nachgeben und für ihre Wünsche kämpfen! Aber Annika war nicht ihre leibliche Tochter gewesen, sie hatten nie über Adoption gesprochen. Es wäre schier aussichtslos gewesen, Arturs Kontaktverbot anzufechten.

Ihr Schweigen dehnte sich aus, beide hingen sie ihren Gedanken nach. Hinter der Windschutzscheibe war die Sommersonne einem trübgelben Licht gewichen. Ein Schwarm Stare stieg von einer Gruppe Linden auf, die sie hinter sich ließen. Linker Hand lag ein weiter Acker mit lang gezogenen Furchen, der nach Kartoffeln aussah. Rechts ein Birkenbruchwald, hellgrün im Wuchs. *Mateus, du müsstest das hier sehen*, dachte Thea. Wie grün diese Landschaft ist, wie üppig und saftig im Vergleich mit den trockenen Ebenen des *Alentejo*, wo immer Wassermangel geherrscht hatte und erst durch den Bau des Alqueva-Staudamms an der Grenze zu Spanien die Landwirtschaft vorangetrieben werden konnte.

«Mein Vater wollte mich nie kennenlernen», nahm Juli das Gespräch wieder auf. «Ich war ihm komplett egal. Manchmal gibt es einfach auch kein Interesse an einem Kind.» Juli klang gefasst, aber traurig. Thea griff nach ihrer Hand und drückte sie. Dankbar erwiderte Juli ihre Geste des Trostes.

Als sie in Richtung Hof abbogen, standen schon tiefe Schatten auf dem Weg zwischen den Bäumen. Der Himmel hinter den Wellenkämmen glich einer grauen Waschbetonfassade. Die Wolken rissen auf, und der erste Abendstern wurde sichtbar.

Sie fuhren auf den Hof und stiegen rasch aus. Juli würde die Gänse und Schweine in den Stall treiben. Mit ihren Krücken hatte sie verlängerte Arme, die den Tieren Beine machen würden. Oder der Hunger, der sie in den Stall trieb.

Thea holte mit lauten Rufen die großen Vierbeiner von der

Weide zum Hof. Die Tiere schrien schon von Weitem, kamen unruhig zum Zaun. Wahrscheinlich spürten sie, dass hier etwas aus den Fugen geraten war. Oder sie waren es nicht gewohnt, in der hereinbrechenden Dunkelheit noch auf der Koppel zu stehen. Thea öffnete das Tor, und schon kamen die Esel angelaufen, schrien aufgeregt und fanden den Weg zum Stall. Ihnen folgten die anderen Hofbewohner. Nur den Alpakas musste Thea eine Extraeinladung aussprechen, bis sie sich endlich in Gang setzten, um den anderen Tieren zu folgen. Clara und Aurélia wichen Thea nicht von der Seite. Ihr zärtliches Meckern und Anstupsen war ein Zeichen, dass sie Streicheleinheiten suchten. Als alle Bewohner im Stall waren, nahm sie sich einen Moment, um ihre Ziegen zu kraulen und ihnen ein paar portugiesische Liebkosungen in die Ohren zu flüstern. Die langen Zungen leckten ihre Hände ab auf der Suche nach Salz. Thea nahm sich vor, Benno nach einem Salzstein zu fragen, wenn er wieder da war.

Juli hatte schon eine Schaufel in der Hand und füllte die Tröge mit Kraftfutter, Kleie und Futterweizen auf. Thea schleppte Heu heran und stopfte es in die Behälter, füllte Wasser nach. Ausmisten würden sie die Boxen morgen früh. Vielleicht fand sie ein Paar Stiefel in einem der Geräteschuppen.

Dann war es geschafft. Thea und Juli standen auf dem Hof und blickten in den Nachthimmel. Ein Sichelmond begleitete die Sterne, die hinter den treibenden Wolken blinkten. Ein Waldkauz begann zu rufen, und Thea erkannte den Rufer ihrer ersten Nacht auf dem Hof. Nun war ihr klar, dass sie hier ein neues Zuhause gefunden hatte. Dass es ein großer Fehler wäre zu gehen. Sie entschied, mit Benno zu reden und ihm ihre Idee zu unterbreiten. Es wäre eine Win-win-Situation, wenn er einschlug. Dem Mädchen erzählte sie noch nichts von ihren Plänen, wollte keine voreilige Hoffnung schüren. Sie sah, dass Juli Schmerzen hatte. Es war eine zu große Anstrengung gewesen.

«Komm! Du solltest dich ausruhen. Wir machen ein paar Brote mit Sardinen, dann geht's ins Bett. Das ist deine erste Nacht auf der neuen Couch. Du musst dir unbedingt merken, was du träumst!»

15

Juli erwachte und wusste einen Moment nicht, wo sie war. Dann erkannte sie Theas bunte Kissen und die Keramikschale auf dem Tisch mit dem blau-weißen Muster aus Portugal. Sie setzte sich auf und horchte. Sie blickte auf ihr Handy, um die Uhrzeit abzulesen. Obwohl es nach zehn war, war es still in der Wohnung. Thea hörte man, wenn sie in der Nähe war. Hatten sie beide verschlafen?

In der Küche fand sie einen Zettel. «Tiere sind auf der Weide. Benno hat angerufen, ich kann ihn abholen!» Daneben stand eine Schale mit zwei der leckeren Puddingtörtchen als Frühstück, das mit ein paar Orangenscheiben garniert war. Juli konnte Theas Fürsorge nicht fassen. Sie öffnete die Tür zum Hof, stellte den kleinen Wasserkocher an und machte sich einen Tee. Nahm ihr Frühstück in der Küche ein und hatte plötzlich Besuch von einer grauen Katze, die neugierig die Wohnung in Augenschein nahm. Schon sprang sie auf Julis Schoß und ließ sich kraulen.

Später hinkte sie mit den Gehhilfen über den Hof und sah, dass Thea früh aufgestanden war. Neben der Tür standen übergroße Stiefel, die einen unschönen Geruch nach Stall und Dung verströmten. Während ihre Freundin die Boxen gemistet, die Tiere versorgt und auf die Koppel gebracht hatte, hatte sie seelenruhig verschlafen. *Tolle Hilfe bist du*, dachte sie. Aber ihr war auch klar, dass ihr verletzter Fuß nach dem letzten anstrengenden Tag die Ruhe dringend nötig gehabt hatte.

Nach dem Frühstück hinkte Juli hinaus und setzte sich an die Hauswand, wo ein Weberknecht gedöst hatte und sich nun auf seinen langen Beinen davonmachte. Sie mochte keine Spinnen, aber dieses spindeldünne Exemplar rief keinen Ekel in ihr hervor. Vorsichtig tastete sie ihren Fuß ab, hielt den Druckschmerz aus, wollte möglichst ohne Schmerztabletten durch den Tag kommen. Heilen würde er allein, hatte der Arzt gesagt, nur Ruhe musste er haben. Als sie an den gestrigen Tag dachte, der alles andere als ruhig gewesen war, musste sie lächeln. Aber das Drama auf der Weide hatte auch sein Gutes: Durch Bennos Zusammenbruch waren Veränderungen angestoßen worden, winzige Risse in seinen eingefahrenen Strukturen. Und nicht nur bei ihm, auch bei Thea, das spürte Juli. Als wären sie zu Weggefährten geworden auf einer Reise, deren Ende niemand kannte. Jeder Einzelne von ihnen ging gerade durch eine schwere Zeit, brauchte etwas Halt, den ihm die Familie nicht geben konnte. Vielleicht war sie deshalb hier auf Bennos Hof gestrandet. Weil auch sie selbst sich seit dem Tod ihres Großvaters entwurzelt fühlte, als winziges Stäubchen im Sturm des Lebens. Auch wenn sie ihre Wanderung hatte unfreiwillig unterbrechen müssen, hatte sie nun das Gefühl des Ankommens. Dieser angeschlagene Hof in der Heide, der alten und ausgedienten Tieren ein Zuhause gab, schien auch für sie ein Ort zu sein, an dem weit mehr als ihr Fuß heilen konnte.

Sie döste vor dem Kesselhaus, als sie den Motor hörte, der das Kommen ihrer Mitbewohner ankündigte. Der mit Rost und Dellen übersäte Transporter rollte auf dem Hof aus. Thea stieg aus und schritt mit einem zufriedenen Ausdruck im Gesicht auf Juli zu. Benno folgte ihr mit einigem Abstand.

«Morgen! Gut geschlafen?» fragte Thea.

«Sehr gut! Danke für das Frühstück. Du hättest mich wecken sollen.»

Ihre Gastgeberin winkte ab und ging hinein.

Benno lehnte sich neben Juli an die warme Hauswand. Auf seinen Lippen lag ein schmales Lächeln. Sah so sein Glück aus, wieder zu Hause zu sein?

«Was war das gestern? Dein Herz?», fragte sie leise.

Er sah sie an. «Nein, die Pumpe ist stark, keine Angst. Die Ärzte meinen, es war eine Panikattacke.»

Juli erkannte Unsicherheit darin. Auch wenn er hinter seinem Bart lächelte, schien ihn sein Aussetzer mehr zu beschäftigen, als er zugeben wollte.

«Kann das noch mal passieren?»

«Selbst wenn. Der Arzt hat mir erklärt, was ich tun kann, wenn es wiederkommt. Ist wohl eine psychische Geschichte. Er hat mir was verschrieben, das soll ich einnehmen.»

Thea kam wieder heraus und strahlte, ihre Lachfalten wurden tief, sie wirkte an diesem Tag jung und agil. Heute hatte sie eine weiße Leinenbluse übergezogen und die Haare hochgesteckt. Die langen braunen Beine steckten in Jeansshorts und hätten jeder Dreißigjährigen Konkurrenz machen können. Juli entging nicht, dass auch Benno sich der Schönheit seiner neuen Mieterin nicht entziehen konnte.

«So, bevor wir uns hier verquatschen, möchte ich euch etwas sagen.» Thea wies auf die offene Tür. «Kommt mal rein, wir setzen uns zusammen.»

Sie ließen sich am runden Holztisch mit zwei Korbsesseln und einem Klappstuhl nieder. Benno sah sich um, und ein leichtes Erstaunen lag in seinem Gesicht, als erkenne er die alte Wohnung nicht wieder.

Juli war gespannt, was ihre Gastgeberin ihnen sagen wollte. Nach dem gestrigen Tag war sie sicher, dass Thea gern auf dem Hof bleiben wollte. Wo sollte sie auch hin mit ihren beiden Ziegen, die hier ebenfalls ein neues Zuhause gefunden hatten? Aber wenn das Zusammenleben dieser beiden Streithähne funktionieren sollte, musste jeder von ihnen zurückstecken. Hier prallten norddeutscher Pragmatismus auf portugiesische Unbeschwertheit, Einsiedlertum auf Geselligkeit, zwei Sturköpfe aufeinander. Wie sollte Juli diesen beiden erklären, dass es im Leben nicht darum ging, was man am meisten wollte, sondern darum, was man brauchte? Dass diese beiden Widerspenstigen sich gegenseitig brauchten, war für sie offenkundig.

Thea verteilte Espressotassen auf dem Tisch. Sie brachte eine zerbeulte Thermoskanne und *pastéis de nata* aus der Küche und goss ihnen *café* ein, schwarz wie die Nacht. Juli sah Benno an, der den angebotenen Zucker in seine Tasse rührte. Er erkannte an, dass hier Thea das Sagen hatte, nahm sich zurück. Oder war das Scham, was sie in seinen Augen sah? Bereute er seine harten Worte von gestern längst?

«Matar dois coelhos de uma cajadada!», hatte Thea gestern Abend gesagt, bevor sie zu Bett gegangen waren. Was wohl, wie sie sofort übersetzte, so viel hieß, wie zwei Fliegen mit einer Klappe zu schlagen. Was genau Thea damit meinte, hatte sie offengelassen. Ein verschmitztes Mundwinkellächeln hatte genügen müssen. So leicht ließ sich diese Frau nicht in die Karten schauen.

Als Thea und Benno ein Puddingküchlein in der Hand hatten, wollte erst einmal Juli etwas loswerden. «Ich danke euch beiden, dass ich hierbleiben darf!»

Benno nickte und kaute andächtig, Thea blinzelte Juli zu.

«Euer Angebot ist großzügig und einfach das Beste, was mir in dieser Situation passieren konnte.»

Thea wollte etwas erwidern, aber Juli hob die Hand, weil sie noch nicht geendet hatte. «Ich helfe euch auf dem Hof, so gut ich kann. Etwas Geld habe ich dabei, viel ist es nicht.» Sie sah Benno an und hoffte, dass er sich nicht angegriffen fühlte bei ihrem Angebot.

«Ich nehme doch kein Geld von dir», sagte er vehement. «Du bist unser Gast. Wenn du mir ein wenig mit den Tieren zur Hand gehen kannst, ist das mehr als genug.»

Thea nickte, lächelte undurchsichtig und öffnete ihre Lippen, um etwas zu sagen. Juli kam ihr zuvor: «Aber ich kann nur hierbleiben, wenn ihr euch vertragt. Ich bin von zu Hause weggegangen, weil dort Streitereien an der Tagesordnung waren. Diese miese Stimmung zwischen euch halte ich nicht länger aus.» Sie wusste, dass sie soeben hoch pokerte. Denn was wäre die Alternative? Sie hatte keine, aber es war ihr wichtig, dieses Thema anzusprechen.

Bennos Stimme bebte leicht, als er das Wort ergriff. «Ich möchte euch auch erst einmal danken! Was ihr gestern für mich getan habt, war einfach ... Ohne euch ...» Er räusperte sich gerührt. «Danke!»

Juli lächelte und nickte ihm zu. Sie sah, dass Thea kurz eine Hand auf seinen Arm legte, aber sofort wegzog, als er sich ihr zuwandte.

«Wenn wir hier zusammenleben, wünsche ich mir, dass wir ein paar Regeln aufstellen. Sonst funktioniert das nicht mit uns.» Er sah Thea an, die ein Pokerface aufgesetzt hatte.

«Der Garten und die Koppeln stehen euch offen. Ihr könnt alles nutzen, alles ernten, was ich angebaut habe. Aber mein Haus ist für euch tabu. Verstanden?»

Juli nickte.

Thea stand auf, ging zu einem Schubfach und holte einen Umschlag hervor. Dann legte sie ein dickes Bündel Geldscheine auf den Tisch, sicherlich einige tausend Euro. Sie blieb stehen, sah Benno in die Augen. «Ich möchte für ein Jahr im Voraus die Miete zahlen, das gibt mir Sicherheit. Auch die Stallgebühr für meine Ziegen, die gehören ja dazu.» Ihre Brust hob sich, als sie tief einatmete. «Und ich werde dein Haus nicht mehr betreten, sofern du es nicht möchtest.»

Benno sah auf die Geldscheine, dann zu Thea. Er brachte kein Wort über die Lippen.

Auch Juli konnte ihr Erstaunen nicht verbergen. Woher hatte Thea dieses viele Geld?

Die neue Mieterin setzte sich wieder. «Das reicht nicht, um deine Schulden zu begleichen, das ist mir klar. Aber vielleicht ist es genug, um dir etwas Zeit zu verschaffen. Juli hat mir erzählt, was gestern in der Stadt vorgefallen ist. Es ist höchste Zeit, dass du dich deinen Problemen stellst. Wenn du den Hof verlierst, verliere auch ich mein Zuhause.»

Erst sah es so aus, als würde Benno wieder lospoltern, weil er ihre Ehrlichkeit nicht ertrug. Aber seine Gesichtsfarbe, die ins Rötliche gewechselt war, schien nicht von Zorn zu rühren, sondern von Scham. «Das kann ich nicht annehmen.»

Ein drückendes Schweigen entstand.

«Dein Stolz hilft hier niemandem!» Thea setzte sich wieder. «Ich habe mein altes Leben aufgegeben. Dieses Geld und meine beiden Ziegen sind alles, was mir davon geblieben ist. Ich möchte mir hier ein neues Zuhause aufbauen und nicht in Angst leben, morgen von dir rausgeschmissen zu werden, wenn ich wieder etwas falsch mache. Es ist eine Win-win-

Situation. Wenn du das Geld annimmst, hocke ich dir das nächste Jahr auf der Pelle. Und ich sage dir gleich, ich kann mich in meinem Alter nicht mehr ändern. Aber ich werde versuchen, mich etwas anzupassen.»

Benno lehnte mit überkreuzten Armen in seinem Korbstuhl, dachte nach. Seine Mimik war eingefroren, würde sein Stolz siegen oder die Vernunft?

Juli presste ihre Hände zusammen. Würde er annehmen?

«Du klopfst bei mir an, wenn du rüberkommst», sagte er einlenkend in die viel zu lange Stille.

Julis Anspannung zersprang wie eine Glasplatte auf dem Boden.

«*Sim!* Natürlich!» Thea strich sich ein paar Haare aus dem Gesicht. «Und du bei mir.»

Benno nickte. «Abgemacht! Deine Ziegen laufen nicht frei im Garten herum.»

Ganz sanft hob sich eine ihrer Augenbrauen. «Okay! Ich zahle für Stall und Koppel. Dort bleiben sie.»

«Keine Tomatenscheiben im Garten.» Er deutete ein unwirsches Kopfschütteln an. «Und keine Lagerfeuer im Hochsommer!»

Thea lachte erleichtert. «Einverstanden.»

Er kratzte sich am Bart. Noch etwas schien ihm wichtig zu sein in diesem Gespräch. «Und ich möchte, dass du meine Entschuldigung annimmst. Ich habe mich gestern benommen wie ein kompletter Idiot!»

«Das hast du!» Sie reichte ihm über den Tisch die Hand. «Danke!»

Er schlug ein. «Ich kann nicht versprechen, dass es nicht wieder passiert.» Benno nahm die Kaffeetasse und nippte daran, als müsse er seinen Mut belohnen. «Alleinleben ist wie eine Krankheit. Es braucht eine Weile, bis man davon kuriert ist.»

«Man kann auch nicht sofort vergessen, wenn man frei gewesen ist wie ein Vogel, so wie ich. Ich brauche etwas Zeit, um wieder sesshaft zu werden.» Theas Stimme zitterte leicht. Wie in einer Übersprungshandlung nahm sie eines der *pastéis de nata* und biss hinein.

Benno kippte den *café* herunter, nickte zufrieden. Hier war eine Pattsituation entstanden, die sich wie ein Waffenstillstand anfühlte. Aber Juli wusste, dass diesen beiden noch der ein oder andere Kampf bevorstand.

Nein, dachte Juli. Thea hat heute nicht nur zwei Fliegen mit einer Klappe geschlagen. Es waren drei. Denn ab jetzt waren sie hier zu dritt auf dem Hof.

Der Nachmittag war so drückend warm, dass man es nur im Schatten aushielt. Die Tiere hatten sich auf der Koppel einen Platz am Teich oder unter den Bäumen gesucht. Auf dem Hof war Ruhe eingekehrt. Nur unter dem Vordach zum Kesselhaus summten emsig ein paar Wespen.

Thea war einkaufen gefahren, wollte einige Besorgungen in der Stadt machen. Sie hatten besprochen, dass Juli sich an den Einkäufen für sie beide beteiligen würde. Ein paar Euros hatte sie Thea mitgegeben und sich Müsli und Obst zum Frühstück gewünscht. Von den süßen portugiesischen Teilchen würde sie zunehmen und durch ihre eingeschränkte Beweglichkeit zu schnell ihre Fitness verlieren, die sie in ein paar Wochen zum Weiterlaufen brauchte.

Benno hatte Thea nach dem Gespräch den Erhalt des Geldes in ihrem Notizbuch quittiert und die Scheine dann mitgenommen. Es war ein beinahe feierlicher Moment gewesen.

Beide hatten damit ihr Zusammenleben auf dem Hof besiegelt, falls dieser die nächsten Monate überstand. Aber nach diesem Vormittag lag wieder ein optimistischer Kampfgeist in der Luft, der den Hofbesitzer spürbar anstachelte, seine Angelegenheiten zu regeln.

Juli hinkte zu einer Bank, von der die Farbe abblätterte. Wie ein vergessener Treffpunkt zweier Liebender stand sie unter einer hohen Eiche neben dem Geräteschuppen. Hier war es schattig, und sie war ungestört. Ein paar zarte Lichtfäden rieselten durch das dichte Blätterdach, über dem die Hitze wie eine brütende Glucke hockte.

Juli wollte ein Telefonat führen, das längst überfällig war. Schon viel zu lange hatte sie es aufgeschoben. Die Anrufe, die ihre Mutter in den letzten Tagen auf ihrem Handy hinterlassen hatte, zählte sie gar nicht mehr. Ihre Mailbox war voll, sie hatte keine der Sprachnachrichten abgehört.

Es klingelte zweimal, dann war ihre Mutter in der Leitung, als hätte sie darauf gelauert, dass Juli sich meldete.

«Wo bist du?» Schrill und ohne Begrüßung, kein *Hallo mein Kind, wie geht's dir?*

«Irgendwo in der Lüneburger Heide.»

«Wann kommst du zurück?»

«Ich habe dir gesagt, dass ich erst mal nicht zurückkomme.»

«Das ist nicht dein Ernst! Du lässt dich hier zwanzig Jahre durchfüttern, und jetzt, wenn ich dich brauche, haust du einfach so ab?»

«Ich bin nicht einfach so abgehauen. Und das weißt du genau», erwiderte Juli. Ein abwertendes Räuspern war alles, was die Frau, die sie aufgezogen hatte, hervorbrachte. Sie selbst sah sich als die perfekte Mutter, die immer laut nach draußen posaunte, wie sehr sie sich um das Wohl ihrer Tochter sorgte, die ja von ihrem Vater im Stich gelassen worden war. Aber allein in ihrer Wohnung, waren Vorwürfe die einzige Sprache, die sie kannte.

«Ich wollte dir nur sagen, dass es mir gut geht. Ich bleibe eine Weile hier, bevor ich weiterlaufe.»

Ein kurzes Schweigen folgte. «Wo ist denn dieses *Hier*?»

«Auf einem Hof, mitten im Wald.»

«Hat dieser Hof auch einen Namen?»

Juli bereute längst, angerufen zu haben. «*Mom*, du musst mich nicht mehr anrufen. Ich wollte dir nur sagen, dass ich zurechtkomme.»

«Und ob ich zurechtkomme, interessiert dich wieder einen SCHEISSDRECK!», schrie sie los. «WO BIST DU?»

Juli drückte das Gespräch weg. So war es immer geendet, mit Vorwürfen und Zurechtweisungen. Und wenn diese an ihr abgeprallt waren, war die Laune ihrer Mutter umgeschlagen. Dann hatte das große Wehklagen begonnen und ihr Gejammer, wie viel sie in ihrem Leben für ihr Kind hatte aufgeben müssen. Das Handy begann zu klingeln, fast fühlten sich diese elektrischen Töne aggressiv an. Juli schaltete das Gerät auf lautlos, die Stille war ihr Rettungsanker. Sie blickte über den Hof. Er wirkte wie ausgestorben, es war Mittagsstunde.

Ihr aufgeregt pumpendes Herz wollte sich nicht beruhigen. Noch immer konnte sie diese Gespräche nicht an sich abprallen lassen. Sie bereute, dass sie ihre Mutter angerufen hatte. Doch das erste Mal blieb ein gewohnter Impuls aus, und sie hatte nicht das Bedürfnis wegzulaufen. Wie sie es immer getan hatte, als Kind in den Wald oder zu ihrem Opa. Sie fühlte sich für diese Missstimmung schuldig, seit sie denken konnte. Je älter sie wurde, desto schlimmer wurden die

Launen ihrer Mutter. Es war nicht immer so gewesen. Natürlich gab es auch schöne Erinnerungen, zumeist an ihre frühe Kindheit, die sie so schwer zu fassen bekam wie Federn im Wind. Manchmal überraschte sie ein warmes Gefühl für ihre Mama, aber dann schien es ihr unpassend, weil diese Distanz zwischen ihnen war. Wann war es so schwierig geworden? Juli dachte zurück, erinnerte sich an den allerersten ganz bewussten Streit, als sie zur Geburtstagsfeier ihrer Mutter, sie war sieben oder acht, ihr Lieblingskleid statt eines anderen herausgelegten Kleides hatte tragen wollen. Mama hatte auf ihrer Wahl bestanden und Julis Lieblingskleid einfach zerschnitten. Sie war weinend aus der Wohnung gelaufen, hatte sich irgendwo versteckt und den Geburtstag platzen lassen.

Zwischen ihnen war es schwierig geworden, als Juli begonnen hat, eigene Entscheidungen zu treffen, Grenzen zu setzen und die Aussagen ihrer Mutter in Zweifel zu ziehen. Sie hatte immer seltener nachgegeben und sich immer öfter für die schlechte Stimmung schuldig gefühlt. Erst als sie die Schule verließ und Eigenverantwortung für ihr Leben übernahm, hatte sie mehr und mehr verstanden, dass sie keine Schuld am ewig unzufriedenen Zustand ihrer Mutter trug.

Juli schob das Handy in ihre Hosentasche und atmete tief durch, bis ihr Herz ruhiger schlug. Sie saß hier unter den weit ausgebreiteten Ästen der Eiche, betrachtete die im Wind flatternden Blätter und fühlte sich mit ihren Sorgen winzig klein. Wie lange stand dieser Baum hier schon, durchgeschüttelt von dem uralten Wind? Wie lange hatte er das Glück und Unglück der Bewohner des Hofes kommen und gehen sehen? Wie lange würde er noch stehen, wenn sie wieder fort war?

16

BENNO

Beinahe meditativ legte er die Scheine vor sich auf den Tisch, strich jeden einzelnen glatt, zählte sie noch einmal. Zehntausend Euro! So viel Geld hatte er noch nie auf einem Haufen gesehen.

Noch immer konnte Benno nicht fassen, dass die Frau, die er gestern eiskalt aus seinem Haus geschmissen hatte, ihm heute so selbstlos unter die Arme griff. Natürlich, sie zahlte ihre Miete, wodurch sie selbst für das nächste Jahr die Sicherheit hatte, von ihm mit ihren beiden Ziegen nicht vor die Tür gesetzt zu werden. Nach seinem gestrigen Auftritt sehr verständlich. Aber er wusste genau, dass sie es für ihn getan hatte, um ihm einen Puffer zu geben, seine Angelegenheiten ins Reine zu bringen.

Er holte die Liste hervor, auf denen seine Schulden und die dazugehörenden Gläubiger standen. Diejenigen, von denen bereits Mahnverfahren oder Inkassoschreiben ins Haus geflattert waren, hatte er mit einem Kringel gekennzeichnet. Diese würde er zuerst anrufen und über seine Zahlung informieren. Danach musste ein Plan her, wie er die übrigen fünfundzwanzigtausend Euro abzahlen und bald schuldenfrei in die Zukunft blicken konnte.

Benno hatte gesehen, dass Thea am Morgen nicht nur die Tiere versorgt und auf die Koppel getrieben, sondern bereits angefangen hatte, ein paar der Boxen auszumisten. Sie war ein Wirbelwind mit einer losen Zunge, aber auch eine Frau, die zupackte, die seine verkrusteten Gewohnheiten komplett über den Haufen warf. Es war vorbei mit der Ruhe hier und dem immer gleichen Tagesablauf. Aber der Hof, und vor allem er selbst, schien diese portugiesische Frischzellenkur gebraucht zu haben.

Er verstand nun endlich, dass er längst hätte unter Menschen gehen müssen. Und um Hilfe bitten in einer Situation, in der ihm das Wasser bis zum Hals stand. Nicht für sich, aber für die Tiere, die er gerettet hatte und die ihm anvertraut worden waren. Die seine Familie ersetzten, auf ihn zählten.

Aber um Hilfe zu bitten, war schwerer, als er sich je hätte eingestehen können. Erst diese beiden Frauen hatten ihm gezeigt, dass es keine Schande war, die Hand zu heben, wenn man allein nicht weiterwusste. Wenn man scheiterte.

Benno fuhr sich über seinen Bart, sah die abgegriffenen Scheine an, die eine weite Reise von Portugal nach Deutschland gemacht hatten. Er hatte Thea nicht gefragt, ob es überhaupt erlaubt war, mit so viel Bargeld in der Tasche in Deutschland einzureisen. Und ob es nicht sicherer gewesen wäre, dieses in Portugal auf ein Konto einzuzahlen. Aber so war offenbar Thea. Furchtlos war sie mit ihren Ziegen und einer hohen Summe portugiesischer Euroscheine in diesem Blechungetüm quer durch Europa gefahren. Vielleicht war es gar kein Mut, sondern eine angeborene oder im Laufe ihres Lebens erkämpfte Courage, ihr Leben nach ihren eigenen Vorstellungen zu leben und dabei auf die Regeln und Gesetze anderer zu pfeifen.

Und dann noch dieses Mädchen, das allein bis Amsterdam wanderte. Nie hatte er so unerschrockene Frauen wie sie getroffen. Und nun waren sie hier, um ihm, dem in die Jahre gekommenen Pleitier, den Weg aus der Krise zu zeigen. Er atmete tief durch, um die Scham, die er bei diesen Gedanken spürte, nicht die Oberhand gewinnen zu lassen. Benno sah sich in seiner Küche um und wurde vom Tatendrang hochgetrieben.

Heute Abend würde es erst einmal ein Essen unter Freunden geben. Benno hatte Thea und Juli zu sich eingeladen. Ganz offiziell. Er wollte sich bedanken und den neuen Mietvertrag mit Thea feiern. Wenn er noch länger hier herumsaß, würde es nichts zu essen geben. Thea hatte in die Stadt fahren wollen, um einzukaufen, während er die ersten Gläubiger oder ihre Anwälte anrufen und ihnen mitteilen sollte, dass sie ihr Geld umgehend erhielten. Vielleicht bekam er tatsächlich eine letzte Gnadenfrist und konnte sich und dem Hof genug Zeit verschaffen.

Benno schob die Scheine zusammen und legte sie zurück in den Umschlag. Dann holte er den Tablettenblister, den er aus dem Krankenhaus mitgebracht hatte. Er drückte eine der Pillen heraus und schluckte sie mit Wasser. Es war ein leichtes Psychopharmakon, das ihn gut durch den Alltag bringen sollte. Dabei waren Thea und Juli besser als jede Medizin, um die nächste Panikattacke zu verhindern.

Benno kurbelte gleichmäßig, bis ein weiteres Teigsegel auf dem bemehlten Holzbrett lag. Gleichmäßig dünn und mit perfekter Konsistenz, genau richtig für die Ravioli. Er puderte etwas Mehl darüber und legte den Teig auf ein Leinentuch. Wie lange hatte er nicht mehr selbst Pastateig gemacht? Die Nudelteigmaschine hatte er nach einigem Suchen in einer Kiste im Abstellraum gefunden, ein seit Jahren nicht genutztes Utensil, das zu seinen üblichen Essgewohnheiten passte wie Bergsteigerstiefel in die Heide. Aber heute Abend wollte Benno ein kleines Menü kochen mit allem, was sein Garten zu bieten hatte. Als *Primo*, wie es in Italien bei Giovanni hieß, der ihm die Maschine vor vielen Jahren mitgebracht hatte, als Vorspeise sollte es Spinatravioli mit Salbeibutter geben, als Secondo, also Hauptspeise ein Gärtnergulasch mit Gurken und Tomaten an Kartoffeln und zum Abschluss ein eisiges Basilikumtörtchen. Glücklicherweise hatte er auch hier am Haus ein Basilikum stehen, das die Ziegen auf ihrer Tour durch seinen Kräutergarten nicht gefunden hatten.

Nachdem er die Pasta-Maschine gesäubert hatte, suchte er nach dem Teigroller, mit dem er die Ravioli rädeln konnte. Ein zögerliches Klopfen an der Tür ließ ihn aufblicken. Benno wischte die bemehlten Finger an seiner Schürze ab, ging zum Fenster und sah Juli vor seiner Haustür stehen. Sie lehnte eine der Krücken an und winkte ihm zu.

Benno zögerte, war es nicht gewohnt zu kochen, wenn jemand neben ihm saß. Sollte er sie zu sich in die Küche bitten? Aber auch er musste sich eingestehen, dass hier auf dem Hof neue Zeiten angebrochen waren. Er ging zur Tür, um zu hören, was sie von ihm wollte.

«Entschuldige bitte. Hast du etwas für mich zu tun?» Sie wirkte zögerlich, als er nichts sagte. «Vielleicht im Stall, etwas im Sitzen oder bei den Tieren. Egal was.»

Benno traf eine Entscheidung und machte die Tür frei. «Du kannst mir in der Küche helfen.»

«Wirklich?» Sie traute sich noch immer nicht herein. Kein Wunder nach dem Vorfall mit Thea.

«Während ich im Garten den Spinat ernte, kannst du schon mal im Kräutergarten etwas Salbei holen.»

«Und wie transportiere ich die Blätter?»

Benno ging zurück in die Küche, das Mädchen hinkte hinter ihm her. Er griff nach seinem Brötchenbeutel. «Den kannst du dir an den Arm hängen. Pflücke die Blätter einfach hinein.»

Juli sah sich um. «Du machst selbst Nudelteig?»

Er gab ihr den Beutel. «Warum nicht? Ist nur Mehl, Eier, Salz und Wasser.»

Sie hängte ihn an den Arm. «Hätte ich dir nicht zugetraut.»

«Ich habe vor einigen Jahren eine lange Zeit in Südtirol bei einem Freund gelebt. Dort gab es jeden Tag hausgemachte Pasta.»

«Der Freund mit den Kaffeebohnen?»

«Er heißt Giovanni.» Benno versuchte, sich an das Gesicht seines Freundes zu erinnern. Wann hatten sie zuletzt telefoniert? An Weihnachten?

«Wann hast du ihn das letzte Mal gesehen?», legte das Mädchen einen Finger in die Wunde.

«Ist Jahre her.» Er hielt ihr die Tür auf. «Komm, sputen wir uns. Sonst wird das nichts mit dem Abendessen.»

Juli bewegte sich behände in ihrem Hüpfgang zum Kräutergarten. Benno nahm den gewundenen Gartenweg zum Gewächshaus, wo er Gurken und Tomaten erntete und die Pflanzen ausgiebig wässerte. Anschließend schnitt er den Spinat aus dem Frühbeet, der kurz davor war, in die Blüten zu schießen. Gut, dass er ihn heute verarbeitete.

In der Küche trafen sie sich wieder. Juli fischte die Salbeiblätter aus dem Beutel und spülte sie am Wasserhahn. Er legte ihr seine Mitbringsel zum Abspülen ebenfalls bereit und suchte den Gemüseschäler. «Gurken?», fragte sie. «Lass die nicht Thea sehen, sonst macht sie eine neue Gesichtsmaske daraus.»

Bei der Erinnerung an Theas Tomatenmaske hing ein Lächeln in seinen Mundwinkeln. «Es sind genug Gurken im Gewächshaus. Vielleicht sollte ich das auch mal probieren.»

Juli warf ihm einen entsetzten Blick zu, dann sah sie sich in der Küche um. «Was machst du mit dem Gemüse?»

«Gärtnergulasch, nach dem Rezept meiner Mutter.» Er nahm zwei Zwiebeln aus dem Zwiebeltopf und begann, sie zu schälen. Dafür legte er sich ein nasses Küchentuch aufs Brett.

Juli sah ihn fragend an.

«Das saugt die Zwiebelsäfte auf. Ich heule nicht gern vor Frauen.» Er zwinkerte, und es fühlte sich plötzlich gut an, gemeinsam mit dem Mädchen in der Küche zu stehen.

«Wusste ich nicht. Ich dachte, man schält sie in einer Wasserschüssel unter Wasser.»

«Das geht auch. Aber so geht's schneller.»

«Das Gemüse ist gespült, und jetzt?»

«Dort liegt der Schäler. Die Gurken schälen und in Würfel schneiden. Dann die Tomaten.» Er begann, die Zwiebeln zu hacken.

«Bei wem hast du Kochen gelernt?» Sie setzte sich an den Tisch vor das Holzbrett mit dem Gemüse.

«Bei meiner Mutter und meiner Großmutter.»

Juli warf ihm einen langen Blick zu. «Leben sie noch?»

«Nein», sagte er und merkte, dass es ihm schwerfiel, über seine Familie zu sprechen. Es entstand eine Pause. Sein Gast bohrte nicht nach. Juli hatte, so jung, wie sie war, eine hohe Sensibilität und wusste, wann man dem anderen etwas Raum ließ. Nun ließ er es doch zu, mehr von sich preiszugeben. «Meine Großmutter lebt schon lange nicht mehr. Meine Mutter ist vor zwei Jahren verstorben.»

Ein Schweigen lag zwischen ihnen, das vom Hackgeräusch

des Messers und dem weichen Gleiten des Schälers getragen wurde. «Mein Großvater ist letztes Jahr gestorben.» Ihre Stimme war eine Nuance dunkler als eben. Er hörte die Trauer heraus. «Für ihn will ich nach Amsterdam wandern.»

Benno sah auf, hackte weiter.

«Er liebte die Stadt. Wir wollten zusammen hinfahren. Dort soll es eine versteckte Kirche auf einem Dachboden geben. Die existiert noch in einem der Grachtenhäuser. *Ons' Lieve Heer op Solder*, Unser lieber Herrgott auf dem Dachboden.» Sie hielt inne, starrte versunken auf das Gemüsebrett.

Er sah neugierig zu ihr hinüber. «Bist du gläubig?»

«Nein, eigentlich nicht.»

«Warum interessiert dich dann die Kirche? Amsterdam hat doch viel mehr zu bieten.»

«Na, das ist doch was Besonderes! Die Katholiken in Amsterdam haben heimlich einen Dachboden ausgebaut, Zwischendecken entfernt, Altare und Bänke hochgeschleppt, weil sie einer anderen Religion angehörten als der vom Staat erlaubten protestantischen. Das ist einfach mutig, sich privat eine Kirche zu bauen, wenn man seinen Glauben öffentlich nicht ausleben darf.»

«Und wie alt ist diese private Kirche?»

«Mein Großvater sagte, sie wurde im 17. Jahrhundert eingebaut, von einem Kaufmann. Sein Wohnhaus mit der Kirche drin soll noch gut erhalten sein. Ein Museum, damit jeder sehen kann, was Mut für Ideen hervorbringt.»

«Dann war dein Großvater sehr belesen?»

«In seiner Wohnung stapelten sich die Bücher! Er hat mir so viel daraus vorgelesen. Mein Opa hatte die Idee, mir Amsterdam zu zeigen.» Sie schluckte. «Dann ging alles so schnell. Und nun mache ich die Reise allein.»

«Aber warum zu Fuß?» Benno schob die Zwiebelwürfel mit dem Messer in eine Schüssel.

«Ist meine Art, ihm nahe zu sein», sagte sie und begann, die Gurken zu schneiden.

«Und wenn du Amsterdam geschafft hast? Wie geht's dann weiter?»

Das Klacken des Messers erstarb. Er spürte ihren Blick, sah aber nicht auf, putzte den Spinat und zupfte ihn klein.

«Das entscheide ich dann. Vielleicht laufe ich weiter ans Meer.»

Sie arbeiteten eine Weile stumm nebeneinander weiter. Benno dünstete den Spinat, ließ ihn in der Pfanne zusammenfallen und goss das Wasser ab, gab gehackten Knoblauch und Butter dazu. Dann ließ er den Spinat abkühlen. Der rote Kater, der nur noch ein Auge hatte, gesellte sich zu ihnen, schleckte etwas vom Ricotta, den Benno mit dem Parmesan und Eigelb verrührte und in den er am Schluss die Spinatfüllung einknetete. Juli schnitt das Gemüse in Würfel und briet es in einer gusseisernen Pfanne an, wie er es ihr zeigte. Immer wieder warf er ihr kurze Blicke zu und freute sich, dass sie ihm zur Hand ging. «Willst du mal kosten?» Er gab ihr einen Löffel mit der Raviolifüllung.

Juli schob ihn in den Mund. «Lecker! Ich liebe Knoblauch!»

«Dort über dem Herd sind Gewürze. Das Gärtnergulasch darf gern deftig sein.» Er reichte ihr ein Töpfchen mit selbst gemachter Gemüsebouillon. «Das gibt der Soße Tiefe. Nimm gern auch etwas Chili, wenn du es scharf magst.»

Juli lachte und erzählte von Theas Feuertopf. «Scharf kann sie! Und ihre *Natas* sind ein Traum!» Sie drehte sich plötzlich zu ihm. «Warst du eigentlich mal verheiratet?»

Benno hatte den Pastateig auf einem Brett ausgebreitet, um ihn zu füllen. Die Frage blähte sich zwischen ihnen auf, während er nach einer Antwort suchte. Er wollte nicht darüber reden, aber war das nicht kindisch? «Ja», sagte er nach einigen Sekunden der Stille.

«Wie lange ist das her?» Juli rührte im Topf, schien nicht zu bemerken, wie unangenehm ihm das Thema war.

«Ewig. Ich war jung und naiv.»

Sie sah auf, nickte. «Ich denke, ich will gar nicht heiraten. Sich ein Leben lang an jemanden zu binden, das funktioniert doch eh nicht.» Der Kochlöffel kratzte am Metall.

«Das kann es schon, wenn du den richtigen Menschen triffst ...» Er ließ es so im Raum stehen.

Lange sah sie ihn an, und er hielt ihren fragenden Blick aus. Aber für eine Erwiderung war sie nicht mutig genug. Oder sie hatte ihre Zweifel, ob sie seinen Worten vertrauen konnte.

«Darf ich ein paar Kräuter zum Würzen nehmen? Ich denke, etwas Thymian würde gut passen», lenkte sie offensichtlich von dem Thema ab.

Benno konnte sein Lächeln nicht verbergen. «Du weißt ja, wo der Kräutergarten ist. Wenn es nicht schmeckt, sage ich Thea einfach, du hast das Gulasch gekocht.»

«Und wenn es ihr schmeckt?» Juli griff nach dem Brötchenbeutel.

«Dann gebührt das Lob selbstverständlich dir.»

Ein paar Minuten später war sie zurück. Juli wusch die Kartoffeln und schälte sie, stand immer wieder auf, um im Topf zu rühren, aus dem es köstlich duftete. «Wie willst du jetzt eigentlich weiter vorgehen?», fragte sie und drehte sich zu ihm um.

Benno ließ den Löffel sinken, mit dem er die Spinatfüllung

auf den Ravioliteig portionierte. Er sah sie an. «Was meinst du?»

«Theas Geld wird nicht reichen, oder? Um den Hof zu retten.»

Er schob mit den Fingern die grünen Spinathäufchen zu gleichmäßigen Portionen. «Leider nicht. Da muss ich mir noch was anderes einfallen lassen.»

Juli nickte, verfiel in Gedanken. «Hast du schon mal an *Crowdfunding* gedacht?»

«*Crowd*… was?»

«Noch nie gehört?»

Er zuckte die Schultern. Er hatte diese Anglizismen noch nie leiden können.

«*Crowdfunding* bedeutet, dass man eine Vielzahl an Menschen aktiviert, die in dein Projekt investieren.»

«Warum sollten sie das tun?»

«Weil sie am Ende etwas von diesem Projekt abbekommen. Also mal ein Beispiel: Eine Menge Leute investieren einen festgelegten Betrag, damit ein bestimmtes Buch veröffentlicht werden kann. Wenn sie den anvisierten Betrag tatsächlich finanzieren können, wird das Projekt realisiert, also das Buch gedruckt. Am Ende erhalten alle Unterstützer Exemplare vom Buch, wenn es erschienen ist.»

«Leute schießen also Geld vor, weil sie an dieses Buch glauben?»

«Ganz genau.»

Benno deckte das zweite Teigsegel über das erste. «Und wie sollte das mit meinem Hof funktionieren? Kapiere ich nicht.»

«Nun ja, du sammelst Geld ein und stellst eine Gegenleistung in Aussicht. Zum Beispiel einen Tag der offenen Tür, wo man die Tiere kennenlernen kann, für die man Geld in den Topf geworfen hat. Oder ein Herbstfest auf dem Hof oder persönliche Dankesurkunden. So was halt.»

«Das funktioniert doch nicht! Momentan ist es schon schwer genug, Spenden gegen Spendenbescheinigungen zu sammeln.»

«Hast du eine Ahnung, wie viele Tierfreunde es da draußen gibt? Nimm die ganzen Veganer! Es ist einen Versuch wert.» Juli setzte sich wieder an die Schüssel mit den Kartoffeln. «Oder eine andere Idee: Du vergibst Tierpatenschaften. Jemand übernimmt für einen Betrag X ein Jahr eine Patenschaft für Kuh Hildegard, damit sie Futter bekommt, Impfungen, Tierarztrechnungen bezahlt werden können et cetera. Und dafür gibt es dann Patentage, an dem der Pate Hildegard hier besuchen kann.»

Benno drückte den Teig zwischen den kleinen Spinatbergen fest. Dann sah er Juli an. «Nee, Fremde bei meinen Tieren, das lasse ich nicht zu! Der Sinn meines Hofes ist es doch, dass sie hier in Ruhe alt werden können.»

Das Mädchen schüttelte leicht den Kopf, dachte ein paar Sekunden nach. «Dann machst du mit *Social Media* auf den Hof aufmerksam!»

Er sah sie fragend an. «Was ist das?»

Sie atmete lange aus. «Du legst für den Hof ein Profil im Internet an, auf Facebook oder Instagram.» Mit einer Hand wischte sie sich eine Strähne aus dem Gesicht. «Hast du einen Computer?»

«Klar, damit mache ich meine Buchhaltung.»

«Gibt's hier Internet?»

«Natürlich! Was denkst du denn? Dass ich hier draußen in der Steinzeit lebe?»

Juli schmunzelte. «Okay! Dann legen wir morgen los. Ich mache ein paar Fotos vom Hof und von den Tieren und richte dir alles ein. Und dann sammeln wir online Spenden.»

«Lass das mal nach!» Benno nahm den Teigroller, den er aus Italien mitgebracht hatte, und begann, Quadrate abzuteilen. «Das ist mir alles zu hoch. Und wenn du in ein paar Tagen weiterwanderst, kann ich damit sowieso nicht umgehen!»

«Waren nur Vorschläge.»

«Ich weiß! Aber dafür bin ich einfach zu alt.» Er sah, dass sie enttäuscht war, aber er verstand nur Bahnhof von dem, was Juli da im Internet anlegen wollte. Die Idee mit den Patenschaften war gar nicht so schlecht, aber sie bedeutete, dass er bald noch mehr Menschen auf dem Hof haben würde. Und wenn er etwas nicht wollte, dann das!

17

THEA

Es war Markttag im Städtchen, und Thea war froh, dass eine Umleitung sie gezwungen hatte, in Richtung des Rathauses zu fahren. Sonst hätte sie dieses bunte Treiben verpasst, das schon vor fünfundzwanzig Jahren an jedem Donnerstagmorgen hier den Markt übernommen hatte. Es war Mittagszeit und mittlerweile zu heiß, als dass mehr als ein paar Sonnenerprobte mit ihren Körben und Beuteln über das Kopfsteinpflaster streiften. Sonnensegel und bunte Schirme waren über den Waren aufgespannt worden. Sogar ein Ventilator lief auf einem Tisch, neben dem eine alte Dame saß und Marmeladengläschen verkaufte, die karierte Häubchen zierten. Dafür durften am Nachbarstand die zahlreichen Sorten von Kartoffeln aus der Lüneburger Heide in der Sonne liegen. Thea ließ sich eine Papiertüte davon einpacken. Sie ging weiter, blieb hier und dort stehen, ließ sich ansprechen, manchmal auch in ein kurzes Gespräch einladen, genoss diese kleine Auszeit. Ihr machte die Hitze nichts aus. Beinahe fühlte es sich an wie auf einem Markt in Lissabon, wo sie gern frische Lebensmittel gekauft hatte, als sie noch in der Hauptstadt hatte Fuß fassen wollen. Nur dass es dort quirliger zuging, die Stimmen lauter, die Gesten der Händler und Kunden vehementer waren. Die Gerüche andere. Und so sauber wie hier war der Boden unter den Ständen auch nicht gewesen. Von den Straßenhunden und -katzen ganz zu schweigen. Hier hatte sie nur einen Zwergpudel an der Leine gesehen, dem die Zunge weit aus dem Maul hing.

Sie schlenderte zwischen den Buden umher, nahm prüfend etwas Obst in die Hand, ließ sich ein paar Johannisbeeren, Aprikosen und Zitronen einpacken und probierte am Käsewagen einen Schweizer Bergkäse, von dem sie eine Ecke kaufte. Sie war offensichtlich kurz vor Marktschluss dazugestoßen. Einige der Händler luden schon ihre Waren in die Transporter, fuhren die Markisen ein, schraubten die Marktstände ab. Der Ansturm vom Morgen war vorbei, der Feierabend in greifbarer Nähe. Aber einige von ihnen hatten in der letzten Stunde noch ein paar Schnäppchen im Angebot. Thea kaufte eine Stiege deutscher Erdbeeren und ein herrlich duftendes Sauerteigbrot. Außerdem konnte sie ein Müsli für ihre neue Mitbewohnerin abfüllen und einen gut duftenden Espresso für ihren morgendlichen *café* mitnehmen. Immer wieder studierte sie die Gesichter der Menschen, als müsse sie jemanden erkennen. Aber alle waren ihr fremd, wie sie ihnen.

Mit vollen Armen lief sie schließlich zurück zu ihrem Transporter, den sie in einer Querstraße mit zwei Rädern auf dem Gehweg geparkt hatte. An der Windschutzscheibe flatterte prompt der Willkommensgruß des deutschen Ordnungsamtes. «*Droga!* Mist!», fluchte sie und riss das Ankündigungsschreiben für die offizielle Verwarnung ab, die an Mateus' Postadresse bei einem seiner Freunde in Portugal gehen würde. Sie sah sich um und knüllte es zusammen. Die Ummeldung ihrer Personalien und ihres Wagens musste sie bald erledigen. Aber im Anschluss an ihren Einkauf war erst einmal ein anderer Termin wichtiger.

Sie stellte die Tüten mit den Einkäufen in den Fußraum vor den Beifahrersitz und ließ die Türen für einen Moment offen, um die bullige Hitze loszuwerden. Der Fahrtwind würde sie auf der Fahrt zum Hof abkühlen, aber vorher hatte sie noch eine Angelegenheit zu erledigen, die sie eigentlich in die Stadt geführt hatte. Sie brauchte kein Navi, um die Adresse zu finden. Nur genug Chuzpe, um diese auch aufzusuchen.

Wieder einmal musste Thea sich entscheiden. Sollte sie aussteigen und reingehen oder den Motor starten und wegfahren? Aber länger in der Hitze in diesem Blechofen zu sitzen, war nicht möglich. Sie hatte längst Schweißringe unter den Armen, was bei einer weißen Bluse zum Glück nicht wirklich interessierte. Auch ihre Oberschenkel klebten am Sitz. Um einen kurzen Abstecher in die Praxis zu machen, war auch das nicht relevant. Der Schweiß ihrer Hände kam nicht von der Hitze im Wagen, sondern von der Anspannung, ihrer Angst, die ihr den Atem nahm, wenn sie zum Arztbrief auf dem Beifahrersitz blickte. Heute würde sie unmöglich drankommen, es ging nur um eine Terminabsprache. Warum konnte sie sich dann nicht vom Sitz lösen und da drüben durch die Tür neben dem goldenen Schild spazieren?

Benno hielt sie für mutig, weil sie Bargeld unter dem Sitz versteckt und über mehrere Grenzen transportiert hatte, ohne es beim Zoll anzumelden. Dabei war sie der größte Angsthase! Oder was war das hier für eine feige Nummer?

Zwei ältere Herrschaften liefen auf dem Bürgersteig. Der Mann hatte seine Frau untergehakt. Beide gingen, ohne zu zögern, in die Praxis. Er hielt ihr galant die Tür auf.

Sie sah sich selbst im Alter, würde in dieser Situation natürlich voranpreschen. Sollte es einen Mann an ihrer Seite geben, würde sie ihm gar nicht die Gelegenheit geben, ihr die Tür aufzuhalten, weil sie diejenige an der Spitze war. Nur heute nicht. Lieber schwitzte sie in der Hitze des abgestellten

Wagens, als endlich den ersten Schritt zu tun, um ihre Angst loszuwerden.

Und wenn sie die Diagnose Krebs bekam, was dann? Würde sie kämpfen, oder wäre sie auch die Erste, die mit wehenden Fahnen unterging, weil diese verdammte Krankheit nun einmal existierte und man sie eh nicht aufhalten konnte?

Einer inneren Eingebung folgend, packte sie den Türhebel und öffnete die Fahrertür. Thea griff nach ihrer Tasche sowie dem Arztbrief und schwang ihren schwitzigen Körper nach draußen. Sie schloss die Kiste nicht mal ab, diese alte Rostlaube würde eh keiner klauen wollen. Nur zwei Minuten! Rein zur Anmeldung, Termin klarmachen, weiterfahren zum Supermarkt. Nichts Besonderes.

Warum fühlten sich ihre Beine dann an, als würden sie in Betonschuhen stecken? Thea atmete tief durch, wischte ihre Hände an den Shorts ab und lief über die Straße. Vor der Praxis taumelte sie, sah das Schild. *Dr. Edda Kynast, Fachärztin für Gynäkologie und Geburtshilfe.* Thea schloss die Augen, sah das eingefallene Gesicht ihrer Mutter kurz vor deren Tod, schüttelte das Bild ab. Endlich ging sie hinein.

Die Praxis war nicht wiederzuerkennen. Die dunklen Holztäfelungen von damals waren beigen Wänden mit indirektem Licht gewichen. Ein orangefarbener Teppichboden stellte einen warmen Kontrast dazu dar, der sich durch eine Bordüre unter der Decke in derselben Farbe fortsetzte. An den Wänden hingen Bilder von einer hellhäutigen Schwangeren mit einem farbigen Baby auf dem Arm, daneben das einer grauhaarigen Frau mittleren Alters, die herausfordernd in die Kamera lachte, und ganz am Rand das Bild einer blutjungen Schönheit, die mit weichem Lächeln ihre Kaiserschnittnarbe betrachtete. Alle waren auf ihre Weise ästhetisch, vom Fotografen wunderbar in Szene gesetzt worden. Würden sie ein Foto von ihr aufhängen, wenn man sie fotografierte, während sie bei der Chemo am Tropf hing und ein buntes Wassereis schleckte?

Thea seufzte und ließ die Eingangstür hinter sich ins Schloss fallen. Rechter Hand lag das Wartezimmer, das gut gefüllt war, die nächste Tür führte zu den Toiletten. Sie hatte das Gefühl, sich übergeben zu müssen, blieb stehen und atmete die Übelkeit fort. Es ging nur um eine Terminabsprache, diese dauerte nicht länger als ein paar Sekunden.

Vor ihr lag ein langer Tresen aus Kunststoff, hinter dem eine bildschöne Frau stand, höchstens Mitte zwanzig, das lange Haar war zu einem Zopf geflochten. Der dünne orange Besatz an der Tasche ihres Kittels passte zum Interieur der Praxis. Thea atmete auf, dann war der Empfangsdrachen von damals wenigstens mit der alten Inneneinrichtung in Rente gegangen.

Das ältere Ehepaar vor ihr ging in Richtung Wartezimmer. Der Mann begleitete seine Frau zur Gynäkologin. Unfassbar für Thea. Ihr ganzes Leben lang hatte sie ihre Termine allein bestreiten müssen. Diesen würde sie auch ohne Händchenhalten schaffen.

«Moin!», probierte sie es auf Norddeutsch. «Ich war vor vielen Jahren Patientin hier. Thea Lorenz!»

Die Sprechstundenhilfe lächelte sie an, und Thea hatte das Gefühl, dieses Lächeln zu kennen. Selbst die Auswahl der Frau am Empfang war kein Zufall, hier fühlte sich jede Patientin sofort angenommen.

«Dann schauen wir mal ...» Die junge Frau im weißen Kittel tippte den Namen in den Computer, nickte langsam. «Thea Lorenz, geboren am sechzehnten April 1969?»

«Das stimmt!»

«Sie sind noch in der Kartei, aber sie waren das letzte Mal im ...» Sie stockte «... Februar 2004 bei uns!» Ihre Überraschung war aufrichtig. «Hatten Sie die Praxis gewechselt?»

«Sozusagen! Ich habe lange im Ausland gelebt.»

«Ah, okay!»

«Haben Sie eine Versichertenkarte?»

«Ja, natürlich!» Sie reichte ihr die Karte über den Tresen.

Die Arzthelferin nahm sie und stutzte. «Die ist ja uralt!» Sie drehte sie herum. «Abgelaufen 2005! Die hat auch keinen Chip. Da müssen Sie erst einmal eine neue Karte beantragen.» Sie gab sie ihr zurück.

«Ich brauche bei der Frau Doktor nur einen Beratungstermin. Ich habe einen Arztbrief aus Portugal!» Sie hielt die Dokumente nach oben.

«Dann muss ich Sie erst einmal als Privatpatientin buchen, wäre das in Ordnung?» Sie lächelte weiterhin, ein Profi durch und durch.

«Gerne! Ich zahle den Termin dann gleich in bar, geht das?»

Sie blickte auf, sah an ihr vorbei. «Warten Sie, da ist die Frau Doktor. Fragen wir sie doch!»

Thea drehte sich um. Dr. Edda Kynast hatte den gleichen fliegenden Gang wie damals. Ihre ehemals dunkelblonden Haare waren fast weiß, aber ihr Gesicht schien keinen Tag älter geworden zu sein. Ihre Blicke trafen sich, Thea spürte ein mulmiges Gefühl im Magen, das sich ausdehnte, ihr die Luft nahm.

«Das glaube ich nicht, bist du es wirklich?» Die Ärztin blieb stehen, schüttelte ungläubig den Kopf. Dann wurde Thea in eine feste Umarmung gezogen, roch das blumige Parfüm von früher, und Tränen schossen in ihre Augen. «Bist du auf Urlaub hier?» Die Ärztin hob den Arm, sah auf ihre Uhr. «Fünf Minuten habe ich, komm rein.» Ein entschuldigender Blick zur hübschen Brünetten am Empfang.

Thea folgte ihr auf wackligen Beinen, schloss die Tür hinter sich. Die Ärztin lehnte sich an den Fensterrahmen. Hier im Tageslicht sah Thea ein paar Falten an ihren Augen, etwas Speck um die Hüften. Aber sonst hatten ihr die Jahre nicht viel zugesetzt. *Gute Gene*, hatte sie früher immer gesagt. *Und ein Beruf, der mein Leben ist. Suche dir einen Job, der dir Spaß macht, dann musst du nie mehr arbeiten*, hatte sie damals oft gewitzelt. Kinder zur Welt bringen und Frauen gehen lassen müssen, die den Krebs nicht besiegen konnten. Irgendwo dazwischen lag ihre Berufung.

«Also, erzähle! Was machst du hier?», fragte Dr. Kynast nochmals.

«Ich bin zurück», ihre Stimme war kaum zu hören. Sie räusperte sich. «Ich lebe wieder hier.»

«Sag bloß! Na, das sind ja Neuigkeiten!» Die Ärztin entfaltete ihr Strahlelachen, sah wieder auf die Uhr. «Ich würde zu gern mit dir quatschen, alles von dir hören. Aber die Patientinnen warten.»

«Ja, klar. Das holen wir nach.»

«Warum bist du gekommen?»

Thea hob den Umschlag mit dem Arztbrief hoch. Er fühlte sich an wie ein Bleigewicht. «Deshalb. Ich brauche eine zweite Meinung. Aber meine Karte ist abgelaufen. Die Patientenkarte.»

«Ach so!» Die Ärztin winkte ab, nahm die Papiere, überflog sie. «Verstehe, okay. Das ist nichts für zwei Minuten zwischen Tür und Angel. Komm mal am Montagabend wieder, gegen neunzehn Uhr, dann untersuche ich dich in Ruhe.» Sie schob die Papiere in den Umschlag, ließ sich nicht anmerken, was sie über den Befund des portugiesischen Kollegen dachte. «Ich will doch hören, wie es in Portugal war. Mensch, Mädchen! Wo sind die Jahre hin?»

Thea nickte, schluckte den Schleimklumpen im Hals runter. «Ich will dich nicht länger aufhalten. Danke, dass du am Montag Zeit für mich hast. Ich rufe meine Krankenversicherung an und besorge mir eine neue Chipkarte.»

«Das mach mal!» Sie begleitete Thea hinaus auf den Gang. «Wo wohnst du denn jetzt?»

«Bei Benno Findeisen.»

Schweigen.

«Auf dem Lebenshof am Moor. Er vermietet dort Wohnungen.»

Der Blick der Ärztin war nicht zu deuten. Überraschung, Argwohn, Sorge? «Na, da hast du dir ja einen netten Vermieter ausgesucht.» Sie gab einer jungen Sprechstundenhilfe, die Thea vage bekannt vorkam, ein Zeichen. «Habt ihr euch eigentlich schon gesehen?»

Die junge Frau mit den blauen Augen blieb fragend stehen, sah die Ärztin an, dann Thea.

Ein Schweigen entstand.

«Annika, machst du bitte für Frau Lorenz einen Termin am Montag, nach der Sprechstunde.»

Thea erstarrte bei dem Namen und erkannte in den erwachsenen Zügen der Frau vor ihr das Kind wieder, das man ihr weggerissen hatte.

«Mache ich, natürlich. Frau Lorenz, kommen Sie bitte mit zum Empfang?»

Thea nickte. «Klar.»

Die Ärztin warf ihr einen entschuldigenden Blick zu, fasste Thea mit einer warmen Geste am Arm, dann war sie im Behandlungszimmer verschwunden. Da stand sie, innerlich bebend, und versuchte zu begreifen, was soeben geschehen war. Wie in Zeitlupe drehte sie sich um und blickte zu der jungen Frau, die bereits am Tresen stand. Der Boden unter ihr schien zu wanken, weil ihr kleines Mädchen nur ein paar Meter entfernt von ihr stand und sie professionell anlächelte, aber nicht mehr als eine Patientin in ihr sah. Annika hatte sie nicht mehr erkannt, nicht an ihrem Gesicht, nicht an ihrem Namen.

18

Wo bleibt sie denn?» Juli trat ans Fenster, aber die dichte Hecke versperrte den Blick zum Kesselhaus, in dem sich Theas Wohnung befand. Sie hatten verabredet, dass sie sich am Abend bei Benno zum Essen treffen würden. Thea müsste doch längst von ihrer Einkaufstour zurück sein. War sie in der Stadt hängen geblieben?

Benno polierte die Weingläser, sah auf die Uhr an der Wand. Juli folgte seinem Blick. Kurz vor sechs.

Das Abendessen war vorbereitet. Die Ravioli würden nur einen Moment im Wasser ziehen müssen, die Salbeibutter noch geschmolzen werden. Das Gärtnergulasch war fertig gegart, die gekochten Kartoffeln in dicke Tücher eingeschlagen, um sie warm zu halten. Benno hatte ein Basilikumeis zubereitet und eingefroren. Währenddessen hatte Juli auf dem Terrassentisch unter dem Sonnensegel das Geschirr und Besteck eingedeckt, das er für sie hinausgetragen hatte. Nun fehlte nur noch der zweite Gast für das Abendessen. Und der ließ auf sich warten.

«Ich sehe mal, wo sie bleibt», sagte Juli kurz entschlossen.

Benno nickte, war in Gedanken ganz woanders. Sie hinkte zur Tür und über den Gartenweg zum Kesselhaus. Schon als sie durch die kleine Pforte in der Hecke trat, sah sie, dass Theas Transporter auf dem Hof geparkt war. Dann war sie also längst zurückgekommen. Juli hüpfte an den Gehhilfen in die Wohnung. «Thea?»

Drinnen war sie auch nicht. Eine kleine Kiste mit Erdbeeren stand auf der Anrichte. Daneben Papiertüten mit Einkäufen, die nicht ausgepackt waren. Juli hinkte zum Bad. Es war leer. Wahrscheinlich war sie zu ihren Ziegen gegangen, hatte ihnen vielleicht eine Leckerei mitgebracht. Als Juli an der Koppel ankam, sah sie Clara und Aurélia im neckenden Gerangel mit Rudolf, dem Ziegenbock. Zwei Esel standen daneben, der Rest der Tiere döste am Teich. «Thea?», rief Juli, aber nur einer der Esel antwortete und kam zu ihr gelaufen. Die Ziegen schlossen sich an, standen nun alle vor ihr am Zaun. Juli steckte eine Hand durch, spürte die warmen kratzigen Zungen der Ziegen. «Na, wo ist eure Freundin?» Ein Esel schrie, zeigte seine großen gelben Zähne, hoffte wohl auf eine Mohrrübe. Juli blickte über die Koppel bis ins Moor, entdeckte Thea nicht. War sie spazieren gegangen?

Warum war Thea nach ihrer Ankunft nicht vorbeigekommen und hatte ihnen Bescheid gegeben? Sie wusste doch, dass sie erwartet wurde! Benno und sie hatten den ganzen Nachmittag in der Küche gestanden, und Thea zog ihr eigenes Ding durch. Wahrscheinlich hatte sie wieder irgendeine verrückte Idee, war mit der Wünschelrute unterwegs oder umarmte im Wald Bäume.

Das Mädchen schloss die Augen und atmete tief in den Bauch. Diese Technik des Atmens und Loslassens hatte ihr immer geholfen, wenn der Streit mit ihrer Mutter zu heftig geworden war. Sie atmete und versuchte ihren Ärger loszuwerden und zu akzeptieren, dass Thea eigene Entscheidungen traf und einen anderen Plan hatte als ein gemütliches Essen mit Freunden. Dann hinkte sie zurück, ging noch einmal an der Wohnung vorbei, wo die Einkaufstüten standen. Was hatte Thea bewogen, alles so stehen zu lassen? Wohin war sie danach gegangen?

Zurück in Bennos Küche, ließ Juli sich auf einen Stuhl sinken. «Ihr Auto ist da, aber ich weiß nicht, wo sie ist.»

Benno hackte den Salbei auf einem Holzbrett. Der feine Duft nach dem Kraut lag in der Luft.

«Sie wird schon kommen. Der Hunger treibt immer alle nach Hause», sagte er und stellte das Brett neben dem Herd ab. Dann gab er ein Stück Butter in den Topf und entzündete die Gasflamme darunter.

Juli war skeptisch, dass es so einfach war. Thea tickte anders als alle anderen. Sie war überdreht, gesellig, offen, aber auch sehr spontan. Wenn sie eine zündende Idee hatte, musste sie diese sofort umsetzen. Was hatte Thea vor an diesem Abend?

In Bennos Topf begann die Butter zu knistern, er rührte darin. Dann warf er den gehackten Salbei hinein. Es hatte Spaß gemacht, mit ihm zu kochen und den Nachmittag hier in der Küche zu verbringen, aber eine Ruhephase wäre ebenfalls wichtig gewesen. Vorsichtig massierte Juli ihren schmerzenden Fuß. Sollte sie doch das vom Arzt verschriebene Schmerzmittel nehmen?

«Hier!» Benno stand plötzlich neben ihr und hielt ihr ein Küchentuch hin, in das er Eis gepackt hatte wie am ersten Abend. «Leg das Bein auf der Bank ab und binde das Tuch darum. Irgendwann wird sie schon wieder auftauchen. Ich kümmere mich erst mal um die Tiere. Wenn sie versorgt sind, essen wir. Mit oder ohne Thea!» Er ging hinaus.

Juli legte das Bein auf die Bank, band das kühlende Tuch um ihren Fuß und lehnte sich zurück. Nur zwei Minuten die Augen schließen. Leise tickte die Uhr an der Wand, ein gleichbleibendes Geräusch in der Stille. Ihr Atem ging gleichmäßig. Sie roch den feinen Geruch der Salbeibutter, der in der Luft lag, das Ticken verschwand. Sie war eingenickt und träumte von einem sonnendurchfluteten Wald, über dessen weiches Moos sie lief. Überall waren kleine weiße Blüten am Boden, ein Teppich aus Tausenden Sternen. Sie spürte ein unsagbares Glück, bis plötzlich die Sonne verschwand und sie in dunkle Schatten trat. Der Waldboden war mit einem Mal ganz schwarz, wie Kohlenstaub, keine einzige Blüte war mehr zu sehen. Angst griff nach ihrem Herzen, sie drehte sich um ihre eigene Achse. Wohin nur, wohin? Sie hatte sich komplett verlaufen. *Großvater!*, rief sie. *Wo bist du?* Nur ihr Echo antwortete. Dann sah sie ihn, den großen Wolfrüden mit den tiefen gelben Augen. Er stand zwischen zwei Stämmen und sah sie an, blickte tief in ihre Seele.

Juli erwachte und setzte sich auf. Das Tuch war von ihrem Bein gerutscht. Neben ihr lag der rote Kater auf der Bank, hatte sich an sie geschmiegt. Er streckte sich verschlafen. Wie lange war sie weg gewesen? «Benno?»

Niemand antwortete ihr. Juli drückte sich hoch, angelte die Gehhilfen und stand mühsam auf. Unruhig hinkte sie zur Tür, die nur angelehnt war. Wo waren denn alle?

Die Sonne stand nun hinter den Bäumen, die einen angenehmen Schatten über den erhitzten Hof legten. Noch immer summten die Wespen im wilden Wein neben Bennos Haustür. Aber die Temperatur war endlich angenehm. Ein warmer Sommerabend, der perfekt war, um auf der Terrasse zu essen und mit Freunden bis in die Nacht zu klönen. Sie hörte schnelle Schritte, drehte sich um. Nein, es war nicht Thea. Benno kam vom Stallgebäude zurück. «Komm! Ich habe Thea gefunden.»

Juli setzte sich in Bewegung, holte zu ihm auf. «Wo denn?»

Er wischte sich nervös über den Bart. «Du wirst es nicht glauben!» Er ging zum Stallgebäude, lief jedoch daran vorbei und hielt auf ein Gebäude mit grüner Holztäfelung zu. In das hohe Tor war eine Tür gebaut worden, durch die Benno ins Innere verschwand. Neugierig folgte ihm Juli, betrat eine riesige Scheune, in welcher durch schmale Spalten in den Wänden Licht sickerte. Über ihnen, durch solide Balken gehalten, thronte ein riesiger Heuboden. Links standen Gartengerätschaften, ein kleiner Traktor, zwei Schubkarren, Heugabeln und große Weidenkörbe. Links waren Strohballen übereinandergestapelt worden.

Von oben rieselte etwas Heu herunter. Juli sah hinauf und entdeckte Thea, die am Rande des Oberbodens saß und eine Flasche Rotwein in der Hand hielt. Ihre nackten Beine baumelten über den Rand.

«Was machst du denn da oben?», rief Juli.

«Siehst du doch!» Thea hob die Flasche, setzte sie an und trank.

Benno gab ein Seufzen von sich, lehnte sich mit überkreuzten Armen an die Wand. «Versuch du mal, ob du sie runterbekommst.»

Juli hinkte näher zur Leiter, blickte nach oben. Das waren sicherlich drei bis vier Meter. Thea sang ein Lied mit einer traurigen Melodie in dieser weichen fremden Sprache, die Juli nicht verstand. Sie war angetrunken. Wie sollten sie Thea über die steile Leiter herunterbekommen? «Wir warten mit dem Essen auf dich!» Hilfe suchend warf sie einen Blick zu Benno. Er lehnte hinter ihr und schüttelte den Kopf, gab Juli ein Zeichen, eine kurbelnde Hand vor dem Mund, was wohl heißen sollte, dass sie das Gespräch in Gang halten sollte. Dann verließ er die Scheune. Juli hoffte, er würde Hilfe rufen. Die Polizei oder die Feuerwehr mit einer Sprungmatte, irgendwen!

Thea lachte auf. Dann wich das Lachen aus ihrem Gesicht. «Juli! Sie stand einfach vor mir. So erwachsen und hübsch.» Ein Schluchzen folgte, das von tief unten aus ihrem Bauch kam. «Sie hat nicht mal gewusst, wer ich bin.»

«Wer stand vor dir?» Juli war an die Leiter getreten, lehnte die Gehhilfen an und hielt sich an den Sprossen fest. Über ihr baumelten Theas Beine. Hoffentlich ließ sie die Flasche nicht fallen. Oder sich selbst. «Von wem redest du?»

«Annika!»

«Wer ist das?» Juli blickte zur Tür, durch die das Licht des Sommerabends in dieses Halbdunkel der Scheune fiel. Feine Staubpartikel tanzten dort wie ein Heer von Millionen Mücken. Wo blieb Benno?

«Mein Kind!» Thea lachte auf. «Nein, nicht mein eigenes. Ich habe sie aufgezogen. Fünf Jahre lang. Und nun erkennt sie mich nicht mehr.»

«Du hast eine Ziehtochter?»

Etwas polterte über ihr. Juli zog den Kopf ein, wartete auf den Aufprall neben ihr. Aber nichts passierte.

«Sie arbeitet jetzt bei meiner Ärztin, weißt du? Ganz schick am Empfang. Annika Ritter, die Tochter von Artur Ritter.» Der letzte Name bekam einen hämischen Unterton.

«Können wir das nicht hier unten besprechen?»

«Warte, ich komme ...»

«Nein!», rief Juli, der plötzlich bewusst wurde, dass Thea die Leiter nicht besteigen durfte. «Bleib, wo du bist.» Ihre Gedanken stoben hin und her. Wie konnte man die Alkoholisierte wohlbehalten aus dieser Höhe herunterbefördern? Thea schluchzte leise über ihr.

«Warum bist du da hochgeklettert?», fragte Juli.

«Ich habe es da unten bei euch nicht mehr ausgehalten.

Gibt ja keine Berge hier, auf die man sich verziehen kann.» Sie setzte erneut die Flasche an.

«Hör bitte auf zu trinken!»

«Warum?» Sie nuschelte etwas auf Portugiesisch.

«Du bist betrunken!»

«Na und?»

«Du wirst runterfallen.»

Thea lachte. «Dann ist wenigstens alles vorbei.»

«Du erzählst Mist!» Juli sah sich um. Wenn sie es schafften, hier unter der Leiter ein paar Strohballen nebeneinanderzuschieben, würde Thea dann weich fallen?

Ein Geräusch an der Tür, Benno war zurück. Er hielt ein Seil in der Hand und Lederriemen, die wie ein Geschirr wirkten. Was hatte er denn damit vor?

«Sie hat meinen Namen gehört. Und sie hat mich nicht mehr erkannt», sagte Thea, und ihre Stimme war von Traurigkeit überwältigt. «Sie hat ja auch eine neue Mutter bekommen. Dieser Mistkerl hat mich einfach ausgetauscht.»

Benno warf sich die Mitbringsel über die Schulter und begann, auf der Leiter hochzusteigen.

«Benno! Wie SCHÖN!» Thea lachte.

«Bleib ruhig!», sagte er. «Sonst stürzen wir beide ab!»

«Komm, trink mit mir!» Eine Flasche klirrte. Juli spürte etwas Feuchtes, was auf ihre Haare tropfte, tastete danach und roch an ihren Fingern. Rotwein.

«Halt dich fest an mir!», hörte sie Benno sagen und trat so weit zurück, dass sie die beiden beobachten konnte. Der Hofbesitzer legte Thea das Geschirr um den Körper. Sie lachte und versuchte, seine Hände wegzustoßen.

Benno blieb ruhig, schaffte es endlich, die Gurte zu befestigen. Dann knüpfte er das dicke Seil daran. Jetzt verstand Juli, dass er sie beim Abstieg sichern wollte. Dennoch war es gefährlich, solange sie nicht wohlbehalten neben ihr stand.

«Deine Flasche ist leer», sagte Benno in seinem tiefen Bass. «Komm, ich helfe dir runter.»

Thea schüttelte den Kopf. «Ich will schlafen!» Sie legte sich nach hinten.

«Komm jetzt!» Benno versuchte, sie an den Armen hochzuziehen. «Du kannst den Rausch in deinem Bett ausschlafen. Vorher müssen wir hier runter!»

Thea wehrte seine Bemühungen ab. «Warum hast du keinen Kontakt zu ihm?», fragte sie.

«Zu wem?» Benno hielt inne, seine Stimme klang ungeduldig.

«Du hast doch einen Sohn, oder?»

Schweigen.

«Warum seht ihr euch nicht?»

«Das geht dich einen Scheißdreck an! Hoch mit dir!» Er packte erneut zu.

«Sag doch mal, Benno! Willst du ihn nicht sehen oder er dich nicht?»

«Steh jetzt auf!» Er wollte sie auf die Beine ziehen.

«Du hast ihn im Stich gelassen. Ist es nicht so?» Thea stieß Benno von sich. Er verlor neben der Kante kurz das Gleichgewicht. Juli schrie auf, ihr Herzschlag schien auszusetzen. Aber er konnte einen Balken packen und sich abfangen.

«Jetzt ist Schluss!» Benno spannte das Seil, das er über einen Balken geworfen hatte, mit den Händen. Das eine Ende hielt Thea, das andere hatte der Hofbesitzer an seinem Gürtel festgebunden. «Du steigst jetzt da runter oder ...»

«Oder was?»

«Oder ich bringe deine Ziegen in den Wald!»

«Das wagst du nicht!»

«Fordere mich nicht heraus!»

«Du bist ein alter Mistkerl!»

«Das bestreite ich nicht. Und du solltest keinen Alkohol trinken. Steig jetzt runter, ich halte dich fest.»

Thea stöhnte, erhob sich schwerfällig und wurde durch das straff gespannte Seil vor dem Absturz bewahrt. Sie drehte sich zur Leiter, deren Enden über den Zwischenboden ragten.

«Komm, Thea! Auf die erste Sprosse!», mischte Juli sich ein. «Ich warte hier auf dich!»

«Juli, Mädchen! Moment ...» Thea drehte sich um und stieg ungelenk auf die Sprosse, schien abzurutschen, fing sich ab und fluchte. Aber sie stand, weil Benno sie sicherte. Er hielt das Seil fest gespannt, legte sein Körpergewicht hinein. Sein Gesicht glänzte vor Schweiß. «Weiter!», trieb er sie voran.

«Ja, ja!» Thea begann hinabzusteigen. Gut zwei Meter über dem Boden hielt sie inne und ließ sich nach vorn sacken, umarmte die Leiter. «Mir ist so schlecht!»

Juli spornte sie an. «Nur noch ein paar Sprossen. Du hast es gleich geschafft. Komm! Ich bin hier!»

Thea stöhnte. Dann bebte ihr Körper, sie schluchzte leise. Sie gab ein Bild des Jammers ab.

«Was ist?», rief Benno. Er konnte nicht nach unten blicken, musste das Seil straff halten.

«Noch einen Moment!», rief Juli und hob ihren rechten Arm. Mit den Fingerspitzen streichelte sie Theas Bein. «Komm!», sagte sie sanft. «Ich bin da für dich. Und Benno auch. Du bist nicht allein.»

Das Schluchzen ebbte ab.

«Komm runter!»

Theas Schultern strafften sich, dann stieg sie weiter, bis sie neben ihr stand. Ein verheultes Stück Elend. Juli nahm Thea in die Arme. Sie roch nach Heu und Alkohol, hatte getrocknete Grasstängel im Haar. Das Sicherungsseil fiel neben ihnen auf den Boden, kurz darauf kletterte Benno herunter. Er sagte nichts, als er Thea die Lederriemen wieder abnahm. Aber in seinen Augen lag ein Ausdruck, den Juli nicht deuten konnte. Es war kein Vorwurf. Was dann? Enttäuschung? Oder Traurigkeit? Benno legte einen Arm um Theas Hüfte und brachte sie, gefolgt von Juli, bis zu ihrer Wohnung, half ihr noch bis ins Schlafzimmer, wo Thea wie ein schwerer Sack auf ihre Matratze fiel. Dann legte er Juli kurz die Hand auf die Schulter, nickte ihr zu und ließ sie allein.

19

Mit einem herzhaften Knall warf er die Tür hinter sich zu und ging in die Küche. Seine Schultern waren schwer von der Last, die Thea ihm aufgeladen hatte, ohne es zu ahnen. *In vino veritas*, im Wein lag die Wahrheit. Und Thea hatte sie ihm auf den Kopf zugesagt. Er konnte ihr nicht einmal einen Vorwurf machen.

Auf der zernarbten Holzplatte des Küchentisches lag das Leinentuch mit den Ravioli, die darauf warteten, ins Wasser gegeben zu werden. Er hob den groben Stoff an, die Teigtaschen trockneten bereits an den Ecken aus. Was wurde jetzt aus dem geplanten Essen? Er ließ das Tuch fallen, sah sich um. Auf dem Herd standen die Töpfe. Benno ging hinüber. Helle Molkeflocken schwebten neben den Salbeistückchen in der geschmolzenen Butter. Alles umsonst, dieser ganze Aufwand! Aus einem gemütlichen Abend war ein Fiasko geworden. Seit vielen Jahren hatte er endlich wieder Gäste zu sich zum Essen geladen. Und dann kam Theas Aussetzer dazwischen. Es fühlte sich an, als würde ihm ganz schnell wieder die Lebensfreude entzogen, sobald er sich ihr öffnete.

Benno ärgerte sich über sie, aber es war nicht Theas Schuld, das wusste er. Sie hatte einen harten Tag hinter sich, so viel konnte er ihrer holprigen Erzählung entnehmen. Was er nicht begriff, war der Drang, ihr Dilemma im Alkohol zu ertränken. Der verdammte Fusel machte es nie leichter, sondern öffnete höchstens ein kleines Zeitfenster, bevor der Schmerz mit aller Macht zurückkam. Ein Dunkel, dem man nicht entfliehen konnte. Er wusste genau, was das hieß, dem Alkohol sein Leben zu überlassen. Nach dem Autounfall hatte er angefangen zu saufen, bis seine Familie ihn verließ. Erst als er den Hof seiner Eltern für alte und bedürftige Tiere öffnete, die er vor dem Schlachter rettete, konnte er endlich von der Flasche lassen. Die körperliche Arbeit und tägliche Routinen hielten ihn trocken.

Benno nahm den Topf mit dem Gärtnergulasch und brachte es auf die Kellertreppe, wo es kühl stehen würde. *Vielleicht morgen*, dachte er. Juli hatte sich zu viel Mühe damit gegeben, als dass er hier in der Hitze sauer werden sollte. Alles andere ließ er in dem Durcheinander stehen, wie es war.

Er ging in seine kleine Stube, in der er nur selten saß, weil die Küche sein Lebensmittelpunkt war, wenn er nicht gerade schlief. Aber dieses Zimmer, das eine gemütliche Couch, zwei Sessel, einen flachen Beistelltisch sowie eine in die Jahre gekommene Anbauwand beherbergte, schien die Stube in einer fremden Wohnung zu sein, wie ein Überbleibsel aus seiner Vergangenheit. Nachdenklich blieb er vor dem Schrank stehen. Sein Herz schlug heftig, und er brauchte einige Anläufe, um ihn zu öffnen und das Fotoalbum zu entnehmen, das unter einem Stapel von Büchern und Papieren lag.

Er schluckte, dann fand er die Kraft, die störrischen Pappseiten zu öffnen und das Thermopapier wegzuschieben. Darin waren lediglich die ersten Seiten mit Fotos beklebt, die er ewig nicht angesehen hatte. Er und Karin in den ersten Jahren ihrer Beziehung, ihr erster gemeinsamer Urlaub in Tirol, dann das Foto, auf dem schon ihr Schwangerschaftsbauch zu sehen war. Die Bilder von Claas als Säugling. Er legte den Finger auf seinen winzigen haarlosen Kopf. Es schmerzte, als schnitte ihm jemand mit einer Klinge ins Fleisch. Er blätterte weiter. Da war sein Junge, gerade mal drei Jahre alt, in die Kamera lachend. Er hatte seine braunen Augen geerbt, aber die geschwungenen Lippen seiner Mutter.

Benno stieß den Atem aus. Der alte Schmerz saß tief! Er ließ das Album sinken und wartete, bis die Trauer in seiner Brust nachließ, hob es wieder an, blätterte weiter. Das letzte Foto hatte sich an einer Ecke gelöst. Es zeigte einen hellblonden Jungen mit Zahnlücke und einer riesigen Zuckertüte im Arm, der auf einem Trettraktor saß und in die Kamera lachte. Ein tiefes Schluchzen quälte sich aus Bennos Brust, und er brauchte einen Moment, um sich zu sammeln. Hatte er seinen Jungen wirklich im Stich gelassen? Lag Thea damit richtig?

Heißer Zorn verdrängte seine Tränen. Was nahm sich diese Fremde heraus, sein Leben zu bewerten? Mit einem Knall schlug er den Deckel des Albums zu, schob es zurück unter die Unterlagen. Niemand wusste etwas über ihn und seinen Sohn. Es war richtig gewesen, Karin und Claas ziehen zu lassen. Mit einem Säufer und emotionalen Krüppel wie ihm wären beide niemals glücklich geworden! Karin hatte einen neuen Mann, Claas einen neuen Vater. Er selbst war nicht mehr als der Erzeuger. Basta!

Was auch immer zwischen Thea und ihrer Ziehtochter vorgefallen war, es hatte nichts mit ihm zu tun. Das elterliche Band existierte nur, wenn es von beiden Seiten gehalten wurde. Claas interessierte sich ebenso wenig für ihn, seinen Vater, wie er für seinen Sohn eine Rolle spielte. Es gab nichts zu bereuen. Er wollte sein Leben nicht ändern.

Benno sah aus dem Fenster, vor dem ein Pulk Mücken tanzte, blickte hinüber zum Stall. Dort standen seine Gummistiefel wie eine Mahnung, dass die Arbeit wartete. Er hatte den ganzen Nachmittag in der Küche verplempert. Arbeitszeit, die ihm nun fehlte.

Seine Arbeitssachen hingen in der Remise. Sie müffelten nach Schweiß und seinen Tieren. Das Parfüm seines Lebens, ein ehrlicher Geruch. Den Rest des Abends mistete er die Boxen aus, powerte sich richtig aus, bis die Muskeln brannten. Dann holte er die Tiere von der Koppel. Selbst Theas Ziegen schlossen sich der bunten Herde an, als wären sie schon immer auf dem Hof gewesen. Sie kabbelten mit dem Ziegenbock um seine Aufmerksamkeit, und Benno kraulte ihnen die Hälse.

Als alle Zwei- und Vierbeiner im Stall versorgt waren, wurde sein Herz wieder ruhiger. Das hier war sein Leben, diese Geschöpfe seine Familie. Niemand konnte sich über ihn erheben und sein selbst gewähltes Schicksal bewerten.

Bennos Magen grummelte, er musste endlich etwas essen, aber vorher war eine Dusche fällig.

Kurz vor Mitternacht ließ er die Ravioli ins Wasser gleiten und wärmte die Salbeibutter auf. Dann hobelte er Parmesan und machte sich ein alkoholfreies Bier zum Essen auf. Es roch köstlich, als er den Teller zum Tisch trug, den er wie die Küche aufgeräumt hatte. Sein angestammter Platz, er setzte sich fast feierlich, hob das Glas in die Richtung des Kesselhauses und prostete den beiden da drüben zu. Dann ließ er sich die Pasta schmecken. Als er zu Bett ging, nahm er sich fest vor, morgen Giovanni anzurufen und nachzufragen, wie es seinem Freund und dessen Familie in den letzten Monaten ergangen war.

Noch vor dem Wecker war er wach. Die blaue Stunde lag über der Heide, das Licht des Tages war lediglich eine Vorahnung, als die ersten Umrisse der Hofgebäude und Bäume vor dem Fenster zu erkennen waren. Voller Tatendrang stand Benno auf, hörte das hohe Zwitschern eines Rotkehlchens im Garten. Bald würde die Amsel mit ihrem Weckruf einstimmen. Die frühen Eiferer des Sommers.

Benno schlurfte in die Küche, setzte die Espressokanne mit dem Chilipulver auf und ging ins Bad. Pünktlich zum zischenden Gurgeln des entweichenden Wasserdampfes war er zurück. Er drehte das Gas aus, schmierte zwei belegte Brote für das Frühstück. Erst dann goss er sich den Kaffee in die Blechtasse und trat vor die Tür. Nun sang die Amsel in der Birke, die mit tiefem Flöten das erste pink angehauchte Tageslicht begrüßte. Ein gewöhnlicher Morgen auf dem Hof. Seine liebste Stunde. Die Zeit ganz für sich allein. Drüben im Kesselhaus war es noch still, nur der Hahn krähte am Hühnerhaus.

Sein Morgenritual würde weiterbestehen. Die beiden Nachbarinnen schliefen länger als er. Nicht auszumalen, wenn hier zusätzlich Fremde auf dem Hof ein und aus gingen, wie Juli es ihm vorschlug! Schon die neuen Mieter richteten genug Chaos an.

In diesem Moment tauchte die zahme Krähe auf. Er hatte ihr Futter vergessen, ging zurück ins Haus und holte die Katzenfutterpackung. Der Rabenvogel hatte auf ihn gewartet und nahm die trockenen Brocken wie jeden Morgen aus seiner Hand. Benno strich über ihr glattes Gefieder, die Krähe krächzte und fraß weiter. Es hatte Jahre gedauert, bis sie so nah zu ihm gekommen war. Anfangs hatte er das Futter auf den Zaun gelegt, aber eines Morgens war sie ihm direkt auf die Schulter geflogen und hatte aus seiner Hand gefressen. Als habe sie die Entscheidung getroffen, dass er es gut mit ihr meinte. Die schwarzen Knopfaugen sahen ihn aufmerksam an. Dieses Vertrauen der Tiere machte ihn jeden Tag aufs Neue demütig. Was, wenn er den Hof verlor? Wie würde er weiterleben können?

Nachdem er die bunte Herde der Vierbeiner auf die Koppel gebracht und seine Brote gegessen hatte, ging er in sein Bad, griff ein Handtuch und fuhr in seine Schlappen. Der perfekte Morgen für eine Erfrischung! Als er das Haus verließ, stand die Sonne schon hinter dem Stallgebäude. Er hörte das gleichmäßige Klacken von Julis Gehhilfen, bevor er sie sah. Das Mädchen hinkte durch die Gartenpforte in der Hecke. Sie sah blass aus. Der lange Tag in der Küche und Theas Absturz waren gestern zu viel für sie gewesen.

«Morgen! Alles okay da drüben?», fragte er.

Juli blieb neben ihm stehen und seufzte leise. «Sie liegt noch im Bett, schläft ihren Rausch aus.»

«Schade um das Essen», sagte er und blinzelte in die milden Sonnenstrahlen, die durch das Blätterwerk über ihnen fielen.

«Und wo willst du jetzt hin?», fragte sie.

«Waldbaden!»

Ihr Blick war Neugier und Überraschung zugleich. «Aha?»

«Ich gehe schwimmen. Es gibt eine Badestelle im Wald. Ich würde dich mitnehmen, aber der Weg dahin ist holprig.»

«Ich muss meinen Fuß schonen. Er ist dick und heiß.»

«Brauchst du Eis?»

«Geht schon, nur etwas Ruhe heute. Darf ich mich auf deine Terrasse setzen? Dort kann man die Sonne wandern sehen.»

«Komm!» Er führte sie auf die Terrasse und stellte ihr den Rest des Chilikaffees auf den Tisch. «Bleib, so lange du willst, okay?»

Er wollte gehen, aber ihre Frage ließ ihn verharren.

«Benno, hast du wirklich keinen Kontakt zu deinem Sohn?»

Ihre Blicke trafen sich.

«Mein Vater wollte nie etwas mit mir zu tun haben. Und das ist wirklich hart, weißt du?» Sie sah zerbrechlich aus, wie sie da saß und erwartete, dass er etwas erwiderte. Doch es lag kein Vorwurf in ihren Worten, sie legte ihm ihre Gefühle offen und nahm es in Kauf, dass er sie wegstieß.

«Es war das Beste für ihn, weißt du? Er hat einen Vater.» Benno schluckte. «Einen viel besseren als mich.»

Juli hielt seinen Blick. «Und sieht er das auch so?»

Benno wusste nicht, was er sagen sollte.

Sie sah auf die Kaffeetasse. «Wie heißt dein Sohn?»

Es fiel ihm schwer, seinen Namen laut auszusprechen. «Claas.»

«Und wo wohnt er?» Sie sah ihm erneut in die Augen.

Er spürte einen Kloß im Hals, räusperte sich. «Sie sind nach Cuxhaven gezogen. Das ist fast zwanzig Jahre her.»

Juli nickte und wendete ihren Blick ab. «Dann vermisst er dich seit zwanzig Jahren.»

Benno starrte sie an. Aber es lag noch immer kein Vorwurf in ihrer Stimme. «Du irrst dich. Mich vermisst niemand.» Er ging die Stufen hinab in den Garten. «Bis später!»

Benno nahm den Weg zum Moor, scheuchte eine Elster auf, die neben dem Zaun etwas suchte, bog ab und trat in den Wald, der nach Kiefernnadeln und getrocknetem Holz roch. Tief atmete er ein, während er über den weichen Waldboden ging. Die Nadeln knirschten leise unter seinen Füßen. Er widerstand dem Drang zurückzugehen, um sich noch einmal zu erklären. Aber seine Argumente waren dünn, das wusste er selbst. Während er über moosbewachsenes Totholz stieg, sah er Juli vor sich, dieses zarte Mädchen mit dem unbändigen Willen, das so verletzt worden war. Am liebsten hätte er ihren Vater geschüttelt, wie er so ein großartiges Mädchen hatte zurücklassen können. Im selben Moment wurde ihm bewusst, dass er selbst so ein Versager war. Feige und viel zu leicht hatte er seinen Sohn aufgegeben.

Er erreichte den Waldweg, wollte ihn queren, um seinen Schleichpfad zum Waldsee zu nehmen, als er einen Handkarren am Wegrand entdeckte. Normalerweise wich er Corinne aus, wenn es möglich war. Aber nicht heute, er blieb stehen. Zweige knackten im Wald, dann sah er sie, ein farbenfroher Tupfen im Grün, auffällig gekleidet wie immer.

«Benno!» Sie ließ einige Zapfen in ihren Wagen fallen. «Geht's dir wieder gut? Was war denn los?» Sie kam näher.

«Ach, das war nicht der Rede wert!» Er wich zurück, spürte seinen Ärger aufsteigen. «Was fällt dir ein, Fremden von meinem Sohn zu erzählen?»

Aus Corinnes Gesicht wich das Lächeln. «Erstens sind Thea und Juli keine Fremden. Und zweitens dachten wir alle, dass du diese Nacht vielleicht nicht überlebst!» Sie hatte ihre Stimme gehoben. «Der Arzt hat ihnen keine Auskunft gegeben. Die beiden wollten deine Angehörigen finden.»

Bennos Nacken versteifte sich. «Du weißt genau, dass ich seit ihrem Weggang keinen Kontakt mehr zu Karin und Claas habe.»

«Ja, das weiß ich. Oder ich ahne es, du redest ja nicht mehr mit mir.»

Benno hob seine Hände. «Dass du mich damals aus diesem Wrack gezogen hast, gibt dir nicht das Recht, dich in mein Leben einzumischen.»

Corinne wirkte aufgebracht. «Einmischen? Seit Jahren gehst du mir aus dem Weg. Jetzt wollte ich helfen, weil du im Krankenhaus warst.» Sie strauchelte ein wenig. «Ich habe den beiden nichts gesagt, außer dass du einen erwachsenen Sohn hast. Für alle Fälle. Falls du die Nacht nicht überlebst. Was denkst du wohl, wer dann deine Beerdigung ausrichten würde? Deine neuen Mieterinnen?»

Benno erstarrte, hielt ihren Blick, konnte nichts darauf erwidern. «Halt dich raus aus meinem Leben!» Er setzte seinen Weg fort. «Und mach einen großen Bogen um meinen Hof!»

«Wie immer also!», rief sie ihm hinterher.

Er drehte sich nicht um, ging mit wütenden Schritten durch den Wald wie ein Blinder für die ihn umgebende Schönheit. Als er den Waldsee erreichte, dessen graugrüner Spiegel die umliegenden Bäume reflektierte, hatte sich sein Groll gegen Corinne beinahe aufgelöst. Sein eigenes Gejammer widerte ihn an. Corinne trug keine Schuld. Nicht an seinem Unfall, nicht daran, dass ihn danach seine Frau verlassen und seinen Sohn mitgenommen hatte. Noch weniger dafür, dass das Krankenhaus einen Angehörigen hatte finden wollen.

Benno warf das Handtuch zur Seite und ließ sich auf den Boden sinken. Zu seinen Füßen stieß das Wasser an die Mooskante. Die ersten Zentimeter waren klar, und er konnte den Bewuchs und die feinen Schwebeteilchen unter der Wasseroberfläche sehen. Im Schatten der Bäume fiel es in eine undurchdringliche Dunkelheit ab, in der alles verborgen blieb. So wie seine Gemütslage, die er lange unterdrückt hatte und die nun immer wieder an die Oberfläche drängte. Je länger er an dem See saß, desto wütender wurde er. Auf sich selbst.

Benno zog sich aus, schöpfte Wasser aus dem See, befeuchtete sein Gesicht und den Oberkörper. Dann ließ er sich hineingleiten in den kühlen Spiegel aus Nass, tauchte unter, auch wenn die plötzliche Kälte ihn kurz lähmte. Die Welt um ihn herum verschwand. Es wurde still und friedlich. Er tauchte lange. Sein Körper wollte nach oben, aber er wehrte sich, blieb unter Wasser, spürte den Druck auf seinen Lungen. Alles in ihm schien sich nur noch aufs Atemholen zu konzentrieren. Wie in dem Moment seiner Panikattacke. Er wollte es noch einmal spüren, dieses Gefühl zu ersticken. *Nimm das, Benno! So wird es sich immer anfühlen, wenn du nicht endlich anfängst, dein Leben zu ändern!* Hier und jetzt löste er sich von den Ängsten, die ihn viel zu lange umklammert, und von seinen Schuldgefühlen, die ihm die Lebensfreude verwehrt hatten. Von dem Zorn auf all seine Mitmenschen, die ihn in dieser eisigen Nacht im Wrack im Stich gelassen hatten. Er ließ einfach los.

20

THEA

Ein Dröhnen weckte sie, laut wie ein Presslufthammer vor ihrem Fenster. Thea wartete darauf, dass das Geräusch verstummte, aber es ratterte, lediglich unterbrochen von regelmäßigen dumpfen Aufschlägen. *Was ist das?* Sie schaffte es, die Augen zu öffnen, schloss sie sofort wieder, weil es zu hell im Zimmer war. Dieses Hämmern drangsalierte ihren Schädel! Thea setzte sich auf und blinzelte in das gleißende Sonnenlicht, hielt es aus, bis sie endlich die Hummel erkannte, die standhaft versuchte, durch die geschlossene Scheibe zu fliegen.

Sie schob ihre Beine von der Matratze und wankte zum Fenster, öffnete beide Flügel und gab dem fliegenden Presslufthammer mit den Händen Hilfe beim Finden der Freiheit. Dann endlich schaffte es das brummende Insekt hinaus. Stille! Was für eine Wohltat.

Thea schlurfte in die Küche. Sie brauchte einen *café*! Hoffentlich half er gegen diesen elenden Kater. Gestern hatte sie allein eine Flasche Rotwein auf nüchternen Magen geleert. Keine gute Idee nach der Hitze des Tages und der Aufregung in der Praxis. Kein Wunder, dass sie nicht mehr wusste, wie sie überhaupt ins Bett gekommen war. Bruchstückhaft konnte sie rekapitulieren, dass Benno und Juli sie im Strohschuppen gefunden hatten. Und dann?

Die Espressokanne war heute schwerer als sonst. Ihre Beine fühlten sich wie Pudding an. Sie schob die Kanne auf den Herd und stellte eine Platte auf die höchste Stufe. Dann warf sie einen Blick in die geöffnete Tür des Wohnzimmers, wo Juli übernachtete. Aber die Klappcouch war leer, die Kissen aufgeschüttelt. «Juli?» Thea ging durch die kleine Diele. Auch das Bad war leer. Bis auf die alte Frau mit den tiefen Augenringen im Spiegel, die sie strafend anblickte. Sie schöpfte sich mehrere Hände kalten Wassers ins Gesicht, bis sie glaubte, etwas wacher zu sein.

Ein Zischen war zu hören. Sie lief in die Küche und beeilte sich, die Kanne vom Herd zu ziehen, goss sich den *café* ein. Erst jetzt fiel ihr ein, weshalb sie sich gestern betrunken hatte. Annikas lächelndes Gesicht. Ihr Mädchen, dem sie Tränen getrocknet und dessen blutende Knie sie versorgt hatte, das ihr auf den Schoß gekrabbelt war, wenn sie schlecht träumte, hatte sie für eine Fremde gehalten.

Was für ein beschissener Tag war das gewesen. Sie nahm einen Schluck und suchte nach etwas Essbarem, um ihren Magen zu beruhigen. Ein Stück von Bennos Sauerteigbrot war noch da. Mittlerweile war der Kanten hart, aber sie hatte gute Zähne, kaute darauf herum, bis sie ein Stück abreißen konnte.

Hinter ihrer Stirn hämmerten die Kopfschmerzen, und sie suchte in der Handtasche nach dem Fläschchen mit Pfefferminzöl, fand es unter einem Säckchen mit getrocknetem wildem Thymian. Sie tupfte ein paar Tropfen des Öls auf Stirn und Schläfen und massierte sie ein. Nach ein paar Sekunden schien ihr Alternativprogramm zu Kopfschmerztabletten den Schmerz zu lindern. Thea ließ die Ölflasche in ihre Hosentasche gleiten und trank den *café* aus. Sie musste Benno und Juli finden und schauen, wie die Stimmung war, nachdem sie gestern das verabredete Abendessen vergessen hatte.

Sie hörte ein brummendes Geräusch und dachte im ersten

Moment, es hätte sich wieder eine Hummel in die Wohnung verirrt. Das Geräusch kam aus Julis Zimmer. Thea schob die Tür auf und erkannte, dass auf dem Couchtisch ein Handy vibrierte. Sie trat näher, sah *MOM* auf dem Display, nahm das Gerät in die Hand. Sollte sie ...? Aber ihr war nicht wohl dabei, sie legte das Handy zurück auf den Tisch. Nach dem Rauswurf von Benno aus seinem Haus hatte sie ihre Lektion gelernt.

Draußen wölbte sich ein postkartengleicher Sommerhimmel über die Heide. Ein paar Schönwetterwolken schienen wie gepuffter Mais im Blau zu verschwinden. Das Geräusch eines Flugzeuges, das wahrscheinlich den Hamburger Flughafen ansteuerte, war zu hören. Sie sah hinauf, suchte es am Himmel. Wünschte sich, nach Portugal fliegen zu können zu Mateus und seiner Herde. Ihm erzählen zu können, dass sie Annika getroffen hatte. Und von ihrem Schmerz, ihrer tiefen Enttäuschung. Aber dann war das Flugzeug verschwunden. Es war Zeit, ihre Mitbewohner zu finden und etwas zurechtzurücken, was gestern im Chaos geendet hatte. Doch dann ging sie zuerst zur Koppel, um ihre Ziegen zu besuchen. Ein paar Streicheleinheiten und das verliebte Meckern der beiden würden ihr genug Kraft für ein weiteres Streitgespräch mit dem Herrn des Hofes geben. Ihre Flaschenkinder hüpften vor Begeisterung, als sie ihnen ausnahmsweise eine Karotte fütterte. Ihre kleinen Stummelschwänzchen wackelten freudig. Immer wieder stupsten sie Thea mit dem Kopf an und meckerten, als wollten sie ihr dringend ihre letzten Erlebnisse mit den anderen Tieren berichten. *Sie sind glücklich hier*, dachte Thea und streichelte ihre Hälse. *Und ich kann es auch sein, wenn ich mit meiner Vergangenheit abschließe.* Eine Weile saß sie im Gras und erzählte ihren Ziegen von Annika und dem Arztbesuch. Am Montagabend würde sie mit Edda offen reden. Sie wollte wissen, ob sie Krebs hatte oder nicht. Diese Ungewissheit, die ständige Angst war schlimmer als ein Ja oder Nein! Danach konnte sie endlich entscheiden, wie es weitergehen würde. In dieser Grauzone der Vermutungen fühlte sie sich gelähmt. Das würde sie nicht länger durchhalten. Thea stand auf und ging zum Tor, das zur Koppel führte. Aurélia und Clara verabschiedeten sie wehmütig meckernd. Aber als sie sich umsah, waren sie schon wieder zum Teich gelaufen, wo ihre neuen Freunde auf sie warteten.

Als sie von der Weide zurückkehrte, sah sie Bennos Pickup in die Hofeinfahrt biegen. Er war allein im Auto. Sie rüstete sich innerlich für ihr Gespräch.

«Morgen!», grüßte sie, als er ausstieg.

Seine Stirnfalten wurden tief. «Es ist fast elf!»

«Es tut mir leid, was gestern …»

Er zog einen Umschlag aus dem Fahrzeug. «Die haben das Bargeld nicht angenommen.»

Verdattert sah sie ihn an. «Was?»

«Dein Geld! Die zehntausend Euro. Meine Bank will einen Nachweis haben, woher das Geld stammt. Es gibt da ein neues Geldwäschegesetz.» Er atmete wütend aus.

«Geldwäsche? Ich habe das Geld für meinen Anteil an den Ziegen bekommen.»

«Hast du einen Vertrag?», fragte er, schon etwas ruhiger.

«Nein! Das haben wir mit Handschlag vereinbart!»

«Scheiße! Dann kannst du nicht nachweisen, woher du das Geld hast?»

Thea war durcheinander, weil dieses Gespräch in eine völlig andere Richtung driftete als erwartet. «Wie viel darf man denn einzahlen ohne Nachweis?»

«Das habe ich nicht gefragt!» Er hob abwehrend die Hände. «Aber jetzt haben die mich auf dem Kieker. Ich kann nur versuchen, meine Schulden in bar zu bezahlen. Bei Ludwig wird das klappen. Aber der Anwalt meines Futtermittellieferanten ist ein knallharter Typ. Er hat mir am Telefon klargemacht, dass er heute einen Überweisungsbeleg der Bank per E-Mail haben möchte.»

Er sah sie nachdenklich an. «Hast du ein deutsches Konto?»

«Nein! Ich habe damals alle Brücken hinter mir abgebrochen.»

«Verdammter Mist!», schimpfte der Hofbesitzer und trat mit seinem Fuß gegen einen Reifen seines Pick-ups. «Es ist wie verhext!»

«Lass uns reingehen und in Ruhe nachdenken», sagte sie. «Ich möchte mich noch wegen gestern entschuldigen.»

Sein Blick ruhte auf ihr, aber er sagte nichts.

«Ich hatte einen beschissenen Tag. Es tut mir sehr leid, dass ich dein Essen vergessen habe und ...»

«Sag das lieber Juli. Sie hat den ganzen Nachmittag gekocht und sich auf das Essen gefreut.»

Thea stockte. «Juli hat gekocht?»

«Wir beide, aber ihr hat das wirklich was bedeutet, weißt du?» Er ging davon. «Na komm! Sie sitzt auf der Terrasse. Du kannst selbst mit ihr reden.»

Unter dem Sonnensegel auf Bennos Terrasse ließ es sich auch am Mittag aushalten. Thea brachte den Topf mit dem Gärtnergulasch hinaus, Benno folgte mit der Schüssel Kartoffeln. Sie setzten sich und stießen mit Wasser an. «Wie gesagt, es tut mir echt leid wegen gestern Abend!» Thea tauchte eine

Hand ins Wasserglas und kühlte damit ihre Schläfen. Verdammte Kopfschmerzen!

«Alkohol ist der falsche Weg», sagte Benno und schöpfte sich eine Kelle vom Gulasch auf den Teller. Er hielt inne, sah sie an. «Ich weiß, wovon ich rede!»

«Ich weiß selbst, dass das eine dumme Idee war.» Thea zerdrückte eine Kartoffel, aß sie trocken.

«Willst du über Annika reden?», fragte Juli.

«Vielleicht später mal.»

Das Mädchen blinzelte ihr verständnisvoll zu.

«Was mache ich nun mit deinem Geld?», fragte Benno kauend. «Eigentlich müsste ich heute eine Überweisung machen, damit der Anwalt die Füße stillhält.»

«Du könntest es am Automaten einzahlen», sagte Juli. «Erst ab zehntausend Euro wollen sie einen Nachweis, ich habe es gegoogelt. Du warst einen Euro drüber.»

Benno ließ das Besteck sinken. «Ist nicht dein Ernst!»

«Doch! Ab Bareinzahlungen von zehntausend Euro sind sie zu einem Nachweis für das Geldwäschegesetz verpflichtet. Dann zahlst du eben erst einmal neuntausend ein.»

Aufgeregt sprang Benno auf, ging ein paar Schritte und setzte sich wieder. «Du bist großartig, weißt du das?»

Juli senkte den Kopf. Wahrscheinlich war sie es nicht gewohnt, gelobt zu werden. Thea legte ihr eine Hand auf den Arm. «Es schmeckt übrigens köstlich!»

«Ist ein Rezept von Bennos Großmutter.»

«Aber du hast es gekocht! Ich wusste gar nicht, wie toll geschmorte Gurken schmecken!»

«Nein, du klebst sie dir lieber ins Gesicht!», sagte Juli, und sie lachten zusammen.

Einen Moment klapperte nur das Besteck auf den Tellern. Eine Hummel brummte im Lavendel hinter Thea, aber nun war die Lautstärke dezent und erträglich. Sie goss sich Wasser nach. Die restlichen Flaschen ihres Lieblingsweines würde sie erst einmal wegschließen. Benno hatte recht, der Alkohol hatte alles nur schlimmer gemacht. Aus Frust oder Trauer zu trinken, war der falsche Weg. «Wie geht's jetzt weiter?», fragte sie. «Du kannst ein paar der Rechnungen zahlen, aber das reicht ja nicht.»

Benno lehnte sich zurück. «Ich hoffe, dass Juli mir hilft. Sie hatte gestern ein paar klasse Ideen!»

«Was denn für welche?», hakte Thea nach.

«Tierpatenschaften», sagte Benno. «Und der Hof bekommt einen Internetauftritt.»

Das Mädchen straffte die Schultern. «Wirklich? Du hast dich umentschieden?»

Der Hofbesitzer sah hinaus zum Moor. «Es ist besser, die Türen für die Tierliebhaber zu öffnen, als sie für immer zu schließen. Wenn Thea einen Neuanfang hinlegen kann mit ihren beiden Ziegen, dann werde ich das wohl auch schaffen.» Er sah Juli an. «Also, hilfst du mir?»

«Gleich nach dem Essen mache ich ein paar Fotos, und dann erstelle ich ein paar Profile für den Hof. Für dich natürlich auch. Das lernst du ganz schnell! Und wenn ich euch verlasse, bist du längst ein alter Fuchs im *Social Media*.»

Benno sah skeptisch zu Thea, sie schob lächelnd einen Bissen in den Mund, kaute und schluckte. Sollte sie ihren Versuch wagen? «Ich habe auch noch eine Idee.» Die Aufmerksamkeit von Benno hatte sie, er wirkte interessiert. «Ein Sommerfest! Das kannst du dann gleich im Internet posten. Und wir hängen ein paar Plakate auf. Flyer sind auch nicht mehr so teuer. Ich kann sie in der Stadt verteilen.»

Benno brauchte einen Moment. «Du meinst, ein öffentliches Fest hier auf dem Hof?»

«Natürlich! Denk doch mal nach! Da kannst du den Leuten deine Tiere vorstellen und Spenden einsammeln. Außerdem wird es Zeit, dich mal von deiner charmanten Seite zu zeigen.»

Er zog die Stirnfalten zusammen, aß weiter.

«Du kaufst ein paar Getränke, ich backe meine *pastéis de nata*, und für die Kinder gibt es Eis. Wir schmücken den Hof! Ich habe da schon einige Ideen!»

«Komm, Benno!» Julis Stimme klang begeistert. «Das wird der Aufhänger deines *Social-Media*-Debüts! Das Sommerfest auf dem Lebenshof. Zeig deinen Nachbarn, wer Benno Findeisen ist und was du in den letzten Jahren ganz allein hier geleistet hast!»

«Nun, wenn ihr meint!» Er rieb seinen Bart. «Aber nur wenn ihr mich dabei unterstützt! Dann kann ja nichts schiefgehen, oder?»

Thea sah erst ihn, dann Juli an und dachte daran, was an so einem Tag alles misslingen konnte. Aber sie lächelte und sprach es nicht aus. Diese kämpferische Stimmung, die Benno endlich an den Tag legte, wollte sie nicht vermiesen. Selbst wenn dieses Fest ein großer Reinfall wurde, weil das Wetter schlecht war, die Tiere nicht mitspielten oder kein Mensch die Einladung annahm, es war ein Anfang! Man konnte Mauern nur einreißen, wenn man den ersten Stein entfernte. Und Benno hatte endlich in seinem Schutthaufen von Leben Hammer und Meißel gefunden.

21

Ein Regenschauer trieb Juli zurück ins Trockene. Auch wenn sie sich mit ihrem Lauf-Hüpf-Stil mittlerweile zügig fortbewegte, schaffte sie es nicht schnell genug, dem Schauer zu entkommen. Immerhin hatte sie genug Fotos von der Koppel mit den Tieren für Bennos Internetauftritt machen können, bevor die ersten Tropfen fielen. Sie plante, damit ein Profil zu erstellen, das auf den sozialen Medien einen positiven Eindruck vom Lebenshof vermittelte.

Juli blieb unter einem Vordach des Stalles stehen, lehnte sich an die warme Backsteinwand und blickte in die Wasserfäden. Als habe Bennos Umdenken diesen Wettersturz verursacht. Seit dem Mittagessen war er unterwegs, um das Bargeld auf der Bank einzuzahlen und Überweisungen an die wichtigsten Gläubiger zu tätigen. Thea war in ihrem *apartamento*, wie sie es nannte, verschwunden, um das Sommerfest zu planen, das am übernächsten Wochenende stattfinden sollte. Es war viel zu tun, aber endlich wurde dieser stille Ort durch etwas gänzlich Neues aufgerüttelt. Das hieß Aufbruchsstimmung.

Das Trommeln auf dem Blechdach gegenüber war wie ein wohltuendes Musikstück, das sie vermisst zu haben schien. Schon am Nachmittag war das Wetter umgeschlagen. Dichte Wolkenkämme zogen von Norden herein, verhängten die Sonne, ließen das aufgeheizte Land etwas abkühlen. Wind frischte auf, und schließlich öffneten sich die Schleusen. Ein ausgiebiger Landregen ging über der Heide nieder. Der

Boden war längst rissig von der Trockenheit geworden, das Gras teilweise gelb und kraftlos. Die Hitze war in den letzten Wochen in die Gebäude gezogen, hatte die Wände und Dächer aufgeheizt und sich auch nachts bei geöffnetem Fenster nicht mehr vertreiben lassen. Endlich kühlte der ersehnte Regen das Land.

Seit gestern blieb ihr Handy erstaunlich ruhig. Hatte ihre Mutter die Kontrollanrufe aufgegeben? Sie zog es aus der Tasche, schaute in den Verlauf der unbeantworteten Anrufe. Am Vormittag war der letzte eingegangen. Juli steckte es wieder weg, lauschte dem Regen. Es war besser so. Sie mussten beide ihr altes Leben loslassen, das sie aneinandergefesselt hatte. Vielleicht konnte ihre Mutter nun doch noch ein erfüllteres Dasein führen, als für das Kind zu sorgen, durch das sie so viel verpasst und dem sie so viele Schuldgefühle eingeredet hatte. Toxische Beziehungen existierten auch zwischen Eltern und Kindern. Irgendwann war sie reif genug gewesen, um ihre Verbindung als eine solche wahrzunehmen. Und sich zu lösen.

Opili! Sie sah nach oben. *Du hast immer versucht, uns zu einem normalen Umgang zu bringen. Was hast du nicht alles unternommen, aber auch du warst mit deinem Latein am Ende.* Sie spürte ihr Herz schwer werden. Der Verlust schien sie kurz zu erdrücken. Den einzigen Menschen zu verlieren, von dem man geliebt wurde, war wie ein endloses Fallen in die Dunkelheit. Man musste sich allein wieder zum Licht emporkämpfen. Und wenn sie nun hier über diesen vor Nässe tropfenden Garten sah, die Backsteingebäude mit dem leicht abgewetzten Charme, diese geordnete Wildheit des Nutzgartens, das Kesselhaus mit Theas aufmüpfigem Geist darin, dann schien sich die Trauer in ihrem Leben zu verflüchtigen. Nun hatte sie zum ersten Mal das Gefühl, wirklich etwas bewegen zu können, wenn sie half, diesen verwunschenen Gnadenhof für seine Bewohner zu retten.

Julis Gedanken wanderten zu Benno, der hier gegen Windmühlen ankämpfte, um alles am Laufen zu halten, und sie fragte sich, wie es sich anfühlen würde, wenn er ihr Vater wäre. Die Vaterfigur ihrer Träume war, je älter sie wurde, mehr und mehr verblasst. Als Kind hatte sie sich eingeredet, er wüsste gar nicht, dass sie existierte, würde sofort zu ihr eilen, wenn er von seiner Tochter erfuhr. Mit zwölf, als ihre Mutter ihr einen Brief von ihm gezeigt hatte, in dem er die Schwangerschaft abtat und ihr unterstellte, zu der Zeit mit einer Menge Männer im Bett gewesen zu sein, sodass er unmöglich der Vater sein konnte, hatte sie sich einen eigenen Vater erdacht. Groß und mit starken Armen, der die Natur und ihre Geschöpfe ebenso liebte, wie sie es tat. Benno war so ein Typ, keine Frage. Gestern, als sie miteinander gekocht und geredet hatten, war für sie beide eine besondere Situation entstanden, das hatte Juli gespürt. Auch wenn sein Sohn ihn nicht vermisste, weil er sich nach gut zwanzig Jahren ohne ihn wahrscheinlich kaum an Benno erinnern konnte, gab es genug, was es an ihm zu vermissen gab. Und in diesem Moment war Juli klar geworden, dass sie Claas kennenlernen wollte. Sollte er ihr doch ins Gesicht sagen, dass er sich nicht für seinen leiblichen Vater interessierte. Denn sie selbst hätte alles darum gegeben, ihren leiblichen Vater zu finden. Aber der Mann von dem Briefumschlag lebte nicht mehr an dieser Adresse und war auch im Internet nicht aufzuspüren. Sie hatte es lang genug versucht. Zu gern hätte sie von ihm selbst gehört, was er darüber dachte, eine Tochter zu haben, die er nie gesehen hatte.

Der Regen ließ nach, und sie verließ das Vordach, um zum Kesselhaus zu gehen. Doch dann blieb sie stehen, weil auf dem Weg zu Bennos Haus ein Fremder auftauchte. Der junge Mann sah sie verwirrt an. «Wer bist du denn?», fragte er.

«Und du?», antwortete sie mit einer Gegenfrage.

«Hannes! Ich jobbe hier.» Er kam näher.

«Juli. Ich wohne hier.»

Er war einen halben Kopf größer als sie, trug Jeans und ein T-Shirt, darüber eine durchweichte Trainingsjacke. «Bei Benno? Das glaube ich nicht.»

«Nein, bei Thea!» Sie wies zum Kesselhaus.

«Ah, die neue Mieterin. Benno hat erzählt, dass sie kommt. Nur nicht, dass sie eine Tochter hat.»

«Sie ist nicht meine Mutter.» Juli blieb vor ihm stehen. «Bist du bei diesem Wetter mit dem Rad gekommen?»

Er überkreuzte die Arme, warf einen Blick auf die Gehhilfen. «Hat es dich auf die Fresse gelegt?»

Juli drängte sich an ihm vorbei. «Benno ist unterwegs.»

«Wann kommt er wieder? Wir wollten einen Kaninchenstall bauen.»

Sie drehte sich um, sah mitleidig auf seine durchweichten Klamotten. «Du solltest dich erst mal abtrocknen. Komm mit, ich stelle dir Thea vor.»

Hannes trottete hinter ihr her. Am Kesselhaus angekommen, zog er die nasse Jacke aus und hängte sie an den Stuhl vor der Haustür.

Thea empfing sie mit einem Bleistift zwischen den Lippen. Sie nahm ihn heraus und sah sich den neuen Gast genau an. «Du bist also Bennos Gehilfe, der mehr blaumacht, als hier anzupacken?»

Sein Gesicht verhärtete sich. «Ich arbeite unter der Woche

bei meinem Vater, da kann ich nicht jeden Tag auf dem Hof helfen. Außerdem bezahlt Benno nicht pünktlich.»

«Na komm rein!» Sie ließ die beiden in die Küche treten und brachte ein paar ihrer Puddingtörtchen zum Tisch.

«Hast du auch Tee?», fragte Juli.

«Draußen im Kräuterbeet ist Pfefferminze.»

«Gut!» Juli wollte aufstehen.

Hannes kam ihr zuvor. «Ich hole welche.» Er war schon draußen, bevor sie etwas sagen konnte.

«Hübscher Junge», sagte Thea und füllte die Espressokanne. «Ich glaube, du gefällst ihm.»

«Ach was! Und wenn, der hat garantiert eine Freundin.»

Thea schraubte die Kanne zu. «Das weißt du doch gar nicht!»

«Ich bin nicht hier, um einen Jungen kennenzulernen. In ein paar Tagen wandere ich weiter. Hast du das vergessen?»

«Ja, ja! Ich sagte ja nicht, dass du ihn heiraten sollst.»

«Wie gefällt dir eigentlich Benno?», wich Juli aus. «Er ist doch eine gute Partie für dich. Er ist im richtigen Alter, Hofbesitzer und kann kochen! Wenn er das mit den Schulden noch hinkriegt ...»

Thea zog die Augenbrauen hoch. «Ich wohne hier zur Miete. Habe gerade andere Probleme, als mit meinem Vermieter einen Flirt anzufangen, der gründlich schiefgehen würde. Wir sind ziemlich gegensätzlich, das ist dir doch klar, oder?»

Hannes kam wieder herein und reichte Thea ein paar Pfefferminzstängel. Sie bedankte sich mit einem Nicken. «Du trinkst doch einen *café* mit mir?»

Bennos Aushilfe nickte. «Klar.» Er setzte sich neben Juli, die ihr verletztes Bein ausgestreckt hatte.

«Erzählst du mir, wie das passiert ist?» Sein Ton war zurückhaltend. Es schien ihn wirklich zu interessieren.

Juli berichtete von ihrem Sturz im Wald. Und der Begegnung mit dem Wolf.

Hannes' Mund stand offen. «Ach du Scheiße!»

Thea wedelte mit einem Wischtuch herum. «Ein Glück, dass Benno sie gefunden hat.»

«Der Wolf war ganz harmlos», widersprach Juli.

«Schon klar!» Hannes schüttelte den Kopf.

«Was arbeitest du?», fragte Thea.

«Ich bin Tischler, in der Firma meines Vaters.» Der Gast nahm eines von den *pastéis de nata*. «Er will nicht, dass ich bei Benno jobbe, aber am Wochenende kann ich machen, was ich will.» Er biss in das Puddingtörtchen, kaute, bis nochmals hinein. «Lecker!»

«Die werde ich für das Sommerfest backen.» Thea brachte Juli die Teetasse und ein Glas von Bennos Honig.

«Sommerfest?» Hannes nahm noch ein Puddingtörtchen.

«Hier auf dem Hof. Du hilfst doch mit?» Thea goss Kaffee ein und erzählte, wie sie sich das Fest auf dem Hof vorstellte.

Hannes lehnte sich mit einer skeptischen Miene zurück. «Klar! Und Benno ist einverstanden?»

«Natürlich!»

«Letzte Woche wollte er noch eine Kette am Tor anbringen, jetzt richtet er ein Fest aus.»

Thea setzte sich zu ihnen und lachte. «Hier hat einfach etwas Frauenpower gefehlt!»

Benno war zwischenzeitlich zurückgekommen und hatte Hannes gebeten, ihm zur Hand zu gehen. Der Junge hatte sich bei Thea für die Bewirtung bedankt und Juli einen langen Blick geschenkt, als wolle er sie noch etwas fragen. Dann war er doch ohne ein Wort gegangen.

Juli sortierte die Fotos auf ihrem Smartphone, als Thea sich zu ihr setzte. «Deine Mutter hat heute Vormittag angerufen.»

Sie schaute auf. «Und?»

«Hast du mal zurückgerufen?»

«Nein.»

Thea atmete tief ein. «Und warum nicht? Sie macht sich bestimmt Sorgen um dich.»

Juli fing ihren Blick auf, in dem ein seltsamer Ausdruck lag. «Sie sorgt sich nur um sich selbst.»

«Tust du ihr da nicht unrecht?»

«Bitte, du kennst sie nicht! Ich mische mich auch nicht in dein Leben ein.»

Thea schwieg und drehte den Bleistift in den Händen. «Du hast mich gefragt, ob ich dir von meiner Ziehtochter erzählen möchte.»

Juli legte das Handy weg. «Ja?»

Sie zögerte, schien nicht zu wissen, wie sie beginnen sollte. «Ich bin mit Mitte zwanzig mit einem Mann zusammengekommen, der alleinerziehender Vater einer einjährigen Tochter war, Artur und Annika. Wir sind schnell zusammengezogen. Für mich war es die große Liebe, und ich habe seine Tochter wie meine eigene mit ihm gemeinsam aufgezogen. Ich wollte gern noch ein Kind mit ihm, aber es hat nicht geklappt.» Thea schwieg einen Moment, der Bleistift in ihren Händen lag still. «Kurz vor unserer Hochzeit habe ich mitbekommen, dass er eine andere hat. Ich habe sie in flagranti erwischt.»

«Scheiße!»

«Du sagst es.» Thea sammelte sich, weil ihr das Thema sehr nahezugehen schien. «Ich kannte die Frau. Das war das Fatale daran. Sonst hätte ich ihm vielleicht den Seitensprung noch irgendwann verzeihen können.» Ihre Stimme zitterte. «Aber nicht, wenn er dich mit deiner besten Freundin hintergeht. Und sie dich mit deinem zukünftigen Mann.»

Juli wusste nicht, was sie sagen sollte. Sie griff nach Theas Hand und drückte sie.

«Annika war damals sechs Jahre alt. Ich bin richtiggehend ausgeflippt. Artur hat mich vor die Tür gesetzt.» Sie presste ihre Lippen zusammen und schloss kurz die Augen. Dann war sie wieder im Hier und Jetzt. «Ich durfte die Kleine nicht mehr sehen. Und er hatte jedes Recht dazu, also im juristischen Sinne. Aber moralisch hat er mir mein Kind entzogen. Die Kleine wird sicherlich auch sehr unter der Trennung gelitten haben.»

«Und deine Freundin?»

Thea stieß einen wütenden Laut aus. «Britta? Sie ist dem Konflikt ausgewichen, ist nie mehr bei mir aufgetaucht, hat auf keinen meiner Anrufe reagiert. Unsere Freundschaft war ihr scheinbar nicht so wichtig. Bei Artur und seiner Tochter ist sie dann ganz schnell eingezogen.»

Juli hörte die Erregung in ihrer Stimme. Eine alte Wut, die immer noch da war. «Bist du deshalb nach Portugal ausgewandert?»

Thea nickte. «Ich musste einfach weit weg von hier.»

«Hat es geholfen?»

Sie stand auf und ging zum Fenster, blieb mit dem Rücken zu Juli stehen. «Anfangs ja! Lissabon war aufregend und neu, es waren viele Eindrücke, die meinen Schmerz in den Hintergrund geschoben haben.» Sie wandte sich ihr zu. «Aber egal, wie weit du läufst, du kannst vor so tiefen Verletzungen nicht fliehen. Sie holen dich immer irgendwann ein.»

Juli sah sie nicht an.

«Sprich mit deiner Mutter! Räume aus, was zwischen euch steht.»

«Sie macht mich dafür verantwortlich, dass sie so unglücklich ist. Was soll ich da klären?»

«Du bist immer noch ihre Tochter! Wenn sie froh wäre, dass du weg bist, würde sie dich dann anrufen?»

«Sie will mich kontrollieren und mir sagen, dass ich wieder mal falschliege. Wenn sie von meiner Verletzung erfährt, ist das doch Bestätigung genug.»

«Und wenn sie einfach nur wissen will, ob es dir gut geht?»

«Sie hat mich noch nie gefragt, ob es mir gut geht.»

Thea legte ihren Kopf schief, dann hockte sie sich vor Juli und legte beide Hände auf ihre Knie. «Ich bin froh, dass du hier bist. Ich wünschte mir, eine Tochter wie dich zu haben. Bleib, so lange du willst.»

Juli beugte sich nach vorn und legte ihre Arme um Thea. Und sie spürte, dass sie beide diese Umarmung gebraucht hatten.

22

Mit der Dämmerung ließ der Regen nach. Auf dem Vorplatz hatten sich große Pfützen gebildet, weil das Wasser in dem hart getrockneten Boden nicht abfließen konnte. Die Tiere hatten die Abkühlung an diesem Tag sicherlich genossen, sie kamen pudelnass und hungrig in die Boxen. Hannes half Benno bei der Fütterung und versprach, am nächsten Tag wiederzukommen. Benno hatte das Gefühl, dass nicht allein der Lohn, den er ihm bar in die Hand gedrückt hatte, der Grund war. Der Junge hatte ihn über Juli ausgefragt. *Woher kommt sie, wie lange bleibt sie, was weißt du noch über sie?*

Endlich zog er sich die Gummistiefel von den Füßen und ließ seine Arbeitskleidung im Waschkeller liegen. Er freute sich auf die Stille in seinem Haus und ein paar deftig belegte Brote. Seine Routinen waren in den letzten Tagen komplett durcheinandergewirbelt worden. Er brauchte seine Ruhephasen, auch wenn er verstanden hatte, dass sein zurückgezogenes Leben der Vergangenheit angehörte. Der neue Benno war motiviert. Aber alte Gewohnheiten, die sich über Jahre eingeschliffen hatten, abzulegen war beinahe schwerer, als dem Alkohol abzuschwören.

Er ging in die Küche, holte Eier und Parmesan aus dem Kühlschrank, schnitt Tomaten auf und quirlte das Ei, um zum Brot ein Omelett zu braten. Sofort gesellten sich die Katzen zu ihm, denen er die Näpfe füllte, während das Ei in der Pfanne stockte. Der Hundenapf blieb wie jeden Abend im Regal stehen. Anfangs hatte er ihn nicht ansehen können, ohne tiefe Trauer zu spüren. Nachdem Fiene, seine treue Labrador-Hündin, gestorben war, schien seinem Leben lange Zeit die Farbe entzogen worden zu sein. Er war wie betäubt gewesen, als hätte man ihm ein Stück seines Körpers amputiert. Sie war ein Teil Familie gewesen, wie alle seine Tiere auf dem Hof. Und seine einzige echte Freundin. Mit ihrem Tod kurz vor Weihnachten war er in eine tiefe Trauer gestürzt, hatte seine Geschäfte schleifen lassen und keine Motivation gefunden, ausbleibende Gelder zu kompensieren. Das hätte nicht passieren dürfen. Auch für alle anderen Hofbewohner hatte er eine Verantwortung übernommen. Er schob den Hundenapf nach hinten. Irgendwann würde er so weit sein, sich einen neuen Hund anzuschaffen. Ihm fehlten die langen Spaziergänge und die überschwängliche Begrüßung an jedem Morgen, das Gefühl, bedingungslos geliebt zu werden. Nein, noch war er nicht über Fiene hinweg.

Benno schaltete die Gasflamme aus und wendete das Omelett, ließ es nur noch in der heißen Pfanne ziehen. Er holte die Butter aus dem Kühlschrank und setzte sich an den Tisch, blickte auf sein Gedeck. Etwas fehlte.

Er überlegte, und ihm wurde mit einem Mal bewusst, dass er sich zu schnell an die zwei weiteren Gedecke auf dem Tisch gewöhnt hatte. Gesellschaft war es, die er vermisste.

Er zog sein Buch heran, das er vor Tagen begonnen hatte, konnte sich jedoch nicht konzentrieren. Immer wieder sprangen seine Gedanken zu dem geplanten Fest, das ihm schwer im Magen lag. Der Öffentlichkeit die Tore des Hofes zu öffnen, war eine riesige Überwindung für ihn. Benno wusste, dass nicht nur Tierliebhaber kommen würden, sondern sicherlich auch die notorischen Gegner seines Lebenshofes die Möglichkeit nutzen würden, sich hier umzusehen, um ihn mit ihrer ständigen Kritik an seiner empfindlichsten Stelle zu treffen, seinem Lebenswerk. Die Nörgler würden kommen und wahrscheinlich eine Menge Kinder, auch solche, die kein Gefühl für den Umgang mit Tieren hatten, keine Grenzen kannten oder diese einfach missachteten. Aber er hatte nun einmal Ja gesagt, konnte nicht mehr zurück. Und er verstand auch, warum er laut Juli den Hof der Öffentlichkeit zugänglich machen musste. Die Kosten waren enorm gestiegen. Alles war teurer geworden durch die Pandemie, die Kriege, die Energiekrise. Lebenshaltungskosten, Futtermittel, Heizkosten, Tierarztkosten. Einfach alles. Er musste neue Wege finden, um diesen Hof zu finanzieren. Einige der zum Hof gehörenden Wiesen hatte er verpachtet. Davon lebte er sein bescheidenes Leben. Die Spenden, die er durch seinen nicht eingetragenen Verein hatte sammeln können, flossen komplett in die Haltung seiner Tiere. Aber diese Spenden waren beinahe versiegt. Die Ersparnisse seiner Eltern, die ihn in den letzten Jahren finanziert hatten, aufgebraucht. Er musste neu und offen denken, um in Zukunft die Finanzierung zu sichern. Und er musste sich um einen zweiten Mieter kümmern, der neben Thea einziehen konnte. Aber dieser musste zu ihrem Naturell passen. Sonst konnte es hier mit der Ruhe gänzlich vorbei sein. Nachbarschaftsstreitigkeiten würde er nicht tolerieren.

Immerhin hatte er heute die ersten drei Gläubiger auszahlen können. Noch waren fünfundzwanzigtausend Euro offen, und er musste ja auch die laufenden Kosten hinzurechnen. Die Kuh war längst nicht vom Eis. Die Zukunft des Hofes hing nun von diesem Fest ab, das er zu einem Erfolg führen wollte. Egal, wie sehr er sich dafür verbiegen musste.

Der nächste Morgen war trocken, aber noch zog ein dichter Wolkenvorhang von Westen herein. Benno war in der Nacht von einem Sturzregen aufgewacht, weil er das Fenster wie in den letzten Nächten weit geöffnet gelassen hatte. Er war liegen geblieben und hatte dem gleichmäßigen Rauschen gelauscht wie einem beinahe vergessenen Musikstück, das er lange nicht mehr gehört hatte. Nun frischte der Wind auf, vertrieb das Regengebiet gen Osten.

Benno trank seinen Chilikaffee, fütterte die Krähe und ging hinüber zum Stall. Auf dem Weg wich er den Pfützen aus, in denen tagsüber lärmend die Spatzen badeten. Er kontrollierte eine der Regentonnen, die randvoll bis zum Deckel war. Später würde er alle Tonnen abschöpfen und die Gießkannen füllen, denn der nächste Hitzeschub war vom Wetterbericht schon angekündigt worden.

Er zog das Tor auf. Im Stall roch es wie in seinen Kindheitstagen. Benno verharrte am Zugang der Boxen, ließ die Erinnerungen zu, wie er als Halbwüchsiger Stunden bei seinem Pony verbracht hatte. Bilder wie mit Weichzeichner bearbeitet. Er dachte daran, wie schmerzvoll es ausgegangen war. Als seine Schulleistungen abfielen, weil er wegen seines kleinen Freundes das Lernen und seine Hausaufgaben vernachlässigte, hatte sein alter Herr das Pony kurzerhand verkauft. So war sein Vater gewesen, pragmatisch und emotionslos. Tiere waren immer nur Nutztiere für ihn gewesen. Seine Mutter hatte zu vermitteln versucht, aber auch sie hatte nicht viel ausrichten können. Bennos Vater war ein harter Mann gewesen, unter dem seine Mutter und er gelitten hatten, bis ihn eines Tages ein Herzinfarkt niedergestreckt hatte und Benno viel zu früh die Verantwortung für den elterlichen Betrieb übernehmen sollte. Doch Benno wollte kein Bauer sein. Er verpachtete die

Flächen, arbeitete lieber in seinem Beruf als Triebfahrzeugführer, schaffte alles ab, was nach Einstellung der Landwirtschaft nicht mehr hier gebraucht wurde. Seine Eltern lebten nicht mehr, aber der Hof war noch da und dieser Geruch im Stall, der auch ihn selbst noch überdauern würde.

Er ging zur Box am Ende, wo Rosi in einer Ecke im Stroh lag. Die Sau der kleinwüchsigen Rasse Kunekune war mit ihrem behaarten, auffällig gefleckten Körper immer ein besonderer Blickfang neben den Hausschweinen auf der Weide. Gestern hatte er sie im Stall gelassen, weil sie ihm Sorgen machte. Rosi fraß nicht, zog sich seit ein paar Tagen von ihren Artgenossen zurück. Er holte ein Taschenmesser und einen Apfel aus der Jackentasche und hockte sich neben sie. Die drei Mitbewohner kamen näher, grunzten interessiert. «Ihr kommt gleich raus auf die Weide!»

Dann schnitt er den Apfel auf, begann zu essen. Rosi liebte es, von ihm gefüttert zu werden. Aber heute reagierte sie nicht. Er hielt ihr einen Apfelschnitz hin. «Mädchen. Was ist nur los mit dir?» Ihre Nase bewegte sich, schnüffelte, aber sie schnappte nicht zu. Benno steckte das Taschenmesser ein, warf die Apfelspalten zu den drei Hausschweinen und legte sich neben die kleinwüchsige Sau ins Stroh. Er begann, ihr den Bauch zu massieren. Sie hielt ihre Augen geschlossen, genoss die Kuscheleinheit, legte ihren Kopf in Bennos Armbeuge. Was, wenn sie weiterhin das Futter ablehnte?

Erst jetzt bemerkte er das nervöse Schnauben einer Stute im vorderen Teil des Stalles. Er stand vorsichtig auf und ging hinüber, öffnete die Holztür zur Pferdebox. Eine der Stuten stand am Rand und warf nervös den Schweif, als er eintrat. Die andere lag am Boden, konnte kaum den Kopf heben. *Scheiße*, dachte er. Auch das noch! Vorsichtig führte er das gesunde

Tier hinaus, band es an. Dann ging er erneut zu der liegenden Stute, die schwer atmete. Er kniete sich neben sie, strich über ihren Körper, spürte die angespannte Bauchmuskulatur. Das war gar nicht gut! Er sah die Angst in ihren Augen. Sie zog die Oberlippe nach oben und zeigte die Zähne, eine Schmerzreaktion. Alles an ihr flehte ihn an, ihr zu helfen. Was nun?

Hinter ihm polterte etwas, dann hörte er Schritte. «Benno?» Theas Stimme.

«Hier!»

Sie kam zur Box. «Oh Gott! Was ist denn hier los?»

«Die Stute hat wahrscheinlich eine Kolik.»

Thea hockte sich neben ihn. «Und was bedeutet das?»

«Es kann eine Verstopfung sein, ein Darmverschluss oder Ähnliches. Auf jeden Fall ist es wahnsinnig schmerzhaft und lebensgefährlich!»

«Ja, dann hilf ihr!»

Er sah die leidende Stute an. Es ging ihm nah, nichts tun zu können. «Das kann nur der Tierarzt.»

Thea sah ihn anklagend an. «Na, dann ruf ihn an!»

Benno strich vorsichtig über den geblähten Bauch. Die Stute atmete schwer, machte ein Angstgesicht. «Er wird nicht kommen. Ich habe die letzten Rechnungen nicht bezahlt.»

«Das darf doch jetzt nicht wahr sein! Dann bezahlst du sie eben heute! Du hast doch noch Geld von mir über, oder?»

«Ja, tausend Euro. Die brauchen wir für das Fest.»

Thea hockte sich neben die Stute und begann vorsichtig ihren Kopf zu streicheln. «Vergiss dieses Fest! Sie hat Schmerzen!», herrschte sie ihn an. «Ruf den Arzt an!»

«Ja, klar!» Benno lief aus dem Stall zum Wohnhaus, wo sein Handy lag. Er rief in der Tierarztpraxis an, dort nahm niemand ab. Es war sieben Uhr morgens. Irgendwo hatte

er doch diese Notrufnummer. Er fand sie, wählte und wartete. Spürte seine Anspannung, bis endlich eine verschlafene
Männerstimme am Apparat war. Benno erklärte dem Veterinär seine Notlage.

«Herr Findeisen. So gern ich helfen würde! Ich habe Ihnen
schon mal gesagt, dass ich nicht ...»

«Ich habe Geld!», fiel er ihm ins Wort. «Kommen Sie!
Bitte! Ich zahle alles, was offen ist. Und die Behandlung von
heute.»

Stille am anderen Ende.

«Ich habe das Geld hier. Die Stute überlebt diesen Tag
nicht, wenn wir ihr nicht helfen.»

«Gut, ich komme.»

Benno lief zurück und nahm das Handy mit. Als er wieder
in die Box trat, sah er Thea auf dem Boden sitzen. Sie hatte
ihren Rücken an die Wand gelehnt und hielt den Kopf des
Pferdes auf ihrem Schoß, redete beruhigend auf die Stute ein.
Sie sah zu ihm auf. «Kommt er?»

«Ja, er ist unterwegs.» Benno hörte das ungeduldige
Scharren und Lärmen der anderen Stallbewohner. «Ich muss
die anderen auf die Weide bringen.»

«Mach das, ich bleibe hier. Ich glaube, sie spürt, dass wir
ihr helfen wollen.»

Als Benno mit den Tieren den Stall verließ, sah er Juli über
den Vorplatz humpeln. Er erklärte ihr die Situation und bat
sie, auf den Tierarzt zu warten und ihn zu Thea zu bringen,
wenn er ankam. Dann führte er seine Tiere auf die Koppel.
Heute Morgen ging es ihm nicht schnell genug, bis auch endlich die letzten Nachzügler durch das aufgesperrte Tor auf die
Weide trotteten. Als er zurück zum Hof kam, stand der VW
des Arztes neben seinem Pick-up. Er eilte sofort in den Stall.

«Ja, hoch mit dir!», hörte Benno die tiefe Stimme des Veterinärs. Er betrat die Box. Der Tierarzt versuchte, die Stute zum Aufstehen zu bewegen. Sie schaffte es beim dritten Anlauf, auf die Beine zu kommen. Der Arzt maß ihre Temperatur und die Herzfrequenz. Mit dem Stethoskop hörte er Bauch und Flanke ab. «Ich höre leichte Darmgeräusche. Darmtätigkeit ist noch vorhanden. Ich gebe ihr erst einmal was Krampflösendes und ein Schmerzmittel», sagte der Arzt. «Vielleicht kommen wir um eine OP herum.» Er suchte in seiner Arzttasche nach den Medikamenten.

Die Stute warf unruhig den Schweif, ihre Augen waren immer noch vor Angst geweitet, ihr Fell glänzte vom Schweiß. Benno hielt die Stute am Halfter und redete leise auf sie ein, bis der Tierarzt ihr die Mittel gespritzt hatte.

«Ich bleibe noch etwas hier.»

«Gut, danke, Doktor Petersen. Ich hole mal ihre offenen Rechnungen und das Geld.»

Der Arzt deutete ein Nicken an. «Danke!»

«Könnten Sie sich noch eine Kunekune-Sau ansehen? Sie liegt dahinten in der Box. Sie nimmt seit zwei Tagen keine Nahrung auf.» Er führte den Arzt zu Rosi, damit er sie untersuchen konnte.

Benno verließ die Box und ging zu Thea und Juli, die im Gang lehnten. Thea war blass. «Vielleicht helfen der Stute die verabreichten Medikamente», versuchte er sie aufzubauen.

«Wie kann denn so was passieren?», fragte Juli. Ihre Stimme zitterte vor Aufregung.

Benno lehnte sich neben sie an die Wand. «Vielleicht hat sie etwas Falsches gefressen. Oder eine Darmschlinge hat sich verdreht. Es können auch Parasiten sein.» Er legte seine

Hand auf Julis Schulter. «Pferde sind da leider sehr anfällig. Hoffen wir, dass ich sie früh genug gefunden habe.»

«Was passiert, wenn die Medikamente nicht helfen?»

Benno antwortete nicht, doch Juli hielt seinen Blick, erwartete eine Antwort. «Dann muss sie wahrscheinlich operiert werden.» Er schluckte an diesem Satz. Eine OP mit Nachsorge konnte schnell fünf-, sechstausend Euro kosten. Wie sollte er das Geld auftreiben? «Hoffen wir, dass das nicht passiert.»

«Hast du den Arzt schon bezahlt?», fragte Thea.

Benno schob sich von der Wand ab. «Nein, noch nicht. Ich hole mal im Haus das Bargeld. Bleibt ihr so lange hier?»

«Ich gehe hier nicht weg, bis es ihr besser geht!» Juli setzte sich ins Stroh, stellte demonstrativ die Gehhilfen an die Wand.

Thea begleitete Benno zur Tür. «Ich hole uns was zum Frühstück.»

23

THEA

Jesus! Was für ein Morgen! Thea atmete die klare Luft tief in ihre Lungen, beugte sich nach vorn und schüttelte das Stroh aus den Haaren. Dann ging sie zur Koppel, um ihre Flaschenkinder zu sehen. Sie brauchte gerade jetzt ihre Zuneigung und ihr gut gelauntes Meckern. Clara und Aurélia turnten auf einem Stapel aus Holzstämmen herum und kamen sofort zu ihr gelaufen, um sie zu begrüßen. Selbst Rudolf, der Ziegenbock, begleitete sie, blieb jedoch auf Abstand, als Thea sich ins Gras setzte und mit den Ziegen herumalberte.

Aber es half nichts, sich den Ziegen zu widmen, das Gedankenkarussell raste weiter. Ihre Sorgen schienen wie festgetackert in ihrem Kopf. Die Zukunft des Hofes, ihr Termin am Montagabend in der Arztpraxis, das Wiedersehen mit Annika. Und dann dieser Notfall am Morgen. Die letzten Stunden im Stall hatten all ihre Kraftreserven aufgebraucht. Das Leid eines Tieres mitansehen zu müssen, war unerträglich. Schon in Portugal waren es dunkle Tage gewesen, wenn eine der Ziegen sich verletzt hatte oder gar gestorben war. Aber das gehörte dazu, wenn man Tiere hielt oder mit ihnen arbeitete. Freud und Leid lagen immer nah beieinander. Ein geliebtes Tier gehen zu lassen, war hart. Aber es gab kaum etwas Schlimmeres, als es mit Schmerzen oder in Todesangst leiden zu sehen.

Vor ein paar Minuten hatte Benno mithilfe des Tierarztes die kranke Stute vorsichtig in den Pferdeanhänger bugsiert. Das Schmerzmittel hatte zwar erst einmal bei ihr angeschlagen, aber auf Anraten des Arztes kam sie nun zur Beobachtung in die Tierklinik. Es war sicherer für sie, falls sich die Kolik nicht durch die Medikamente auflöste und doch eine OP notwendig sein sollte. Dass Benno das Schicksal seiner Stute naheging, hatte man ihm deutlich angesehen. Er war wortlos davongegangen, als der Tierarzt mit dem Anhänger vom Hof gefahren war. Wie ein gebeugter alter Mann hatte er ausgesehen.

Auch Juli hatte allein sein wollen. Doch Hannes, der am Vormittag wieder auf dem Hof aufgetaucht war, hatte nicht lockergelassen und sie zur Bank unter der Eiche begleitet. Letztendlich war Juli einverstanden gewesen, unter der Bedingung, dass er später dabei half, die einzelnen Tiere für den neuen Internetauftritt des Lebenshofes zu fotografieren. *Der Junge hat sich in die kleine Waldfee verguckt*, dachte Thea. Die Liebe fand auch in dunklen Stunden ihren Nährboden, was Thea ein Lächeln entlockte.

Sie blinzelte in die Sonne, die sich mehr und mehr gegen die dichten Wattebäusche am Himmel durchsetzte. Schon war es wieder so warm geworden, dass es in den Büschen und Bäumen von Insekten summte und brummte. Die großen Pfützen trockneten an den Rändern bereits aus. Bald würde der Regenschauer von gestern vergessen sein.

So wie ich vergessen bin, dachte sie, und ihr Herz wurde schwer. War sie nicht selbst schuld daran, dass ihr kleines Mädchen nach fünfundzwanzig Jahren ihrer Abwesenheit nicht mehr wusste, wer sie war? Dennoch war in ihr ein Funken Hoffnung gewesen. Dass Artur von ihr erzählt hatte, dass Annika gemeinsame Fotos von ihr besaß. Sie hatte in ihren ersten Lebensjahren eine große Rolle gespielt! Thea hatte sich davongestohlen, war von einem Tag auf den anderen aus

Annikas Leben verschwunden. Was hatte die damals Sechsjährige durchgemacht? Wie viele Tränen hatte sie vergossen? Thea war beinahe fünf Jahre lang ihre Mutter gewesen, in den prägendsten Jahren der Kindheit, und plötzlich war sie nicht mehr da gewesen. Natürlich, Artur hatte sie aus ihrer beider Leben geworfen. Doch hätte sie nicht um ihre Ziehtochter kämpfen müssen? Warum hatte sie Arturs kaltherzigen Entzug akzeptiert? Ihr verletztes Ego hatte sie bis nach Portugal vertrieben, wo sie mehr recht als schlecht ihre Wunden geleckt hatte.

Wie oft hatte sie danach vor Arturs Tür gestanden, um das Mädchen zu sehen?

Zweimal, ohne Erfolg.

Wie viele Briefe hatte sie Annika geschrieben?

Einen einzigen. Sie hatte ihn nie abgeschickt. Er lag noch immer in ihrem Koffer.

Thea hatte nicht das Recht zu jammern, dass sie keine Rolle mehr für diese mittlerweile erwachsene und eigenständige junge Frau spielte. Die aufsteigenden Tränen atmete sie einfach weg. Was nutzte es, mit ihren Entscheidungen zu hadern? Ändern konnte sie diese eh nicht mehr. Jedoch hier und jetzt neue Entscheidungen treffen.

Theas Gedanken wanderten zu der kranken Stute, die minutenlang mit dem Kopf in ihrem Schoß gelegen und sie mit einem herzzerreißenden Blick angesehen hatte. Der stumme Hilfeschrei eines so sanften Wesens traf tief in die Seele. Den Angstblick der Stute würde sie so schnell nicht vergessen. Wenn in den nächsten Stunden doch eine Operation nötig war, um das Tier zu retten, würde sie sich finanziell beteiligen. Eine kleine Geldreserve hatte sie noch. Auf diesem Geld zu sitzen, während es einem Tier schlecht ging, war unerträglich für Thea. Und die Stute einschläfern zu lassen, um Kosten zu umgehen, undenkbar. «*Dinheiro é só dinheiro!*», hatte Mateus immer gesagt. *Geld ist nur Geld.* Natürlich war es wichtig zum Überleben. Aber die Menschen im Westen waren so an ihren Luxus gewöhnt, dass es für sie ein Fiasko war, ihre Ansprüche zurückzustecken. Das Leben im Wohnmobil, wo so wenig Platz für materielle Güter und Luxus gewesen war, hatte Thea geerdet. Ihre Miete hier auf dem Hof hatte sie für ein Jahr im Voraus bezahlt. Bennos Garten würde sie alle noch bis in den Winter hinein ernähren. Wofür also die Geldscheine unter der Matratze pressen?

Thea versuchte, Mateus anzurufen, um ein wenig mit ihm zu plaudern. Sie wollte seine Stimme hören, seinen tiefen Singsang beim Sprechen. Aber er nahm nicht ab, war wahrscheinlich wieder mit den Tieren weit draußen unterwegs. Wehmütig dachte sie an die leicht hügeligen trockenen Ebenen des *Alentejo* mit den gelben Feldern im Sommer und den einzigartigen Korkeichen. Aber ihre Wehmut war heute nicht so schmerzhaft wie noch vor ein paar Tagen. Ein gutes Zeichen, dass sie langsam hier ankam.

Clara und Aurélia hatten sich wieder von ihr entfernt und tollten zwischen den Eseln herum, die auf ihre Neckereien eingingen. Selbst die anfangs scheuen Alpakas waren herangetrottet. Thea stand auf und blieb plötzlich stehen, als eine Idee in ihren Gedanken Gestalt annahm. Sie beobachtete die Ziegen, dann wanderte ihr Blick hinüber zum Moor. Und wieder zurück. Sie drehte den Kopf, sah lange zu den Hofgebäuden und hatte das Gefühl, als griffen kleine Zahnräder ineinander. Sie stand auf, spürte einen wohltuenden Aktionismus. Dass sie mit ihren Ziegen auf diesen Hof gekommen war, war kein Zufall gewesen!

Als sie am Gewächshaus vorbeilief, hörte sie vom Hofplatz laute Stimmen. Sie legte einen Zahn zu, ging durch den Garten und trat durch das Türchen in der hohen Hecke. Erst jetzt sah sie, wer dort so laut diskutierte. «Du darfst nicht alles glauben, was die Leute reden!», sagte Benno verärgert. Ihm gegenüber hatte sich ein Fremder im Flanellhemd aufgebaut, der ein hochrotes Gesicht hatte.

«Denkst du, wir erfahren nicht, dass du wieder Geld hast?», sagte er lauter als nötig.

«Hatte!», erwiderte Benno. «Ich kann dir heute nichts zahlen. Die letzte Kohle hat der Tierarzt bekommen.»

«Hör doch auf! Du lügst, wenn du den Mund aufmachst! Zahlst den anderen im Ort offene Rechnungen, und mir willst du wieder weismachen, dass du nichts auf dem Konto hast?»

«Fahr mit mir zur Bank, wenn du mir nicht glaubst, Jost! Du kannst auch gern unter meine Matratze schauen, ob ich die Kohle dort bunkere. Bitte ...» Benno wies auf sein Haus. «Die Tür ist offen. Geh rein und such dein Geld!»

Der Blick des ungeladenen Gasts folgte Bennos Arm. Dann schüttelte der Mann den Kopf und ging zu seinem SUV, der in der Hofauffahrt abgestellt war. «Du hörst von meinem Anwalt!» Er stieg ein, knallte die Tür und fuhr rückwärts auf die Straße.

Thea ging zu Benno, der rote Flecken im Gesicht trug wie ein Schuldeingeständnis. «Wer war das denn?»

«Jost Wannstedt. Er hat in den Wohnungen die Klempnerarbeiten erledigt.»

Thea sah, dass es ihrem Vermieter unangenehm war, dass sie diesen Streit mitbekommen hatte. Sie wechselte das Thema. «Hast du schon was vom Tierarzt gehört?»

«Er hat vorhin angerufen. Der Stute geht es etwas besser.»

«Das sind doch gute Neuigkeiten.»

Benno stand vor ihr, schien ihr gar nicht zuzuhören. «Hm», war seine Antwort. Er rieb seinen Bart und ging ohne ein weiteres Wort davon.

Thea war nicht beleidigt, dass er sie einfach stehen ließ. Bennos Sorgenlast war an diesem Tag nicht weniger geworden. In seiner Haut mochte sie wirklich nicht stecken. Aber jeder von ihnen hatte sein eigenes Sorgenpaket zu tragen. Sie konnten es sich gegenseitig nur etwas leichter machen.

Auf dem Dach des Kesselhauses gurrte eine Taube. Sie blickte nach oben, beobachtete den Täuberich, der alles gab, um seine vor ihm sitzende Angebetete zu beeindrucken. Ein sommerliches Intermezzo auf dem Dachfirst. Wenn doch die Männer von heute nur halb so viel Engagement zeigen würden. Nein, beim Internetdating wurde von einer Frau zur anderen gewischt. Wie auf einem Basar. Wo blieb das Flirten? Gab es heute noch die Liebe auf den ersten Blick? Schnelllebig war alles geworden, viele Partnerschaften unterlagen Halbwertszeiten. Sie hatte das Gefühl, man trennte sich heute viel schneller als in ihren jungen Jahren, schickte einfach eine Whatsapp: *Sorry, es passt nicht mehr mit uns. Schönes Leben noch.* Oder man ghostete den anderen gleich ganz. Da blieb sie lieber Single.

Thea ging zur Haustür. Von Juli und Hannes war nichts zu sehen und zu hören. Sie betrat ihr kleines buntes Reich, füllte sich ein Glas mit Wasser, warf eine Orangenscheibe hinein und lümmelte sich in einen der Korbsessel. Sie trank ein paar Schlucke, nahm ihr Smartphone und begab sich auf eine eingehende Internetrecherche. Und nach ein paar Minuten hatte sie das Gefühl, auf eine Goldader gestoßen zu sein. Es konnte alles ein gutes Ende nehmen, wenn Mateus mitspielte. Und natürlich Benno. Ein «wenn» zu viel, aber Thea würde das schon richten.

24

JULI

Über ihnen rauschten die Blätter der Eiche, als ihr Gespräch für einen Moment in ein Schweigen verfiel, das für Juli gar nicht so unangenehm war. Hannes war ihr zur Bank gefolgt und hatte sich neben sie gesetzt, weit an den Rand, damit sie sich nicht bedrängt fühlte. Zwischen ihnen lehnten die Gehhilfen wie zwei riesige Knochen aus Plastik und Metall. Aus dem Augenwinkel beobachtete sie Hannes, wie ihm sein dunkelblonder Pony ins Gesicht fiel, er daraufhin den muskulösen Arm hob und sich durch die Haare fuhr. Er hatte blaugraue Augen, die sie gern lange ansahen, was sie natürlich längst bemerkt hatte. Sie mochte seine markante Nase und den Leberfleck über der fein gezeichneten Oberlippe, als habe sein Schöpfer bei ihm noch einen lustigen Akzent im Gesicht setzen wollen. Wenn er lachte, sah sie weg. Das Lachen war das Schönste an ihm, und sie wollte ihn nicht schön finden oder ihr Herz an einen beinahe Fremden verlieren, den sie nie wiedersehen würde, wenn sie den Hof wieder verließ.

«Dann kennst du Bennos Sohn?», nahm sie ihr Gespräch wieder auf.

«Ja, wir sind zusammen in die Schule gekommen. Nach einem Jahr in derselben Klasse kam er nicht mehr wieder. Sie sind weggezogen.» Er streckte die Beine aus, legte die Ellenbogen auf die Lehne der Bank. «Also seine Mutter und Claas.»

«Und wie war er so?», fragte Juli.

Hannes grinste sie von der Seite an, der Leberfleck schien belustigt zu hüpfen. «Er mochte das kleine Feuerwehrauto, das oben auf seiner Zuckertüte war. Und die Schokolade.» Er atmete ein. «Mann, wir waren sieben! Keine Ahnung, wie er war. Es ist ewig her.»

«War er mal wieder hier? Bei Benno?»

Hannes lächelte nicht mehr, blickte nach oben in die Äste der Eiche. «Ich denke nicht. Er redet nie von Claas. Einmal hat er gesagt, dass er keine Familie hat. Ich glaube, er hat mit ihm und seiner Mutter abgeschlossen.»

Juli veränderte die Position ihres verletzten Beines, um den Druckschmerz, der nach diesem Morgen im Stall wieder schlimmer geworden war, zu lindern. «Wieso ist sie gegangen, weißt du das?»

Hannes sah wieder zu ihr. «Das muss nach dem Unfall gewesen sein. Mein Vater sagt, Benno hat sich danach sehr verändert. War verschlossen, hat zur Flasche gegriffen.»

«Was war das für ein Unfall?»

Ihr Begleiter wischte sich erneut die Haare aus dem Gesicht. «Er mag es nicht, wenn ich darüber rede. Keiner weiß so genau, was in der Winternacht passiert ist.»

«Und was hast du darüber gehört?»

Ihre Blicke trafen sich, sie wich ihm nicht aus. «Dass er in einer kalten regnerischen Nacht mit dem Auto von der Straße abgekommen ist, sich überschlagen hat und im Gebüsch liegen geblieben ist. Dort hat ihn keines der vorbeifahrenden Fahrzeuge bemerkt. Oder es sind einfach alle vorbeigefahren. Er hing stundenlang eingeklemmt im Wagen fest, bis eine Frau ihn morgens fand. Es war eiskalt in der Nacht, er war kaum noch ansprechbar, habe ich gehört. Danach lag Benno wochenlang im Krankenhaus. Wäre fast nicht mehr da rausgekommen, sagt mein Vater. Als er über den Berg war und nach Hause kam, war er wie ein Geist. Ein paar Monate später ist seine Frau mit Claas weggezogen.»

Juli sagte nichts, aber es war ein weiteres Schicksal einer Familie, bei der das Kind den Entscheidungen seiner Eltern ausgeliefert und der größte Leidtragende war. Was für ein Bild hatte Claas von seinem Vater, wenn er an ihn dachte? Der Alkoholiker, der an seinem Unfall zerbrochen war? «War er betrunken?», fragte sie. «Als der Unfall passierte?»

Hannes zuckte die Schultern. «Die einen sagen so, die anderen so. Ich habe Benno nie gefragt.»

«Ich würde gern die Geschichte von Claas hören», sagte sie. «Es gibt immer zwei Seiten der Medaille.»

Hannes setzte sich auf. «Dann frag ihn doch einfach. Vielleicht erzählt er dir seine Version!»

«Ich weiß nicht, wo er ist.»

«In Cuxhaven. Wir haben uns vor ein paar Jahren auf Facebook verknüpft. Ich kann ihn fragen, ob wir uns mal treffen können.»

Juli straffte ihre Schultern. «Echt jetzt? Machst du das?»

«Was soll ich ihm sagen?»

Juli sah lange hinüber zu Bennos Haus. «Jedenfalls erst mal nichts über seinen Vater. Sag ihm einfach, du bist zufällig mit einer Freundin in der Nähe.»

Hannes blickte weg von ihr. «Ich weiß nicht, ob Benno das gut findet.»

«Du musst ja nicht mitkommen, wenn du nicht willst.»

Ihr Gesprächspartner zögerte einige Sekunden. Sie spürte, dass er sie lange ansah, aber Juli hielt ihr Gesicht in die Sonne.

«Bin dabei», sagte er schließlich und stand auf. «Und jetzt gehe ich mal lieber an die Arbeit, sonst feuert er mich direkt.

Die Fotos machen wir dann, wenn ich mit Bennos Aufgaben durch bin, okay?»

«Klar! Ist ja nicht so eilig. Ich lege erst mal die neuen Profile für Benno und den Hof an.»

Juli sah ihn davongehen und spürte einen kurzen Stich im Magen. Sie mochte Hannes, mehr als sie zugeben wollte. Aber sie wehrte sich gegen das Gefühl, was ihre Sinne in Schwingung versetzte. Wenn ihr Fuß geheilt war, würde sie nach Amsterdam weiterlaufen. Natürlich würde sie mit Benno und Thea Kontakt halten, aber sich hier auf einen Jungen einzulassen, war nicht ihr Plan.

Hannes verschwand im Stall. Juli erhob sich, angelte die Krücken und hüpfte rüber zum Kesselhaus, um sich an die Arbeit zu machen. Je eher Benno einen Internetauftritt bekam, desto besser. Was mit dem geplanten Fest auf dem Hof wurde, stand seit heute Morgen in den Sternen. Das Geld, das Benno dafür vorgesehen hatte, um Getränke und Snacks zu kaufen, war nun für die Rettung der Stute draufgegangen. Aber Juli war froh, dass ihm das Wohl des kranken Tieres wichtiger war. Sie hätte genauso gehandelt. Sie hoffte sehr, dass es der Stute mittlerweile besser ging und sie keine OP brauchte, um die Kolik zu überstehen.

Vielleicht war es ja einen Versuch wert, über Insta die ersten Spenden zu sammeln, die dann doch noch dabei halfen, dass hier das Tor für Tierliebhaber geöffnet wurde. Sie würde mit vielen tollen Fotos der Tiere arbeiten, kleine Filme drehen, Geschichten dazu schreiben, wie die Bewohner auf den Hof gekommen waren. Das würde ganz sicher die Herzen der Tierfreunde öffnen. Und ihre Geldbeutel.

An der Tür zu Theas Wohnung hörte sie das melancholische Lied einer Fadosängerin. Juli verstand nicht, was sie sang, aber es machte sie traurig. Sie zögerte hineinzugehen. Würde sie Thea stören? War sie in melancholischer Stimmung, wollte lieber allein sein? Vorsichtig und in der Erwartung, sich gleich wieder zurückzuziehen, schob Juli die Tür auf. Bis auf die Musik hörte sie nichts in den Räumen. Leise bewegte sie sich, hinkte durch die Diele und warf einen Blick in die Küche. Diese war leer. In der Stube war Thea auch nicht. Ob sie sich hingelegt hatte? Ein Nickerchen am frühen Nachmittag, warum nicht?

Ein seltsames Geräusch kam aus Theas Schlafzimmer. Juli lauschte. Da war es wieder! Es klang wie das Klagen eines verletzten Tieres. «Thea?»

Sie trat näher an die Tür heran. «Bist du da?»

Stille.

Sie klopfte. «Geht's dir gut?»

«Komm rein!» Theas Stimme, schwach und leise drang sie in die Diele.

Juli schob die Tür auf, sah Thea auf dem Bett liegen, zusammenkrümmt und blass. «Was ist mit dir?» Sie trat näher. Auf Theas Gesicht lag kalter Schweiß.

«... Schmerzen!», drückte sie unter Anstrengung durch die Lippen.

«Kann ich etwas tun? Brauchst du einen Arzt?»

«Nein. Tabletten.»

«Wo sind die?»

Thea zeigte auf eine Reisetasche. Juli hinkte hinüber und durchsuchte sie, fand eine Packung. Sie ging zum Bett. «Diese hier?»

Thea nickte, ließ den Kopf zurück ins Kissen fallen. Ihre Hand wollte danach greifen.

«Warte, ich hole Wasser.»

Nachdem Thea eine Tablette geschluckt hatte, blieb Juli auf ihrem Bett sitzen. Ihre Freundin hatte die Augen geschlossen. Der gehetzte Gesichtsausdruck verlor sich langsam.

«Wird es besser?»

Thea öffnete die Augen und nickte.

«Gut, ich lasse dich allein. Ich bin nebenan, wenn du etwas brauchst. Okay?»

Juli zog sich zurück, ließ jedoch die Tür angelehnt, damit sie Thea hörte, wenn sie rief. Sie hatte gar nicht gut ausgesehen. Musste sie sich Sorgen um sie machen? Juli würde in einer halben Stunde noch einmal nach ihr sehen. Was war heute hier los auf dem Hof? Erst die Stute, jetzt ging es Thea nicht gut. Wahrscheinlich saß auch Benno ganz geknickt in seiner Küche, weil ihn die Sorgen um sein verletztes Tier umtrieben. Der Hof der Kranken, dachte sie. Es wurde Zeit, dass es hier endlich ein paar gute Nachrichten gab.

In der kleinen Stube tröpfelte aus einem alten CD-Gerät die Fadomusik. Sie ließ die Sängerin klagen und begann mit ihrer Arbeit. Nach und nach nahm der Instagram-Account des Moorhofes Gestalt an. Juli vergaß die Zeit. Die Musik war irgendwann ausgegangen. Die Schatten im Zimmer wurden länger. Juli merkte, dass sie sich völlig vergessen hatte, als Thea plötzlich neben ihr stand. Sie schrak vom Smartphone hoch, als sie ihre Hand auf der Schulter spürte. Blickte in Theas müde Augen. «Geht's dir besser?»

Ihre Gastgeberin ließ sich auf der Kante der Schlafcouch nieder. Ein Gesicht wie Pergament, dünnhäutig und zerknittert. Die Haare fielen ihr strähnig ins Gesicht, sie wischte sie hinters Ohr. «Ein wenig.»

«Was war denn los?»

Thea atmete tief ein und schloss die Augen. «Eine Frauen-sache.»

Juli nickte wissend. War Thea noch nicht in der Meno-pause? Sie kommentierte es nicht, wollte ihr nicht zu intime Fragen stellen. «Hast du Hunger? Soll ich uns was zu essen machen?»

«Einen Tee und etwas Brot. Danke!»

«Schau mal, ich bin fast fertig.» Sie scrollte für Thea durch das neue Profil. Ihr Gegenüber lächelte, sah aber gar nicht richtig hin. Sie hat noch Schmerzen, dachte Juli. «Geh wieder ins Bett! Ich bringe dir alles, was du brauchst.»

Thea stand auf, langsam und gebeugt wie eine Alte, die kaum Kraft hatte, auf den eigenen Beinen zu bleiben. Dann schlurfte sie aus dem Zimmer. Juli sah ihr nach und spürte eine tiefe Sorge. Es war nur ein kurzer Moment der Angst, dass Thea etwas verheimlichte. Dass sie krank war, dass ihr etwas zustoßen konnte. Juli straffte ihre Schultern und wischte das Gefühl fort. Aber der Gedanke, dass Thea ihr et-was Schwerwiegendes verschwieg, hatte sich in ihren Kopf eingenistet.

25

BENNO

Mit langsamen Schritten näherte Benno sich dem Bienenzaun, der an der Grundstücksgrenze zum Moor stand. Am überdachten Unterstand, den er aus Holzresten gezimmert hatte, schwärmten die Arbeitsbienen, die nach dem langen Regen des letzten Tages ihre Honigflüge erneut aufgenommen hatten. Er hatte lediglich den Imkerhut aufgesetzt, mehr Schutz brauchte er nicht, da seine Völker sich an ihn gewöhnt hatten und nicht aggressiv auf sein Erscheinen reagierten. Wenn einer der Schwärme dennoch unruhig und angriffslustig wirkte, zog er sich zurück und versuchte es später wieder.

Er wollte schauen, ob es den Bienenvölkern gut ging, und er wollte hier draußen ein wenig abschalten. Die Arbeit mit den Bienen entspannte ihn. Auch wenn er ab und an den ein oder anderen Stich abbekam, lief es doch immer in einer friedlichen Koexistenz ab. Die Bienen hatten gute Voraussetzungen gehabt, um den Nektar zu sammeln. In den nächsten Tagen musste der Sommerhonig geschleudert werden. Später würde er Hannes fragen, wann er zwei Tage hintereinander für die Arbeit auf dem Hof Zeit hatte. Das Schleudern war eine körperlich schwere Arbeit, die er allein zwar schaffen konnte, aber der Preis war hoch. Durch das Heben der schweren Waben und Eimer würde sein Rücken reif für den Physiotherapeuten sein.

Benno trat näher und spürte ein paar der geflügelten Arbeiterinnen auf seinem Arm und Rücken landen. Er bewegte sich so, dass er sie nicht verletzte. Ganz langsam öffnete er eine der Beuten und sah, dass die Waben schon reichlich mit Honig gefüllt und mit Wachs verkapselt waren. Emsig krabbelten die Bienen darauf herum, um ihre Nahrung für den Winter zu sammeln. Er würde die vollen Waben mit dem Honig bald gegen eine Zuckerlösung tauschen, von der sich das Volk dann ernährte. Benno schloss die Bienenbeute mit Vorsicht, sodass er keine der Arbeitsbienen zerdrückte.

Er ging zurück und kontrollierte den Unterstand. Ihm fielen ein paar fehlende Schindeln und Spalten am Dach des Bienenzaunes in die Augen, dort wo es durch Regen und Wind undicht geworden war. Da musste er schnellstens Hand anlegen. Wenn er mit der Reparatur wartete, würden spätestens die Herbststürme das Dach abdecken. Er merkte sich eine Ausbesserung für die Woche nach dem Schleudern vor.

Der Honig, dachte er plötzlich. Er hatte noch ein großes Regal gefüllter Gläser im Lager. Die konnte er doch auf dem Markt oder direkt auf dem Hof verkaufen. Benno pulte ein Lakritz aus der Hemdtasche und schob es unter dem Imkerhut in den Mund. Warum zimmerte er nicht gemeinsam mit Hannes einen kleinen Honigstand für seine Gläser? Er könnte Vaters altes Schild ans Hoftor hängen, dass bei ihm Honig direkt vom Imker bezogen werden konnte. Vielleicht würde es reichen, um ein Sommerfest damit ausrichten zu können. Auch wenn Theas Geld schon wieder weg war, er würde jetzt nicht den Kopf in den Sand stecken. Es gab immer Möglichkeiten weiterzugehen, auch wenn eine Situation schwierig war.

Benno zog den Imkerhut vom Kopf und blickte ins Moor, wo ein Schwarm Wildgänse zur Landung auf die Wasserfläche ansetzte. Ihr kehliges Rufen war noch lange zu hören.

Benno lauschte, aber die Kraniche im Sumpf gaben nichts von ihrem trompetenartigen Gesang zum Besten. Er vermisste den Regen, der gestern so wohltuend die Heide heruntergekühlt hatte. Schon zog das nächste Hoch in den Norden, wurde die Luft spürbar drückend. Weitere Tage wie unter einer Glasglocke kündigten sich an. Die verregneten Sommer von früher schienen der Vergangenheit anzugehören. Die Klimaerwärmung war nicht nur durch die zunehmenden Stürme, Fluten und Überschwemmungen im Norden Realität geworden. Hoffentlich blieb ihnen noch lange das Moor hier draußen erhalten. Zu viele der Moorflächen waren in den letzten Jahrhunderten durch den Torfabbau, die Land- und Forstwirtschaft und die Industrialisierung verschwunden. Er hatte gelesen, dass die heute noch existierenden Moore mehr CO_2 als alle vorhandenen Wälder speicherten. Der Rückgang der Moore wirkte sich dementsprechend negativ auf die Klimaerwärmung aus, ein Teufelskreis, den es zu durchbrechen galt. Zwar stand das Moor an seinem Hof unter Naturschutz, aber die heißen Sommer setzten ihm, seiner Tier- und Pflanzenwelt zu. Das Umdenken beim Schutz der Moore war spät gekommen, ein Großteil der Moorlandschaften war auch in Mitteleuropa für immer verloren. Er wusste, dass weltweit Naturschützer an der Renaturierung von Mooren arbeiteten, aber es war ein Tropfen auf den heißen Stein. Wohin man auch blickte, die Welt veränderte sich.

Benno drehte sich um und nahm den Rückweg. Wer würde den Hof übernehmen, wenn es ihn nicht mehr gab? Ihm war dieses Anwesen vererbt worden, aber sein einziges Kind würde kein Interesse am Hof haben. Claas war dieser wunderschöne Ort hier völlig fremd. Benno blickte auf die Gebäude, in denen Generationen seiner Familie gelebt hatten.

Und die Erkenntnis, dass er der letzte Findeisen auf diesem Grund und Boden war, traf ihn mit voller Wucht.

Das Klingeln des Handys, das er noch immer in der Hosentasche trug, lenkte ihn von seinen Gedanken ab. Der Tierarzt, er spürte seine Anspannung, als er das Gespräch annahm.

«Ihrer Stute geht's besser. Wir müssen zum Glück nicht operieren», sagte der Veterinär nach der Begrüßung. «Aber ich behalte sie noch hier, bis wir sichergehen können, dass sie keinen Rückfall hat.»

«Okay, danke!», sagte Benno und atmete auf. «Ich komme für alle Kosten auf, das sagte ich ja schon.»

«Wie geht's der gefleckten Sau? Frisst sie wieder?»

«Ja, ihr geht's besser», sagte er erleichtert. Benno war vor den Bienen bei ihr gewesen. Da hatte sie endlich ein paar Haferflocken mit geriebenem Apfel gefressen.

«Ein Patient weniger. Ich schaue sie mir noch mal an, wenn ich in der Nähe bin.»

«Das wäre super. Danke!»

«Gut, ich melde mich wieder.» Der Arzt hatte aufgelegt.

Benno war erleichtert. Eine OP war immer ein großes Risiko, vor allem bei einer Stute, die nicht mehr die jüngste war. Dieses Pferd und seine Genesung waren wie ein Zeichen für ihn, wie ein Wink mit dem Zaunpfahl, dass dieser medizinische Notfall passiert war und sein letztes Geld verschlang. Seine Tiere brauchten medizinische Versorgung, Impfungen, Kontrollbesuche des Tierarztes. Er hatte in seinem Groll fahrlässig seine Tiere vernachlässigt. Er musste regelmäßige Einkünfte schaffen und diesen abgehalfterten Hof wieder zum Leben erwecken. Noch war er fit und gesund, noch konnte er hier einiges bewirken. Er spürte einen unglaublichen Tatendrang bei dem Gedanken und legte einen Zahn zu, um die

Honiggläser zu etikettieren und den Verkaufsstand zusammenzusetzen.

Benno ertappte sich dabei, dass er sich wünschte, sein Sohn könnte ihn jetzt sehen. Er schüttelte den Gedanken ab. Nach zwanzig Jahren ohne seinen Erzeuger tat Claas gut daran, nicht mehr an Benno zu denken. Und wenn doch? *Dann vermisst er dich seit zwanzig Jahren*, hatte Juli gesagt. Das Mädchen vermisste einen Vater, den sie noch nie gesehen hatte. War eine Blutlinie wirklich so stark, dass ein Kind sich nach dem fehlenden Elternteil sehnte, obwohl es diesen nie kennengelernt hatte? Und wenn ihn Claas doch ...? Er verwarf den Gedanken sofort wieder. Nein, er würde nicht in das Leben dieses jungen Mannes eingreifen, nur weil er plötzlich Vatergefühle entwickelte. Es war zwanzig Jahre zu spät. Auch Juli würde das früher oder später akzeptieren müssen, dass ihr Vater ein Fremder blieb. Eine Familie konnte man nicht mit aller Macht vereinen, weil man sie sich wünschte. Gene waren stark, aber sie konnten Liebe nicht ersetzen. Manchmal musste man Dinge ruhen lassen und nach vorn blicken.

Als er im Stall mit Hannes ein ausrangiertes Regal zu einem Stand umfunktionierte, hob er plötzlich den Kopf. Auch der Junge hielt in der Bewegung inne. Er hatte dieses laute klirrende Geräusch ebenfalls gehört. Als habe jemand eine Palette mit vollen Bierkästen umgekippt.

«Was war das?» Hannes legte den Akkuschrauber weg und sah Benno an, der ebenso überfragt wirkte.

Sie liefen hinaus auf den Hof. In der Tür des Kesselhauses erschien Juli. Ihre erschrockene Miene sprach Bände.

«Habt ihr das gehört? Was war das?»

Benno sah sich um. «Weißt du, woher das kam?»

«Von dort!» Juli zeigte auf das geschlossene Hoftor.

Mit einer unheilvollen Ahnung lief Benno los, zog das Tor auf und blickte auf einen riesigen Trümmerhaufen von Sanitärkeramik. Gebrochene Toiletten- und Waschbecken sowie ein buntes Sammelsurium zerschlagener Fliesen lagen vor seinem Hoftor auf einem Haufen, als habe jemand an einem Polterabend einen besonders großen Berg Keramik abgekippt. Aber dieser Schuttberg war Jost Wannstedts Warnung, dass er es ernst meinte. Der Klempner hatte den Fall nicht seinem Anwalt übergeben, sondern er hatte ihm zur Warnung diesen Bruch vor die Tür gekippt. Es würde viele Stunden dauern, diesen mit der Hand wegzuräumen.

«Was ist das hier?» Juli sah hilflos aus. Hannes stellte sich neben sie und stemmte die Hände in die Hüften.

«Ich denke, unser Klempner will damit ausdrücken, dass er sein Geld haben will», brummte Benno.

«Das kann er doch nicht machen!» Juli hatte ihre Stimme gehoben.

«Oh, er kann. Und das ist erst der Anfang. Jost wird keine Ruhe geben, ich kenne ihn.»

«Und jetzt?», fragte Hannes.

«Jetzt räumen wir das auf.»

«Wo willst du diesen ganzen Schutt hinwerfen?» Der Junge schob sich den Pony aus dem Gesicht. «Hast du einen Hänger? Das muss doch zur Mülldeponie, oder?»

Benno überkreuzte nachdenklich die Arme. «Hol die Schubkarre und Handschuhe! Wir werfen das alles erst mal hinter die Scheune.»

Juli wollte unbedingt helfen. Sie bekam einen Stuhl und sortierte im Sitzen die abgeschütteten Fliesen in einen Korb, den Hannes wegfuhr. Benno wuchtete die schweren Waschbecken und Toilettenkeramik auf eine Karre. *Selbst schuld*, dachte er und konnte Jost verstehen, der für seine Arbeit entlohnt werden wollte. Benno schämte sich, dass es so weit gekommen war. Er hasste diese Schulden, die er sich selbst eingebrockt hatte.

«Was ist denn hier los?» Thea stand plötzlich neben ihnen, in eine Strickjacke eingewickelt. Ihr Gesicht wirkte kränklich und blass. Benno starrte sie an.

«Alles gut!», wiegelte sie ab, als sie seinen Blick erhaschte. «Was soll dieser Schutthaufen hier?»

Er hob das untere Stück eines Säulenwaschbeckens an und warf es auf die Schubkarre. «Die erste Lieferung.»

Thea starrte ihn verständnislos an.

«Na, für das Sommerfest!»

Langsam schlich sich ein Lächeln auf ihre blassen Lippen. «Du verarschst mich doch!»

Er lachte ebenfalls. Mit dem Handschuh wischte er sich den Schweiß von der Stirn. «Eine Warnung des Klempners wegen der Schulden.»

Thea hob ihre Augenbrauen und blickte auf das Trümmerfeld. «Kommt da noch mehr?»

Benno zuckte die Schultern. «Solange ich nicht zahlen kann, gibt es viel Verärgerung da draußen.»

Sie nickte. «Ich hole mal etwas zu trinken. Dann packe ich mit an.»

«Das Wasser nehmen wir, aber du legst dich wieder hin. Du gehörst ins Bett!», intervenierte er, als er den sorgenvollen Blick von Juli sah.

«Gut, ich mache uns was zum Abendessen. Das schaffe ich!» Sie ging durch den Spalt des Hoftores, durch das eine Katze nach draußen huschte.

Am Abend hatten sie es geschafft, eine Seite der Einfahrt freizuräumen, sodass Benno mit dem Pick-up hinausfahren konnte. Und eine neue Idee hatte beim Arbeiten in seinem Kopf Gestalt angenommen, die ihm während der Bastelei am Honigstand gekommen war. Er würde eine Nacht darüber schlafen. Wenn er morgen noch davon überzeugt war, würde er mit seinen Mitstreitern darüber sprechen. Auch Thea als neue Mitbewohnerin des Hofes musste mit Neuerungen einverstanden sein. Allein würde er es nicht schaffen, dessen war er sich bewusst. Sosehr es ihn auch innerlich zerriss, den anderen an diesem Abend nichts von seiner Idee zu verraten, so wichtig war es doch, keine übereilten Entscheidungen zu treffen. Er war kein so spontaner Mensch wie Thea, die einfach loslegte, bevor sie darüber nachdachte, was sie da tat. Auch in einer Situation, in der er mit dem Rücken an der Wand stand, wollte Benno einen kühlen Kopf bewahren. Wenn er etwas Neues auf diesem Hof ins Leben rief, dann musste es auch Hand und Fuß haben.

26

THEA

Zurück in ihrer Küche, hievte Thea die Schüssel mit dem Gemüse auf die Anrichte. Dann warf sie die Kartoffeln, Karotten, Lauch und den wilden Brokkoli ins Spülbecken. Das war zu viel gewesen. Sie stützte sich auf der Arbeitsplatte ab und atmete in gleichmäßigen Zügen, um den Schmerz aushalten zu können. Verdammt, wann würden die Krämpfe endlich nachlassen? Sie wollte nicht noch eine weitere Schmerztablette nehmen. Aber ihre pflanzlichen Helfer waren nicht stark genug, das hatte sie schon vor Wochen aufgegeben. Ohne Chemie ging es nicht, wenn die Krämpfe einsetzten.

Sie begann, das Gemüse zu waschen und zu schnippeln, weil sie eine große Pfanne mit Ofengemüse für die drei hungrigen Arbeiter backen wollte. Dazu ein Dip aus Schmand, saurer Sahne und Kräutern. Sie selbst würde am Abend eh nicht viel herunterbekommen. Irgendwann ging sie ins Bad, um Wasser zu lassen. Fassungslos starrte sie auf das Toilettenpapier in ihrer Hand, auf dem tiefrote Flecken keinen Zweifel ließen, dass bei ihr Blutungen eingesetzt hatten. Ihre letzte Regel hatte sie mit Anfang fünfzig gehabt. Was bedeutete das?

Thea spülte das Papier ins WC, ging zum Waschbecken, um sich die Hände zu waschen. Danach benetzte sie ihr Gesicht mit kaltem Wasser. Im Spiegel erhaschte sie ein trauriges Bild ihrer selbst: Augenringe, Blässe, schmale Wangen. Sie sah furchtbar aus! Wie das kranke Abbild ihrer Mutter.

Ruhig Blut, Thea! Das heißt gar nichts. Außer dass du alte Schachtel einen Körper hast, der momentan völlig verrücktspielt.

Sollte sie Edda Kynast anrufen? Aber die Praxis war heute am Samstag geschlossen. Ihre Handynummer hatte sie nicht. Den Notdienst wollte sie nicht bemühen. So krank war sie nicht, um jemanden aus dem Wochenende zu klingeln. Übermorgen hatte sie bei ihrer Ärztin einen Termin. Bis dahin schaffte sie es, wenn die Schmerzen nicht schlimmer wurden.

Thea schlurfte kraftlos in ihre Küche. Sie machte sich daran, das Gemüse klein zu schneiden, ließ einige Male das Messer sinken, um zu pausieren. Endlich war es geschafft, sie schob die Gemüse aus Bennos Garten in den Backofen. In der Zwischenzeit würde sie sich noch einmal hinlegen. Im Bett zog sie die Beine an und schloss die Augen. Nur ein paar Minuten ausruhen. Sie hörte Geräusche auf dem Hof. Schwere Dinge wurden polternd auf eine Karre geworfen, Keramik splitterte, Stimmen riefen sich etwas zu, was sie nicht verstand. Sie nickte ein.

Thea fuhr hoch, weil ein Geräusch sie geweckt hatte. Beißender Brandgeruch ließ sie hochfahren. *Wo bin ich?* Es brauchte ein paar Sekunden, bis sie klar denken konnte. Das Gemüse! Sie sprang auf, wankte, weil ihr Kreislauf wegsackte, ließ sich zurück aufs Bett sinken.

«Thea?» Juli schob die Tür auf. «Hast du den Backofen vergessen?»

«Ja, nein ...» Sie fuhr sich mit den Händen über das Gesicht.

«Das Gemüse, ich wollte ...»

«Ist alles verbrannt. Ich habe es rausgebracht. Die Küche riecht wie ein Räucherofen!» Sie sagte es ruhig, nicht vorwurfsvoll.

«Tut mir leid, ich muss eingeschlafen sein.»

Juli setzte sich zu ihr, nahm ihre Hand. «Du siehst gar nicht gut aus. Soll Benno dich zum Arzt fahren?»

«Ist schon gut, ich brauche nur Schlaf. Vielleicht könnt ihr bei Benno essen.»

Juli zog sie sanft in eine Umarmung. «Du würdest mir doch sagen, wenn es was Schlimmes ist?», flüsterte das Mädchen.

Thea drückte sie an sich. «Mach dir keine Sorgen. Ich habe am Montag einen Arzttermin. Sind wahrscheinlich nur die Wechseljahre.»

«Okay!» Juli ließ los, stand auf. «Soll ich dir was zu essen bringen?»

«Keinen Hunger.» Thea setzte ein Lächeln auf, das sie anstrengte. «Wie weit seid ihr mit dem Schutt da draußen?»

«Na ja, die Hälfte ist weg. Was für eine Frechheit, Benno diesen Müll vors Tor zu kippen! So geht man nicht miteinander um! Aber Hannes sagt, die Leute fackeln hier nicht lang. Wir können froh sein, dass bisher nichts Schlimmeres passiert ist.»

«Hannes ist nett, oder?» Thea hatte die Schwingungen und das feine Vibrieren in Julis Stimme wahrgenommen.

Das Mädchen erstarrte, dann sah sie weg. War sie ein wenig rot geworden? «Ich gehe mal rüber. Wenn du was brauchst, ruf mich an. Das Handy nehme ich mit.»

Thea deutete ein Nicken an. Sie konnte kaum die Augen offen halten. «Bitte entschuldige mich bei den anderen, dass ich das Abendessen verdorben habe.»

«Ach, ich sage einfach, du hast vergessen, den Ofen anzustellen.» Ihre Blicke trafen sich, sie lächelten einen warmen Moment lang. Es tat gut, hier eine Verbündete zu haben. Thea ließ sich ins Kissen sinken und schloss die Augen. Sie schlief ein, bevor sie sich Gedanken machen konnte, ob die kleine Notlüge bei Benno Gehör finden würde.

Thea blinzelte ins Licht des neuen Sommertages, das durch ihr geöffnetes Fenster fiel. Noch wollte sie den Traum nicht hergeben, in dem sie mit Aurélia und Clara über eine riesige Wiese gerannt war, in Richtung einer großen Ziegenherde, die dort graste. Die Ziegen hatten ihre Köpfe gehoben, und noch beim Aufwachen hörte sie ihr Gemecker, das immer lauter wurde und sie endlich aus dem Schlaf in den neuen Tag katapultierte. Erschrocken öffnete sie die Augen, denn das Meckern hatte sie nicht geträumt, es war echt. Thea drückte sich vom Bett hoch, stand auf und taumelte noch etwas ungelenk zum Fenster. Dort draußen standen ihre beiden Flaschenkinder mit Rudolf, dem Ziegenbock, und bewegten sich in Bennos Kräutergarten, als wäre er ihr Speisesaal und gerade das große Buffet eröffnet. Der Schock machte sie hellwach.

Thea fuhr in ihre Flipflops und lief los, durchquerte ihre Diele, öffnete die Haustür und wurde sich bewusst, dass ihre Schmerzen verschwunden waren. Sie fühlte sich noch etwas kraftlos, aber die Krämpfe hatten nachgelassen. Ihr blieb keine Zeit, darüber nachzudenken. Die drei Ziegen liefen los, als sie Thea sahen, das Fang-mich-doch-Spiel begann. Na wartet! Thea blickte sich um, nahm den Besen zur Verlängerung ihrer Arme mit und machte sich auf zur Ziegenjagd. Wieso waren die drei hier im Vorgarten und nicht auf der Koppel? Waren sie Benno entwischt?

Clara und Aurélia schienen Spaß an diesem Fangen zu haben, sie hoppelten davon, sobald Thea in ihre Nähe kam. Rissen noch schnell ein paar schmackhafte Triebe aus den Kräutern und Büschen. Rudolf fraß in Ruhe weiter den Rosmarin.

«Brauchst du Hilfe?» Benno stand mit überkreuzten Armen im Türchen zu seiner Seite des Hofes und sah belustigt aus.

Thea stellte den Besen auf. «Warum sind die Ziegen hier?»

Er kam näher. «Sag du es mir. Ich habe sie heute Morgen mit den anderen auf die Wiese am Wald gebracht.»

«Eine andere als sonst?»

«Ja, das Gras auf der Koppel am Teich ist niedergetrampelt und abgegrast. Es muss sich erst mal erholen.»

Während sie sprachen, näherten sich Clara und Aurélia neugierig. «Beachte sie nicht», sagte Thea. «Gleich laufen sie uns freiwillig hinterher.»

«Komm, ich zeige dir, wo die Tiere ab jetzt stehen. Die Ziegen haben den Zaun überwunden, oder es gibt ein Loch darin.»

Sie gingen los, gefolgt von Rudolf und den beiden Ziegendamen, die hier und da stehen blieben, um zu fressen.

«Tut mir sehr leid wegen gestern Abend», sagte Thea, als sie am Heuboden vorbeigingen, an den sie nur verschwommene Erinnerungen hatte.

«Es war gut, dass du dich hingelegt hast. Du sahst echt blass aus gestern, um nicht zu sagen, wirklich krank!» Benno sah sie an, als habe er eine Frage auf den Lippen, sprach sie jedoch nicht aus.

«Wo ist Juli? Ist sie noch nicht auf?», wich Thea aus. Sie mochte nicht über ihren Zustand von gestern sprechen.

«Hannes hat sie heute Morgen abgeholt. Sie machen einen Ausflug an die Nordsee.»

Thea konnte ihr Lächeln nicht verhindern. «Wusste ich es doch!»

«Was?»

«Dass sich bei den beiden was anbahnt!»

«Ach, Quatsch!» Benno schien nichts bemerkt zu haben.

«Der Junge hat sich verguckt, und ich sage dir, auch wenn Juli es noch abstreitet, sie mag ihn auch.»

Ihr Begleiter hob skeptisch eine Augenbraue.

«Du wirst schon sehen! Ich habe einen guten Instinkt!»

Benno lief los und vertrieb Aurélia vom Hochbeet mit Feldsalat. Er machte ihr Beine. Sie meckerte unleidig.

«Denkst du, da kommt noch mehr?», fragte Thea, als er wieder neben ihr ging.

Benno sah sie fragend an.

«Also, von dem Klempner. War der Schuttberg erst der Anfang?»

Benno atmete nachdenklich ein. «Es war eine Drohung, keine Frage. Ich muss schnellstens zu Geld kommen!»

«Ich habe da eine Idee», sagte Thea.

Ihr Begleiter blieb stehen. «Ich auch.»

Die Überraschung war ihnen beiden scheinbar gelungen, sie starrten sich sprachlos an.

«Du zuerst!», sagte Thea.

«Ladies first!»

«Okay, beim Frühstück. Zuerst die Ziegen, dann reden wir. Und zwar Klartext!»

Sie führten die Ziegen zur neuen Weide, und Thea sah schon von Weitem, dass die an einer Seite des Zaunes aufgeschichteten Baumstämme eine einladende Treppe für ihre beiden klettererfahrenen Ausreißerinnen gewesen waren, die den alten Herrn Rudolf sicherlich zu diesem Fluchtversuch verleitet hatten.

«Da, dieses Holz! Da klettern sie ohne Probleme hoch und springen über den Zaun», sagte sie.

«Diesen Stapel umzuschichten, dauert einen halben Tag!»

«Und wenn wir an der Stelle den Zaun erhöhen?»

Benno seufzte. «Ich hole Drahtrolle und Werkzeug. Du kannst ja in der Zwischenzeit die Aufsicht schieben.» Er ging davon.

Thea betrat das eingezäunte Areal und schloss das Türchen hinter sich. Die Esel und Alpakas waren näher gekommen und begrüßten Clara und Aurélia mit lautem Geschrei und spielerischen Neckereien. Die Ziegen meckerten aufgeregt, schienen ihren Kameraden von dem kleinen Ausflug zu erzählen. Thea sah hinüber zum Wald, der sie beunruhigte mit seinen hohen Fichten, zwischen denen tiefe Schatten lagen. Sie war froh, dass ihre Ziegen auf der anderen Seite ausgebüxt und nicht in den Wald gelaufen waren. Irgendwo da draußen lauerten die Wölfe, deren Bekanntschaft sie nicht machen wollte.

Bald war Benno zurück, brachte Draht und Holzlatten, um eine Verlängerung zu schaffen. Diese brachten sie hinter den Holzstämmen über dem eigentlichen Weidezaun an. Nun konnten ihre Ziegen nach Herzenslust auf den Stämmen rumturnen, aber den Zaun würden sie nicht mehr überwinden können.

«Komm!» Benno packte sein Werkzeug zusammen. «Jetzt haben wir uns ein schönes Omelett verdient. Für dich verfeinere ich es sogar noch mit Chili.» Er gab Thea einen kleinen Stoß in die Hüfte. Thea kicherte wie ein junges Mädchen, was bei Benno seine Wirkung nicht verfehlte.

27

JULI

Unablässig warf die Nordsee die Wellen auf den Sand, zog das Wasser wieder zurück, schien kurz zu verharren, bis die nächsten Schaumkronen an Land krachten. Juli war froh, dass sie hier oben die Flut erwischt hatten. Bei Ebbe hätten sie höchstens die Möwenschreie unterhalten. Für einen Moment schloss sie die Augen, um das Meerrauschen zu genießen, aber das Knattern der Flagge am Kiosk der Strandbar fühlte sich an wie akustische Backpfeifen. Sie öffnete die Augen und sah sich um. Die Strandbar war gut gefüllt an diesem Sonntagmittag. Beinahe alle Sitzgruppen waren besetzt. Es war Glück gewesen, dass sie noch einen Tisch ergattert hatten. Das darübergespannte Sonnensegel wiegte sich in den auflandigen Böen. Hannes war weggegangen, um ihnen etwas am Kiosk zu holen. Er stand in einer Schlange, in der er sich langsam zum Ausgabefenster vorarbeitete, und tippte auf seinem Smartphone herum. Juli genoss die Minuten allein am Wasser. Sie saß in einem Rattanstuhl aus Kunststoff und sah den Möwen beim Ritt auf den Wellen zu. Ein kurzer Blick zu Hannes, er war als Nächster dran.

Sie waren gut durch den Verkehr gekommen. Eine halbe Stunde vor dem verabredeten Termin mit Claas erreichten sie Cuxhaven. Den Treffpunkt an der Strandbar hatte Bennos Sohn vorgeschlagen, der offensichtlich hier Stammgast war. Er wusste, dass sie zu zweit kamen. Jedoch nicht, warum. Juli legte sich seit einer Stunde die richtigen Worte zurecht, aber alles fühlte sich unfertig an.

Es kam eh darauf an, wie Claas reagierte, wenn Juli ihn auf Benno ansprach. War ihm sein Vater egal? Waren da tiefe Verletzungen, die ihn sofort in die Defensive zwingen würden? Oder ging er zum Angriff über, weil sich hier eine Fremde in seine Familienangelegenheiten einmischte, die diese rein gar nichts angingen?

«Hier, bitte!» Hannes stand neben ihr, reichte ihr einen Plastikbecher und ein Fischbrötchen.

Er stellte zwei weitere Becher auf den Tisch und ließ sich neben ihr auf dem Stuhl nieder. Kaum saß er, biss er hungrig in sein Brötchen.

Juli nahm einen Happen, schmeckte die Zwiebel und schluckte den Bissen schnell herunter. Vorsichtig klappte sie die obere Brötchenhälfte auf und pulte die Zwiebelringe vom Hering. «Claas müsste ja bald kommen.»

«He, hau ab!» Hannes war aufgesprungen und verjagte mit den Armen eine Möwe, die sich auf Julis Brötchen hatte stürzen wollen. «Mistviecher!» Er setzte sich wieder und aß weiter.

Juli kaute und sah zum Eingang der Strandbar, wo in dem Moment ein Typ in ihrem Alter erschien, der stehen blieb und sich suchend umschaute.

«Ist er das?»

Hannes folgte ihrer ausgestreckten Hand. «Könnte schon sein.» Er hob seinen Arm, und der Neuankömmling setzte sich in Bewegung.

«Hannes?», fragte er, als er ihren Tisch erreichte.

Julis Begleiter stand auf und begrüßte Claas mit einem Handschlag und einer angedeuteten Umarmung. «Mensch, Alter! Dass wir das echt mal schaffen.» Er wandte sich ihr zu. «Das ist Juli.»

Sie gab Bennos Sohn die Hand, sah sofort die Ähnlichkeit. Vor ihr stand der junge Benno, noch bartlos, aber mit dem ähnlich durchdringenden Blick seiner dunklen Augen. Nur seine Haarfarbe war heller als die seines Vaters.

«Setz dich! Einen Drink habe ich dir schon mitgebracht. Fischbrötchen leider nicht.»

Claas zog sich einen Stuhl heran. «Passt schon, ich habe gegessen.» Er sah Hannes an, dann Juli. «Macht ihr hier Urlaub? Oder was treibt euch nach Cux?»

Hannes zögerte kurz. «Kleiner Tagesausflug.»

«Kommst wohl sonst nicht raus aus der Heide?» Claas lachte und trank einen Schluck.

«Viel zu tun in der Firma meines Vaters, kennst du ja.»

Juli hielt die Luft an.

«Nee, eigentlich nicht.» Er lachte belustigt. «Mein Vater genießt seinen Ruhestand auf den Kanaren.»

Juli spürte Hannes' Blick, er schien Hilfe zu brauchen.

«Ich dachte, Benno ist dein Vater?», fragte sie direkt. «Der arbeitet doch noch!»

Ein unangenehmes Schweigen baute sich zwischen ihnen auf.

«Ich rede von meinem Ziehvater. Keine Ahnung, was mein Erzeuger so macht.»

«Er hat ein cooles Projekt am Laufen. Einen Lebenshof für Tiere», sagte sie und biss nervös in ihr Brötchen. Ihre Blicke trafen sich, aber sie wich Claas nicht aus.

«Wenn du es sagst?» Er wandte sich wieder Hannes zu. «Erzähl mal, Digga. Was läuft so bei dir?»

Während die beiden versuchten, in kurzen Sätzen zwanzig Jahre aufzuholen, aß sie das Brötchen auf, spülte nach. Wie sollte sie ihre Fragen richtig platzieren? Claas wollte offensichtlich nicht über Benno sprechen. Als eine Redepause bei den Jungs entstand, hakte sie ein. «Vielleicht solltest du Benno mal besuchen.»

Hannes stand der Schreck ins Gesicht geschrieben, weil sie so direkt aufs Thema zu sprechen kam.

Claas lehnte sich zurück, überkreuzte die Arme. «Wie heißt du noch mal?»

«Juli. Und ich wohne bei Benno. Er ist ein echt cooler Typ, weißt du?»

«Vielleicht ist er das bei Fremden. Aber für seinen eigenen Sohn hatte er zwanzig Jahre lang nichts übrig.»

«Er wollte keinen Kontakt, weil er dachte, dass es dir ohne ihn besser geht.»

«Echt jetzt? Das ist seine Ausrede? Ziemlich lahm, findest du nicht?» Er beugte sich nach vorn, legte die Unterarme auf den Tisch. «Der wollte einfach kein Vater sein. Verstehst du? Keine Verantwortung, keinen Kontakt. Das ist ein verdammter Egoist, dein Benno!»

«Nee, ist er nicht. Er hatte damals einen schweren Unfall und hat 'ne Menge durchgemacht. Deine Mutter ist dann mit dir abgehauen. Er hat euch ziehen lassen, weil er sich wie ein Versager vorkam.»

Claas lachte auf. «Das ist er ja auch!»

«Hast du dich in den letzten zwanzig Jahren wirklich nie gefragt, ob er an dich denkt? Was er gerade macht? Ob er seine Entscheidung, dich gehen zu lassen, bereut?»

Ihr Gegenüber schwieg, aber seine Kaumuskeln arbeiteten. Röte war ihm in die Wangen geschossen. Da kochten alte Emotionen hoch.

«Er hat auf einen Schlag seine Familie verloren. Denkst du echt, er hat danach ein glückliches Leben geführt?» Sie sah

Hilfe suchend zu Hannes, aber der hielt sich zurück. «Benno hat alten und ausgedienten Tieren ein Zuhause gegeben, hat schwer geschuftet, um ihnen ein zufriedenes Leben zu ermöglichen. Nur er und die Tiere auf diesem riesigen Hof.»

Claas sah sie an, aber die Wut in seinen Zügen wich anfänglicher Neugier. «Warum hat er sich nie bei mir gemeldet, wenn ich ihm wirklich wichtig war?»

«Das solltest du ihn persönlich fragen», sagte Juli ruhig. «Ich würde das jedenfalls gern machen, aber ich weiß nicht einmal, wo mein Vater lebt. Und ob er überhaupt noch lebt.»

«Hat sich dein Alter auch verpisst?»

«Er hat mich noch nie gesehen, hat sogar die Schwangerschaft verleugnet.»

Nur das Rauschen der Wellen und die Möwenschreie waren zu hören.

«Und du willst dieses Arschloch trotzdem treffen?», fragte Claas in einem einlenkenden Ton. Er trank einen Schluck.

«Ich habe tausend Fragen an ihn. Aber ich kann ihn nicht ausfindig machen. Du dagegen hast die Möglichkeit, deine Fragen zu stellen.» Sie sah ihm direkt in die Augen. «Ich bin sicher, es gibt eine Menge davon. Eine kann ich schon mal beantworten. Ja, du siehst ihm sehr ähnlich!»

Claas starrte sie an. Für einen langen Moment war nur das Knattern der Flagge zu hören. Plötzlich stand er auf, wandte sich Hannes zu. «Wenn du noch mal herkommst, bring sie nicht mit.» Dann ging er einfach davon.

Auf der Rückfahrt schien Hannes, der anfangs das Gespräch am Laufen gehalten hatte, zu spüren, dass Juli nicht reden wollte. Irgendwann starrte sie aus dem Seitenfenster des Pick-ups mit dem Werbeaufkleber *Tischlerei Ernst*, den Hannes aus dem Fuhrpark seines Vaters ausgeliehen hatte. *Ach Opili*, dachte sie und versuchte, sich an die Gesichtszüge ihres Großvaters zu erinnern, die mehr und mehr verblassten. *Ich habe mich zu etwas hinreißen lassen, was gründlich schiefgegangen ist. Aber du hast mir immer gesagt, dass wir für das einstehen sollen, woran wir glauben. Und ich glaube, dass Benno und Claas es irgendwann sehr bereuen werden, wenn sie sich nicht endlich aussprechen.*

«Der beruhigt sich schon wieder», sagte Hannes plötzlich. Juli wandte sich zu ihm.

«Er war ganz schön wütend, als ich das mit seiner Ähnlichkeit zu Benno erwähnte.»

Hannes setzte den Blinker und zog auf die Überholspur. «Das war ziemlich hart. Jetzt hat er ein Bild im Kopf, denke ich. Und das wird in ihm arbeiten.» Er überholte einen Kleintransporter und scherte wieder ein.

«Ich hoffe, ich habe es nicht schlimmer gemacht, als es war.»

«Die hatten zwanzig Jahre keinen Kontakt. Was soll noch schlimmer sein als das?»

Juli pflichtete ihm stumm bei. «Und du und dein Vater, wie kommt ihr klar?»

«Mal so, mal so. Er ist ja auch mein Chef. Und in der Firma hat er das letzte Wort. Aber privat lasse ich mir nichts mehr vorschreiben. Die Zeiten sind vorbei.»

«Warum will er nicht, dass du bei Benno aushilfst?»

Hannes blickte nach vorn, setzte zu einer Antwort an, aber sprach es nicht aus.

«Sag schon! Wir sind unter uns.»

«Er hält Benno für einen Säufer und Versager! Er sagt, er ist kein guter Umgang für mich.»

«Benno trinkt nicht mehr.»

«Einmal Alkoholiker, immer Alkoholiker!», sagte Hannes mit verstellter Stimme.

«Hat dein Vater nie einen Fehler gemacht?»

Hannes grinste plötzlich und warf ihr einen schnellen Seitenblick zu. «Doch, er hat meine Mutter geheiratet. Die beiden sind wie Feuer und Wasser! Die fetzen sich ständig.»

«Immerhin bist du daraus entstanden», sagte Juli und sah lange sein Profil an, den kleinen Leberfleck über seiner Lippe. Dann schaffte sie es wegzuschauen. Sie durfte hier keine Gefühle investieren. Die Schmerzen in ihrem Fuß wurden besser. Bald würde sie weiterlaufen können. Sie wollte weiterhin frei sein, von einem Tag zum anderen entscheiden können, wohin sie wanderte. Sich nicht festlegen, weil sie verliebt war.

«Und deine Mutter?», fragte Hannes plötzlich. «Wann siehst du sie wieder?»

«Keine Ahnung. Sie lebt jetzt ihr eigenes Leben. Das, was sie immer wollte.»

«Na ja, trotzdem siehst du sie doch noch, oder?»

Juli zuckte die Schultern. «Mal sehen.»

«Weihnachten?», hakte er nach.

Juli lehnte den Kopf an die Seitenscheibe und schloss die Augen. «Mal schauen, wo ich dann bin.»

Das Gespräch stockte. Hannes schien in Gedanken zu sein. Juli schloss die Augen und dachte an Claas' verletzten Blick, kurz bevor er aufgesprungen und gegangen war. Sie hatte da etwas tief in ihm getroffen, was ihn so schnell zum Aufbruch gezwungen hatte. Natürlich war sie enttäuscht, hatte sich von dem Gespräch mehr erhofft. Ihre Vorstellung, dass sie, die ebenfalls ihren Vater nicht kannte, sofort einen Draht zu Claas haben würde, war komplett naiv gewesen. Ihre Geschichte war nicht seine. Das hatte sie verstanden. Claas hatte eigene Dämonen. Oder er hatte wirklich komplett mit Benno abgeschlossen. Sein Ziehvater war der Mann, den er *Vater* genannt hatte. Vielleicht würde sie selbst anders denken, wenn es einen solchen Ziehvater in ihrem Leben gegeben hätte und nicht die ständig wechselnden Bettgeschichten ihrer Mutter. Ihr Großvater war in all den Jahren die einzig solide Komponente in ihrem Leben gewesen. Versuchte sie, seinen Verlust wettzumachen, indem sie sich nach ihrem leiblichen Vater verzehrte, der wahrscheinlich das größte Arschloch auf dieser Welt war?

«Willst du wirklich bald wieder los?», fragte Hannes plötzlich.

«Wenn ich wieder ohne Probleme laufen kann, geht's weiter.»

Er brauchte einen Moment. «Und wohin?»

«Nach Amsterdam!»

«Und danach?»

Sie sah ihn an und konnte an seinem Gesicht ablesen, dass ihm das Gespräch nicht gefiel. Dass aber diese Fragen für ihn essenziell waren.

«Keine Ahnung. Worauf ich Lust habe.»

«Musst du nicht studieren oder eine Ausbildung machen?»

«Ja, vielleicht. Aber ich weiß noch nicht, was.»

«Und wovon lebst du dann?»

Sie atmete tief durch, sodass er es hören musste. «Habe was geerbt.»

Er bremste abrupt, als der Van vor ihm auf die Bremse stieg. «Würdest du mal wiederkommen?»

Juli konnte ihr Lächeln nicht verkneifen. «Wenn du das möchtest?»

Er warf ihr einen schnellen Blick zu, lachte ebenfalls. «Eigentlich möchte ich, dass du gar nicht erst gehst.»

28

BENNO

Aus dem geplanten Frühstück war ein Mittagessen geworden. Hinter ihm saß Thea am Tisch und raspelte Kartoffeln und Zucchini, weil er spontan entschieden hatte, Puffer zu backen. Benno öffnete den Küchenschrank, um den großen Eisentiegel seiner Großmutter zu suchen, in denen sie besonders knusprig wurden. Er würde gleich ein paar mehr backen, falls Juli und Hannes nach ihrem Trip an die Nordsee Hunger hatten.

«Fertig!», sagte Thea.

«Dann etwas einsalzen und stehen lassen. Da drüben im Topf sind Zwiebeln. Zwei davon schälen und ebenfalls fein reiben.»

Thea stand auf, holte die Zwiebeln und blieb neben ihm stehen, bis er sie ansah. «Nun sag schon! Oder wie lange willst du mich noch auf die Folter spannen? Was ist das für eine Idee, über die du mit mir sprechen möchtest?»

Benno wuchtete das schwere Eisenteil mit Griff auf den Herd, wischte es mit Küchenrolle aus. Wie sollte er beginnen? Einen Moment suchte er nach den richtigen Worten, während er Öl in die Pfanne tröpfelte. Dann entschied er sich anders, drehte den Herd wieder aus. «Komm mal mit!»

Thea sah von den Zwiebeln auf, die sie schälte. «Was? Jetzt?»

«Ja, ich will dir was zeigen!»

Sie ließ das Gemüse liegen, wusch sich die Hände in der Spüle und folgte ihm nach draußen, am Haus vorbei auf den

Hofplatz, wo er sich nach rechts wandte. Vor einem flachen Backsteinbau, vis-à-vis zum Kesselhaus, wo ihre Wohnung lag, blieb er stehen. Darin befanden sich seine Werkstatt und sein Futtermittellager. Die letzte der drei Holztüren, deren Farbe sich bereits anklagend abrollte, hatte er ewig nicht geöffnet. Er sah Thea an. Sie hatte tausend Fragen im Blick. «Das hier?» Sie blickte skeptisch am Mauerwerk hoch, das seine besten Jahre hinter sich hatte, dafür einen Retrocharme, der gerade wieder en vogue war.

Benno zog die Tür mit einem Ruck aus dem Rahmen, weil sie klemmte. Durch die ungeputzten Scheiben zwischen den Fensterkreuzen ließ das Licht dieses Sommertages die Szenerie wie im Weichzeichner wirken, wie einen Ort aus einer vergangenen Zeit. Dieser vergessene Raum war bis unter die Decke vollgestellt mit Gerümpel, das noch von seinen Eltern stammte. Uralte Gerätschaften, angeschlagene Gartengeräte, ausrangierte Möbel unter Bettlaken und aufgestapelte Farbeimer, deren Inhalt längst ausgetrocknet sein musste. Alles war überpudert mit jahrzehntealten Staubschichten und geschmückt mit zahllosen Netzen von gesponnenen Spinnweben.

Thea drängte sich an ihm vorbei. Ihr Mund stand offen. Sprachlos hatte er sie noch nie erlebt in den letzten Tagen. Benno ließ diesen Raum auf sie wirken, sagte ebenfalls nichts.

«Das ist ja der Hammer!» Sie ging hinein, schob mit dem Fuß einen verbeulten Metalleimer zur Seite. Ein Lächeln legte sich auf ihre Lippen. «Das Licht, wahnsinnig schön. Und dieser Backstein!» Sie drehte sich zu ihm. «Was hast du hier vor?»

Benno hob eines der Laken an. Staub erhob sich und schwebte einige Zeit im Raum, angeleuchtet von den Sonnenstrahlen. «Anfangs hatte ich die Idee, meinen Honig hier auf dem Hof anzubieten, weil ich noch so viele Gläser vom letzten Schleudern übrig habe.»

Thea sah ihn aufmerksam an. «Gute Idee! Und ...?»

«Beim Wegräumen des Schuttberges vor dem Tor wurde diese Idee dann noch etwas größer.»

Er lehnte sich vorsichtig an die betagte Kommode, die er soeben aufgedeckt hatte. Sie hielt seinem Gewicht stand. «Schade um diesen Raum, wenn er brachliegt. Findest du nicht?»

«Nun sag schon!» Thea stand mit einem diebischen Lächeln vor ihm.

«Was sagst du zu einem eigenen Hofladen?»

Sie setzte zu einer Erwiderung an, schien aber nicht die richtigen Worte zu finden.

«Ich habe im Garten mehr als genug Gemüse, das wir niemals allein verbrauchen können. Dazu die Beerensträucher und die Streuobstwiese. Und natürlich die Hühnereier und der Honig.»

Thea trat weiter in den Raum, stemmte die Hände in die Hüften und blickte sich erneut um. Sie schien die Remise noch einmal mit anderen Augen zu erkunden. Benno konnte nicht sagen, ob es Neugier oder Skepsis war, was er auf ihrem Gesicht lesen konnte. Vielleicht richtete sie bereits den Hofladen ein? Hatte Thea die Vorstellungskraft, was hier drin entstehen konnte?

«Mit Hannes könnte ich ein paar Regale und eine Ladentheke bauen», sprach er weiter, wies auf die altertümliche Kommode, die solide aussah. «Einiges davon lässt sich garantiert verwenden.» Er wartete auf Theas Reaktion.

Thea hob ungläubig die Arme, ließ sie wieder sinken. «Ich

erkenne dich gar nicht wieder!», sagte sie dann. «Erst willst du niemanden hier auf deinem Hof haben, nun willst du sogar einen eigenen Laden eröffnen. Wer bist du, und was hast du mit Benno gemacht?»

«Heißt das, du bist dabei?»

Sie legte den Kopf schräg. «Dabei?»

Benno kratzte sich verlegen am Bart. «Na ja, einer müsste ja im Laden stehen, wenn die Kunden kommen. Ich kann nicht beides. Mich um die Tiere kümmern und den Hofladen betreiben.»

«Das leuchtet mir ein.» Mehr sagte sie nicht.

«Dann hilfst du mir dabei?» Sein Mund war trocken, so aufgeregt war er. «Natürlich sollst du auch was verdienen, wenn der Laden was abwirft. Du sollst nicht für lau arbeiten. Es ist ein Projekt für uns beide! Für unsere Zukunft!» Er vergaß einzuatmen. «Oder hast du schon andere Pläne?»

Thea ging ein paar Schritte, schob etwas von dem Gerümpel zur Seite, blieb mit dem Rücken zu ihm stehen, hob einen Arm, zeigte zur Rückwand. «Hier würde ich den Verkaufstresen aufbauen, davor und an den Wänden die Regale. Und da drüben den Honig. Vielleicht baut ihr auch einen kleinen Stehtisch. Wir könnten Kaffee, Limonade und meine *pastéis de nata* anbieten. Für die Radfahrer und Wanderer in der Heide!»

«Dann bist du mit im Boot?» Benno spürte den Schweiß unter seinen Armen.

«Da fragst du noch?» Sie kam zu ihm, packte seine Arme, drückte sie begeistert. «Von den eigenen Ressourcen zu leben ist DIE IDEE! Du könntest dann auch andere Händler der Umgebung ansprechen und dein Sortiment erweitern. Säfte, Marmelade und Eingewecktes.»

Benno musste zugeben, dass Theas Ideen ihm gefielen. «Also abgemacht? Ohne dich bleibt das nur eine Schnapsidee.» Er sah Thea in die Augen. «Aber mit dir kann das wirklich funktionieren!»

Sie sah ihn an und lächelte.

Benno drehte den Kopf, als er ein Fahrzeug auf den Hof fahren hörte. Dann waren sicherlich Juli und Hannes zurückgekommen. «Sie sind wieder da. Wollen wir die beiden gleich einweihen? Oder musst du erst einmal eine Nacht darüber schlafen?»

Thea drängte sich an ihm vorbei und ging hinaus. «Der Tag ist jung, und hier muss alles raus! Hannes wird uns bestimmt dabei helfen.» Thea nahm die Zipfel ihrer Bluse und band sie über dem Hosenbund zu einem Knoten. «Und Juli kann schon mal ein Logo für *Bennos Hofladen* entwerfen. Werbung ist heutzutage alles!»

Benno gab den ersten Kartoffelpuffer in das heiße Öl, das in der Pfanne seiner Großmutter brutzelte. Er trat ein Stück zurück, um keine Fettspritzer abzubekommen, und formte den nächsten «Klitscher» mit den Händen. Thea deckte den Tisch ein. Hannes und Juli waren noch in der Remise geblieben, nachdem sie ihnen von Bennos Plan erzählt hatten. Hannes war skeptisch gewesen, Juli dagegen sofort begeistert von der Idee. Aber der Junge ließ sich innerhalb kurzer Zeit von Julis Enthusiasmus anstecken. Während Benno mit Thea das Essen vorbereitete, wollten die beiden noch ein wenig in der Remise bleiben und Ideen schmieden.

«Du musst einen Gewerbeschein beantragen, oder?», fragte Thea, als sie das Besteck eindeckte.

«Ja, aber das dürfte kein Problem sein.» Benno drehte die

Kartoffelpuffer, die eine goldgelbe Farbe hatten. Dann ging er zur Arbeitsplatte und rührte einen herzhaften Quarkdip an. «Gleich morgen erkundige ich mich, was nötig ist, um den Laden zu öffnen.» Er ging zum Kühlschrank, holte ein Weckglas mit selbst gemachtem Apfelmus heraus. «Sobald die Remise leer ist, biete ich dort schon mal meinen Honig zum Verkauf an. Fürs Glas kann ich acht Euro nehmen, da kommt dann schon etwas Bargeld rein, um eine Registrierkasse und weiteres Equipment zu kaufen.»

Thea faltete aus Küchenrollenblättern Servietten. «Wir sollten den Laden und das Fest für den Hof kombinieren.»

Überrascht blickte er auf. «Ich habe kein Geld mehr für das Fest», sagte er und ging zur Pfanne, nahm die Kartoffelpuffer heraus, legte sie auf Küchenpapier und setzte neuen Teig in die Pfanne.

«So viel brauchen wir gar nicht, Benno. Ein paar Getränke, etwas Kuchen und vielleicht ein paar Bratwürste. Das lockt die Leute an. Einen Grill hast du doch?»

Er ließ es sich durch den Kopf gehen. «Also gut, wenn der Laden eröffnet wird, feiern wir das, soweit ich es mir leisten kann. Der Tierarzt wird mir auch eine satte Rechnung aufmachen.»

Sie schienen beide an das kranke Tier zu denken. «Hast du schon was vom Doktor gehört?»

Benno sah auf und war froh, dass er gute Nachrichten hatte. «Der Doc hat angerufen. Der Stute geht's zunehmend besser. Es ist keine OP notwendig.»

Thea war erleichtert. Sie arbeiteten stillschweigend weiter. Bennos Euphorie wurde von ersten Zweifeln gedämpft. Wenn dieser Hofladen nicht funktionierte, die Spenden ausblieben, Julis Pläne mit den Tierpatenschaften niemanden interessierten, war sein Hof nicht mehr zu halten. Was würden seine Eltern sagen, wenn sie noch am Leben wären, dass er so gnadenlos scheiterte? Dieser Lebenshof war sein Lebenswerk! Was, wenn er ihn aufgeben musste?

Durch das Küchenfenster sah er Juli an den Krücken zum Haus hinken. Hannes redete auf sie ein, gestikulierte. Sie blieb stehen und antwortete ihm. Sie sahen beide erhitzt aus.

«Schau mal! Was denkst du, ist da draußen los?»

Thea trat neben ihn. «Worüber diskutieren sie?»

«Geht uns nichts an, schätze ich.» Er stellte den Herd aus, schichtete die Kartoffelpuffer auf eine Platte. Er hob sie an. «Sag mal, du hattest doch auch eine Idee, von der du mir erzählen wolltest.»

Thea löste sich vom Fenster. «Das ist nicht wichtig.»

«Vorhin schien es dir sehr wichtig zu sein.»

Sie winkte ab. «Ich habe einen Bärenhunger! Lass uns essen.»

Juli und Hannes betraten die Küche, mit roten Wangen und dicker Luft. Sie konnten sich nicht in die Augen schauen.

«Ich muss dir was sagen», begann Juli, als sie sich gesetzt hatten.

Benno schob sich zwei Puffer auf den Teller. «Ja?»

Juli warf Hannes einen Blick zu, der ihn nicht erwiderte, sondern stur auf seinen Teller blickte.

«Wir waren heute Vormittag in Cuxhaven.»

Benno starrte das Mädchen an, setzte wie in Zeitlupe die Platte ab. Sein Herz begann hart zu schlagen.

«Wir haben Claas getroffen.»

Wie Lava in der Speiseröhre fühlten sich seine Gefühle an, die nach oben stiegen. «Was?», fragte er, obwohl er sie genau verstanden hatte.

«Ich wollte deinen Sohn kennenlernen.»

Ein Zittern ging durch seinen Körper. Er schaffte es, die harten Worte, die ihm auf der Zunge lagen, herunterzuschlucken. «Warum?», würgte er heraus.

«Ich wollte von ihm hören, ob er dich vermisst.»

Hannes atmete gereizt aus, warf ihr einen langen Blick zu.

Thea saß starr am Tisch, bewegte sich nicht.

«Das stand dir nicht zu», flüsterte Benno. «Das ist *mein* Leben! Claas ist *mein* Sohn! *Meine* Entscheidung, ob ich Kontakt zu ihm will!»

Juli senkte ihren Blick und nickte.

«Er will mich nicht sehen, nicht wahr?», fragte Benno leise.

Juli schwieg, konnte ihn nicht ansehen. Das war Antwort genug.

Benno packte mit den Händen die Tischplatte, um nicht daraufzuschlagen. «Ich habe dir ganz klar gesagt, dass mein Sohn für mich keine Rolle mehr spielt. Aber du konntest es nicht lassen, dich da einzumischen.» Er spürte diesen brodelnden Zorn, der seine Stimme beben ließ, und schob sich vom Tisch hoch. «Ihr solltet verdammt noch mal eure Nase aus den Angelegenheiten anderer Leute halten!» Mit steifen Beinen verließ er die Küche und das Haus. Er brauchte frische Luft. Und er wollte nicht, dass jemand der Anwesenden seine Tränen sah. Und den Schmerz, der ihn kaum atmen ließ. An diesem Tag hatte er seinen Sohn ein zweites Mal verloren.

29

THEA

Die Tür schlug hinter Benno zu, dann war Stille im Haus. Thea löste sich aus ihrer Erstarrung. Sie sah Juli an, die sich kaum rühren konnte, so erschrocken war sie.

Hannes schob seinen Teller weg und schüttelte den Kopf.

«Was habt ihr euch nur dabei gedacht?», fragte Thea schließlich.

Juli zuckte die Schultern. «Ich dachte, ich könnte helfen.»

«Helfen?», hakte Thea nach. «Indem du dich über seine Entscheidung hinwegsetzt?» Sie atmete durch und machte ein ernstes Gesicht. «Juli! Das war eine blöde Idee!»

«Warum musstest du es auch ausplaudern?» Hannes hatte das Messer in der Hand und ließ es nervös wippen.

«Ich wollte ehrlich sein!»

Hannes sprang auf. Die Stuhlbeine schienen aufzuschreien. «Schwachsinn! Das musste nicht sein!» Er ging zur Tür, legte die Hand auf die Klinke, zögerte, kam wieder zum Tisch zurück. «Habe ich es dir nicht gesagt, dass er so reagiert?» Vorwurf ließ seine Stimme beben. «Das war ein Schlag in die Fresse für Benno!» Er zog den Stuhl vom Tisch, setzte sich wieder.

«Beruhige dich!», sagte Thea. Das Kind war in den Brunnen gefallen, nun mussten sie damit leben.

Juli sah aus, als müsse sie ihre Tränen zurückhalten. «Ich konnte ihn doch nicht anlügen!», sagte sie ganz schwach, war kaum zu verstehen.

«Verschweigen ist nicht lügen», hielt Hannes dagegen.

«Er hätte es nie erfahren! Claas will keinen Kontakt zu seinem Alten, der wird es nicht ausplaudern.»

Thea hob die Augenbrauen. «Oh doch, Verschweigen ist wie Lügen!»

Hannes machte eine abfällige Handbewegung. «Dann hätten wir gar nicht erst hinfahren sollen. Ich habe dir gesagt, dass es ihn belastet!» Er sah Juli an. «Und du gibst ihm gleich vor dem Essen die volle Breitseite!»

«Bleib ruhig! Vorwürfe bringen uns nicht weiter.» Theas Stimme ließ keine Widerrede zu. «Juli, es war richtig, ihm von eurem Treffen mit Claas zu erzählen. Benno verkraftet das. Er beruhigt sich bald wieder.»

«Und wenn nicht?» Hannes stieß wütend seine Gabel in einen Kartoffelpuffer und biss von ihm ab. Seine Kaumuskeln arbeiteten, das schien ihn runterzufahren.

Juli erhob sich mühsam. «Ich muss zu ihm. Muss es ihm erklären …»

Thea legte ihr die Hand auf den Arm. «Das lass mal lieber! Er braucht jetzt einen Spaziergang.» Sie sah nachdenklich zum Fenster hinaus. «Wenn Benno zurückkommt, spreche ich erst mal mit ihm. Allein!»

«Und wenn er sich was antut?», fragte Juli, setzte sich wieder an den Tisch.

«So ein Quatsch! Benno ist verletzt, aber nicht labil! Er fängt sich wieder, ganz sicher. Das hat ihn heute kalt erwischt, ist doch klar.»

Hannes legte die Gabel weg. «Er war so gut drauf vorhin in der Remise! Diese Idee mit dem Hofladen hätte ich ihm nie zugetraut. Er war richtig …» Er suchte nach einem Wort.

«Euphorisch», warf Thea ein. «Und das wird Benno auch wieder sein. Lasst ihn verarbeiten, was Juli ihm erzählt hat.

Egal, wie lange es dauert.» Sie nahm sich einen Puffer. «In der Zwischenzeit fangen wir schon mal an, die Remise auszuräumen.»

Hannes lehnte sich zurück. «Du glaubst daran, dass er jetzt noch weitermachen will?»

«Natürlich will er das!» Sie biss ab, kaute, gab einen Klecks Dip auf den Teller. Die Puffer waren köstlich. Was war da für ein Gewürz drin? Kümmel? «Er will, wie wir alle, den Hof retten. Deshalb legen wir nach dem Essen los.» Sie setzte Juli einen Puffer auf den Teller. «Esst! Es wird kalt!»

Juli nahm die Gabel, zerteilte appetitlos das Essen. «Ich hoffe, du hast recht. Ich könnte es nicht ertragen, wenn er nun wieder alles schleifen lässt.»

«Oh, das wird nicht passieren!» Theas Ton war eine Kriegserklärung. «Und falls doch, bekommt er es mit mir zu tun. Heute lassen wir ihn einfach in Ruhe.»

Für den Rest der Mahlzeit sprachen sie über den geplanten Hofladen. Aber jeder von ihnen sah immer wieder verstohlen zum Fenster in der Hoffnung, dass Benno zurückkam. Nur eine der Katzen leistete ihnen schließlich Gesellschaft und bettelte nach ihren Resten.

Nach dem Essen räumte Thea die Küche auf, während Juli mit Hannes schon vorgegangen war. Sie hatte die beiden rausgeschickt, damit sie zurechtrücken konnten, was durch ihren ersten Streit in eine Schieflage geraten war. Es war gut, wenn die beiden sich aussprachen. Sie ließ Bennos Teller auf dem Tisch stehen, packte die übrig gebliebenen Kartoffelpuffer in die Pfanne und legte einen Deckel darauf, um sie warm zu halten. Vielleicht hatte er später noch Hunger, wenn er zurückkam. Sie sah sich um in der gemütlichen Wohnküche, wo die gescheckte Katze sich auf der Eckbank zusammengerollt hatte. Wie lange hatte Benno hier allein am Tisch gesessen? Wie oft hatte er an seinen Sohn gedacht? Oder hatte er ihn wirklich so weit verdrängt, dass ihm im Leben tatsächlich nichts gefehlt hatte?

Wie würde sie sich fühlen, wenn Juli sich mit Annika hinter ihrem Rücken getroffen hätte? Und wenn ihr Mädchen auf sie mit Ablehnung reagiert hätte? Ganz sicher, sie wäre ebenfalls verletzt gewesen. Juli stand es nicht zu, sich in ihre Vergangenheit einzumischen. Demgegenüber hatte sie redliche Absichten verfolgt. Benno würde das sicherlich einsehen, wenn seine Emotionen wieder im Lot waren.

«Also los!» Thea sah Juli an, als sie die Remise betrat. Das Mädchen stand mit den Gehhilfen im Türrahmen und wartete bereits auf sie. Hannes hatte aus der Werkstatt Arbeitshandschuhe für sie alle besorgt, Besen und Handfeger. Er hatte sich beruhigt und eingesehen, dass Vorwürfe in dieser Situation nicht hilfreich waren. Juli trug nach wie vor diesen gequälten Ausdruck im Gesicht.

«Hannes, wir nehmen erst mal alle Laken herunter und schauen, was darunter für Schätzchen lagern. Die tragen wir dann vor die Tür.» Sie drehte sich zu dem Mädchen um. «Denkst du, dass du mit einem Besen die Spinnweben beseitigen kannst?»

«Klar! Kriege ich hin!»

Hannes zog sein Smartphone aus der Hosentasche, wischte darauf herum. «Habt ihr einen Musikwunsch?»

Juli zuckte die Schultern und nahm den Handfeger in die Hand.

Thea zog bereits das erste Laken von einem Schrank, einem in die Jahre gekommenen Küchenbuffet, das wunderbar in den neuen Laden passte. «Suche du was aus», sagte sie abwesend und fuhr mit der Hand über das gealterte Holz, das dringend eine Aufarbeitung brauchte. Welche Schätze standen hier noch, vergessen und vom Zahn der Zeit angenagt?

Hannes ließ durch die Musikapp beim Arbeiten ein paar Rocknummern laufen. Und bald sah man, was für einen perfekten Hofladen dieser vergessene Backsteinraum abgeben würde. Vor dem Abendessen hatten sie ihn freigeräumt und besenfertig geputzt. Sie stellten sich nebeneinander und blickten zufrieden auf das Ergebnis der letzten Stunden. Ein paar der Möbel hatten sie an die Wand gerückt. Diese würde Hannes für die Einrichtung des Ladens nutzen. Die wurmstichigen Stücke, die nicht mehr gerettet werden konnten, hatten sie draußen gestapelt. Benno musste dann bestimmen, ob es Kaminholz war oder Sperrmüll, es war seine Entscheidung.

«Das hier ...», Thea zeigte auf ein hohes Regal. «... ist doch ideal für den Honig. Den will Benno zuerst hier anbieten.»

«Und wer soll den verkaufen, wenn er im Stall ist oder irgendwo auf dem Gelände?», fragte Juli. «Will er mit einer Kasse des Vertrauens arbeiten?»

«Ich bin doch da!» Thea lächelte. «Wenn ein Kunde kommt, kann er am Tor eine Glocke ziehen. Dann verkaufe ich ihm den Honig.»

«Solange ich noch hier bin, kann ich das auch gern übernehmen. Ich habe da was gutzumachen.»

Thea drückte den Handywecker aus und blieb noch einen Moment liegen. Sie spürte all ihre Muskeln, konnte kaum ihre Arme heben. Wenigstens waren es nicht diese ziehenden Unterleibsschmerzen, sondern die Nachwehen der gestrigen körperlichen Arbeit. Sie blickte zum Fenster, durch dessen

Spalt morgendlich frische Luft fächelte. Das jungfräuliche Licht, das die ersten Konturen der Möbel in ihrem Schlafzimmer sichtbar machte, gab der Umgebung einen rosagelben Anstrich.

Nach ein paar Minuten, in denen sie mit sich rang, stemmte sie sich hoch und setzte ihren schmerzenden Körper auf. Sie musste sich beeilen, wenn sie Benno vor seiner Arbeit treffen wollte. Am vergangenen Abend war er nicht mehr aufgetaucht. Als die Dunkelheit sie dazu gedrängt hatte, endlich Feierabend in der Remise zu machen, wo nur eine schummrige Stalllampe an der Decke hing, hatte sie bei ihm in der Küche Licht gesehen. Juli war schon auf dem Weg gewesen, um zu ihm zu gehen und sich noch einmal zu erklären, Thea hatte sie zurückgehalten. Benno wollte allein sein. Wenn er so weit war, würde er zu ihnen rüberkommen. Es war Julis Entscheidung gewesen, sich hinter Bennos Rücken mit seinem Sohn zu treffen. Die Konsequenzen musste sie nun tragen. Und noch wusste niemand von ihnen, wie diese aussahen. Hatte Benno vor, sie vor lauter Enttäuschung vor die Tür zu setzen? Natürlich würde Thea sich dann für sie einsetzen und weiterhin ihre Gästecouch anbieten. Es war ihre Sache, wem sie ihre Gastfreundschaft schenkte. Da würde Benno sich nicht einmischen können. Aber auf dem Hof würde gehörig der Haussegen schief hängen. Und die Idee mit dem Hofladen wäre ganz sicher vom Tisch. Dazu durfte es nicht kommen. Sie musste mit Benno reden, bevor er auf Juli traf.

Sie zog Jeans und ein Sweatshirt an, band sich im Bad die Haare mit einem Gummi zusammen. Der *café* musste heute Morgen warten. Wenn sie Glück hatte, saß er mit der Kaffeetasse auf seiner Terrasse und fütterte die zahme Krähe. Sie fuhr in ihre Flipflops und ging auf leisen Sohlen an ihrem Wohnzimmer vorbei, in dem Juli auf der Gästecouch schlief. Sie hoffte, dass sie in dieser Nacht zur Ruhe gekommen war.

Der Morgenwind war frisch und belebend wie ein Pfefferminzbonbon. Auf dem Weg zu Bennos Hof ließ sie ihre linke Hand über die Pflanzen am Wegrand gleiten, als könne sie ihnen einen Gutenmorgengruß dalassen. Der schwarz-weiße Kater huschte über den Weg und verschwand in Richtung Stall. Eine einsame Amsel tixte im Haselnussstrauch am Zaun. Ein anderer Vogel, den Thea nicht kannte, schien ihr zu antworten. Vor dem Türchen zu Bennos Garten blieb sie stehen, atmete tief durch, legte sich einleitende Worte zurecht. Wie konnte sie die Situation zwischen ihm und Juli entspannen und dennoch seine Verletzungen respektieren?

Was würde sie selbst akzeptieren, wenn es um Annika gehen würde? Sie öffnete das Türchen und lief am Haus vorbei zur Treppe an der Terrasse, stieg hinauf. Da saß er, mit gebeugtem Rücken und der Blechtasse in der Hand. *Ein trauriger alter Mann*, dachte Thea erschrocken. Sein starrer Blick lag auf den Birken am Moor, wo das Morgenlicht mit den Blättern spielte.

«Morgen!», grüßte sie beim Nähertreten.

Benno zuckte zusammen, sah sie ungläubig an. «Morgen!»

«Hast du einen *café* für mich?» Sie setzte sich an den Tisch neben ihn.

«Klar!» Er stand auf, ging ins Haus und kam mit einer Tasse und der Espressokanne zurück, schenkte ihr ein.

«Danke!» Sie nippte, hielt die Schärfe aus, saß wortlos neben ihm. Ein Schweigen, das sich nicht einmal schlecht anfühlte. Zwei Mittfünfziger, die den Vogelstimmen lauschten.

Und nicht wussten, was sie sagen sollten, um es leichter zu machen.

«Es tut ihr wahnsinnig leid», sagte Thea schließlich.

Benno sah zu ihr, erwiderte jedoch nichts.

«Sie ist selbst fast noch ein Kind.»

Er starrte auf die Holzdielen der Terrasse.

«Und sie hat geglaubt, ihre Geschichte lässt sich auf dich und deinen Sohn übertragen.»

«Das gibt ihr dennoch kein Recht, sich einzumischen.» Er hatte die Stimme gehoben, die wie ein Reibeisen klang.

«Nein, das sieht Juli auch ein. Sie wollte helfen. Weil sie dich sehr gernhat.»

Ein langer Blick, dann die Andeutung eines Kopfschüttelns.

«Du bist eine Vaterfigur für sie. Wie der Vater, nach dem sie sich seit Jahren sehnt.»

«Denkst du das wirklich?» Nun ganz leise gesprochen, beinahe im Flüsterton.

«Merkst du nicht, dass sie deine Nähe sucht? Wie gern sie mit dir zusammen ist?»

Ein schneller Blick, dann starrte er Löcher in die Baumkronen.

«Es war das falsche Mittel, gar keine Frage! Aber es hätte auch funktionieren können. Hast du daran mal gedacht?»

«Woran?»

«Dass Claas nur eine Geste aus deiner Richtung braucht. Jemanden, der euch wieder zusammenführt.»

Er trank einen Schluck. «Keiner will das.»

«Das redest du dir ein. Er fehlt dir! Ich kenne dich nicht lange, aber ich bin sicher, dass du dein Kind vermisst. So wie ich mein Ziehkind vermisse, die verlorene gemeinsame Zeit.»

Benno regte sich nicht, erhob keine Widerrede. Dann hatte sie ins Schwarze getroffen. «Sie hat es sich so gewünscht, dir eine Freude zu machen.»

Nun schloss er die Augen.

«Bestrafe sie nicht, Benno. Schick sie nicht weg. Der Zweck heiligt nicht die Mittel. Aber dieses Mädchen sieht etwas in dir, was du selbst nicht mehr erkennst.»

«Und was sollte das sein? Sieht sie einen Loser, den die Geldsorgen ersticken?»

«Nein, einen Mann, der alles tut, um sein Schicksal zu wenden. Der nicht klein beigeben will, weil er alten und kranken Tieren ein Zuhause gibt.» Einen Moment sagte keiner etwas. «Weil sie sich nichts so sehr wünscht wie ein eigenes Zuhause.»

Benno schwieg, hing seinen Gedanken nach. Thea trank stumm ihren Kaffee aus. Es gab nichts mehr zu sagen. Dann stand er auf, drückte den Rücken durch. «Komm! Bringen wir die Tiere auf die Weide. Im Anschluss mache ich uns Frühstück. Und wenn Juli möchte, soll sie mit rüberkommen.»

30

Die Probleme mit ihrer Mutter hatten Juli auch in der Vergangenheit schlaflose Nächte beschert. Am Tag konnte sie Konflikte verdrängen, in der Dunkelheit jedoch hielten sie sie wach. Die letzte Nacht war eine dieser unruhigen gewesen, der Schlaf ein unerreichbarer Ort. Das Gedankenkarussell war nicht zum Stillstand gekommen. Benno so zu verletzen, war nicht ihre Absicht gewesen, und sie konnte nicht fassen, wie naiv sie bei dieser Geschichte vorgegangen war. Sie hatte eine Fifty-fifty-Chance ergriffen, um zwischen Benno und Claas zu vermitteln. Doch an die Konsequenzen ihres Misserfolges hatte sie gar nicht erst denken wollen, was unfassbar dumm gewesen war.

Juli setzte sich auf der Couch auf, strich sich die Haare aus dem Gesicht. Ihr war ein wenig taumelig, weil sie erst in den Morgenstunden eingenickt und in wirre Träume gefallen war. Sofort kam ihre Angst zurück, Benno zu verlieren. Erst jetzt, da sie ihn so hintergangen hatte, wurde ihr bewusst, wie wichtig er ihr in den letzten Tagen geworden war. Wie wohl sie sich hier auf seinem Hof fühlte. Er hatte sie einfach so genommen, wie sie war – und was tat sie?

Sie wischte die aufkommenden Tränen weg, war wütend auf sich selbst. Auch weil sie Hannes überredet hatte, mit ihr nach Cuxhaven zu fahren. Wenn zwischen ihm und Benno dadurch Probleme entstanden, würde die Schuld doppelt schwer auf ihr lasten. Dazu durfte sie es nicht kommen lassen! Sie musste mit Benno sprechen.

Langsam schob sie die Beine aus dem Bett, beugte sich vornüber, tastete ihren Knöchel ab. Ein leichter Druckschmerz, nicht dieses fürchterliche Stechen wie sonst. Das war ein gutes Zeichen, aber belasten durfte sie den Fuß noch immer nicht. Sie richtete sich auf. Was, wenn Benno sie vom Hof warf? Wohin sollte sie dann gehen? Zurück zu ihrer Mutter? Nicht eine Sekunde wollte sie darüber nachdenken.

Juli angelte eine der Krücken und hievte sich hoch. Wie jeden Morgen brauchte sie einen Moment, um fest auf dem unversehrten Bein zu stehen. Ihr war ein wenig schwindelig, was wahrscheinlich an dem mangelnden Schlaf lag und den vielen kräftezehrenden Vorwürfen, die sich durch ihren Kopf wälzten. Sie war enttäuscht von sich selbst.

Langsam hinkte sie in die Küche. Thea war nicht da. Auch nicht die Tasse mit dem Kaffeering im Inneren, die hier morgens neben der Spüle stand. Schlief sie noch?

Juli sah auf ihre Armbanduhr. Bereits kurz nach zehn. Nein, um diese Zeit lag Thea nicht mehr im Bett, was ihr die geöffnete Schlafzimmertür bestätigte. Sie nahm sich etwas Müsli und Obst und trug die Schüssel mit der freien Hand nach draußen. Seit ein paar Tagen funktionierte es gut, wenn sie nur eine der Gehhilfen benutzte.

Auf dem Stuhl vor der Tür ließ sie sich nieder. Das war ihr Lieblingsplatz an jedem Morgen. Das Summen im Kräutergarten war in vollem Gange. Der Lavendel setzte den ersten violetten Flaum an seinen Blütenständen an, die sich wie ein eingespieltes Ballettensemble simultan im Wind wiegten. Irgendwo in der Ferne krakeelten die Hühner. Sie hatte spontan Lust auf ein frisch gekochtes Ei, aber der Weg zu den Legenestern war ihr zu weit. Julis Blick ging zur Hecke, hinter der ein Stück von Bennos Haus zu sehen war. Wie war seine

Nacht gewesen? Hatte sie seine alte Wunde erneut aufgerissen? War er ebenfalls nicht zur Ruhe gekommen?

Ihr Magen war plötzlich wie zugeschnürt. Sie stellte die halb volle Müslischüssel neben sich und lehnte sich zurück. Was sollte sie tun? Rübergehen und das Gespräch suchen? Oder seinen Rückzug akzeptieren, bis er auf sie zukam?

Ihrer Mutter war sie nach einem Streit meistens aus dem Weg gegangen. Aber hier war es Benno, der gegangen war. Das war neu für Juli. Und es tat weh. Ein Mensch, den sie sehr ins Herz geschlossen hatte, wollte von ihr Abstand haben. Es war kaum zu ertragen.

Sie erinnerte sich an den einzigen heftigen Streit mit ihrem Großvater. Sie war gerade achtzehn geworden, und er hatte ein ernstes Gespräch mit ihr geführt. «Nun bist du erwachsen, Juli. Sogar volljährig! Du kannst deine eigenen Entscheidungen treffen, Verantwortung für dein Leben übernehmen.» Sie wusste noch, dass sie sich über diese Einleitung amüsiert hatte, aber er war ernst geblieben. «Ich werde irgendwann nicht mehr da sein, kann nicht mehr auf dich und deine Mama achtgeben. Diese Rolle musst du dann übernehmen. Du bist die Vernünftige, du bist die Starke.» Er hatte einen Moment geschwiegen, und das hatte ihr das Lächeln von den Lippen gelöscht. Er hatte in diesem Moment so hilflos gewirkt. «Sie wird dich brauchen, weißt du? Du musst auf sie aufpassen, weil sie es selbst nicht kann.»

Juli hatte mit ihm diskutiert, dass sie froh wäre, wenn sie endlich fortgehen könne und nicht den ewigen Spitzen und Anschuldigungen ihrer Mutter ausgesetzt sei. Sie habe ja selbst entschieden, ihr Leben lang so unzufrieden zu sein. Ihr Großvater hatte dagegen versucht, sie als Enkelin zu verstehen, aber auch die Sichtweise seiner Tochter. «Deine Mutter hat ihre Träume geopfert, um dich aufzuziehen und dir eine gute Zukunft zu schenken.» Verärgert war Juli bei diesen Worten, die sie schon oft genug gehört hatte, aufgesprungen und in den Wald gelaufen. Wie immer, wenn sie allein sein wollte. Nie wieder hatten sie danach darüber gesprochen. Ein knappes Jahr hatte ihr Opili noch gelebt. Und nun saß sie hier und schob seine Worte in ihrem Kopf hin und her. Wäre ihre Mutter ohne ihre Geburt tatsächlich glücklich geworden? War sie als Tochter wirklich die Stärkere von ihnen beiden?

Sie hörte Schritte, dann kam Thea um die Ecke. Sie trug kurze Hosen und Gummistiefel, hatte die Blusenzipfel mit einem Knoten zusammengebunden. Von Weitem sah sie aus wie ein junges Mädchen, das gerade von einem heimlichen Date kam. Dieses Lächeln auf ihrem Gesicht, das sie immer viel jünger wirken ließ, war ansteckend. Aber Juli musste an die Thea denken, die blass und krank im Bett gelegen hatte. Kaum zu glauben, dass es dieselbe Person war, die sich nun neben sie hockte.

«Morgen!» Thea sah sie prüfend an. «Hast du schlafen können?»

Juli zuckte die Schultern.

«Benno möchte dich sehen.»

Ihr Herz machte einen Satz. «Echt?»

«Er macht gerade Frühstück. Vielleicht gehst du ihm etwas zur Hand. Ich komme dann später nach.» Sie legte ihr kurz die Hand auf die Schulter. «Keine Angst, er hat sich schon wieder beruhigt.» Dann ging sie hinein.

Juli blieb noch einen Moment sitzen. Ihr Magen flatterte durch die innere Anspannung. Was sollte sie Benno sagen? Wie leid es ihr tat? Wie wichtig er ihr war? Gab es die richtigen Worte in ihrer Situation? Oder gab es nur eine falsche

Scham, die sie davon abhielt, hinüberzugehen und ihm in die Augen zu schauen? Sie raffte sich auf und hinkte zum Gartentor, schob es mit der Gehhilfe auf. Vor der Haustür zögerte sie, aber diese wurde von innen geöffnet. Benno wartete auf sie, hatte sie sicherlich durch sein Küchenfenster gesehen.

Ihre Blicke trafen sich, und es kostete sie Kraft, nicht wegzusehen. Einen Moment schaute er ernst und verärgert, dann schob sich ein Schmunzeln in seine Augen, das der Bart beinahe verdeckte. Er kam ihr entgegen und zog sie in seine Arme. «Wir reden nicht mehr darüber», brummte er. Sie nickte an seiner breiten Brust und spürte Tränen der Erleichterung aufsteigen.

«Ich weiß, dass du es gut gemeint hast. Aber dir muss klar sein, dass diese Einmischung in meine Angelegenheiten mich wirklich getroffen hat.»

«Kommt nicht wieder vor», versprach sie und folgte ihm ins Haus, wo es nach frischem Brot und Kaffee duftete.

«Wir haben eine Menge Arbeit vor uns», sagte Benno, als er das Kräuteromelett auf den Tisch stellte.

Thea saß mit Juli am Tisch und schnitt das Sauerteigbrot auf. «Die Remise ist ausgeräumt, und das Regal für den Honig steht», sagte sie. «Hast du ein Schild fürs Tor?»

«Das mache ich nach dem Frühstück.» Benno stellte die Espressokanne auf den Tisch und ein Brett mit frischem Gemüse.

Thea sah ihn freudestrahlend an. «Dann bleibt es dabei? Der Hofladen wird eröffnet?»

«Natürlich! Oder denkst du, ich halte mein eigenes Wort nicht?»

Juli nahm sich vom Omelett und eine Scheibe Brot. «Wir brauchen noch einen Namen für den Laden.»

«Wie wäre es mit *Bennos Hofladen*?», schlug Thea vor.

«Keine gute Idee», brummte er kauend.

«Wieso nicht?» Thea sah zu Juli.

Benno wirkte unzufrieden. «Ich bin hier momentan ziemlich verbrannt, findet ihr nicht? Mein Name ist kein Aushängeschild.»

«Zum Glück haben wir noch ein paar Tage Zeit, bis wir damit starten. Erst einmal muss die Inneneinrichtung fertig sein.» Thea nahm sich etwas vom Omelett.

«Hannes kommt heute nach der Arbeit wieder.» Benno schnitt eine Tomate auf.

«Ich habe auf dem Heuboden leere Obstkisten und Weidenkörbe gesehen», sagte Thea. «Die trage ich später rüber. Darin können wir das Obst und Gemüse anbieten.»

Juli lächelte glücklich. Die Planung des Hofladens hatte die Leichtigkeit zwischen ihnen zurückgebracht. «Ich habe auch schon recherchiert. Du kannst das Gewerbe online anmelden. Ich helfe dir beim Ausfüllen des Formulars. Das können wir gern nach dem Frühstück erledigen, wenn du magst.»

Benno nickte kauend.

«Hast du einen guten Steuerberater?», fragte Thea.

«Ja, der hat mir auch bei allein Vereinsangelegenheiten geholfen. Ich spreche mit ihm, was ich beachten soll.»

Juli legte das Smartphone auf den Tisch. «Ich habe die neuen Accounts fertiggestellt und schon hochgeladen. Bennos Tiere haben jetzt also ganz offiziell ein Zuhause in den sozialen Netzwerken! Ein paar Follower haben wir schon.» Sie tippte auf dem Display. «Genau sechs!»

Thea atmete aus. «Ein paar mehr brauchen wir schon.»

Juli nahm es gelassen. «Da kommen noch mehr, lasst mich mal machen.»

Benno lehnte sich zurück, sah Juli und Thea an. «Ich kann euch nicht genug danken!»

Thea hob belehrend das Messer. «Danke uns nicht zu früh. Noch sind das alles nur vage Ideen.»

Er wischte sich über den Bart. «Dann erzähl doch mal von deiner Idee!»

Thea ließ das Messer sinken.

«Was für eine Idee?» Juli sah erst zu Benno, dann zu Thea. Benno überkreuzte demonstrativ die Arme und wartete.

«Ich habe mir auch Gedanken gemacht, wie man den Hof auf mehrere Standbeine stellen kann», sagte Thea schließlich.

«Und? Was ist dir eingefallen?» Juli konnte es kaum erwarten, was die umtriebige Thea beisteuern konnte.

«Ziegen!», sagte sie schließlich und aß seelenruhig weiter.

«ZIEGEN?», fragte Juli.

«Wir züchten Ziegen!» Thea lachte verschmitzt.

Juli fing Bennos verständnislosen Blick auf, aber sie selbst konnte Thea nicht richtig folgen.

«Davon könnte der Hof in naher Zukunft gut auskommen.»

«Von Ziegen?», fragte Benno skeptisch und kräuselte die Stirn. «Redest du von Ziegenmilch und Ziegenkäse?»

«Zum Teil, ja. Aber die Idee ist viel größer.» Sie dachte einen Moment nach, sah Benno an. «Ich habe dir doch erzählt, dass in Portugal Ziegen präventiv für den Brandschutz eingesetzt werden. Auch hier wird das in den nächsten Jahren ein Thema werden, durch die Sommer, die immer heißer sind.»

«Letztes Jahr gab es schwere Waldbrände, vor allem in Brandenburg», warf Juli ein.

«Hier im Moor hat's letzten Sommer auch gebrannt. Das kann jederzeit wieder passieren», gab Benno zu bedenken.

Thea nickte. «Man kann Ziegen dort einsetzen, wo Brände gar nicht erst entstehen sollen. Sie fressen alles ab, was sie erreichen können. Laub, Zweige, trockenes Gras und selbst dorniges Gesträuch. Wusstet ihr, dass die Ronald Reagan Presidential Library in der Nähe von Los Angeles durch den Einsatz von Ziegen vor einem Brand bewahrt werden konnte? In den USA werden Ziegen auch schon als Brandverhüter eingesetzt.»

«Und in Deutschland?», fragte Juli.

«Hier nutzt man Ziegen bereits für die Landschaftspflege! Vor allem in unzugänglichen Gebieten oder dort, wo keine schweren Fahrzeuge fahren dürfen.» Sie lächelte wie eine Gewinnerin. «Zum Beispiel in Naturschutzgebieten.»

Benno kratzte sich nachdenklich am Bart, nickte dann.

«Und das Beste ist ...» Thea hob einen Finger. «... dass der Staat Zuschüsse zahlt für das Halten von Ziegenherden. Das sollten wir nutzen!»

«Willst du mit deinen beiden Ziegen und Rudolf eine Zucht aufbauen?», fragte Juli, der die Idee noch etwas vage erschien.

«Das könnte man versuchen. Aber effizienter wäre es, wenn wir uns mehr Ziegen für eine kleine Herde besorgen. Platz hast du hier genug.» Sie sah Benno an, der sein Pokerface aufgesetzt hatte. «Ich verfüge über das Know-how, dein Hof hat alle Voraussetzungen für die Tierhaltung. Wir müssen dann nur Aufträge an Land ziehen.»

«Und woher bekommen wir die Ziegen?», fragte Benno

ruhig. Er schien nicht abgeneigt zu sein, diese Idee weiter-
zuspinnen.

«Entweder wir kaufen welche oder holen sie aus Portugal!
Ich habe mit Mateus gesprochen. Er würde uns noch ein paar
Tiere seiner Herde überlassen.»

Juli sah zu Benno, der noch immer nachdachte, dann zu
Thea. In ihrem Kopf formten sich idyllische Bilder einer gra-
senden Ziegenherde auf der Weide, sie schien die Glöckchen
ihrer Halsbänder zu hören.

Thea spielte ihren letzten Trumpf aus. «Wir könnten dann
natürlich auch im Hofladen frische Ziegenmilch und Ziegenkäse anbieten.»

Benno lachte und stand auf, ging zum Fenster, stützte sich
auf die Arbeitsplatte und blickte hinaus. «Dann soll das hier
ein Ziegenhof werden?» Skepsis lag in seiner Stimme.

«Nur ein Teil davon!», sagte Thea. «Dein Stall ist groß genug. Oder wir erweitern ihn. Platz genug hast du doch hier.
Die Weideflächen müssen noch etwas ziegenkonform angelegt werden. Mehr Klettermöglichkeiten, höhere Zäune, ein
paar Unterstände. Alles kein Problem!»

Benno drehte sich wieder um, lehnte sich an die Spüle.
«Und wie kommen die Ziegen zu uns auf den Hof?»

Thea zuckte die Schultern. «Wir holen sie ab. Die Strecke
bin ich schon gefahren, und Mateus wird sich freuen, dich
kennenzulernen.»

Benno sah sie schweigend an. Das erschien ihm alles eine
Nummer zu groß.

«Warst du je in Portugal? Du wirst es lieben!»

«Und wer kümmert sich um den Hof und die Tiere, wenn
ich mit dir nach Portugal fahre?» Er klang skeptisch.

«Das könnte ich machen.» Juli hob eine der Gehhilfen an,

die neben ihr standen. «Wenn ihr noch wartet, bis ich diese Dinger hier los bin.»

Die beiden sahen sie überrascht an, warfen sich fragende Blicke zu.

«Es geht doch nur um ein paar Tage! Mit Hannes' Hilfe schaffe ich das!»

«Willst du nicht mehr nach Amsterdam wandern?», fragte Benno skeptisch.

Juli war plötzlich ganz sicher, dass sie das Richtige tat. «Ich könnte meine Reise ja noch ein wenig aufschieben. Und hier bei euch auf dem Hof bleiben, solange ihr mich braucht.»

31

BENNO

Benno richtete sich auf und drückte den Rücken durch. Für einen Moment hielt er den Schmerz aus, dann entspannte er die Muskeln. Geschafft! Die Kisten mit den Honiggläsern standen nun im Hofladen, der bis auf ein Regal komplett leer geräumt war. Sie hatten die alten Möbel, die aufgearbeitet werden sollten, nach nebenan in seine Werkstatt getragen. Anschließend hatte Thea den Steinboden der Remise ausgefegt und die Fenster geputzt, Juli die restlichen Spinnweben mit einem Reisigbesen von Wänden und Decke geholt. Das alte Verkaufsschild seines Vaters mit dem Honigtopf darauf hatte er nach dem Frühstück wieder am Hoftor angeschraubt. Dort, wo er es vor zwei Jahrzehnten abgenommen hatte. Das Imkerschild anzubringen, hatte sich gut angefühlt, wie der Beginn von etwas Neuem, von dem man noch nicht wusste, ob es gut werden würde oder in eine Katastrophe mündete. Benno rüttelte am Regal, das ein wenig wackelte. Da musste er wohl an einer Ecke einen Keil unterschieben.

«Schau mal!» Thea hielt eine maritim gestreifte Stoffdecke in der Hand. «Die lag in einem der alten Schränke. Ich schneide sie klein und befestige sie hier am Regal. Das macht gleich viel mehr her!»

Benno nickte und ging weiter. «Mach ruhig!», sagte er und ging in Richtung der Werkstatt, um einen Keil zu suchen.

Eine Fahrradklingel ließ ihn herumfahren.

Corinne stoppte hinter ihm und stieg von dem uralten Drahtesel, der offensichtlich noch immer fahrbereit war.

«Moin, Benno! Du bietest wieder Honig an?», fragte sie in einem Ton, als wäre der Streit im Wald nie passiert. Sie wischte sich eine Strähne, die aus ihrem bunten Haarband gerutscht war, hinters Ohr. In ihren Augen blitzte es verwegen. Den ersten Schritt zur Versöhnung hatte sie getan. Nun war es an ihm, die ihm gereichte Hand zu ergreifen. Er war froh, dass sie es ihm so leicht machte. «Schön, dass du gekommen bist. Geh einfach durch die Tür da drüben. Thea räumt gerade den Honig ins Regal. Nimm dir ein, zwei Gläser. Geht aufs Haus.» Ihre Blicke trafen sich, sie schien zu verstehen. Das war seine Entschuldigung, ohne diese auszusprechen. Sie kannten sich seit Ewigkeiten. Corinne war eine gute Freundin seiner Mutter gewesen. Schon als Kleinkind hatte er auf ihren Knien gesessen, hatte von ihr Matchboxautos und Lieblingskaugummi bekommen. Corinne war bei seiner Schuleinführung dabei gewesen und hatte ihn gestützt, als seine Eltern gestorben waren. Auch in jener dramatischen Nacht, als er mit seinem Wagen von der Straße abgekommen war, hatte sie ihn am Morgen im Unfallwrack gefunden. Sie war bei ihm geblieben, bis die Feuerwehr ihn hatte aus dem Wrack befreien können. Doch auch diese enge Freundin der Familie hatte er danach aus seinem Leben gedrängt, hatte sich zurückgezogen und seine Wunden geleckt, obwohl sie ihm oft die Hand gereicht hatte. Benno war im Selbstmitleid versunken. Längst war es überfällig, die Gräben zwischen ihnen endlich zu überwinden.

«Dann darf ich wieder offiziell den Hof betreten?», fragte Corinne.

«War es jemals anders?» Er zwinkerte ihr zu und ging zur Werkstatt, obwohl er vergessen hatte, was er dort wollte.

«Warte mal, Benno.»

Er drehte sich um.

«Ich habe gestern einen Anruf bekommen. Von Karin.» Den Namen flüsterte sie beinahe.

Benno versteifte sich. «Was wollte sie von dir?»

«Mich aushorchen! Sie wollte wissen, wer bei dir eingezogen ist. Das Mädchen, das hier wohnt, hat sich wohl mit Claas getroffen. Sie sagte, dass er seitdem ziemlich durcheinander ist.»

«Das geht sie nichts an», sagte er ärgerlich. «Wer hier wohnt, meine ich. Mit Juli habe ich schon gesprochen. Sie hat sich entschuldigt.»

Corinne griff nach seiner Hand. «Benno! Juli hat den Weg auf sich genommen, den du längst hättest gehen müssen.»

Er zog seine Hand weg.

«Du hättest Kontakt zu Claas suchen sollen, kein wildfremdes Mädchen. Verstehst du nicht, dass der Junge so durcheinander ist, weil es ihm nahegeht?»

Benno spürte sein Herz schlagen. «Er hat ihr gesagt, dass ich ihm egal bin!», wehrte er ab.

«Das hast du auch all die Jahre behauptet. Und ...» Sie wartete, bis er sie erneut ansah. «... ist er dir egal? Oder möchtest du nicht endlich wissen, wie Claas heute aussieht? Wie es ihm geht und was er jetzt als Erwachsener macht?»

Ein Zittern ging durch seinen Körper. Er brachte keine Antwort heraus.

«Du musst nichts sagen. Ich wollte dir nur erzählen, dass ich Karin gar nichts gesagt habe. Aber dass sie bei mir anruft, ist doch irgendwie ein Zeichen. Findest du nicht?» Sie stellte das Rad auf den Ständer und ging in die Remise, von wo er Theas Stimme hörte.

Benno sog tief die Luft ein, um sein inneres Beben in den

Griff zu bekommen. Immer wieder dieses Thema. Warum ließ man ihn nicht einfach in Ruhe? Hatte es nicht all die Jahre gut funktioniert? Er hatte alle Erinnerungsstücke und die Fotos von Claas weggeräumt, hatte jahrelang ruhig hier gelebt, ohne dass ihm etwas fehlte. Oder hatte er sich das nur eingeredet?

Die Stimmen in der Remise flatterten hin und her wie aufgeregte Vögel, die den Weg nicht mehr herausfanden. Dann wurde gelacht. Benno fühlte sich überfahren von der guten Laune der beiden Frauen da drinnen. Er ging in die Werkstatt, schloss die Tür hinter sich, lehnte sich dagegen.

Seinen Hof hatte er geöffnet, warum nicht auch sein Herz? Wollte er Claas wiedersehen oder nicht? Natürlich war er neugierig, wie sein Junge heute aussah, was er für Träume hatte, worüber er sich sorgte. Die Rolle des Vaters hatte er längst verwirkt. Karin hatte einen neuen Mann gefunden, Claas einen Vater, der für ihn da gewesen war. Aber war es wirklich zu spät, eine Bindung zu ihm aufzubauen? Er hatte, wenn es gut lief, noch zwanzig, dreißig rüstige Jahre. Hatte Corinne recht? Sollte er selbst einen Schritt auf Claas zugehen?

Benno trat zu einem Schrank, zog eine Schublade auf und nahm einen Holzkeil heraus. Wie leicht es war, ein wackelndes Regal abzustützen. Dafür hatte er jede Menge Hilfsmittel hier in der Werkstatt. Aber um das zerrüttete Verhältnis zu seinem einzigen Kind wieder aufleben zu lassen, brauchte es mehr als ein Stück Holz. Hatte er die Kraft, einen Vorstoß zu wagen, auch wenn Claas ihn vielleicht wegstieß? Wenn er ihm offen ins Gesicht sagte, was er von ihm, dem Schwächling und Versager, hielt?

Nein, so weit war er noch nicht. Benno kratze sich nervös

im Bart. Er hatte in den letzten Tagen schon mehr verändert, als er es vor einer Woche für möglich gehalten hätte. Nun standen hier erst einmal eine Menge Umbauarbeiten an. Er wollte die Schulden tilgen, den Hof wieder auf Vordermann bringen. Wenn das gelang, würde er Claas ganz anders gegenübertreten können. Man durfte einen solchen Schritt nicht übers Knie brechen. Und sein Sohn hatte keine Erwartungen an ihn, wollte ihn eh nicht sehen. Kein Grund, sich durch Karins Anruf verrückt machen zu lassen, der allein ihrer Neugier geschuldet war. Sie hatte Corinne ausfragen wollen, ob es wieder eine neue Frau an seiner Seite gab. Das ging sie nichts an. So wie ihr Leben ihn nicht mehr zu interessieren hatte.

Benno trat zu den beiden in die Jahre gekommenen Buffetschränken, die bald im neuen Laden stehen sollten. Diese Möbelstücke hatten in der Stube seiner Großmutter gestanden. Vorsichtig fuhr er über das Holz. Erinnerungen kamen auf an eine Frau, die ihm heimlich selbst gemachte Marzipankugeln zugesteckt hatte. Die ihm in der Kindheit beigebracht hatte, Milchsuppe und Schokoladenpudding zu kochen, und die immer leicht nach Klosterfrau Melissengeist roch. Er atmete tief durch, als sich seine Kehle verengte. Familie war das Wichtigste im Leben. Das hatten seine Großmutter und seine Mutter ihm vorgelebt. Und er hatte seine Frau und seinen Sohn im Stich gelassen.

Oder war es umgekehrt gewesen?

Spielte das heute noch eine Rolle? Es war nie zu spät, *Verzeih mir* zu sagen. Auch wenn Claas die Entschuldigung nicht annehmen würde, Benno musste mit ihm reden. Nicht erst in ein paar Monaten! Er würde dann auch kein anderer Mensch sein. Corinne hatte recht. Juli hatte die Bürde auf sich genommen, hatte den ersten Schritt gemacht, den er längst hätte tun sollen. Und er fuhr das Mädchen dafür wütend an. Was war er doch für ein Idiot gewesen! Sie hatte sich bei ihm entschuldigt. Dabei stand er tief in ihrer Schuld. Benno schlug mit der Faust auf die Werkbank. *Du Jammerlappen*, schalt er sich im Stummen. *Komm endlich damit klar, dass du selbst für dein Schicksal verantwortlich bist. Unfälle passierten. Die Straße war glatt, du warst zu schnell, hast dich überschlagen. Wie viele Menschen überleben das, ohne sich danach vom Alkohol verführen zu lassen? Du warst schwach. Zeig endlich Stärke!*

Der wüste Haufen mit weißem Sanitärkeramikbruch, der wie ein Sammelsurium hässlicher Zahnstummel zwischen dem Grün des Gartens hervorstach, sollte Benno täglich an seine Schulden erinnern. Bis diese getilgt waren, bis er dem letzten Gläubiger die Hand geschüttelt und sich entschuldigt hatte, würde er hier liegen bleiben, quasi als Mahnmal seines Versagens. Für einen Moment blieb Benno davor stehen, nahm diesen Anblick in sich auf und machte sich dann erneut an die Arbeit. Bald war das Honigregal eingeräumt, mit kleinen Preisschildern bestückt, die Juli gebastelt und sogar mit seinem neuen Logo versehen hatte. Er hatte sich für den Namen *Moor-Hofladen* entschieden, weil er überzeugt war, dass sein Name keinen guten Ruf in der Gegend hatte. Das Mädchen hatte auf die Gläser neben den Papiermanschetten der Imkergenossenschaft kleine Sticker mit dem Aufdruck *Moorhof-Honig* geklebt. Und tatsächlich hatten schon ein paar Radfahrer gehalten und zwei Gläser von seinem Honig gekauft. Die ersten sechzehn Euro in der klapperigen Kassette, in der sein Vater das Honiggeld aufbewahrt hatte, fühlten sich tatsächlich wie ein Neubeginn an. Aber mühsam ernährte sich das Eichhörnchen. Wie sollten daraus fünfundzwanzigtausend Euro werden? Er wusste es nicht. War also Theas Idee, mehr Ziegen auf den Hof zu holen und sie zu züchten, der Schlüssel? Sie hatte ihm im Internet ein Förderprogramm der Regierung für Ziegenhaltung gezeigt. Aber auch das Projekt würde viel Zeit in Anspruch nehmen, bis sie wirklich damit Geld verdienten.

Er stapfte am Garten vorbei zur Koppel, weil ihm eines der Alpakas vorhin auf der Weide aufgefallen war. Es hinkte ein wenig, hatte sich möglicherweise etwas eingetreten. Er ging durch das kleine Türchen und sah schon von Weitem Theas Ziegen auf den Holzstämmen herumturnen. Aber der Zaun war hoch genug, den würden sie nicht mehr überwinden können. Die Esel kamen angelaufen, buhlten um Bennos Aufmerksamkeit. Er zog etwas Trockenfutter aus der Hosentasche und steckte es ihnen zu. Auch die Braune suchte seine Nähe, und er nahm sich die Zeit, mit der Kuh bei ein paar Streicheleinheiten ein wenig zu reden. Dabei beobachtete er die Alpakas, die sich noch immer scheu etwas abseits von ihm hielten. Zögerlich kamen sie näher, blieben jedoch auf Abstand. Keines der Tiere hinkte, dann hatte es sich wohl erledigt. Hinter ihm begann plötzlich ein Handy zu klingeln. Die Tiere jagten verschreckt davon. Verärgert drehte er sich um, sah eine Frau hinter dem Zaun stehen, die er nicht kannte. Sie telefonierte und hob die Hand zum Gruß, winkte ihm zu.

«Kann ich Ihnen helfen?», rief er, als er den Durchgang erreichte.

Die Fremde kam, mit dem Handy am Ohr, näher. So wie sie angezogen war, schien sie in ein Büro in der Stadt zu gehören, nicht hier auf eine Viehkoppel. Wie ein Kanarienvogel im Norden. Hatte sie sich verfahren und wollte nach dem Weg fragen? Benno ging zum Türchen und schloss es hinter sich.

«Herr Findeisen?» Die Frau hatte das Handy weggesteckt und streckte die Hand aus. Er stemmte die Hände in die Seite. «Und wer sind Sie?»

«Constanze Gerster von Funke Immobilien.»

Er nickte und wartete. Wenn sie seinen Namen kannte, wollte sie etwas von ihm.

«Können wir irgendwo auf ihrem schönen Anwesen in Ruhe reden?»

Benno kräuselte die Stirn. «Wir reden doch schon!»

Sie lachte aufgesetzt und versuchte, mit den hohen Absätzen nicht zu sehr auf der Wiese einzusinken. «Vielleicht irgendwo, wo man sich zusammensetzen kann?»

«Worum geht es?», fragte er, beinahe unfreundlich. «Ich habe keine Zeit für Kaffeekränzchen.» Er ging los, sie stakste hinter ihm her.

«Wir haben einen Interessenten für Ihren Hof», sagte sie. «Es gibt ein Angebot, das Sie nicht ausschlagen können.»

Benno blieb stehen, drehte sich um. Sein Blick schien sie aus dem Konzept zu bringen, sie stoppte auf Armeslänge.

«Der Hof ist unverkäuflich!», sagte er laut.

«Nichts ist unverkäuflich!» Sie lächelte weiter. «Es kommt auf den Preis an!»

Benno schüttelte den Kopf, drehte sich wieder um und lief weiter.

«Ich hörte, Sie haben finanzielle Probleme. Und zwar immense Probleme. Und bevor der Hof versteigert wird, sollten wir doch lieber ins Geschäft kommen.»

«Hier wird nichts versteigert», erwiderte er über die Schulter.

«Die Zwangsversteigerung ist sicherlich das letzte Mittel. Aber vielleicht kann ja noch alles gut werden.» Sie lief plötzlich neben ihm. Wie sie das mit ihren hohen Absätzen schaffte, war ihm rätselhaft.

«Anderthalb Millionen!», sagte sie. «Für alles. Den Hof und das Land. Wenn Sie sofort verkaufen.»

Benno blieb stehen. «Hören Sie schlecht! Ich verkaufe nicht! Stecken Sie sich Ihre Kohle sonst wohin! Dieser Hof gehört meiner Familie seit Generationen! Das bedeutet etwas, verstehen Sie?»

Ihr Blick wirkte skeptisch. «Hier müsste einiges von der Bausubstanz saniert werden, sonst sind die Gebäude bald nur noch reif für die Abrissbirne. Verstehen Sie doch, um den Hof zu erhalten, muss ein richtiger Investor ran. Und den haben wir im Portfolio!» Sie zog eine Visitenkarte aus der Handyhülle, reichte sie ihm. «Überlegen Sie es sich. Sagen wir, das Angebot besteht bis Ende der Woche.»

Benno schob demonstrativ seine Hände in die Hosentaschen, blickte auf die weiße Karte mit dem geprägten Logo der Immobilienfirma. «Sie können die Antwort sofort haben. KEIN INTERESSE!» Dann ging er schnellen Schrittes weiter, ließ sie einfach stehen.

«Das ist ein großer Fehler, Herr Findeisen!», rief sie ihm nach. «Wenn der Hof versteigert wird, werden Sie sich wünschen, Sie hätten das Angebot angenommen!»

Er reagierte nicht. Anderthalb Millionen Euro war also dieser Hof wert. Eine Menge Holz, um ein angenehmes Leben zu führen. Er lachte auf. Wahrscheinlich hätte er vor ein paar Tagen sogar über das Kaufangebot nachgedacht. Aber seit Thea und Juli hier wohnten, hatte er nicht nur neuen Lebensmut gewonnen. Er hatte etwas wiederentdeckt, was er längst verloren geglaubt hatte. Seinen Stolz.

32

THEA

Bennos grimmiges Gesicht erzählte Thea die Geschichte, dass die Frau, die sie vor einigen Minuten zur Koppel geschickt hatte, seine Laune gründlich verdorben hatte. Thea ärgerte sich im Stillen. Sie hatte sich beschwatzen lassen. Die Frau im smarten Business-Look war aus ihrem teuren SUV gestiegen und hatte Thea in der Remise gefunden. Aber sie hatte ausdrücklich mit Benno reden wollen. Es würde um ein lukratives Angebot gehen, hatte die Frau gesagt, und dass damit bessere Tage für diesen Hof anbrechen würden. Aber so wie Benno jetzt wirkte, hatte Thea da wohl falsche Schlüsse gezogen.

«Was wollte sie denn?», fragte sie

«Komm!» Er zog sie mit sich in die Werkstatt, schloss die Tür. Über Theas Schulter blickte er zum Fenster. Dann hörten sie den Motor des SUV starten.

«Das war eine Immobilienmaklerin. Einer ihrer Kunden will den Hof kaufen.»

«WAS?»

«Sie wusste von meinen Geldsorgen und hat wohl einen Investor für das ganze Anwesen.»

«Du denkst doch nicht ...»

«NEIN!», fiel er ihr ins Wort und lehnte sich an die Werkbank. «Natürlich nicht! Das ist mein Erbe!» Er stierte Löcher in den Boden. «Aasgeier, verdammte! Woher wissen die davon?»

«So was ist schnell rum. Sie wird nicht die Letzte sein, die ein Geschäft wittert.» Thea überlegte, ob es indiskret war zu fragen, aber dann tat sie es doch. «Wie viel hat sie denn geboten?»

Bennos Augenbrauen zogen sich zusammen. «Nicht genug!» Er kam in Bewegung und ging zur Tür, blieb davor stehen. «Für aufgetakelte Leute wie diese Tussi bin ich nicht zu sprechen, okay?»

Thea konnte seinen Unmut gut verstehen. Sie folgte ihm hinaus, wo er sich Richtung Stall wandte. Es war bereits später Nachmittag. Die Sonne stand hinter der Krone der Eiche, die einem Großteil des Hofplatzes angenehmen Schatten spendete. Die Pfützen, die dort vorgestern noch gestanden hatten, waren längst verdunstet. Der Regen schien nur noch eine ferne Erinnerung. Der Sommer war mit seiner beinahe portugalreifen Hitze zurückgekehrt.

Was nun? Die Tür zur Remise stand offen. Bennos Honig war im Regal auf den gestreiften Stoffdeckchen präsentabel aufgeschichtet. Bis der Verkaufstresen und weitere Regale eingeräumt waren, konnte sie hier nichts mehr tun. Thea ging zum Kesselhaus, weil sie am Morgen Juli versprochen hatte, eine *Broa de Milho*, ein portugiesisches Maisbrot, zu backen. Etwas Zeit hatte sie noch, bevor sie losmusste, um den späten Termin bei Edda wahrzunehmen, der ihr Leben mit einem Mal auf den Kopf stellen konnte. Sie wollte nicht daran denken, ging in die Küche und holte die Backzutaten aus dem Schrank. Mais-, Weizen- und Roggenmehl, Hefe, natürlich das von ihr aus Portugal mitgebrachte Olivenöl und etwas Salz. Sie setzte einen Topf Wasser auf den Herd und mischte das Maismehl mit einem guten Teelöffel Salz. Als das Wasser kochte, gab sie davon so viel dazu, bis ein krümeliger Teig entstand, den sie danach in einer Schüssel etwas gehen ließ. Sie mochte es, mit ihren Händen zu arbeiten, Teig zu kneten. In Portugal hatte sie beinahe täglich gebacken. Die Ziegenhirten kochten gern, aber die Backzeremonie dauerte ihnen zu lang. Die *cabreiros* waren ungeduldige junge Kerle gewesen, die gern und viel aßen. Aber schnell sollte es bitte gehen. Also hatte Thea den Job der Bäckerin übernommen. Ihr kleiner Gasofen im Camper hatte eine Menge Maisbrote und Puddingküchlein hervorgebracht. Während sie weiterarbeitete, erfasste sie erneut ein melancholisches Fernweh. Sie ließ es zu und sang ein paar portugiesische Fado-Zeilen, während sie den Weizen- und Roggenteig mit Wasser, Hefe, Öl und Salz vermengte und zum Schluss den Vorteig unterknetete. Als sie fertig war, gab sie die Teigkugel zurück in die Schüssel und deckte sie mit einem Küchentuch ab. Nun musste sie ein paar Stunden gehen, bevor sie gebacken werden konnte. Wenn Thea aus der Stadt zurückkam, würde sie die *Broa* in den Ofen schieben.

Ihr Magen knurrte. Seit dem Frühstück bei Benno hatte sie nichts mehr gegessen. Sie nahm sich etwas Käse und ein paar Oliven aus dem Kühlschrank, dazu Bennos Sauerteigbrot. Sie war gespannt, was er zu ihrer *Broa de Milho* sagen würde.

Thea lehnte sich kauend an die Spüle. Warum interessierte es sie so sehr, was Benno dachte? Warum wollte sie, dass ihm ihr Brot schmeckte? Wollte sie ihm gefallen?

Du bist Mitte fünfzig, Thea Lorenz. Möchtest du, dass er dich als Frau sieht, nicht nur als eigensinnige Nachbarin? Sie schnitt mehr vom Käse ab. Glaubte sie wirklich noch daran, in diesem Leben eine Liebe zu finden? Nicht gerade Benno Findeisen, es war nicht gut, dem Vermieter schöne Augen zu machen. Viel wichtiger war, dass sie hier gut miteinander auskamen.

Sie stellte die Lebensmittel zurück in den Kühlschrank,

sah noch einmal nach dem Brotteig und ging ins Bad, um sich den Staub des Tages abzuwaschen, bevor sie losfuhr. Was, wenn sie wieder Annika in der Praxis über den Weg lief? Sollte sie offenbaren, wer sie war? Dass sie eine gemeinsame Zeit in ihrem Leben verband? Oder war es richtig, damit abzuschließen, die junge Frau in Ruhe zu lassen und die Vergangenheit nicht aufzuwühlen? Denn ihr konnte es ebenso passieren, dass ihre Ziehtochter nichts mehr mit ihr zu tun haben wollte. Weil sie damals nicht um sie gekämpft hatte oder weil Annika sich schlechthin gar nicht mehr an sie erinnerte. Thea spürte, als sie eine Jeans und eine helle Leinenbluse heraussuchte, dass ihre Hände zitterten. Was würde in den nächsten Stunden passieren?

Weder Juli noch Benno hatte sie von ihrer Angst einer Krebsdiagnose erzählt. Juli hatte sie glauben lassen, die Schmerzen gehörten zu den Strapazen der Wechseljahre. Sie hatte in ihren Augen gesehen, dass Juli ihr das gern glauben wollte, aber auch eine Spur von Zweifel. Und von Angst. Was, wenn sie ernsthaft krank war? Sollte sie Juli einweihen?

Und Benno? Wie nah standen sie sich eigentlich?

Thea föhnte ihre Haare, sah sich im Spiegel in die Augen. Sie sah eine Frau, deren Gesicht attraktiv war, jedoch die Spuren ihres bewegten Lebens nicht versteckte. Feine Falten, blasse Altersflecken und ein nicht mehr ganz so straffes Kinn waren deutliche Zeichen, dass sie auf die sechzig zuging. Mit ihrem Alter hatte sie noch nie ein Problem, nur mit den Schmerzen am Morgen, wenn die Gelenke erst etwas Zeit brauchten, um in Schwung zu kommen. Theas Hände arbeiteten wieder ganz ruhig. Sie nahm eine Haarsträhne in die Hand und bewegte den Föhn mit der anderen. Egal, was sie heute in der Praxis erfuhr, sie würde damit umgehen können.

So viel hatte sie in ihrem Leben durchgemacht. Rückschläge, Liebeskummer, harte Jahre auf der Straße, Einsamkeit. Was auch immer das Leben nun noch für sie bereithielt, sie würde dem Schicksal mit erhobener Stirn entgegentreten. Denn nichts war schlimmer, als zu früh aufzugeben.

Die Tür der Praxis war abgeschlossen. Thea klopfte an und wartete mit pochendem Herzen. Die Ärztin machte persönlich die Tür auf. «Thea! Komm rein!» Sie schloss hinter ihr ab und führte sie am abgedunkelten Empfang vorbei in ihr Behandlungszimmer. «Sind alle schon im Feierabend.»

Thea war auf eine Art erleichtert. Sie setzte sich auf den Stuhl vor dem Schreibtisch.

«Wie geht es dir?», fragte ihre alte Freundin, die den weißen Kittel geöffnet über den Feierabendklamotten trug. Halb beruflich, halb privat, so wie das Treffen an diesem Abend.

«Ganz gut. Aber ich hatte letztens heftige Schmerzen.»

Die Ärztin setzte sich ihr gegenüber. «Kannst du mir diese Schmerzen genauer beschreiben?»

Thea berichtete von dem Tag im Bett, als sie kaum hatte aufstehen können, und von der Blutung. Die Ärztin nickte. «Zieh dich hinter der Faltwand aus. Ich schaue es mir an.»

In den nächsten Minuten sagten sie beide nicht viel. Thea schloss die Augen und versuchte, ruhig zu atmen. Sie überstand den Ultraschall, spürte einen kurzen Stich, verzog das Gesicht nur für einen Wimpernschlag. Nein, sie wollte nicht ins Drama gehen, was auch immer hier passierte. Die Ärztin war hoch konzentriert, nahm schließlich einen Abstrich, tütete ihn ein, fuhr den Stuhl herunter, sodass Thea wieder aufstehen konnte.

Ihre Ärztin hatte schon früher nichts gesagt, bis sie beide

wieder hinter dem schweren Holzschreibtisch gesessen hatten, der als einziges der alten Möbelstücke in der Praxis verblieben war. All die schweren Gespräche, dachte Thea beim Anziehen. Das tränenreiche im ersten Trimester, als sie ihren Fötus verloren hatte. Die verzweifelten, als sie danach nicht mehr schwanger geworden war. Und das wütende nach der Trennung, als sie auch Annika verlor.

Die Ärztin saß ihre gegenüber und studierte nochmals den Arztbrief aus Portugal. Mithilfe einer Übersetzungs-App auf ihrem Smartphone konnte sie den Bericht des Kollegen lesen und verstehen. Sie nickte einmal, runzelte die Augenbrauen, nickte erneut. «Im Großen und Ganzen stimme ich mit dem Kollegen überein!» Sie sah Thea an. «Kein Grund zur Sorge. Wir behalten deine Pap-Werte im Blick. Sollte da seit Portugal eine Verschlechterung eingetreten sein, rufe ich dich an.»

«Und die Schmerzen? Die wiedereinsetzende Blutung?»

«Es war freie Flüssigkeit vorhanden, in einem Eierstock ist eine Zyste geplatzt. Das hat diese Schmerzen bei dir verursacht. Und die Blutung. Jetzt müsstest du Ruhe haben.»

«Eine Zyste? Das hat auch der Arzt in Portugal gesagt, dass ich Zysten habe. Die gutartig sind.»

«Sind sie auch. Momentan muss da nichts getan werden. Falls die Schmerzen wiederkommen und noch schlimmer werden, meldest du dich.»

«Das war's?»

Die Ärztin tippte etwas auf der Tastatur. «Für heute, ja!»

Thea lehnte sich zurück, schloss die Augen. Sie hätte schreien können vor Erleichterung. Sie wartete, bis das Tippen aufhörte. «Danke, Edda! Ich kann dir gar nicht sagen ...»

«Das musst du nicht. Ich weiß, dass du Angst davor hast, das Gleiche wie deine Mutter durchmachen zu müssen. Aber es sind andere Zeiten, wir haben viel bessere Möglichkeiten und können früh genug reagieren. Warten wir den Pap-Abstrich ab, dann weißt du es ganz genau.» Sie lehnte sich zurück, sah ihr in die Augen. «Thea, du bist nicht krank! Hör auf, dir Sorgen zu machen.»

Sie knetete ihre schweißnassen Hände und schaffte es, nicht aufzuschluchzen. Die Anspannung ließ ihre Rückenmuskulatur schmerzen, Thea lockerte ihre Schultern auf. «Ich danke dir.» Sie atmete tief durch.

Edda Kynast nickte und tippte ihren Bericht, ließ ihre Patientin die gute Nachricht verdauen. Dann schob sie die Tastatur zur Seite, lehnte sich nach vorn und legte die Arme auf den Schreibtisch. «Hast du letztens noch mit Annika sprechen können?»

Thea hatte den Themenwechsel nicht kommen sehen. «Nun, sie hat den Termin bei euch eingetragen.»

«Mehr nicht?»

«Nein.» Thea war nicht wohl bei diesem Gespräch. «Sie hat mich einfach nicht mehr erkannt. Kein Wunder bei fünfundzwanzig Jahren, die wir keinen Kontakt hatten.» Die Härte in ihrer Stimme fiel ihr erst auf, als ihr Gegenüber nichts sagte.

Die Ärztin schien diese Antwort bereits erwartet zu haben. Ihre Stimme blieb ruhig und sachlich. «Du hättest ihr sagen können, wer du bist.»

Theas Stimme war kaum zu kontrollieren. Ihre Emotionen ließen sie beben. «Ich wollte keine alten Wunden aufreißen. Vielleicht ist es besser so.»

«Ihr werdet euch hier sicherlich wiedersehen.»

Thea nickte. «Sie kennt mich nun als Patientin. Ich hatte fast erwartet, sie heute wieder hier zu treffen.»

«Annika hat diese Woche Urlaub.» Die Ärztin zögerte, fingerte sichtbar nervös am Brillenband, rang sich durch weiterzusprechen. «Sie heiratet übermorgen. Ich dachte, du solltest das wissen.»

Thea nickte und verabschiedete sich, nachdem Edda ihr die Rechnung ausgedruckt hatte. Zurück im Auto, fühlten Theas Glieder sich an wie mit Beton gefüllt. Sie war gesund, kaum zu glauben. Ihr Körper hatte ein kleines Zirkusstück aufgeführt und sie in tiefe Ängste geschickt. Dabei war alles völlig harmlos gewesen. Aber dann hatte das Schicksal doch noch zugeschlagen. Ohne Vorwarnung kam diese Botschaft, dass ihr kleines Mädchen heiratete. Es traf sie so schmerzhaft, dass sie kaum Luft bekam.

Vom Regen in die Traufe! Damit hatte sie nicht gerechnet, dieser Abend hatte sie komplett auseinandergenommen. Thea startete den Motor und fädelte sich in den mäßigen Verkehr am Abend ein. Sie schaltete und bremste automatisch, wollte so schnell wie möglich die Stadt verlassen und irgendwo in der Natur allein sein. Endlich war sie auf der Landstraße, gab Gas. Die wehenden Zweige der Birken am Fahrbahnrand flogen vorbei wie geifernde alte Weiber, die sie aufhalten wollten. Sie trat das Gaspedal durch, holte aus der alten Karre raus, was möglich war. Irgendwann bog sie in einen Waldweg ein und ließ den Transporter ausrollen. Ihr Herz pochte wild. Unter ihren Armen war die Bluse durchgeschwitzt. Thea stellte den Motor aus, lehnte sich erschöpft zurück. Irgendetwas klackte noch im Motorraum, bis auch dieses Geräusch erstarb. Einsamkeit und Stille, herrliche Stille!

Ich bin gesund, dachte sie und versuchte, dieses Hochgefühl zu spüren, das doch eigentlich in ihr triumphieren müsste.

Aber da war lediglich eine Leere. Ihre große Angst war einem anderen Gefühl gewichen, tiefer brennender Enttäuschung. Ihr kleines Mädchen heiratete, und wieder einmal würde sie es nicht erleben können. Es tat so unfassbar weh!

Thea stieg aus und blickte in das einladende grüne Gewölbe der Bäume. Sie ging über den Moosboden, hinein in die schattige Kühle, und als sie nur noch von Fichten umringt war, schrie sie, so laut sie konnte. Sie schrie ihren Frust, die Wut auf Artur und auf sich selbst heraus, lief immer weiter hinein in den Forst, der sie in seine Arme nahm und ihr zuzuhören schien, bis sie ganz ruhig wurde. Thea lief schnell, minutenlang, bis ihr Herz langsamer schlug. Doch dann entzog die einsetzende Dunkelheit der Szenerie das Licht, Dunkelgrün und Grautöne dominierten jetzt. Noch hatte sie keine Angst, aber sie drehte um, ging wieder zurück und blieb stehen. Denn Thea wusste plötzlich nicht mehr, aus welcher Richtung sie gekommen war. Sie versuchte, sich an den Bäumen zu orientieren. War sie von dort gekommen oder von da drüben? Alles sah völlig gleich aus.

Sie tastete nach ihrem Handy, aber ihre Hosentaschen waren leer. Sie hatte nur den Autoschlüssel bei sich. Thea wurde unruhig und ging weiter. Sie würde irgendwann einen Waldweg erreichen und dann zur Straße zurückfinden. Ganz sicher! Nur ruhig musste sie bleiben, die Panik fernhalten. Kaum ein Laut war jetzt in der Dämmerung zu hören. Nur das Knacken kleiner Zweige unter ihren Füßen. Und das wilde Pochen in ihrer Brust. Sie war hier ganz allein im Wald, der Dunkelheit und den Wölfen ausgesetzt.

33

Die Tür von Bennos Werkstatt war weit geöffnet. Harte Schläge drangen aus dem Arbeitsraum neben dem neuen Hofladen, dann herrschte plötzlich Stille. Die Vögel begannen wieder zu zwitschern, als hätten sie kurz die Luft angehalten. Juli hinkte neugierig hinüber, konnte mit dem verletzten Fuß schon ein wenig auftreten. Arbeitete Benno bereits an den Möbeln für den Laden?

Aber nicht Benno stand an der Werkbank, sondern Hannes. Kurz zuckte die Überraschung durch ihren Magen. «Hi!» Sie blieb an die Tür gelehnt stehen. «Was machst du hier?»

Hannes drehte sich um, kam zu ihr. «Ich baue einen neuen Fuß.» Er wies auf das alte Küchenbuffet, das durch einen Ziegelstein abgestützt wurde, damit es nicht umkippte.

Das T-Shirt mit dem Namen einer Band, die Juli nicht kannte, ließ seinen muskulösen Oberkörper gut zur Geltung kommen. Sie versuchte, nicht auf seine Oberarme zu schauen, die kaum verdeckt wurden. «Hm, brauchst du Hilfe?»

Er legte den Hammer weg. «Nicht hierbei. Aber du könntest das Holz des Buffets mit Möbelpolitur bearbeiten.» Er wies auf eine Flasche und einen Lappen auf der Werkbank. «Hier, setz dich darauf, dann hast du die Hände frei.» Hannes rückte einen alten Barhocker an das Möbelstück.

Juli lehnte die Gehhilfe an. «Wo ist denn Benno?»

«Bei den Tieren. Er wollte mir danach helfen.» Er beugte sich wieder über den Holzklotz, der als neuer Fuß für den Schrank gedacht war. «Und Thea?»

«Sie wollte in die Stadt. Ein Arzttermin.» Juli tröpfelte Politur auf den Lappen.

«Ist es was Ernstes bei ihr?»

Juli schüttelte den Kopf. «Nein, sie braucht wohl neue Medikamente.»

Hannes nahm einen Holzmeißel in die Hand. «Wird gleich etwas laut.» Er hob erneut den Hammer und begann, den neuen Fuß mit dem Meißel zu bearbeiten.

Juli konzentrierte sich auf das Polieren. Aber sie spürte, wie angespannt sie in Hannes' Nähe war, warf ihm immer wieder Blicke aus dem Augenwinkel zu.

Benno tauchte auf, nickte ihr zu, ging dann weiter zu den Ställen. Das vielsagende Lächeln auf seinen Lippen, als er sie beide in der Werkstatt sah, ignorierte Juli. Sie begann zu polieren. Durch die Politur erhielt das in die Jahre gekommene und etwas stumpfe Holz einen dunkleren Ton und schimmerte im Licht. Manchmal reichte es, alten und ausrangierten Dingen etwas Aufmerksamkeit zu schenken, und schon erstrahlten sie in neuem Glanz. Konnte das nicht auch bei Menschen funktionieren? Drängte man sie nicht oft zu schnell in eine Ecke, wenn sie anders reagierten, als man es sich wünschte? Sie atmete tief durch. *Ach Opili, wenn du mich jetzt sehen könntest. Hier, auf diesem Hof in der Heide, was würdest du sagen? Wärst du enttäuscht, weil ich hier hängen bleibe und nicht einmal traurig darüber bin, dass Amsterdam nicht mehr meine erste Priorität ist? Oder wärst du stolz auf mich, weil ich Benno helfe, sein Lebenswerk zu retten?*

Die Arbeit mit den Händen tat ihr gut, und Juli war komplett darin vertieft, als Hannes sich plötzlich über sie beugte und eine Tür des Buffets überprüfte. «Dort muss ich erst mal die Fugen spachteln, bevor du polierst», sagte er und schien nicht zu merken, dass sie sich versteift hatte, weil er so nah bei ihr stand, dass sie seinen Duft riechen konnte, eine Mischung aus frischem Schweiß und seinem Parfum. Sie drehte sich weg und stand auf. «Ich hole uns was zu trinken.»

«Okay.» Hannes schien nichts zu registrieren, als sie davonhinkte.

Ihr Gesicht war erhitzt, und sie hoffte, dass sie Benno nicht über den Weg lief, der vielleicht fragen würde, was mit ihr los war. Sie wollte ihn nicht anlügen. In der Wohnung war es still. Unter einem Tuch in der Küche lag ein gelber Teig. Dann hatte Thea das Maisbrot angesetzt, von dem sie erzählt hatte. Juli breitete das Tuch wieder darüber, nahm zwei Flaschen Wasser aus dem Kühlschrank und legte sie in einen Weidenkorb, den Thea benutzte, wenn sie etwas im Garten erntete.

Ein elektronischer Ton aus dem Wohnzimmer piepte in die Stille der Wohnung. Juli stellte den Korb in den Flur und ging hinüber, nahm ihr Handy in die Hand. Von wem war eine Nachricht eingegangen? Juli wischte über das Display und sah, dass ihre Mutter ihr eine Whatsapp-Nachricht geschickt hatte, was sie nie tat. Die Art ihrer Mutter war, Juli anzurufen, wieder und wieder, ihr auf die Mailbox zu sprechen. Was sie jedoch seit dem Streit vor ein paar Tagen nicht mehr getan hatte. Diese Ruhe war ungewöhnlich. War die Nachricht ein letzter Akt der Verzweiflung, weil Juli sich nicht gemeldet hatte?

Ihr Daumen schwebte über dem Display, ihr Herz klopfte. Welche Vorhaltungen erwarteten sie? Sollte sie die Nachricht überhaupt lesen? Juli legte das Handy auf den Tisch, ging in die Diele und verharrte. Die Frage, was ihre Mutter geschickt hatte, würde sie die ganze Zeit beschäftigen.

Juli nahm das Smartphone wieder auf. Aber kein Text erschien, als sie auf die Nachricht tippte, sondern eine Reihe von Bildern aus Julis Fotoalbum, das ihre Mutter verwahrte. Fotografien von Juli als Kind mit einer großen Zahnlücke in ihrem Lieblingskleid auf dem Schoß ihres Opas. Lachend mit einer riesigen Zuckertüte vor der Grundschule neben ihrer Mutter, die ebenfalls in die Kamera lächelte. Und schön aussah, jung, glücklich. Juli scrollte weiter und begann selbst zu lächeln bei all den schönen Erinnerungen. Sie kannte jedes einzelne Foto aus dem Fotoalbum, blickte auf, sah wieder auf das Handydisplay. Sie und Mama wirkten glücklich auf den Bildern, an Weihnachten beim Plätzchenbacken, bei einem Campingurlaub an der Ostsee, beim Angeln mit Opa. Nein, sie hatten nie viel Geld besessen, aber ihr hatte als Kind nichts gefehlt. Wann war das Lachen bei ihrer Mutter verloren gegangen? Als Juli in die Pubertät gekommen war, schon etwas früher? Es war nicht immer so kompliziert zwischen ihnen gewesen, das hatte sie vergessen. Seit wann war die Freude in Traurigkeit und sogar Verzweiflung umgeschlagen?

Unter den Fotos standen vier Wörter. *Ich vermisse dich, Motte!*

Die Tränen schossen in ihre Augen, die Buchstaben verschwammen. *Motte*, so hatte Mama sie immer genannt. Früher, als sie klein war, Lichtjahre entfernt. Und in diesem Moment war alles wieder da. Die schönen Zeiten, das Lachen, die Umarmungen. Und die Liebe, die sie gegenseitig empfunden hatten. War diese verdrängt worden von der Gefühlskälte, die ihr seit Ewigkeiten entgegenschlug, von all den Vorwürfen der letzten Jahre, von den Selbstzweifeln, die diese in ihr ausgelöst hatten? Von der zerrissenen Frau, die alles Unglück der Welt auf sich bezog?

Juli wischte die Tränen weg, scrollte noch einmal durch

die Fotos. Ihr Herz schien zu bersten vor unterdrückter Liebe und der Erkenntnis, dass es noch nicht zu spät war. Und dass tatsächlich Mama den ersten Schritt getan und ihr die Hand gereicht hatte. *Ich vermisse dich, Motte.*

Juli lachte und heulte, zog den Rotz hoch, weil sie kein Taschentuch fand.

Ein Geräusch an der Tür ließ sie herumfahren. Hannes stand dort, sah sie erschrocken an.

«Ist was passiert?» Er kam näher.

«Ja, nein ...» Juli wischte über ihr Gesicht. Es war ihr peinlich, dass er sie so emotional sah. «Meine Mutter ...»

«Was ist mit ihr?»

Juli steckte das Handy in ihre Tasche. «Ist 'ne lange Geschichte!»

Er ging in die Diele, angelte sich eine Wasserflasche aus dem Korb und drehte sie auf. «Ich mach gerade Pause. Also, ich hab Zeit!»

Juli beobachtete ihn beim Trinken. Er setzte die Flasche ab und lächelte sie an. Und sie wusste in diesem Moment, dass sie sich verliebt hatte, ob sie wollte oder nicht. Und dass sie sich vor Hannes für nichts schämen musste.

Als die Dämmerung den Himmel über dem Hof von Grau in Anthrazit verwandelte, wurde Juli unruhig. Thea war noch nicht zurückgekommen, ihr Parkplatz auf dem Hof war verlassen. Alle Arztpraxen hatten doch längst geschlossen, was hielt sie so lange in der Stadt? Oder hatte Thea noch eine Verabredung, von der sie nichts erzählt hatte?

Juli schraubte die Flasche mit der Möbelpolitur zu und stellte sie auf die Werkbank. Hannes hockte vor dem Küchenbuffet und überprüfte den neuen Fuß, den er soeben fixiert hatte. Benno stand neben ihm und bearbeitete das Holz einer anderen Kommode mit Sandpapier.

Hatten sie Theas Kommen nicht bemerkt? «Ich schaue mal nach, ob sie schon zurück ist.»

«Sind noch Puddingteilchen da?», fragte Hannes und drückte sich hoch. «Da hätte ich jetzt richtig Bock drauf!»

Juli hinkte zur Tür hinaus. «Ich schaue mal nach!»

Die Wohnung war leer und dunkel. Juli nahm ihr Handy, dann rief sie Thea an. Nur die Mailbox ging ran. Juli drückte das Gespräch weg. Vielleicht war Thea mit einer Bekanntschaft von früher essen und hörte das Telefon nicht. Dennoch spürte sie eine schleichende innere Unruhe. Was, wenn ihr etwas passiert war? Thea war bei ihren Fragen zu ihren Schmerzen so seltsam verhalten gewesen. War sie ihr da bereits ausgewichen? Oder ging es bei ihr wirklich nur um Wechseljahresbeschwerden?

Juli steckte das Handy ein, legte ein paar der *pastéis de nata* auf einen Teller und hinkte wieder zur Werkstatt. Gut, dass eine der Gehhilfen in der Wohnung bleiben konnte und sie wenigstens wieder einen Arm frei hatte. Die Dunkelheit ließ die umliegenden Bäume zu Schattenriesen werden. Die Vögel darin waren verstummt. Bald würde der Waldkauz zu hören sein, der nachts aktiv wurde und zu jagen begann, wenn die Hofbewohner zu Bett gingen.

Juli blieb stehen und lauschte, ob ein Motorengeräusch auf der Zufahrt zu hören war. Dann stellte sie den Teller ab, zog ihr Handy aus der Hosentasche und wählte noch einmal Theas Nummer an. Erneut die Mailbox. Juli hinterließ die Bitte um einen Rückruf und ging weiter.

Ein honiggelber Lichtkorridor fiel von der Werkstatt auf den Hof. Darin werkelten die beiden Männer, die sie innerhalb weniger Tage in ihr Herz geschlossen hatte. Leise dudelte das alte Kofferradio im Hintergrund. Benno hatte darauf bestanden, seinen Achtzigerjahre-Sender zu hören, wollte die alten Hits hören und nicht dieses «moderne Zeugs» von Hannes' Playlist.

«Thea ist noch nicht da», sagte Juli.

Benno hob kurz den Kopf und brummte etwas. Hannes rüttelte ein letztes Mal am Buffet, welches nun einen festen Stand hatte. Das in die Jahre gekommene Möbelstück war mittlerweile fertig poliert, die kleinen Scheiben geputzt, und mit dem neuen Fuß konnte es nun in den Hofladen umgesetzt werden. Die beiden Männer trugen es rüber in die Remise, wo es einen Platz an der Wand bekam. Daneben stand ein runder Tisch mit drei antiken Stühlen, deren geflochtenes Lochmuster auf der Sitzfläche solide wirkte.

«Wo hast du die denn gefunden?», fragte Juli und probierte einen der Stühle aus.

«Die hatte ich auf dem Dachboden.» Benno setzte sich ebenfalls. «Thea wollte die Rattansessel haben, also können diese betagten Herrschaften erst einmal hier stehen.»

Hannes hockte sich neben einen der Stühle. «Das ist gute Handarbeit.» Er untersuchte das Flechtwerk, schien beeindruckt. «Ich leime die Rahmen noch mal etwas nach und behandele das Holz, das ist ziemlich trocken. Diese Stühle halten ewig, wenn man gut damit umgeht.» Er setzte sich an den Tisch und nahm eines der Puddingküchlein.

Juli war der Appetit vergangen. Ihr Magen war blockiert von der Sorge um Thea, die immer stärker wurde. Wieder zog sie das Handy aus der Tasche, prüfte das Display. Noch immer kein Rückruf von Thea. «Sie müsste doch längst wieder hier sein.»

Benno sah auf seine Armbanduhr. «Kurz vor elf. Das ist komisch.»

«Vielleicht hat sie eine Panne», sagte Hannes kauend. «Oder einen Platten. Bei der alten Karre ...»

«Aber dann hätte sie doch angerufen. Oder würde wenigstens ans Handy gehen.»

«Vielleicht kein Netz? Hier gibt's einige Stellen im Wald, wo man keinen Empfang hat.»

Das war Juli selbst so gegangen, sie erinnerte sich an ihre Wanderung durch das Waldgebiet, in dem sie teilweise ihr Handy gar nicht benutzen konnte. «Ja, schon möglich. Sie kann natürlich auch mit einer alten Freundin versackt sein. Aber ich habe ein ungutes Gefühl.»

Benno stand auf. «Hannes, du räumst die Werkstatt auf, dann machst du Feierabend! Komm, Juli, wir fahren Thea suchen.»

Sie stiegen in Bennos Pick-up und fuhren auf der Landstraße in Richtung der Stadt. Die Scheinwerfer glitten über die Straße, katapultierten links und rechts Bäume, Büsche und Zäune auf die dunkle Leinwand der Nacht. Juli wartete darauf, dass ein Warndreieck oder Theas liegen gebliebener Transporter am Straßenrand auftauchen würde, aber bis zur Stadt fanden sie keine Spur von ihr.

«Weißt du, in welche Praxis sie wollte?», fragte Benno, als er den Wagen langsam in Richtung Zentrum steuerte.

«Nein.» Sie zögerte. «Ich denke, sie wollte zu einer Frauenarztpraxis.»

Benno hielt an. «Und jetzt?»

«Moment!» Juli nahm ihr Smartphone in die Hand, gab in der Suchfunktion der näheren Umgebung *Gynäkologe* ein. «Es gibt fünf.»

«Gut, sag mir die Adressen. Wir fahren sie ab.»

Doch auch diese Suche blieb erfolglos. Die Praxen waren längst geschlossen, davor parkten nur fremde Fahrzeuge. Besuchte Thea alte Freunde? Oder hatte sie nun doch den Mut gefasst, ihre Ziehtochter zu treffen? Juli spürte eine leichte Enttäuschung, dass Thea sich ihr nicht geöffnet hatte. Aber tat sie ihr da nicht unrecht? Sie kannten sich erst seit Kurzem, waren sicherlich keine Fremden mehr füreinander, aber das zarte Pflänzchen ihrer Freundschaft war noch nicht dafür geschaffen, dass man sich dem anderen gänzlich öffnen und all seine Sorgen, Zweifel und Ängste offenbaren konnte. Sie hatten langsam Vertrauen zueinander gefasst, aber auch sie selbst war noch nicht bereit gewesen, ihr Herz bei Thea auszuschütten. Hatte sie nicht die ganze Zeit abgestritten, etwas für Hannes zu empfinden?

Es war kurz vor Mitternacht, als Benno und Juli sich auf den Rückweg machten. Vielleicht war Thea in der Zwischenzeit zu Hause. Juli legte erschöpft den Kopf an die Seitenscheibe, ließ die Lichter der Stadt an sich vorbeifliegen, bis sie endlich auf der Landstraße waren. Müde folgte sie dem Lichtkegel der Scheinwerfer, der bis weit in den Wald drang. Plötzlich reflektierte etwas Rotes zwischen den Bäumen, verschwand so schnell, wie ihr Auge es eingefangen hatte. War das das Rücklicht eines Fahrzeugs gewesen? Sie richtete sich auf. «Stopp! Fahr noch mal zurück!»

Benno ging vom Gas. «Was ist?»

«Ich glaube, da stand ein Auto im Wald!»

Benno wendete den Pick-up und bog in den Waldweg ab, der kaum auszumachen war in der Dunkelheit und in dem am Rande des Weges ein Fahrzeug parkte. Theas Transporter!

Julis Herz schlug aufgeregt. «Vielleicht ging es ihr nicht gut, und sie hat hier angehalten?» Sie stieß die Tür auf.

«Warte!» Benno hielt sie zurück. «Du bleibst sitzen. Ich sehe nach!» Er stieg aus, und Juli hielt es kaum auf dem Beifahrersitz. Sie sah, dass er an der Tür der Fahrerseite rüttelte, dann an der Hintertür. Beide waren verschlossen. Er umrandete das Fahrzeug und kam zurück. «Hier ist sie nicht. Der Transporter ist leer.»

Juli stieg aus dem Wagen aus. «THEA!», rief sie laut, aber nur ein leichtes Echo verfing sich zwischen den Bäumen. «THEA! WO BIST DU?»

Keine Antwort. Nur ein leichtes Grollen des Himmels antwortete ihr in der Ferne. Die schweren Wolken am Abend hatten es schon angekündigt, nun zog ein Gewitter auf. Juli spürte einen ersten Tropfen im Gesicht. «Was hat sie denn hier gewollt?» Angst schnürte ihr die Kehle zu. «Was, wenn sie jetzt allein da draußen ist?»

Der Regen wurde stärker. Ein Rauschen hob an im Wald, ein Konzert von Milliarden Tropfen auf den Blättern. Sie stellten sich unter einen der Laubbäume. «Was jetzt?», fragte Juli.

Benno blickte sich um, dann ging er zum Pick-up und holte eine Stablampe aus dem Handschuhfach, warf die Tür zu. «Du setzt dich wieder in den Wagen! Ich suche Thea.»

«Ich komme mit!» Juli hinkte zum Pick-up, hob ihre Gehhilfe von der Ladefläche.

Benno nahm ihr die Unterarmstütze aus der Hand. «Auf keinen Fall! Du stolperst in deinem Zustand nicht in der Dunkelheit durch den Wald. Du bleibst hier, vielleicht kommt sie ja zurück. Es ist wichtig, dass jemand hier bei den Fahrzeugen ist.»

Im Hintergrund war nun ein deutliches Grollen des aufziehenden Unwetters zu hören. «Und wenn im Wald der Blitz einschlägt?», fragte Juli.

«Der wird garantiert nicht neben mir einschlagen. Mach dir keine Sorgen.» Benno zog sein Handy aus der Jackentasche. «Wir bleiben in Kontakt. Du rufst an, wenn was ist, okay?» Er hob die Gehhilfe hoch. «Die nehme ich mit. Falls ich deinem Wolf begegne.»

34

BENNO

Ganz wohl war ihm nicht dabei, in der Nacht durch dieses riesige Waldgebiet zu laufen. Benno war hier aufgewachsen, hatte keine Angst in der Dunkelheit. Ja, er liebte lange Spaziergänge im Wald. Aber seit es wieder Wölfe in der Heide gab, war ihm doch etwas mulmig, ohne Schusswaffe unterwegs zu sein. Er kannte einige Geschichten, dass Anwohner bereits Wölfe gesichtet hatten. Sie waren scheu gewesen, sofort wieder im Wald verschwunden. Bisher war noch kein Wolfsangriff auf einen Menschen bekannt geworden, dennoch ging niemand nachts freiwillig durch den Forst. Kleine Zweige knackten unter seinen Schuhen. Er leuchtete den Boden aus, um nicht an einem Ast hängen zu bleiben oder zu stürzen. Das Licht der Stablampe war stark, würde von Weitem gut zu sehen sein. Die Gehhilfe trug er wie ein Schwert in der Hand, damit konnte er seine Körpergröße verdoppeln, wenn ihm doch ein wildes Tier begegnete. Wenn Thea tatsächlich hier draußen war, musste er sie finden.

Diese Frau mit ihren verrückten Ideen! Was war es dieses Mal gewesen? Hatte sie ganz plötzlich Lust auf eine Pilzsuppe bekommen? Oder hatte sie sich beim Waldbaden verlaufen? Er brummte den wachsenden Unmut in seinen Bart. «THEA!», rief er, mehrfach, nahm nur ein leises Echo wahr. Sie antwortete nicht. Der Regen hatte zugelegt, sodass seine Haare längst durchweicht waren. Wenigstens hielt seine Outdoorjacke die Feuchtigkeit ab, wodurch er nicht sofort auskühlte.

Das Grollen des Gewitters näherte sich, Blitze zuckten auf, machten die Umgebung für Zehntelsekunden sichtbar. Benno mochte diese Urgewalt, wenn er sicher zu Hause saß. Hier draußen war es doch etwas anderes. Einen Blitzeinschlag wollte er nicht erleben.

Seine Mutter hatte ihm erzählt, dass sie als Kind einen Kugelblitz gesehen hatte, eine leuchtende Erscheinung bei einem Gewitter, die über Dächer und Äste zu rollen schien. Er hatte gelesen, dass Wissenschaftler sich uneins waren, ob es Kugelblitze wirklich gab oder ob sie lediglich Halluzinationen der Augenzeugen nach einem Blitzeinschlag waren. Gern hätte er das Phänomen selbst beobachtet. *Eichen sollst du weichen, Buchen sollst du suchen.* Dieser dämliche Spruch aus seiner Kindheit fiel ihm ein. Es war doch klar, dass man bei einem Gewitter Bäume generell meiden sollte. Und er latschte hier im Wald herum, er musste selbst darüber lachen.

Benno blieb stehen, steckte die Taschenlampe in die Jackentasche und wischte sich den Regen aus Gesicht und Haaren. Dann nahm er die Lampe wieder in die Hand und leuchtete die Umgebung aus. Da drüben kreuzte ein zweiter Forstweg, vielleicht war sie ihm gefolgt? «THEA!», rief er. Nichts zu hören außer dem anhaltenden Rauschen. Er folgte dem zweiten Weg und fragte sich erneut, was Thea am Abend hier auf diesem Waldweg am Rande der Landstraße gesucht hatte. Ein heimliches Date? Vielleicht war sie gar nicht im Wald unterwegs, sondern war in ein anderes Fahrzeug umgestiegen und saß jetzt ganz gemütlich in einem Wohnzimmer oder Restaurant? Ein Bild nahm in seinem Kopf Gestalt an. Wie Thea in den Armen eines Mannes lag. Er schüttelte diesen Gedanken ab. Wenn es so war, dann ging es ihn nichts an. Es war ihre Privatsache, mit wem sie sich traf! Thea gefiel ihm, keine Frage. Und der Gedanke, wie es sein musste, sie zu küssen, war ihm schon mal für einen kurzen Moment gekommen. Aber Benno hatte es sofort verdrängt. Er war durch mit den Frauen. Mit ihrer saloppen Art würde Thea bei ihm stets anecken. Diese Frau konnte ihn schneller auf die Palme bringen, als er *Lass mich in Ruhe* sagen konnte.

Wenn sie jetzt tatsächlich ein gemütliches Stelldichein hatte und er hier völlig grundlos bei einem aufkommenden Gewitter durch den Regen lief, um sie zu finden, würde er sauer werden. Auch wenn sie ihn nicht darum gebeten hatte. Ihre verrückten Ideen machten ihn wahnsinnig.

«THEA! WO BIST DU?» Wütend klangen seine Rufe. Er schrie seine Verärgerung in die Baumreihen. Aber es war auch ein unterschwelliges Gefühl der Angst, dass ihr tatsächlich etwas passiert war. Dass er zu spät kam. «THEA! MELDE DICH!»

Grelles Licht züngelte über die Baumwipfel, als ein Blitz den Forst für einen Moment erhellte. Kurz darauf grollte es laut und fordernd, ein Aufbäumen der Naturgewalten. Das Gewitter war beinahe über ihm. Er blieb stehen, lauschte. Hatte er nicht gerade eine Stimme gehört? Oder spielte ihm sein Verstand einen Streich? Er rief erneut in die Bäume und lauschte dem Rauschen des Regens.

«Hier!», kam die Antwort aus einiger Entfernung, aber deutlich zu verstehen. Endlich!

«THEA! ICH BIN HIER!», rief er und lief los in Richtung der Stimme, bewegte das Licht wie eine Fackel über dem Kopf und hoffte, dass sie ihn sehen oder hören konnte.

«Hier bin ich!», schallte es lauter durch die Bäume. Er rief ohne Pause ihren Namen, brüllte in das Rauschen des Regens und das warnende Donnern am Himmel.

«Benno! Hier!»

Das Licht der Lampe erleuchtete auf einer Lichtung eine mehrere Meter lange Holzkonstruktion mit einem Dach, die als Unterstand für Heidschnucken gebaut worden war. Thea kam ihm entgegengelaufen. Die nassen Haare klebten an ihrem Kopf. Sie trug lediglich eine Jeans und eine Bluse, die völlig durchgeweicht waren. Standen Tränen in ihren Augen, als sie ihm um den Hals fiel und ihn nicht mehr losließ? Ein Beben ging durch Theas Körper. Er hielt sie fest, bis sie ihn freigab. «Wie hast du mich gefunden?», fragte sie.

«Nenn es Intuition!», sagte Benno, der komplett durchnässt war, aber den Regen gar nicht mehr spürte. Wieder beleuchtete ein Blitz die Umgebung. «Komm!», er zog Thea unter das flache Dach, legte Lampe und Gehhilfe zur Seite und setzte sich auf einen Balken. «Hier warten wir das Unwetter ab.» Er zog sein Handy heraus. Zum Glück hatte er hier Empfang. «Da möchte jemand unbedingt mit dir sprechen!» Er rief Julis Nummer an und drückte Thea das Gerät in die Hand. Sie schluchzte neben ihm auf, als sie Julis aufgeregte Stimme hörte. Thea war erleichtert, aber er sah, dass sie in ihrer dünnen Bluse fror. Während die Frauen erleichtert miteinander redeten, zog Benno seine Jacke aus, klopfte sie ab, bis sie außen halbwegs trocken war, und legte sie Thea um die Schultern.

Dankbar nickte sie und gab ihm das Handy zurück. «Ich dachte, ich muss die Nacht hier verbringen.» Sie zeigte auf eine Ecke des Unterstandes, wo etwas Schwarzes lag. «Dort, unter der alten Plane, hatte ich mich zusammengekauert und versteckt. Vor dem Regen und den Tieren da draußen.»

Benno konnte sich ausmalen, was für sorgenvolle Stunden hinter Thea lagen. Er lehnte sich an einen Balken. «Was hast du denn im Dunkeln im Wald gewollt?» Ein leichter Vorwurf übertrug sich mit der Frage, aber das musste Thea sich in dieser Situation gefallen lassen.

Sie zog seine Jacke enger um ihren Körper, um sich aufzuwärmen. Während das Gewitter allmählich weiterzog und der Regen nachließ, erzählte sie ihm alles, was an diesem Abend geschehen war. Benno rückte neben sie und nahm sie in den Arm, als ihr Schmerz so groß wurde, dass sie nicht weiterreden konnte.

Irgendwann brachen sie auf. Benno hatte eine gute Orientierung. Ohne Probleme führte er sie zurück zum Pick-up, wo Juli aufgeregt wartete. Es wurde Zeit, dass sie alle nach Hause kamen.

Auf der Fahrt berichtete Thea noch einmal, was sie am Abend in der Praxis erfahren hatte. «Ich musste erst einmal im Wald meinen Frust herausschreien», schloss sie. «Und habe mich verlaufen.»

«Krass!», erwiderte Juli.

«Die Hochzeitsfeier», fragte Benno. «Wo findet die denn statt?»

Thea beugte sich nach vorn. «In einem Landgasthof, der heißt *Waldlust* oder so ähnlich.»

«Woher weißt du das?», fragte Juli.

«Von meiner Ärztin. Sie ist eingeladen.»

«Die *Waldlust* kenne ich!», erwiderte Benno. «Ein Dorfgasthof, der viele Feiern ausrichtet, zwei Ortschaften weiter.» Er gab Gas. «Du hast doch sicherlich ein schönes Kleid im Schrank?», fragte er plötzlich.

Thea sagte nichts. Schien mit der Frage nichts anfangen zu können.

Juli mischte sich ein. «Gehen wir hin?»

«Wohin?», fragte Thea vom Rücksitz, die offenbar noch immer auf dem Schlauch stand.

«Na zu Annikas Hochzeitsfeier!», antwortete Juli.

«Ich bin doch gar nicht eingeladen!», wehrte sie ab. «Das kann ich nicht bringen!»

Benno musste lachen. «Als wenn dich das aufhalten würde!»

Nun lachte auch Thea. «Du hast ein falsches Bild von mir.»

«Oh nein! Ich kenne dich schon ganz gut. Und ich habe noch meinen Hochzeitsanzug im Schrank. Könnte etwas eng geworden sein, aber ich begleite dich, wenn du möchtest.»

«Du bist verrückt!», wehrte Thea ab und lachte.

«Ich komme auch mit!» Juli drehte sich zu ihr. «Benno hat recht! Lass uns hingehen und Annikas Hochzeit crashen!»

Am nächsten Vormittag hängte Benno den Pferdeanhänger an den Pick-up und fuhr zur Tierarztpraxis. Kurz vorher hatte er einen Anruf des Tierarztes bekommen, dass die Stute wieder so stabil war, dass er sie zurück auf den Hof holen konnte. Das Tier begrüßte ihn freudig in der Box, bewegte lebhaft die Ohren, als es seine Stimme hörte. Der Veterinär führte sie auf den Hof, nachdem Benno die Rechnung gezahlt hatte. Wieder einmal Theas Geld, was er nur angenommen hatte, damit er nicht erneut Schulden in dieser Praxis machen musste. Es war ein furchtbares Gefühl gewesen, als Thea es ihm überreicht hatte, aber sie hatte darauf bestanden, immerhin hatte seine Mieterin es ihm versprochen.

«Buscopan», sagte der Arzt und gab ihm eine Medikamentenschachtel. «Das entspannt den Magen-Darm-Trakt, wenn erneut Krämpfe bei ihr auftreten. Wenn es nicht besser wird, rufen Sie mich an.»

«Wird gemacht! Danke!» Er schüttelte dem Arzt fest die Hand, der ihm half, die Stute in den Pferdeanhänger zu bugsieren. Auf dem Rückweg fuhr er an dem Waldweg vorbei, in dem noch immer Theas Transporter stand. Er hatte sie gestern überredet, mit ihnen gemeinsam nach Hause zu fahren. Später würden sie ihren Wagen abholen.

In den letzten Tagen war Benno kaum zum Nachdenken gekommen. Sein gewohntes Leben, seine Routinen waren innerhalb kürzester Zeit durcheinandergewirbelt worden. Vermisste er den alten Benno, bei dem ein Tag dem anderen geglichen hatte? Er musste schmunzeln, als er in die Hofeinfahrt fuhr. Die Ruhe auf dem Hof vermisste er manchmal, aber nicht die Lethargie, die er sich in den letzten Jahren zugelegt hatte. Als er den Anhänger vor den Stall rangierte, gestand er sich ein, dass er sich schneller als gedacht an Thea als Nachbarin gewöhnt hatte. Juli, die nur durch Zufall auf dem Hof gestrandet war, war ihm ebenfalls ans Herz gewachsen. Aber das Mädchen würde nicht hierbleiben. Sie würde weiterwandern und für ihren Großvater Amsterdam erreichen, danach sicherlich eine Ausbildung beginnen. Er stieg aus, öffnete die Heckklappe des Anhängers und kraulte der Stute die Ohren, die nervös wirkte. «Du bist wieder zu Hause», sagte er leise und wartete, bis sie bereit war, mit ihm hinunterzugehen. Was wäre mit dem Tier passiert, wenn Thea nicht auf den Hof gekommen wäre, ihm so selbstlos ihr Geld überlassen und schließlich den nötigen Arschtritt verpasst hätte? Vielleicht wäre die Stute qualvoll verendet. Benno lehnte seinen Kopf an ihren Hals, fühlte den warmen Körper und war unsagbar erleichtert, dass das Schicksal es anders geregelt hatte. Nie wieder wollte er sich so gehen lassen und sein Leben sowie das seiner Tiere aus der Hand geben.

Benno versorgte die Stute, die er nicht auf die Koppel bringen wollte, bis ihr Darm sich beruhigt hatte. Er stellte sie auf den befestigten Paddock hinter dem Stall. «Gut, altes Mädchen! Vertritt dir mal die Beine.» Die Stute lief los und schien Freude am wiedergewonnenen Auslauf zu haben.

Neben dem Paddock lag der Berg mit dem Keramikschutt, durch den schon die ersten Grashalme wuchsen. Wohin damit, wenn er ihn wieder loswerden wollte? Es würde eine Stange Geld kosten, diesen Schutthaufen zum Wertstoffhof zu karren. Benno kletterte auf ein umgedrehtes Waschbecken und blickte auf den weißen Berg vor ihm. In diesem Moment hatte er eine Idee, wofür er die hier abgekippten Keramikteile verwenden konnte. Das würde ein paar Tage Arbeit bedeuten, aber Thea würde Augen machen!

Zufrieden ging er zum Haus. Thea und Juli waren noch nicht auf dem Hof, mussten sich wohl noch von der letzten Nacht erholen. Gut gelaunt ging er ins Haus, fütterte die Katzen, machte sich ein paar Brote und ging schließlich ins Schlafzimmer, um den Hochzeitsanzug zu suchen. Hoffentlich passte er noch in die Hose. Die Anzugjacke würde über dem Hemd sicherlich etwas aufklaffen, das wäre aber nicht schlimm. Krawatte oder Fliege würde er sowieso nicht tragen. Er mochte diese feine Garderobe nicht. Er liebte es leger. In seinem Schrank hingen Arbeitshosen, Pullover, T-Shirts und Karohemden. Seine geliebten Gummilatschen hatte er in mehreren Farben.

Benno zog den Anzug aus dem Schrank, der in der Folie der Reinigung steckte, seit er ihn nach den Feierlichkeiten da hineingehängt hatte. Karin hatte sich damals zum Hochzeitstag gewünscht, dass er ihn wieder herausholte und sie schick zum Essen oder ins Theater ausführte, aber Benno war stur geblieben. Was Karin ihm immer wieder vorgehalten hatte. Vielleicht hatte sie endlich den Mann gefunden, der sich für sie in feinen Zwirn kleidete. Benno zog die Folie hoch. Das gute Stück roch nach Mottenkugeln. Er würde den Anzug über Nacht etwas auslüften lassen. Für Thea würde er über seinen Schatten springen. Nach dem, was sie in den letzten Tagen für ihn getan hatte, war es das Mindeste, sie zu Annikas Hochzeit zu begleiten. Und dort konnte er schlecht in seinen Arbeitsklamotten auflaufen. Er zog sich bis auf die Unterhosen aus und probierte die Anzughose an. Der letzte Knopf ging nicht zu, sosehr er auch den Bauch einzog. Aber mit einem Gürtel würde man das gar nicht bemerken. Er fand ein passendes Hemd im Schrank, das zum Glück den weiten Schnitt hatte, der damals modern gewesen war. Die engen Hemden von heute, die auf Taille geschnitten waren, würde er definitiv nicht tragen. Er schloss die Knöpfe. Nun die Jacke. Mit einem seltsamen Gefühl zog er sie über, dachte zurück an den Tag seiner Hochzeit und wie stolz er gewesen war, Karin zur Frau zu nehmen. Aber wie verkleidet er sich schon damals im Herrengeschäft vorgekommen war. Sie hatte ihm eine Fliege verpasst, die ihn den ganzen Abend beengt hatte. Nun glitten seine Hände nach einem halben Leben wieder über den dunkelblauen Stoff. Das gute Teil hatte damals eine Stange Geld gekostet. Dass er Qualität gekauft hatte, sah er im Spiegel. Der Anzug war vom Schnitt sicherlich etwas aus der Mode gekommen, aber der Stoff sah aus wie neu. Angetan von seiner Erscheinung, pfiff er, als er sich im Tageslicht vor dem Spiegel drehte. Gut, den Vollbart würde er noch etwas stutzen, die Haare kürzen. Seinen Haarschnitt machte er seit Jahren selbst, einen Friseur brauchte er nicht. Und er musste dunkle Socken und die Schuhe zum Anzug suchen, die sicherlich auch irgendwo in einer Kiste im Schrank standen. Wenn diese nicht passten, würde ihm sicherlich Hannes ein paar Sneakers borgen. Sie hatten beinahe die gleiche Schuhgröße, denn der Junge nutzte nicht selten für die Arbeit auf dem Hof Bennos Gummistiefel. Benno zog das hellblaue Einstecktuch aus der Anzugtasche. Das ging dann doch zu weit. Aber ja, in diesem Outfit konnte er sich auf einer Hochzeit sehen lassen.

35

THEA

Das Klappern aus der Küche weckte Thea. Sie blinzelte in den neuen Tag, döste noch ein wenig, bis sie richtig wach war. Dann stand sie auf, um frische Luft hereinzulassen. Das Fenster zum Hof war geschlossen, da das Unwetter die ganze Nacht mit Donnergrollen und Schauern über der Heide niedergegangen war. Nun stand die Sonne bereits hinter der Eiche im Hof, was hieß, dass sie komplett verschlafen hatte.

Wieder hörte sie Bewegung in der Küche. Die Backofentür wurde zugestoßen. Thea streckte sich, um die morgendlichen Verspannungen ihrer Muskeln zu lockern. Seit sie fünfzig war, wachte sie mit steifen Gliedern auf, hatte nicht selten Schmerzen in den Füßen. In den ersten Minuten hieß es, sich zu bewegen, bis nichts mehr wehtat. Tief und fest hatte sie in dieser Nacht geschlafen. Hatte sie etwas geträumt? Vom Wald? Von Wölfen? Von der bevorstehenden Hochzeit? Wenn, dann wusste sie es nicht mehr. Sie hob ihre Arme über den Kopf, stellte die Beine hüftbreit auf und machte die Bewegungen des Hampelmannes. Eine gute Übung, um den Körper aufzuwecken. Diese Gymnastikübung hatte ihr schon morgens ein paar kecke Sprüche von den Ziegenhirten in Portugal eingebracht. Aber sie wusste, dass sie etwas tun musste, um fit zu bleiben. *Pedra movediça não cria bolor.* Wer rastet, der rostet. Nicht umsonst gab es diesen Spruch.

Sie war froh, dass sie heute Morgen keine Halsschmerzen oder andere Anzeichen einer Erkältung hatte. Gestern Nacht war sie in die heiße Dusche gestiegen, hatte vor dem Zubettgehen vorsorglich etwas Ingwer gekaut. Vielleicht hatte sie so einen Schnupfen abwenden können.

Nach ihrer Morgenroutine ging Thea in die Küche, wo es nach frischem Brot und Kaffee duftete. Juli stand an der Arbeitsplatte und schnitt Tomaten und Radieschen aus dem Garten auf. Die Espressokanne auf dem Herd fing bereits an zu dampfen und zu blubbern. *Café*, das war genau das, was Thea jetzt brauchte. Sie zog die Kanne vom Herd und machte ihn aus. «Morgen!»

Juli drehte sich um. «Morgen!»

«Danke für deine Fürsorge. Du bist so ein Schatz!»

«Wie geht's dir?»

«Ich habe lange nicht so gut geschlafen.»

Das Mädchen lächelte und zeigte auf den Backofen. «Ich habe dein Brot reingeschoben. Ist das so heiß genug?»

Thea zog die Tür auf. Die *Broa* wies bereits eine goldgelbe Kruste mit ihren typischen Rissen auf. «Sieht toll aus, danke!» Sie ließ die Tür zugleiten und regelte die Temperatur etwas herunter, damit das Brot nicht verbrannte. «Hast du Benno schon gesehen?»

«Er ist vorhin mit dem Pferdeanhänger weggefahren. Ich denke, er holt die Stute ab.» Juli begann, Schnittlauch zu hacken. «Ich mache noch ein Käse-Omelett, dann können wir frühstücken.»

Thea holte die Teller vom Regal und pfiff einen Popsong, bewegte ihre Hüften. Was für ein wundervoller Morgen. Die letzte Nacht, ihre Panik im Wald und all die traurigen Gedanken schienen zu einem anderen Leben zu gehören. Wann war sie das letzte Mal so unbeschwert gewesen?

«Weißt du schon, was du morgen anziehst?», fragte Juli beim Frühstück.

Thea trank in kleinen Schlucken den *café*. Stark und süß, wie sie ihn mochte. «Das ist doch eine Schnapsidee!»

Juli hielt inne. «Warum denn?»

Sie setzte die Tasse ab. «Man kann doch nicht einfach so auf einer Hochzeit auftauchen. Und was soll das denn bringen? Dass Annika sich für mich schämt?» Sie atmete aus. «Schlimm genug, dass sie sich nicht mehr an mich erinnert.»

«Du wirst doch nicht ihre Hochzeit verpassen, weil du ...» Sie suchte nach dem richtigen Wort. «... Schiss hast? Seit wann bist du so ängstlich?»

Thea freute sich, dass Juli sich für sie und ihren Wunsch starkmachte. Sie zuckte die Schultern.

«Wir crashen ja nicht die standesamtliche Trauung», wiegelte Juli ab und biss in die Scheibe des Maisbrotes, das perfekt gelungen war. «Nur die Feier! Und wenn das nicht klappt, dann gehen wir einfach wieder. Komm, lass uns etwas Spaß haben. Wenn sogar Benno seinen Anzug rausholt ...»

Thea nahm sich eine Scheibe des frischen Brotes und biss hinein. Der Geschmack Portugals, sie schloss sehnsuchtsvoll die Augen, lauschte dem Rauschen der Bäume und den Vögeln mit ihrem hektischen Gezwitscher. Der Wind spielte mit ihrem Haar. Was fehlte ihr in diesem Moment? Sie öffnete die Augen. Nichts. Thea war genau dort, wo sie sein wollte. Auch wenn der Umzug zurück in ihre alte Heimat sie Kraft und Nerven gekostet hatte, tiefe Ängste geschürt, diese Veränderung war genau richtig gewesen. Ja, wovor fürchtete sie sich eigentlich? Sie hatte hier all das, was sie brauchte. Ihr Mut war belohnt worden. Mehr als das! Mit diesen beiden Menschen an ihrer Seite, mit ihrem gemütlichen Nest auf diesem verwunschenen Hof, mit der neuen Aufgabe im Hofladen und vielleicht irgendwann der Ziegenzucht waren ihre Vorstellungen, wie sie alt werden wollte, weit übertroffen worden. Sie hatte sogar Annika wiedergesehen, wie es ihr großer Wunsch gewesen war. Ob das Mädchen nun wusste, wer sie war, oder nicht, niemand konnte ihr diese frühen Jahre mit ihr wegnehmen. Und ja, sie wollte das Mädchen im Brautkleid sehen und ihren frischgebackenen Ehemann. Thea würde auf der Hochzeit sein, auch wenn das Wiedersehen mit Artur zum Problem werden konnte. Sie ging zum Glück nicht allein zur Feier, sondern mit ihren neuen Freunden, die ihr zur Seite standen.

«Ich bin dabei!», sagte sie plötzlich. «Ich habe ein langes Kleid, das ich bei einem solchen Anlass tragen kann. Es ist schlicht, aber schön.»

Julis Lächeln zeigte, wie froh sie über diese Entscheidung war.

«Was hast du denn dabei?», fragte Thea.

Juli lehnte sich in einer theaterreifen Geste zurück. «Nur Wanderklamotten», sagte sie. «Aber Hannes holt mich heute nach seiner Arbeit ab. Er geht mit mir ein Kleid shoppen. Und ...» Ihr Lachen war umwerfend, wenn sie von ihm sprach. «Er wird uns zur Hochzeit begleiten! Er sagt, auf diesen Dorfhochzeiten tauchen immer Überraschungsgäste auf. Und er kennt den Bräutigam vom Handball.»

Thea stimmte in ihr Lachen ein. «*Isso é ótimo!*», verfiel sie begeistert ins Portugiesische. «Das ist toll, Juli!»

«Dann müsst ihr nicht die ganze Zeit ein Auge auf mich haben und könnt tanzen gehen.» Juli beugte sich nach vorn und massierte vorsichtig ihr Fußgelenk.

«Ob Benno tanzen kann?»

Das Mädchen richtete sich wieder auf. «Er ist bestimmt ein richtig guter Tänzer. Immerhin war er verheiratet.»

Thea hob belustigt die Augenbrauen. «Du meinst, wenn man heiratet, kann man automatisch tanzen?»

«Zumindest den Hochzeitstanz, oder? Wenn er den noch draufhat, ist doch alles paletti.»

Einen Tag später trat Thea in den herrlich warmen Sommerabend. Der Schlüssel knackte missmutig im Türschloss. Auch wenn es Thea aus ihrer Zeit im Wohnmobil nicht gewohnt war abzuschließen, war es besser so. Nach dem Debakel mit dem abgekippten Keramikschutt konnten sie nicht vorsichtig genug sein. Sie trat auf den Hof, atmete tief durch und blieb stehen. Mückenschwärme tanzten im weichen Abendlicht neben Bennos Pick-up. Irgendwo hinter ihr saß eine Amsel auf dem Dachfirst und sang herzerweichend ihr Abendlied. Annika und ihr Mann hatten sich um diese Uhrzeit sicherlich längst das Jawort gegeben. Natürlich wäre sie auch gern bei der Trauung dabei gewesen, aber diesen intimen Moment hatte sie nicht ruinieren wollen. Denn dass ihr Erscheinen Sprengkraft hatte, vor allem bei Artur, war abzusehen.

Sie zog ihr Schultertuch zurecht, das sie über dem bodenlangen Kleid trug, das mitternachtsblau war wie die Riemchen ihrer Korksandalen. Sie hatte die Haare hochgesteckt und ein pinkfarbenes Haarband darumgebunden, das ihr lang in den Nacken fiel. Da sie selbst keine Haarbänder besaß, war sie am Nachmittag durch das Moor zu Corinne spaziert, hatte bei ihrer neuen Freundin einen Kaffee getrunken und sich neben dem Haarband auch einen Armreif in derselben Farbe ausgeborgt. Pink war damals Annikas Lieblingsfarbe gewesen, ob sie sich daran erinnerte?

Benno trat durch das Türchen in der Hecke. Thea konnte ihre Überraschung nicht verbergen, denn der dunkelblaue

Anzug stand ihm ausgesprochen gut, auch wenn die Jacke etwas spannte. Er trug darunter ein weißes Hemd, das am oberen Knopf geöffnet war, dazu weiße Sneakers von Hannes und einen Schalk im frisch gestutzten Bart, der äußerst anziehend wirkte. Juli hatte sich ein knielanges Sommerkleid mit einem breiten Ledergürtel gekauft, welches ihrer schlanken Figur schmeichelte. In ihrem blonden Haar steckte ein Haarreif in Türkis, der Farbe ihrer Sandaletten.

Nun stand die verschwörerische Hochzeitsgemeinschaft im feierlichen Outfit auf dem Hof und staunte über den jeweils anderen. Benno hatte die Tiere etwas früher in den Stall geholt und versorgt. Sie waren bereit.

Zuallererst fuhren sie zu Hannes' Elternhaus, wo Benno laut hupte. Der Junge kam aus dem Haus und wirkte in Hemd und Sakko wie ein Männermodel aus dem Katalog. Thea sah Julis Augen strahlen. Ihr fiel auf, dass sich eine Gardine am Wohnhaus der Eltern bewegte. Aber es kam niemand heraus, um sie zu begrüßen. Hannes stieg neben Juli auf den Rücksitz und reichte Thea einen Holzkasten nach vorn. Er hatte an etwas gedacht, das sie beschämte, weil es ihr nicht in den Kopf gekommen war: ein Hochzeitsgeschenk für das junge Paar. Der Tischlersohn hatte noch schnell einen Nistkasten aus Holz gebaut, diesen bunt angestrichen, ein Vogelpaar mit Zylinder und Brautschleier daraufgemalt und das heutige Hochzeitsdatum ins Holz geprägt. «Du willst doch nicht mit leeren Händen zur Hochzeit gehen?», fragte er, und sie drückte dankbar seine Hand.

Benno fuhr los, und mit jedem Kilometer stieg Theas Aufregung. War es richtig, was sie taten? Was, wenn dieser Abend schiefging und schon von vornherein die Chance ruinierte, eine Beziehung zu Annika aufzubauen? Was, wenn sie es ihr ewig nachtragen würde, ihre Feier so eigensüchtig an sich gerissen zu haben?

Die Straße schlängelte sich durch die hohen Wälder der Heide, deren Sommergrün beinahe feierlich wirkte, als hätte sich auch die Natur an diesem besonderen Tag fein gemacht. Niemand sagte etwas, alle hingen ihren Gedanken nach.

Wie schnell waren die letzten Stunden vergangen? Gleich würde sie auf Annika treffen, ganz sicher auch auf Artur und Britta, ihre ehemals beste Freundin. Es würde nicht leicht werden, sie zusammen zu sehen. Aber darum ging es an diesem Abend nicht. Sie wollte unbedingt Annika wiedersehen, ihr gratulieren, sie vielleicht in den Arm nehmen. Das war ein Wunschtraum, das wusste Thea. Im schlimmsten Fall wurden sie schon an der Tür abgewiesen werden. Oder Annika ließ sie eiskalt stehen, wenn Artur sie nicht vorher rauswarf.

Thea zweifelte nicht daran, dass Annika alle Gäste bezaubern würde in ihrem Brautkleid. Und ihr Mann? Wer würde fortan an ihrer Seite stehen? Hatte sich Artur, der damals nie etwas dem Zufall überlassen hatte, bei ihrer Partnerwahl eingemischt? Oder heiratete Annika heute ihre große Liebe? Thea hoffte, dass das Mädchen diesen großen Schritt nicht tat, um ihrem Vater einen Gefallen zu tun.

Benno zügelte die Geschwindigkeit, als sie eine Ortschaft mit Fachwerkhäusern, blühenden Gärten und kleinen Hofläden erreichten. Der Heidecharme, den sie so liebte. An einigen Gartenzäunen hingen Schleifen und Luftballons. Je weiter sie zum Ortskern fuhren, desto mehr Leute waren auf der Straße. Hier auf dem Dorf war eine Hochzeit noch etwas Besonderes, die Menschen feierten mit dem Brautpaar. Vor der Tür des Gasthofes stand eine geschmückte Pferdekutsche, mit der wohl gerade das Hochzeitspaar vorgefahren war. Benno fuhr am überfüllten Parkplatz vorbei, parkte an der Straße und machte den Motor aus. Er sah Thea an. «Bereit?»

Sie spürte die Hitze im Gesicht, knetete ihre schweißnassen Hände. So unter Strom wie in diesem Moment war sie seit Ewigkeiten nicht mehr gewesen. Es fühlte sich an, als würde sie selbst zum Traualtar geführt werden. «Nein, aber lass uns trotzdem reingehen.»

Sie stiegen aus und gingen zum Gasthof. In den Bäumen hingen Luftballons in Weiß, Gold und Pink sowie riesige Lampions, die später in der Dunkelheit sicherlich erleuchtet sein würden. Zwei hohe Blumenbuketts standen vor dem Eingang. Stoffgebinde waren am Türrahmen mit goldenen Schärpen befestigt. Eine riesige Ballongirlande war über dem Eingang arrangiert worden, darin hing ein Schild mit den Namen *Annika und David* und zwei verschlungenen Herzen. Stehtische mit langen Tischdecken und riesigen Schleifen standen vor der Tür, wo Servicekräfte des Gasthofes mit langen Schürzen die neuen Gäste freundlich begrüßten und ihnen ein Glas Sekt zur Begrüßung reichten.

Thea bedankte sich und nippte an dem prickelnden Getränk, dessen Farbe in der flachen Schale goldgelb schimmerte. *War ja klar*, dachte sie. *Champagner, kein Sekt*. Natürlich war hier alles nur vom Feinsten. Geld war nie ein Thema für Artur gewesen. Vor allem dann nicht, wenn er sich öffentlich zeigen und seinen Wohlstand zur Schau stellen konnte. Alles musste bei ihm exquisit und teuer sein. Auch bei der Hochzeit seiner Tochter schien er beweisen zu wollen, dass er sich gerade so mit dem Allerbesten zufriedengab. Benno hatte statt des Champagners ein Glas Orangensaft angenommen. Er trank es in einem Zug aus. Juli und Hannes kicherten hinter ihnen. Die Schwingungen waren die von zwei Frischverliebten, die sich ihre Gefühle noch nicht eingestanden hatten.

Thea folgte Benno, der vorausging. Er war ihr Fels in der Brandung an diesem Abend. Aber auch er war heute nervös, das merkte sie ihm an. Seine Schläfen glänzten vor Aufregung, immer wieder nestelte er an seiner Anzugjacke, als würde er sich unwohl darin fühlen. Was ging in seinem Kopf vor? Fragte er sich, wen er hier an diesem Abend treffen würde? Waren Leute im Gasthof, die von seiner finanziellen Notlage wussten, bei denen er Schulden hatte?

Hannes führte Juli am Arm, die fast schon normal auftreten konnte, jedoch die Gehhilfe dabeihatte, falls es für ihren Fuß zu viel wurde. Feierlich gekleidete Hochzeitsgäste kamen ihnen am Eingang entgegen, niemand blieb stehen oder fragte, was sie hier wollten. Es war ihnen nicht anzusehen, dass sie sich ganz frech ohne Einladung unter die Gäste mischten. Ob ihr Ex Artur auch so gedankenlos an ihr vorbeigehen würde? Erkannte sie ihn, wenn sie ihn wiedersah? Wie sehr hatte sie sich selbst in den letzten zwanzig Jahren verändert?

Aus dem Saal hörte Thea dezente Musik, die immer wieder von einem angenehmen Stimmengewirr der Gäste übertönt wurde. Jemand lachte auf, Gläser klirrten. Ein herrlicher Abend war angebrochen, alles schien perfekt arrangiert worden zu sein. Thea blieb stehen. Was, wenn sie mit ihrer waghalsigen Idee Annikas Hochzeitsfeier zerstörte? Den schönsten Tag in ihrem jungen Leben ruinierte? War das der richtige Anlass, um Annika an ihre gemeinsame Vergangenheit zu erinnern? Thea zögerte, sodass auch Benno vor der Tür des Saales verharrte. War es richtig hineinzugehen, oder war ihr Plan vollkommen egoistisch?

Benno sah sie fragend an. «Können wir?»

Ihre Blicke trafen sich, Benno nickte ihr auffordernd zu. Thea spürte in diesem Moment, dass alles gut werden würde, wenn er bei ihr war. Sie hakte sich bei ihm unter.

Dann traten sie ein.

Rechter Hand standen festlich gedeckte Tafeln, an denen bereits Gäste saßen. Linker Hand war die Bühne, die Tanzfläche davor war frei geblieben und von schwatzenden Hochzeitsgästen bevölkert. Auch der Saal war in Weiß, Gold und Pink geschmückt worden. Auf der Bühne spielte eine Band dezente Hintergrundmusik. Fünf Musiker in schwarzen Anzügen, weißen Hemden, deren pinkfarbene Fliegen perfekte Akzente setzten. Thea trug zufällig das passende Haarband an diesem Abend. Sie musste schmunzeln. Vielleicht sollte sie für Benno ebenfalls eine pinkfarbene Fliege besorgen. Später würde hier garantiert noch getanzt werden. Thea sah sich zu Juli um, für die die Tanzfläche heute tabu war.

Ohne jemandem aufzufallen, gingen sie durch den vollen Saal. Thea lächelte fremde Menschen an, die ihr Lächeln erwiderten, ihr zunickten, obwohl sie sie gar nicht kannten. Sie schwitzte vor Aufregung, spürte die Hitze im Gesicht. Wo war Annika?

«Thea!», rief eine Frauenstimme. Edda drängte sich an den Leuten vorbei. Sie trug ein dunkelblaues Abendkleid mit einer riesigen pinkfarbenen Blume am Träger. Ihre alte Freundin gab ihr zwei Wangenküsse. «Wie schön, dass du hier bist! Hat Annika dich doch eingeladen?»

Thea lächelte und wich aus. «Ich kann sie doch nicht heiraten lassen, ohne ihr zu gratulieren, oder?» Sie stellte ihr Benno, Juli und Hannes vor.

Ihre Ärztin warf Benno einen überraschten Blick zu, schaute dann wieder Thea an. Einen Moment lang herrschte

Schweigen zwischen ihnen, und es schien, als würde sie gern etwas sagen. Sicherlich wunderte sie sich, dass Thea hier gemeinsam mit ihm auftauchte. «Ich muss weiter! Wir sehen uns noch.» Schon war sie im Gedränge verschwunden.

«Wer war das?», fragte Benno.

Bevor Thea antworten konnte, wurde er von einer Frau in einem umwerfenden Abendkleid angesprochen. «Herr Findeisen, das ist ja eine Überraschung!»

Benno sah verwirrt aus, aber Thea erkannte die Immobilienmaklerin, die sie kürzlich auf dem Hof aufgesucht hatte.

«Constanze Gerster, Sie erinnern sich doch?»

Tat er nicht, so perplex, wie er sie ansah.

«Von Funke-Immobilien. Ein wunderbarer Zufall, dass wir uns hier noch einmal treffen! Der Interessent für Ihren Hof ist heute Abend auch hier.»

Bennos Blick ließ nichts Gutes erahnen. «Lassen Sie mich in Ruhe», sagte er. «Komm!» Er wandte sich wieder Thea zu und ließ die Maklerin stehen.

Hannes tippte Thea an. «Schau mal, da drüben.» Julis Begleitung deutete zu einem Tisch, neben dem das Brautpaar mit einem grauhaarigen Mann in ein Gespräch vertieft war. Thea ließ das Bild auf sich wirken. Annika sah wunderschön aus in ihrem eleganten engen Brautkleid, das ganz schlicht war und lediglich von etwas Spitze am Dekolleté und an den Trägern verziert wurde. Ihr umwerfendes Lächeln zeigte, dass sie glücklich war. Ihr frisch getrauter Mann war einen halben Kopf größer als sie. Er sah in dem festlichen Dreiteiler mit Fliege sehr attraktiv aus, ein blonder Mann um die dreißig, der Annika im Arm hielt. Er hatte ein einnehmendes Jungenlächeln, das Thea sofort sympathisch war. Neben ihnen stand ein grauhaariger Mann, der Thea den Rücken zuwandte. Dennoch erkannte sie Artur an seiner Figur, die immer noch drahtig war. Sie erstarrte kurz. Wo war Britta? Aber ihre ehemalige Freundin konnte sie nicht am Tisch des Hochzeitspaares entdecken. War sie gar nicht da? Bevor sie sich darüber Gedanken machen konnte, drehte Artur sich plötzlich um. Er war noch attraktiv, keine Frage. Aber auch an ihm waren die Jahre nicht spurlos vorübergegangen. Sein Gesichtsausdruck war angespannt. Was passte ihm nicht, dass er mit seiner Tochter an diesem Abend streiten musste?

Benno berührte Thea beruhigend am Arm. Wie aufmerksam er war. Kaum zu glauben, was aus dem bärbeißigen Junggesellen, der abgeschieden auf seinem Hof gelebt hatte, geworden war. Im Anzug sah er noch dazu umwerfend aus. Fast schien es, als würde dieses festliche Outfit ihm mehr Selbstvertrauen geben, denn er hatte die Schultern gestrafft und schien heute Abend in seiner Beschützerrolle aufzugehen.

Thea atmete tief durch, rüstete sich innerlich für die Begegnung mit Artur. Mit dem Geschenk in ihren Händen ging sie hinüber zum Brautpaar, das noch immer angeregt mit Artur diskutierte. Das Problem, das sie hatten, würde gleich vergessen sein, da war sie sich sicher. Thea trat an den Tisch des Brautpaares, stellte sich vor Annika und lächelte ihr warm ins Gesicht. *Ihre Augen*, dachte sie. *Das sind die leuchtenden blauen Augen meiner Kleinen.* «Herzlichen Glückwunsch euch beiden!» Sie nickte auch dem Bräutigam freundlich zu.

Artur sah Thea an, schien blass zu werden. «Du?» Er öffnete den Mund. Mehr konnte er nicht sagen.

Das Brautpaar lächelte Thea an. Beide schienen noch immer nicht zu ahnen, wer sich hier selbst auf die Feier eingeladen hatte.

«Ich wünsche euch Glück und Gesundheit!» Thea hielt das Geschenk hoch und überreichte den Nistkasten schließlich dem frischgebackenen Ehemann, der ihn entgegennahm. «Von uns allen!» Thea schloss Benno, Hannes und Juli mit einer Geste mit ein.

«Was machst du hier?» Artur gestikulierte aufgebracht. «Du verlässt sofort diese Feier!»

Thea blickte ihm ruhig ins Gesicht, sah seine Tränensäcke, das wachsende Doppelkinn, und sie spürte, dass sie über diesen Mann hinweg war, der beinahe ihr Leben zerstört hatte. «Artur, das entscheidest nicht du! Es ist Annikas Feier. Und ich möchte ihr und ihrem Mann gratulieren.»

«Du gehst sofort ...», weiter kam Artur nicht.

Annika stellte sich vor Thea, ergriff ihre Hände. «*Tata?* Bist du es?»

Thea nickte sprachlos. Als Kleinkind hatte Annika ihren Namen nicht aussprechen können, das Mädchen hatte sie lange *Tata* genannt. «Du erinnerst dich ...?»

«Natürlich!» Annika umarmte Thea herzlich und drückte sie fest an sich. «Dann warst du es doch in der Praxis», flüsterte sie in Theas Ohr. «Ich war mir nicht sicher.»

Als die beiden Frauen ihre Umarmung auflösten, funkte Artur erneut dazwischen. «Du gehst jetzt besser.»

Annika wandte sich ihm zu. «Hör auf, Papa!» Dann drehte sie sich zu ihrem Mann um. «David, das ist Thea, meine *Tata*. Endlich kann ich sie dir vorstellen.»

David kam zu ihr und begrüßte Thea herzlich, umarmte sie ebenfalls. «Hallo, Thea! Ich habe schon viel von dir gehört. Natürlich bist du heute unser Gast.» Er sah zu ihren Begleitern. «Ihr alle.»

«Ich zahle diese Feier, also sage ich, wer hier mit uns feiert», mischte sich Artur ein. Er konnte seine Wut nicht zügeln.

«Wenn du Thea vor die Tür setzt, gehe ich mit!», drohte Annika. Die Musik und die Gespräche um sie herum waren verstummt. Diese Szene war bei den anderen Gästen nicht unbemerkt geblieben.

Artur sah seine Tochter lange an. Dann schien er zu bemerken, dass ihn alle Gäste anstarrten und er sein Gesicht wahren musste. «Wie du willst. Es ist ja deine Hochzeit.» Artur drehte sich um und ging mit steifem Schritt davon. Die Tür knallte hinter ihm ins Schloss.

Thea war auf einer Seite erleichtert und doch bestürzt. Den Brautvater von der Hochzeitsfeier zu vertreiben, hatte sie nicht vorgehabt. Aber sie schob ihre Gewissensbisse beiseite, als Annika erneut ihre Hand nahm und ihr zuflüsterte. «Mach dir keinen Kopf. Papa beruhigt sich schon wieder.» Die Musik begann erneut zu spielen, und die Gäste wandten sich ihren Gesprächen zu. Theas Herz pumpte vor Aufregung und Glück, dass sie mit ihren Freunden an diesem Abend so herzlich aufgenommen wurde.

36

Keiner von ihnen hatte damit gerechnet, dass sie dann doch noch ganz offiziell Gäste der gecrashten Hochzeit sein würden. Hannes saß neben Juli am Tisch des Brautpaares und langte beim Essen ordentlich zu. Sie bekam kaum etwas herunter. Die Aufregung schlug ihr auf den Magen. Sie stand unter Strom, seit Hannes an diesem Abend aus seinem Elternhaus getreten war. Sie mochte ihn, so wie er auf den Hof kam, in Arbeitsklamotten und Sneakers. Sogar wenn er in Gummistiefeln mit der Mistforke den Stall ausmistete. Aber heute, so geschmackvoll gekleidet, hatte er sie richtiggehend umgehauen. Sie bemerkte die Blicke einiger junger Frauen im Saal, die sie darum zu beneiden schienen, dass Hannes sie begleitete.

Juli hatte sich in den letzten Tagen gegen ihre Gefühle gewehrt, aber sie sah ein, dass die Liebe nicht fragte, ob sie den richtigen Moment erwischte. Dass sie einfach so ins Leben schlitterte, wenn man sie am wenigsten erwartete oder sie sich gerade gar nicht wünschte. *Du bekommst im Leben immer das, was du brauchst. Nicht das, was du willst*, hatte ihr Großvater oft zu ihr gesagt. Juli sah kurz nach oben und hoffte, er würde ihr von dort zusehen. *Verzeihst du mir, wenn ich Amsterdam noch ein wenig aufschiebe?* In diesem Moment begann die Band *Can't help falling in Love* von Elvis zu spielen. Sie schluckte. Das war einer der Lieblingssongs ihres Opas gewesen. Er hatte Elvis verehrt. Juli lächelte. Sie nahm den Song als Einverständnis für ihre neuen Pläne an.

Thea und Benno sprachen beim Essen angeregt mit Annika und ihrem Ehemann. Der wütende Brautvater war nach seinem Abgang noch nicht zur Feier zurückgekehrt. Wahrscheinlich schmollte er irgendwo, weil sich Annika über seinen Wunsch, Thea rauszuschmeißen, hinweggesetzt hatte. Die Servicekräfte begannen, die Tische abzuräumen. Es wurde lauter im Saal. Die Musiker spielten in voller Lautstärke einen Popsong im Walzertakt. Annika und David erhoben sich, die Gäste applaudierten. Das neue Ehepaar trat auf die Tanzfläche, und es sah sehr eingespielt aus, wie sie zusammen tanzten. Anschließend füllte sich die Tanzfläche.

«Willst du auch tanzen?», fragte Hannes plötzlich. «Ich kann aber nur ein paar einfache Schritte.»

Juli wies auf die angelehnte Gehhilfe.

«Ich halte dich fest, das kriegen wir schon hin.»

Juli stand auf. «Vielleicht später. Ich würde gern mal an die frische Luft gehen.»

Hannes machte Anstalten, sich ebenfalls zu erheben.

«Nein, bleib sitzen. Ich brauche ein paar Minuten für mich.» Juli schlängelte sich zwischen den Tanzenden und Schwatzenden hindurch, verließ, auf die Gehhilfe gestützt, den Saal. Ihr Fuß pulsierte, und wenn sie auftrat, schmerzte er, was sie vor Hannes nicht zum Thema machen wollte.

Sie trat an die frische Luft, die mittlerweile etwas abgekühlt war. Neben dem Gasthof bemerkte sie eine leere Bank am Zaun, ließ sich dort nieder. Die Sonne verschwand rötlich glühend hinter den Baumwipfeln der Linden, die Dämmerstunde war angebrochen. Juli mochte diese Zeit des Tages, wenn die Natur ins Dunkel gerissen wurde, wenn das Landleben zur Ruhe kam. Die Lampions in den Linden vor dem rustikalen Fachwerkhaus mit Reetdach waren bereits erleuchtet. Gemächlich schwangen sie im Wind hin und her. Dezent drang die Musik aus dem Haus, wurde lauter, wenn jemand die Tür zum Saal öffnete. Sie blendete die Gespräche der Gäste an der Tür und ihr leises Gelächter aus. Eine Idee hatte sich seit einer Stunde in ihr festgesetzt. Sollte sie ihr nachgeben?

Juli zog das Smartphone aus ihrer kleinen Umhängetasche, die sie mit dem Kleid gekauft hatte, hielt es unschlüssig in der Hand. Sie musste nur diesen einen Anruf tätigen, um eine neue Brücke zu bauen. Vielleicht eine, die sie beide tragen würde. Das Wiedersehen zwischen Thea und Annika hatte plötzlich eine Sehnsucht nach ihrer Mutter entfacht. Nach der Mutter von früher, als sie beide eine unzertrennbare Einheit gewesen waren. Gab es diese Frau noch? Existierte noch immer ihr Mutter-Tochter-Band?

Juli sah auf das Handy, öffnete die Nachrichten-App, sah sich ihre Kinderbilder noch einmal an und war sich plötzlich sicher, das Richtige zu tun. Sie wählte die bekannte Nummer in Mecklenburg-Vorpommern und spürte ihr Herz aufgeregt schlagen.

«Juli!» Sie hatte den Eindruck, in der Stimme ihrer Mutter klang ein Anflug von Erleichterung mit, beinahe schon Freude. «Hast du die Bilder bekommen? Wo bist du denn jetzt?»

Erleichtert lehnte Juli sich zurück. «Du wirst es nicht glauben, auf einer Hochzeit.»

«Was?» Eine kurze Pause. «Wo denn? In Amsterdam?»

«Nein, ich bin noch in der Lüneburger Heide.» Sie räusperte sich. «Hier bleibe ich noch etwas länger.»

Sie wusste, dass es ihrer Mutter schwerfiel, diese Entscheidung zu akzeptieren. Aber der erwartete Vorwurf blieb aus.

«Dann gefällt es dir dort?»

«Ja, total. Ich habe nette Freunde gefunden. Und ich muss dir noch was sagen.» Sie zögerte, wollte aber nicht länger lügen. «Ich hatte einen kleinen Unfall, nicht tragisch, aber mein Fuß ist verletzt.» Sie erzählte endlich, was auf ihrer Wanderung passiert war und wie sie die letzten Tage auf dem Moorhof verbracht hatte. Ihre Mutter holte scharf Luft, konnte sich aber beherrschen und unterbrach sie nicht. Sie hörte ihr zu. Und als Juli sie fragte, wie es ihr ergangen war, kamen keine Vorwürfe oder Jammertiraden. Es wurde ein gutes Gespräch, weil beide achtgaben, dass sie nichts Falsches sagten. Sie verabredeten, bald wieder miteinander zu sprechen, und Juli versprach, ein paar Fotos vom Hof zu schicken.

«Hier bist du!» Hannes kam durch das Halbdunkel zu ihr gelaufen, ließ sich neben Juli auf die Bank fallen.

«Ich habe mit meiner Mom telefoniert», sagte sie und erzählte aufgeregt von ihrem Gespräch, hielt erst inne, als Hannes sich zu ihr beugte und sie küsste. Einfach so passierte es, und Juli ließ es zu.

Auf dem Rückweg zur Feier stoppte Juli, weil sie neben Bennos Auto einen Mann stehen sah, der sich sofort abwandte, als er ihren Blick bemerkte. «Schau mal, was macht der da?»

Bennos Wagen stand in der Nähe einer Straßenlampe, aber sie konnte nicht erkennen, was dort ablief.

Hannes ging hinüber, aber der Mann war bereits verschwunden. Er umrundete den Wagen, hockte sich hin.

«Was ist los?», fragte Juli.

«Mist! Der hat einen Platten!» Hannes stand wieder auf und trat mit dem Bein gegen das Hinterrad. «Das müssen wir Benno sagen. Ich weiß gar nicht, ob er ein Ersatzrad dabeihat.»

Der Abend hatte so gut begonnen, nun kamen ihr Zweifel. Hatte jemand den Wagen sabotiert? Gaben denn die Leute niemals Ruhe? Sie wartete am Eingang des Hauses, über dem die Lampions im Wind schwangen. Die Fackeln neben dem Eingang flackerten, leise Musik tröpfelte in den Abend, der so friedlich begonnen hatte.

Benno kam aus dem Haus, gefolgt von Thea und Hannes. Er eilte zu seinem Pick-up, hockte sich hin, fingerte am kaputten Reifen herum. Hannes leuchtete das Profil mit der Taschenlampenfunktion des Smartphones aus.

Benno blickte auf. «Seht ihr das?»

Hannes betastete den Reifen. «Sind das etwa Einstiche?»

«Ja! Sieht nach einem Taschenmesser aus.» Benno stand auf.

«Na, Findeisen? Kleine Panne?» Einer der Hochzeitsgäste trat zu ihnen. Er mochte in Bennos Alter sein, sein Haar und Bart zeigten erste graue Stellen.

«Ohlsen!» Benno stand auf. «Ist das deine Retourkutsche?»

«Was meinst du?» Sein Gegenüber grinste verräterisch.

Benno ging auf ihn zu. «Ich frage noch einmal. Ist das dein Werk?»

Der Gefragte hob die Hände. «Wenn man überall Schulden macht und sich dann auf einer Feier vergnügt, sollte man sich nicht wundern, wenn man einen Denkzettel kassiert.»

Benno war kurz davor, sich auf Ohlsen zu stürzen. Thea hielt ihn am Arm zurück. «Benno, nicht! Er ist es nicht wert!»

«Du wirst mir den Reifen bezahlen!», sagte Benno wütend.

«Zahl du erst mal deine Schulden, Findeisen.» Ohlsen winkte ab. «Kannst du ja nicht. Habe ich vergessen.»

Mittlerweile standen eine Menge Leute auf der Straße, die

den Tumult verfolgten. Juli bemerkte, dass einige ihr Handy gezückt hatten und die Streithähne filmten. Das war gar nicht gut!

«Benno!» Sie zeigte hinüber, aber er hörte sie nicht, war gerade so richtig in Fahrt.

«Du bekommst dein Geld schon, Ohlsen! Wie alle anderen.»

«Oh, das sind ja ganz neue Töne.» Der Mann lachte immer noch. «Ich hörte, dass du längst pleite bist und den Gnadenhof verkaufen musst. Gibt sogar schon Interessenten.»

Benno machte einen wütenden Schritt in die Richtung seines Widersachers, der die Hände hob und zurückwich. «Was jetzt? Willst du mir eine reinhauen?»

Benno atmete aufgeregt, dann ließ er von ihm ab. «Der Hof ist nicht zu verkaufen. Und diese Scheiße hier ist einfach eine ganz billige Nummer!»

«Zahl deine Schulden, dann passiert so was nicht mehr. Vielleicht solltest du wirklich verkaufen und deine alten Klepper zum Abdecker bringen. Wird eh Zeit, dass dieses uralte und unnütze Viehzeug da wegkommt!» Er drehte sich um und ging wieder zum Gasthaus.

«Jedes Tier hat das Recht auf eine artgerechte Haltung und einen guten Lebensabend!», rief ihm Benno hinterher. «Und den bekommen meine Schützlinge bei mir!»

Ohlsen winkte ab, ohne sich umzudrehen. Die Zuschauer gingen weiter, die Handys wurden eingesteckt.

Benno fuhr sich durch den Bart. «Ihr geht wieder rein. Ich wechsele das Rad.»

«Ich helfe dir!» Hannes zog das Sakko aus und hängte es an den Zaun.

«Komm, überlassen wir das den Männern. Setzen wir uns

erst mal!» Thea ging mit Juli zur Bank, auf der sie telefoniert hatte. Wie hatte die Situation so eskalieren können? Dieser Abend hatte so wunderbar begonnen, hatte für Thea eine glückliche Fügung genommen. Aber hatten sie nicht damit rechnen müssen, dass Bennos Probleme auch hier ein Thema sein würden?

«Er schafft es nicht, oder?», fragte sie ernüchtert. «Er wird die Schulden nicht zahlen können. Und dann muss er den Hof verkaufen.»

Thea saß neben ihr und blickte zu Benno, der den Wagenheber unter den Pick-up schob. «Keine Ahnung», sagte sie leise. «Er tut, was er kann. Aber ich weiß nicht, ob das am Ende reicht.»

37

BENNO

Benno stemmte sich hoch, setzte sich auf. Die zerwühlten Laken legten Zeugnis davon ab, dass es eine unruhige Nacht gewesen war. Zu viel war ihm durch den Kopf gegangen. Hin und her hatte er sich gewälzt, war eingenickt und wieder aufgewacht. Die Achterbahnfahrt seiner Gedanken hatte sich während der Nacht fortgesetzt. Er erhob sich vom Bett, knipste das Licht an, fuhr in seine Schlappen. Der Anzug hing wie eine fahle Haut auf einem Bügel am Schrank. Wie eine mahnende Erinnerung an den gestrigen Abend, der ihn auf den Boden der Tatsachen zurückgeholt hatte, nachdem er beinahe perfekt begonnen hatte.

Benno schlurfte ins Bad, nahm eine kalte Dusche und ging schon etwas wacher in die Küche, wo er die Espressokanne mit dem Chilikaffee aufsetzte. Er gab einen Löffel mehr in den Kaffeetrichter, dosierte ihn besonders stark, um die schlaflose Nacht aus seinen Knochen zu vertreiben.

Die Katzen umgarnten ihn hungrig, er gab ihnen Futter, spürte seinen Rücken, als er sich zu den Näpfen beugte. *Ein verdammter alter Mann bist du*, dachte er und drückte beim Aufrichten die Schultern durch, hielt den Schmerz aus. Während der Espresso aufkochte, stand er am Fenster und sah das Morgenlicht wie rote Lava aus einem Spalt im Dunkel hervorbrechen. Dieses Naturschauspiel würde nicht lange andauern. Die Sonne drängte darauf, die Nacht abzulösen. Wie jeden Tag, seit Jahrhunderten in der Menschheitsgeschichte. So viele waren vor ihm gekommen und gegangen. Er war ein winziges Staubkörnchen, und wieder einmal fragte er sich, welche Aufgabe ihm hier zukam. Benno ächzte, weil die Antwort ausblieb. Wie oft hatte er hier gestanden, kurz vor Sonnenaufgang? Und sich diese Frage gestellt. Schon als Kind. Er hatte seine Großmutter gefragt und seine Mutter. Beide hatten ausweichend geantwortet, weil es keine Antwort gab.

Er sah den Lavastreif in ein mildes Pink übergehen. Der Himmel würde in den nächsten Minuten sein Sammelsurium an Rottönen über die Welt gießen. Die Magie des frühen Morgens. Es war nach wie vor ein Wunder für ihn, solche Augenblicke zu erleben.

Die Kanne begann zu zischen, dann wurde der Kaffee durch die Düsen gedrückt. Ein aromatischer Duft hing im Raum. Benno füllte seine Tasse und trat hinaus auf die Terrasse, wo es bereits hell wurde, Konturen der Gebäude, Bäume, Zäune wurden präziser. Um ihn herum begann die Natur, sich auf den neuen Tag einzustimmen. Nicht nur die Amsel begrüßte den Morgen, auch ein Zaunkönig zwitscherte aus voller Kehle. Noch war es nicht hell genug, Benno entdeckte den Winzling nicht. Er trank einen Schluck und lauschte dem Konzert, als würde es nur für ihn aufgeführt.

Ein dunkler Schemen glitt von den Ästen der Birke. Die Krähe landete auf dem Zaun, spähte nach einer Nuss oder Krümeln aus seiner Tasche. Sie kam näher, Neugierde blitzte aus ihren dunklen Augen. Er griff in die Tasche und fütterte sie.

Machte er sich nicht etwas vor?, fragte er sich, während die schwarz Gefiederte fraß. Wie sollte er in den nächsten Wochen mit Tierpatenschaften und dem Hofladen, der erst einmal anlaufen musste, zwanzigtausend Euro aufbringen? Der eskalierte Streit am gestrigen Abend war wie ein Fingerzeig gewesen. Auch wenn mit Thea und Juli hier endlich Leben und Hoffnung auf dem Hof eingekehrt waren, damit konnte er keine Rechnungen zahlen.

Die Krähe flog davon, Benno sah ihr nach. Und er war sich nicht mehr so sicher, ob es überhaupt noch Sinn machte, was sie da taten. Er hatte zu lange gewartet, seine Schulden waren zu hoch. Der Hof war längst am Ende.

Die Maklerin hatte recht mit dem, was sie sagte, hier auf dem Hof musste investiert und saniert werden. Seine Flickschusterei der letzten Jahre würde über kurz oder lang nicht mehr ausreichen. Die Bausubstanz der Gebäude war angegriffen, die Dächer begannen zu verfallen, wenn da nicht endlich Profis Hand anlegten. Und was hatten seine Tiere für eine Zukunft, wenn er hier immer nur von der Hand in den Mund lebte? Wenn er kein Geld flüssig hatte, um Futter zu bestellen oder den Tierarzt anzurufen.

Vielleicht sollte er die Reißleine ziehen und verkaufen. Anderthalb Millionen, was für eine Summe! Gut, er musste den Kaufpreis noch versteuern. Aber mit dem Restbetrag konnte er sich irgendwo einmieten, wo es Ställe für seine Tiere gab. Das würde für seinen Lebensabend reichen. Thea würde stinkwütend sein, aber auch sie würde es schließlich verstehen, wenn er hier aus finanziellen Gründen das Handtuch warf.

Er dachte einen kurzen Moment darüber nach, ob sie ihn bei einem Neuanfang begleiten würde. Vielleicht kaufte er sich einfach ein kleineres Haus mit einem Stall und etwas Weidefläche, irgendwo, wo es erschwinglich war. Dieses riesige Anwesen war sowieso viel zu groß, um es allein zu bewirtschaften.

Er blickte in die Bäume. Wenn er starb, würde Claas den

Hof erben. Dann würde er ihn garantiert sofort zu Geld machen, weil er keinen persönlichen Bezug zu diesem Stück Land hatte. Was machte es also für einen Sinn, Tag für Tag gegen Windmühlen zu kämpfen und sich den Anfeindungen seiner Gläubiger auszusetzen, wenn ein solches Angebot auf dem Tisch lag?

Anderthalb Millionen Euro! Eine Stange Geld!

Natürlich liebte er dieses Stück Land am Moor, sein Leben hier im Grünen, das Haus seiner Eltern. Aber war das ein Grund hierzubleiben? Ein Neuanfang war in seinem Alter noch gut möglich. Thea hatte es vorgemacht, sie hatte ihr Leben in Portugal aufgegeben, war zurückgekommen. Ihr finanzielles Polster war bei Weitem nicht so groß gewesen wie das, was ihm angeboten wurde. Thea war für ihren Mut belohnt worden. Jedermann konnte neu anfangen, wenn er sich traute! Man musste sich nur entscheiden, Veränderungen anzustoßen und loszugehen. Vielleicht gab es irgendwo anders eine leichtere und auch bessere Zukunft für ihn und die Tiere als hier auf diesem Pleitehof?

Benno schüttete den Kaffeesatz aus der Tasse in die Büsche und holte die Tiere aus dem Stall. Hinter den Birken ging die Sonne auf, und ihr Licht reflektierte wie kleine Lichtinseln auf den Blättern. Er blieb noch ein paar Minuten auf der Viehweide, tauschte mit seinen Schützlingen Zärtlichkeiten aus, schubberte Hälse und Bäuche. Die braun Gescheckte suchte seine Aufmerksamkeit. Er liebte es, mit ihr auf dem Gras zu kuscheln, ihre bedingungslose Liebe zu spüren und ihr Vertrauen.

Würde er ihr und ihren Freunden auch in Zukunft hier ein sorgenloses Leben ermöglichen können? Oder waren seine Anstrengungen lediglich ein Sterben auf Zeit?

Zum Frühstück, was er auf der Terrasse einnahm, probierte er Theas Maisbrot mit gebackenen Bohnen und fand Gefallen daran. Eine gute Alternative zum Sauerteigbrot, vielleicht war es gar keine schlechte Idee, den Holzofen seiner Großmutter wieder anzuwerfen. Drüben im Kesselhaus war es noch immer ruhig, als er sein Geschirr spülte. Thea und Juli schliefen nach dem letzten Abend aus. Benno hatte heute auf seinem Arbeitsplan, die Futtertränken auf der Weide zu streichen. In der Werkstatt suchte er nach ökologischem Holzschutzmittel und Pinseln, stellte jedoch die Sachen ab, als er bemerkte, dass die Tür zum Hofladen offen stand. Er hörte ein Poltern.

Er trat ein, doch der Raum war leer bis auf das gut gefüllte Honigregal und das in neuem Glanz erstrahlende Küchenbuffet, das er mit Hannes hineingewuchtet hatte. Übereinandergestapelte Weidenkörbe standen auf dem Tisch und den Stühlen, die jemand vom Dachboden geholt hatte.

In diesem Moment richtete sich Thea auf, die hinter dem Tisch gehockt hatte. Sie schob sich eine Strähne aus dem Gesicht und stand auf. «Benno! Morgen!»

«Was machst du denn hier?»

Sie klopfte ihre Hose ab. «Ich richte den Laden schon etwas ein.» Sie wies auf die Körbe. «Wir müssen weiterkommen! Im Garten schießt bald der Salat. Wir sollten ihn jetzt anbieten. Ich dachte, wir lagern ihn hier in den Körben.»

Benno trat hinter den Holztisch, wo eine alte Schiefertafel lag, die seine Großmutter benutzt hatte, um ihre Einkaufsliste zu notieren. Darauf hatte Thea mit bunter Kreide geschrieben: *Heute im Hofladen: Salat – Spinat – Radieschen.*

«Das hängen wir an die Straße. Wir brauchen ein Parkplatzschild für den Hof, damit die Leute wissen, dass sie reinfahren dürfen.»

Benno lehnte sich an die Backsteinwand, verschränkte die Arme. Er war gerührt von Theas unbändiger Zuversicht. Warum war sie nicht früher in sein Leben getreten? Mit einer Frau wie ihr auf dem Hof wäre er wahrscheinlich nie in diese Krise gerutscht, wäre der Lebenshof nie in Schieflage geraten. «Ich habe die halbe Nacht wach gelegen.» Er fuhr sich durch seinen Bart. Wie sollte er Thea erklären, was ihm klar geworden war? Sie war so voller Tatendrang, und nach dem gestrigen Abend war sie glücklich, ihr Leben ein großer Honigtopf.

«Ich habe mir viele Gedanken gemacht. Um den Hof, um die Tiere, meine Zukunft hier.»

Das Lachen wich aus ihrem Gesicht.

«Ich ...» Es kam ihm einfach nicht über die Lippen.

«Du willst verkaufen», nahm sie ihm den Satz ab.

«Ich denke, es ist das Beste.»

Sie hielt seinen Blick, sagte aber nichts, schien die Nachricht erst einmal verdauen zu müssen.

«Aber ich sorge dafür, dass der Hof in die richtigen Hände kommt.»

Thea lehnte sich an das Küchenbuffet. Aus ihr schien plötzlich alle Freude gewichen zu sein. Die feinen Falten in ihrem Gesicht wurden tiefer, als sie die Augenbrauen zusammenzog. «Unsere Anstrengungen sind nur ein Tropfen auf den heißen Stein. Deine Schulden sind zu hoch.»

«Ja», sagte er und lehnte sich neben sie. «Es sind wirklich tolle Ideen! Und wenn der Hof keine Schulden hätte, wären das großartige Strategien, ihn in diesen schweren Zeiten am Laufen zu halten.»

«Aber in deiner Situation ist es zu spät.»

Sie schwiegen einen Moment. «Ich zahle dir natürlich alles Geld zurück nach dem Verkauf.»

«Wo willst du denn hingehen?»

Er zuckte die Schultern. «So weit bin ich noch nicht.»

«Verstehe.»

Eine bedrückende Stille entstand. Benno griff nach Theas Hand und drückte sie lange.

«Hier seid ihr!» Juli kam herein.

Thea zog ihre Hand aus Bennos, als wäre sie ertappt worden. Aber das Mädchen schien gar nicht bemerkt zu haben, dass sie in einen innigen Moment geplatzt war. Sie hatte rote Wangen, hielt Benno aufgeregt das Smartphone vor das Gesicht. «Du wirst nicht glauben, was passiert ist!»

«Was ist denn los?», fragte Benno.

«Wir sind viral gegangen. Also der Streit gestern Abend. Den haben ja ein paar Leute mitgefilmt. Und jemand hat ihn auf Instagram eingestellt und uns markiert.»

«Oh mein Gott!», sagte Thea. «Nicht das noch!»

«Nein! Nicht was du denkst. Sie ergreifen Partei für Benno und den Lebenshof! Eine Influencerin aus der Tierschützer-Szene hat das Video aufgeschnappt und geteilt und viele andere ebenfalls.» Juli lachte und hielt wiederum ihr Handy hoch. «Die Influencerin hat einen Spendenaufruf für deinen Hof gestartet. Sie hat unser Profil markiert und, du wirst es nicht glauben, dein Spendenkonto gepostet!»

«Was?» Benno blickte auf ihr Handy.

«Ja! Wir haben jetzt schon über zehntausend Follower und eine Menge Likes für die Bilder vom Hof und für die Profile der Tiere. Es sind auch viele Nachrichten dabei und Anfragen für Tierpatenschaften und Besuchertage. Die Leute sprechen dir Mut zu, und du sollst dich von solchen Volldeppen nicht einschüchtern lassen!» Juli atmete durch. «Wir gehen gerade viral!»

«Ich ... kann es nicht fassen! Und was heißt das nun genau?», fragte Benno.

«Das heißt, dass sich gerade eine Menge Tierfreunde für unseren Hof interessieren, und im besten Fall, dass sie auch etwas spenden. Kannst du mal dein Spendenkonto checken?»

«Das kann ich nur am Laptop.»

«Na dann los!», sagte Thea. «Wir kommen mit.»

Während sie zu seinem Haus gingen, wischte Juli weiter auf ihrem Display herum. «Wahnsinn! Das glaube ich nicht, es sind schon wieder knapp dreitausend Leute mehr, die uns folgen.»

Benno machte im Arbeitszimmer den Laptop an. Es dauerte, bis er das Gerät hochgefahren hatte. Er loggte sich bei seiner Bank ein, was er in den letzten Monaten kaum noch gemacht hatte, rief das Spendenkonto auf, bestätigte in der Bank-App seinen Zugriff und öffnete das Konto. Nur wenige Cent waren darauf wie auch bei seinem letzten Zugriff vor einem Monat.

«Hätte mich auch gewundert», sagte er. «Die Leute spenden heute ja kaum noch.»

Thea und Juli standen links und rechts von ihm, niemand sagte etwas.

Juli bewegte sich, zeigte mit dem Finger auf die Uhrzeit auf dem Bildschirm. «Es ist gerade mal elf Uhr. Selbst wenn jemand was überwiesen hat, wir können es noch gar nicht sehen. Die Überweisungen sind frühestens am Nachmittag auf dem Konto.»

Benno war skeptisch. Aber um kurz nach zwei, als er es endlich geschafft hatte, die Futtertröge zu reinigen und zu streichen, setzten sie sich erneut vor den Laptop. Das Erste, was er sah, war ein Guthaben von 17 350 Euro, wo am Morgen noch ein kleiner Centbetrag gestanden hatte. Seine Hand zitterte, als er nach unten scrollte.

Unzählige Spendenbeiträge zwischen zehn und hundert Euro waren für den Lebenshof eingegangen. Teilweise hatten die Überweisenden kleine Grußbotschaften in den Betreff geschrieben, Durchhaltewünsche und immer wieder den Spendenzweck *Bennos Tiere*.

Am Abend sah er noch einmal aufs Konto, da war gerade die Zwanzigtausend-Euro-Marke überschritten. Er starrte auf die Summe, lehnte sich zurück. Mit diesem Geld würde er den Hof schuldenfrei bekommen! Wie war es möglich, dass innerhalb von zwei Tagen eine solche Spendenbereitschaft vorhanden war, nur weil er auf einer Hochzeitsfeier offen angefeindet worden war? Brauchten die Menschen öffentliche Tragödien, damit sie den Geldbeutel öffneten? Oder war es echtes Mitgefühl?

38

THEA

Benno holte eine Flasche Schnaps aus dem Schrank und setzte sich zu ihnen an den Küchentisch. Er goss zwei Gläser mit der durchsichtigen Flüssigkeit ein. «Ein Grappa von Giovanni!»

«Du willst nicht?», fragte Juli.

Benno schüttelte den Kopf.

Thea und Juli nahmen die Gläser, Benno stieß mit Wasser an. «Auf unseren Hof!»

«Auf den Hof!», sagte Thea, nippte am Schnaps, den sie nach diesem nervenaufreibenden Tag gebraucht hatte. «Wie geht's jetzt weiter?», fragte sie Benno. «Willst du immer noch verkaufen?»

Er lehnte sich nachdenklich zurück, überkreuzte die Arme. «Warum sollte ich jetzt noch verkaufen wollen? Wir bleiben, das ist doch klar!»

Thea stieß Juli an, sie nahmen die Gläser und kippten den Rest des Grappas herunter.

Benno hatte rote Wangen vor Aufregung. «Mit dem Geld zahle ich meine Schulden, und wenn dann noch was übrig bleibt, investieren wir in den Hofladen.»

Juli schaute vom Smartphone auf, wo sie die sozialen Netzwerke im Blick behielt. «Unfassbar! Wir haben stündlich neue Follower. Gerade hat sich bei uns ein Ulrich Berger gemeldet.» Sie zeigte ihnen das Foto eines Grauhaarigen mit Bart auf dem Display. «Er lebt in Hamburg und möchte den Hof gern besuchen. Er hat ein ernsthaftes Interesse an einer Tierpatenschaft, hat uns auch schon Geld gespendet. Er schreibt, er möchte sich auch bei der Arbeit auf dem Hof einbringen.» Sie blinzelte Benno zu. «Was sagst du? Was soll ich ihm antworten?»

«Er soll herkommen», sagte Benno gut gelaunt. «Hier wird in den nächsten Monaten jede Hand gebraucht. Spätestens, wenn die neuen Ziegen kommen, oder?»

«Dann bist du dabei?» Thea lehnte sich nach vorn. «Wir züchten in Zukunft Ziegen?»

Benno wischte sich über den Bart, seine Augen leuchteten voller Ehrgeiz. «Erst tilgen wir die Schulden, dann investieren wir hier in unsere Zukunft!» Er goss ihnen aus der Grappa-Flasche nach.

Thea hob ihr Glas. «Auf die Zukunft!»

Juli sah nachdenklich aus. «Ich möchte euch noch etwas erzählen.» Sie machte eine effektvolle Pause. «Nächstes Jahr werde ich eine Ausbildung zur Tierpflegerin machen.»

Thea fasste ihre Hand. «Was für eine tolle Idee!»

Benno nickte zufrieden.

«Die Ausbildung ist in Hannover. Ich könnte dann an den Wochenenden hier sein, wenn ihr weiterhin ein Bett für mich habt.»

«Meine Gästecouch steht jederzeit für dich bereit», sagte Thea. «Du gehörst doch zu uns!»

Benno stand auf, trat ans Fenster, blickte hinaus. «Da kommt viel Arbeit auf uns zu, wir werden mehr Helfer brauchen.» Er drehte sich um. «Aber ohne euch beide stände dieser Hof jetzt zum Verkauf. Ich kann euch gar nicht sagen, was ich euch verdanke.» Seine Stimme bebte. «Ihr seid innerhalb so kurzer Zeit eine Familie für mich geworden.»

Thea wollte etwas erwidern, aber Benno hob die Hand.

«Claas will keinen Kontakt zu mir haben, was ich verstehen kann. Er hat einen Vater, damit werde ich leben müssen. Aber mir ist klar geworden, wie wichtig es ist, Freunde zu haben. Sich mit Menschen zu umgeben, die ähnliche Wünsche haben und die Vision von einem Lebenshof für Tiere teilen. Mein großer Fehler war, mich hier in meinem Selbstmitleid einzuigeln. Ihr beide habt mich aufgeweckt. Danke, dass ihr nicht lockergelassen habt.»

Thea war gerührt, auch Juli hatte feuchte Augen bekommen.

Sie hörten ein Klopfen an der Tür, dann stand Corinne in der Küche. «Was feiert ihr denn hier?», fragte ihr spontaner Gast.

«Unseren Neuanfang! Komm, setz dich!» Benno stellte ihr erfreut ein Schnapsglas hin. «Und du feierst mit!»

Corinne rückte auf die Bank zu den Frauen. «Ich bin hier, weil ich euch fragen wollte, ob ihr mich alte Frau gebrauchen könnt. Für die Hofarbeit bin ich nicht geschaffen, aber ich könnte ein paar Stunden in eurem Hofladen aushelfen. So komme ich auch mal wieder etwas mehr unter Leute.»

«Tolle Idee, Corinne!» Thea drückte ihre Hand.

«Wir sind froh um jede Hand, die uns hilft.» Benno packte sein Schneidebrett mit dem Messer auf den Tisch. «Was möchtet ihr denn heute zur Feier des Tages essen?»

Drei Monate später

Thea lehnte an einem uralten Eukalyptusbaum, dessen knorrige Rinde sie mit den Händen umfasste. Wehmütig ließ sie ihren Blick über die gelben Hügel des *Alentejo* gleiten. Erst jetzt wurde ihr bewusst, wie sehr sie ihre Wahlheimat der vergangenen Jahre vermisst hatte. Ihr Herz war überfüllt mit Emotionen, weil sie endlich wieder hier sein konnte.

Am Mittag waren sie und Benno am Flughafen in Faro gelandet und von dort mit einem Mietwagen weitergefahren zum Nationalpark, an dessen Rand Mateus für ein paar Wochen sein Lager aufgeschlagen hatte. Hier zog er mit seinen Ziegen und den anderen Ziegenhirten umher, um die Wälder von Totholz, Zweigen, trockenem Gras, Ästen und Gestrüpp zu befreien, die einem Waldbrand Futter geben würden. Das Wiedersehen war herzzerreißend gewesen. Selbst Mateus hatte feuchte Augen gehabt, als er Thea in seine Arme genommen hatte. Der junge *cabreiro* hatte Benno wie einen Freund empfangen, auch wenn der eine kein Portugiesisch, der andere kein Deutsch sprach. Wenn Thea nicht da war, um zu übersetzen, kommunizierten sie mit Händen und Füßen, hatten sofort einen Draht zueinander, sahen fast aus wie Vater und Sohn mit ihren langen Bärten und den schwieligen Händen.

Mateus hatte seinen beiden Gästen für die nächsten Nächte Theas altes Wohnmobil überlassen. Nun bereiteten die Ziegenhirten über dem Lagerfeuer das Abendessen zu. Ihr Lachen und der wehleidige Klang einer portugiesischen Gitarre, die einer von ihnen spielte, wurden zu ihr getragen.

Thea atmete tief den Geruch des wilden Thymians ein, der hier überall wuchs. Sie schien die salzige Brise des nahen Meeres auf der Zunge zu schmecken. Aber vielleicht waren es auch die ätherischen Öle des Eukalyptus über ihr, der diese Frische in ihrem Gaumen auslöste.

Aus der Ferne trug der Abendwind das Meckern der Ziegen und das Bimmeln ihrer Glöckchen zu ihr. Wenn sie die Augen schloss, hatte sie das Gefühl, nie fort gewesen zu sein. Als wären die letzten, turbulenten Monate in ihrem neuen Leben nur ein Traum gewesen. Viele der Tiere hatten sie bei ihrer Ankunft wiedererkannt und mit freudigem Meckern um Streicheleinheiten gebettelt. Thea fragte sich, ob der Herde Aurélia und Clara fehlten. Oder gab es bei Tieren nicht diese Art von Erinnerungen und Sehnsucht nach dem jeweils anderen? War es denn lediglich den Menschen zugedacht, sich viele Jahre nach dem anderen zu verzehren?

Sie hörte nahende Schritte, drehte sich nicht um.

«Thea?»

«Ich bin hier», sagte sie, als sie Bennos Stimme erkannte.

«Schau mal, ich muss dir was zeigen.» Er nestelte etwas aus seiner Tasche. «Habe ich gerade bekommen.» Benno hielt Thea sein Smartphone hin. Auf dem Display war ein Foto geöffnet.

Thea nahm das Handy in die Hand. Sie blickte auf ein hellbraunes Fellknäuel mit Knopfaugen in einem Hundekorb. «Der ist ja entzückend!» Ihre Melancholie war sofort verschwunden.

«Wisch mal weiter, da sind noch mehr.»

Thea sah die Fotos durch und ließ Benno lebhaft an ihrer Begeisterung teilhaben.

«Das ist Emma, eine Labradorhündin. Sie ist jetzt zehn

Wochen alt. Wenn wir zurück sind, kann ich sie beim Züchter abholen.»

Thea gestikulierte vor Freude. «Benno! Was für eine fantastische Idee! Juli wird ausflippen.»

«Es wird Zeit für einen neuen Hund auf dem Hof.»

Erneut sah sie die Fotos durch, spürte ihre Vorfreude auf das flauschige Fellbündel, das neue Mitglied der Hoffamilie. Plötzlich vibrierte das Gerät in ihrer Hand, gab einen piependen Ton von sich. Thea reichte Benno das Handy.

Er nahm es entgegen, öffnete die Nachricht, die er bekommen hatte, las sie. Überrascht blickte er auf. «Die ist von Claas.»

Thea brauchte einen Moment. «Wirklich?»

«Er möchte mich treffen!» Bennos Stimme bebte vor Anspannung. Laut las er die Nachricht vor. «Hallo, Benno, wir sollten mal reden. Melde dich, Claas.»

Thea legte ihre Hände auf seine Oberarme. «Das ist gut! Dein Sohn macht einen Schritt auf dich zu.» Sie ließ ihn wieder los, lächelte wissend. «Dass Claas sich meldet, hast du Juli zu verdanken. Das weißt du, oder?»

Benno nickte vorsichtig, atmete tief durch, las die Nachricht noch einmal. Die erste Annäherung seines Sohnes, seit seine Mutter ihn mit sich nach Cuxhaven genommen hatte.

«Was schreibst du ihm?», fragte Thea.

Benno antwortete nicht sofort. «Dass ich in Portugal bin. Und mich melde, wenn ich zurück bin.» Er steckte das Handy ein. «Soll ich ihn einladen, auf den Hof zu kommen?»

«Klar! Vielleicht ist es Zeit für ihn, sein altes Zuhause wiederzusehen.»

Thea blieb noch eine Weile neben Benno stehen, der nachdenklich in die Ferne blickte.

«So schön», flüsterte er. «Hörst du das?»

«Das ist der Wind, der uns von seinem Tag erzählt.» Sie sah nach oben in die blaugrünen Blätter des Eukalyptus, die immer ein wenig silbrig schimmerten. «Er sagt, dass er vom Meer kommt. Und dass das Wetter morgen hält.»

«Du hast das alles sehr vermisst, oder?» Benno blickte über die sanft geschwungenen Hügel und auf die Korkeichen, die verstreut standen und die er noch nie im Leben gesehen hatte, wie er ihr auf der Herfahrt erzählt hatte. Er war vor beinahe dreißig Jahren zum letzten Mal in ein Flugzeug gestiegen. Bei der Planung ihrer Reise hatte es ein paar Tage Überzeugungsarbeit gebraucht, bis er einverstanden gewesen war zu fliegen. Denn die knapp dreitausend Kilometer mit dem Auto zu fahren, dafür erneut mehrere Tage quer durch Europa zu reisen, hätte nicht in ihren Zeitplan gepasst.

Die nächsten zwei Tage würden sie beide mit Mateus hier draußen bei den Ziegen verbringen. Benno wollte die Herde bei ihrem täglichen Streifzug erleben, die Arbeitsweise der *Waldstaubsauger* kennenlernen. Er hoffte, auch ein paar Tricks und Kniffe für die Ziegenzucht mitzunehmen. Danach würden sie noch einige Tage an der Küste entlangfahren, sich treibenlassen. Thea würde Benno ihr Portugal zeigen, barfuß im Sand laufen, Märkte besuchen, landestypische Gerichte essen, im Meer schwimmen, Fado-Abende besuchen. Benno war zu allem bereit, er hatte seit seinem Unfall keinen Urlaub mehr gemacht, war jeden Tag für den Hof und seine Tiere da gewesen. Und nun, da er wusste, dass seine Schützlinge in guten Händen waren, konnte er endlich loslassen. Und diese kleine Auszeit genießen.

Hannes und Juli waren zu Hause geblieben, bekamen außerdem Hilfe von den neuen Tierpaten, die seit einigen

Wochen ordentlich auf dem Hof mit zupackten. Ulrich Berger, kurz Ulli hatte sich beim ersten Kennenlernen in den Moorhof verliebt. Vor der Reise nach Portugal war er sich mit Benno einig geworden, dass er die Nachbarwohnung von Thea im Kesselhaus anmieten würde. Er war ein Berufsaussteiger, Mitte fünfzig, der als Vorstand eines großen Unternehmens genug Geld für seinen Ruhestand verdient hatte und den Sinn des Lebens abseits von Luxus und Gewinnstreben suchte. Ulli wollte seine kommenden Jahre mit Tieren verbringen, war morgens mit Benno einer der Ersten im Stall, einer der Letzten im Bett, und er wechselte sich sogar mit Corinne im gut angelaufenen Hofladen ab, wenn Thea freihatte. Sein Einzug war ein Glücksgriff, ein weiterer Gewinn für den Hof.

Durch die sozialen Netzwerke und die Reichweite, die der Moorhof mittlerweile hatte, war ein regelmäßiger Spendeneingang zu verzeichnen, den Benno in eine Liste eintrug. Juli stellte jeden Tag neue Storys über den Alltag auf dem Hof ein. In ihren witzigen Videos ließ sie gekonnt die Tiere selbst zu Wort kommen. Es hatte dann den Anschein, als erzählten die zwei- und vierbeinigen Hofbewohner Geschichten über ihr Leben und kommentierten das Weltgeschehen. Diese Clips wurden im Netz vielfach geteilt und kommentiert. Die Accounts des Hofes hatten beinahe einhunderttausend Follower erreicht, die Spendenbereitschaft der Fans riss nicht ab. Auf Zuraten von Bennos Steuerberater hatten sie zu siebt einen eingetragenen Verein gegründet. Annika und David waren zwei ihrer Gründungsmitglieder, besuchten regelmäßig Thea und den Hof. Thea konnte ihr Glück immer noch nicht richtig fassen, dass sie endlich am Leben ihres Mädchens teilhaben konnte, auch wenn Artur seine Schmach noch immer nicht verdaut hatte. Als sie erfahren hatte, dass er und Britta sich schon vor Jahren hatten scheiden lassen und dass Artur für diese Scheidung hatte tief in die Tasche greifen müssen, hatte sie eine gewisse Genugtuung gespürt.

Doch auch ein Abschied nahte. Denn im Oktober würde Juli nach Amsterdam weiterwandern, jedoch nicht allein. Für seine neue Liebe hatte Hannes sich eine Auszeit im Tischlereibetrieb genommen. Sehr zum Leidwesen seines Vaters, der ihn jedoch ziehen ließ, weil der Junge versprochen hatte, in ein paar Jahren den elterlichen Betrieb zu übernehmen.

Wenn Benno und Thea aus Portugal zurückkehrten, würde es noch umtriebiger auf dem Hof zugehen. Die nächste Neuerung stand an, denn Mitte September würden die ersten Geißen und ein junger Bock auf dem Hof einziehen, die von einem Ziegenhändler in Deutschland angeliefert wurden. Seit Benno ein volles Spendenkonto hatte, waren nicht nur seine Schulden beglichen, er konnte auch neue Investitionen für den Hof tätigen. Eine davon war die Anschaffung einer kleinen Ziegenherde, die er spätestens ab dem nächsten Jahr für den Landschaftsschutz einsetzen wollte. Und die von Jahr zu Jahr wachsen würde, wenn im Frühjahr die Lämmer kamen. Sie hatten sich für einen Kauf von Zuchttieren entschieden. So mussten sie nicht die Ziegen, die Mateus ihnen gern überlassen hätte, dreitausend Kilometer durch halb Europa transportieren. Um die richtigen Voraussetzungen zu schaffen, hatte Benno neben weiteren Unterständen auf den Weiden bereits mit seinen männlichen Helfern einen Kletterberg gebaut. Der unansehnliche Haufen mit den Bruchstücken von Sanitärkeramik war umgeschichtet und mit gesammelten Feldsteinen, Holzstämmen, Ästen und Beton zu einem herrlichen Kletterpark für die neuen Hofbewohner aufgestapelt worden. Clara, Aurélia und Rudolf hatten diesen neuen Kletterparcours vor Freude meckernd ausgetestet, waren kaum noch herunterzubekommen von ihrem Ziegenfelsen, der die Attraktion der Hofbesucher und der Follower im Netz war.

Das Abendrot glomm am Horizont auf. Thea folgte Benno zum Lagerfeuer, das in einer sicheren Steinumrandung flackerte. Mateus rührte in einem Kessel über den Flammen, aus dem es herzhaft nach Eintopf duftete. Der Ziegenhirte mit der Gitarre stimmte das nächste Stück an. Die anderen brachten knallbunte Sitzsäcke ans Feuer, und Thea holte das frisch gebackene Maisbrot aus dem Camper sowie ihr altes Tagebuch.

Thea blickte lange in die tanzenden Flammen und warf das Buch hinein. «*A vida é bela*, das Leben ist schön», flüsterte sie und hakte sich bei Benno ein. Er zog sie an sich, und Thea ließ es geschehen. Das Glück ging eigene Wege. Und wer wusste schon, was es mit ihr und Benno plante.

Danksagung

Ich danke meiner Freundin Julia Lundström für ihre Begleitung bei der Recherche, ihre großartigen Fotos und ihre tollen Anregungen. Ich danke Sabine Kohlmann (der ich dieses Buch widme) und Kathrin Gehlhaar fürs Mitlesen, Mitfiebern und ihre ehrlichen Rückmeldungen. Ich danke Werner Merino, der sich der portugiesischen Sprache im Buch angenommen und wertvolle Hinweise gegeben hat. Ein großer Dank geht an Birte Bark für den gemütlichen Nachmittag auf ihrem Hof und für all die Tipps zur Ziegenhaltung und die witzigen Geschichten, die sie mit den Vierbeinern erlebte. Ich danke dem großartigen Team meines Verlags Rowohlt Wunderlich, welches begeistert dafür sorgt, dass aus einem Text ein wunderschönes Buch entsteht, vor allem meiner Lektorin Lisbeth Körbelin, die so viel Zeit und Geduld in das Buch investiert hat und immer so wunderbar mitfiebert mit mir und meinen Figuren. Ich danke meinem Agenten Lars Schultze-Kossack und dem ganzen Team der Agentur für all die Jahre an meiner Seite. Ich danke meinem Mann, Tom Völker, und meiner Familie, Renate, Karlheinz und Katrin Fölck, Ulla und Sieghard Völker, für ihre Begeisterung und Liebe. Und ich danke all meinen engen Freunden dafür, dass sie mein Leben so viel bunter machen.

Romy Fölck, Januar 2024

Romy Fölck
Die Rückkehr der Kraniche

Bei Wind und Wetter setzt Grete Han-
sen mit ihrem Boot über auf die Elbin-
sel, wo sie als Vogelwartin arbeitet. Die
Natur ist ihr Zufluchtsort, in der
Marsch kennt sie jeden Vogel, jede
Pflanze. Sie ist nie fortgegangen, doch
jetzt, kurz vor ihrem fünfzigsten
Geburtstag, wird dieser Wunsch in ihr
immer lauter. Als ihre Mutter stürzt,
gerät ihr Plan ins Wanken. Wilhelmines
Zustand ist kritisch. Gretes jüngere
Schwester Freya reist überraschend aus

336 Seiten

Berlin an, und auch ihre Tochter Anne kommt in die Elbmarsch. Das
Verhältnis ist angespannt – Grete schweigt beharrlich darüber, wer
Annes Vater ist. Und auch Wilhelmine wahrt ein Geheimnis, das sie
nicht mit ins Grab nehmen möchte. Dieses Mal können sich die Han-
sen-Frauen nicht aus dem Weg gehen, und sie erfahren, dass ein Ende
auch immer einen Anfang bedeuten kann.

«Ein lohnenswerter Roman, der sich bestens mit Kuscheldecke und
warmem Tee kombinieren lässt.» WDR

Patricia Koelle-Wolken
Der Garten der kleinen Wunder

Was macht dich wirklich glücklich?

Victoria, genannt Toja, illustriert Buch-
umschläge. Ihre Gedanken kann sie oft
besser in Bildern als in Worten ausdrücken. Seit einer Lebenskrise lebt sie in
einem Haus am Stadtrand, wo sie zwischen alten Obstbäumen und Blumen-
beeten wieder zu sich gefunden hat. Als
am Gartenzaun die vierzehnjährige Vica
auftaucht, die eigentlich ebenfalls Victoria heißt, erkennt Toja sich in dem intro-

304 Seiten

vertierten Mädchen wieder. Sie fühlt sich an ihre eigene Vergangenheit
erinnert und an das beklemmende Gefühl, nicht richtig zu sein. Toja
möchte für Vica einen friedlichen Ort schaffen, an dem diese auch in
dunklen Momenten Hoffnung finden kann. Wie die Blüte, die immer
zum Licht strebt. Aber lässt sich das Glück planen? Und wie viel Mut
braucht es zur Veränderung?

Ein Roman über den Zauber eines Sommers, über einen verwunschenen Garten und unerwartete Begegnungen, die uns inspirieren.

Weitere Informationen finden Sie unter **rowohlt.de**